कसारी मसारी

मनोज राजन त्रिपाठी तक़रीबन तीस साल से पत्रकारिता में हैं। *दैनिक जागरण* से शुरुआत और फिर *हिंदुस्तान टाइम्स* ग्रुप होते हुए *न्यूज़ 18* नेटवर्क, *ज़ी न्यूज़*, *इंडिया न्यूज़* और *ईटीवी* में एडिटर रहे। आप अजय देवगन, परेश रावल, कार्तिक आर्यन की सुपरहिट फिल्म *अतिथि तुम कब जाओगे-पार्ट टू (गेस्ट इन लंडन)* के डायलॉग राइटर हैं। *ज़ी टीवी* और *ज़ी अनमोल* के रियेलिटी शो *स्वर्ण स्वर भारत* के आप क्रियेटिव लीड हैं। पत्रकारिता में पुरस्कारों के साथ-साथ आपने *ज़ी टीवी* के सिंगिंग रियेलिटी शो *सा रे गा मा पा*, *अंताक्षरी*, *सुर श्रृंगार* और *संगम कला* जैसे नेशनल प्लेटफ़ॉर्म्स पर बतौर गायक भी कई अवॉर्ड जीते। *CODE काकोरी* के बाद *कसारी मसारी* आपका दूसरा उपन्यास है।

मनोज राजन त्रिपाठी

कसाटी मसाटी

ekadā

ekadā

First published in Hindi as *Kasaari Masaari* in 2024 by Eka, an imprint of Westland Books, a division of Nasadiya Technologies Private Limited

Published in 2025 by Ekadā, an imprint of Westland Books, a division of Nasadiya Technologies Private Limited

No. 269/2B, First Floor, 'Irai Arul', Vimalraj Street, Nethaji Nagar, Alapakkam Main Road, Maduravoyal, Chennai 600095

ISBN: 9789360458669

10 9 8 7 6

Typeset by Digiultrabooks Pvt. Ltd

Printed at Nutech Print Services Pvt. Ltd

गर्भ के मंदिर में मेरे साथ मां सरस्वती की प्राण प्रतिष्ठा करने वाली मेरी अम्मा सुबोध त्रिपाठी को समर्पित, जिनके रक्तचिह्न मेरी क़लम और कहानियों की धमनियों से धड़कनों तक क़ायम हैं।

कहानी के किरदार

बाबर कुरैशी: इलाहाबाद का खूंखार डॉन

तैमूर कुरैशी: बाबर कुरैशी का छोटा भाई

शगुफ़्ता: बाबर कुरैशी की बीवी

वली, फ़हद और उमर: बाबर कुरैशी के बेटे

ज़ैद ख़लीफ़ा, गुड्डू इस्लाम: बाबर कुरैशी गिरोह के गुर्गे

प्रचंड प्रताप सिंह: उत्तर प्रदेश के मुख्यमंत्री

बृजरानी कुशवाहा: उत्तर प्रदेश की उप मुख्यमंत्री

फ़िरोज़ भाई पटेल: केंद्रीय गृहमंत्री

सुपुत्र सिंह यादव: लोहिया समाज पार्टी अध्यक्ष

कठोर सिंह यादव: सुपुत्र सिंह यादव के पिता, पार्टी संस्थापक

महादेवी जाटव: दलित समाज पार्टी अध्यक्ष

कृतार्थनाथ सिंह, कृष्णगोपाल नौचंदी: उत्तर प्रदेश सरकार में मंत्री

रामधारी सिंह बिल्डर: इलाहाबाद का बिल्डर

यशराज ठाकुर: एसटीएफ़ चीफ़

राबिया पठान: एसटीएफ़ की डिप्टी चीफ़

सम्मान सिंह, त्रिपुरारी पांडे: एसटीएफ़ टीम के पुलिसवाले

पप्पू गडरिया: दलित नेता और विधायक

रमाकांत बघेल: विधायक पप्पू गडरिया की हत्या का गवाह

बब्बन बुंदेलखंडी, अद्धा तिवारी, डिग्री पांडे: गोल्डन पंजाबी गैंग के शूटर

विक्की बराड़, मनदीप केकड़ा: गोल्डन पंजाबी गैंग के गैंगस्टर

टिंकू टार्जन: गोल्डन पंजाबी गैंग का दुश्मन

छुन्ना बजरंगी, मुनीम काला, सुनील दुजाना: वेस्ट यूपी का एक गैंग

अनिलराज राठी, श्यामसुंदर भाटी: छुन्ना बजरंगी गैंग का दुश्मन गैंग

चांद मुबारक: इलाहाबाद का पुराना खूंखार डॉन

पराग उर्फ़ राग दरबारी: 'ख़बरदार इंडिया' चैनल का यूपी एडिटर

मुन्नालाल पत्रकार: 'ख़बरदार इंडिया' चैनल का इलाहाबाद स्ट्रिंगर

अर्शी ईरम: डार्विन फ़ाउंडेशन में रहने वाली स्पेशल चाइल्ड

NEWS
TV
NEWS
LIVE
LIVE
NEWS
NEWS
LIVE
NEWS

साहब, सरकार और साज़िश
(2023)

किमाम सी काली रात। कोहरा ऐसा जैसे किसी ने रात पर सफ़ेद चूना मल दिया हो। टैम्परेचर इस क़दर सर्द कि मानो ख़ुद थर्मामीटर कहीं कंबल ओढ़कर ब्लोअर में बैठा है। कंपकंपाते हुए घड़ी के कांटे बता रहे थे कि वक़्त क़रीब तीन बजे का था और चंद्रमा वीकेंड पर था। गुलज़ार की ग़ज़लों और उमर ख़य्याम की रुबाइयों से भी ज़्यादा ख़ूबसूरत ये माहौल पाकिस्तान बॉर्डर से सटे पंजाब के ऊंचा टकला गांव का था। गुरदासपुर डिस्ट्रिक्ट से नौ किलोमीटर दूर ऊंचा टकला के मीलों तक फैले खेतों में गेहूं की बालियां बाली उमर पर इतरा रही थीं। खेतों के बीच एक फार्म हाउस के सेकंड फ्लोर पर लिविंग रूम में चौरासी इंच की टीवी स्क्रीन पर अफ़गानिस्तान का वीडियो चल रहा था। ये वीडियो अमेरिका पर 9/11 हमले के ठीक दो दिन पहले का था। वीडियो में लायन ऑफ़ पंजशीर के नाम से मशहूर अफ़गानिस्तान नॉर्दर्न अलायंस के लीडर अहमद शाह मसूद न्यूज़ चैनल को इंटरव्यू दे रहे थे। अहमद शाह मसूद के रहते तालिबान पंजशीर में क़ब्ज़ा नहीं कर पा रहा था। तालिबान की हिटलिस्ट में सबसे पहला नाम मसूद का ही था। इंटरव्यू लेने वालों में दो जर्नलिस्ट और एक कैमरामैन शामिल था। अचानक धमाका हुआ और अहमद शाह मसूद के चीथड़े उड़ गए।

मसूद की हत्या का वीडियो देख रहे बब्बन बुंदेलखंडी ने वीडियो रिवाइंड करके रीप्ले बटन दबा दिया। तभी बुंदेलखंडी से विक्की बराड़ ने रिमोट छीना और वीडियो पॉज़ करते हुए कहा, “ओय खोत्या होर किन्नी वारी वेखेगा?

हज़ार वार वेखण नाल अहमद शाह बच नी जावेगा। मरण वाले नू न वेख, मारण वाले दा स्टाइल समझ लै, बस।"

बब्बन बुंदेलखंडी बोला, "अइसा है विक्की भाई, चिरे तो टेको नहीं तो घंटाघर देखो।"

विक्की बराड़ कन्फ़्यूज़ हो गया, "मैं समझया ई नई, तू कैणा की चानां ए?"

"बीस बार कह चुके हैं हमसे पंजाबी मत पेला करो," बुंदेलखंडी ग़ुस्से में बोला।

विक्की रिलैक्स हुआ, "आहो।"

बुंदेलखंडी फिर भड़का, "अबे आहो-आहो सुनकर हमें लगता है कि भांगड़ा करना है। 'जय माता दी-जय माता दी' करके वैष्णो देवी की चढ़ाई चढ़ जाते हैं, इसका मतलब ये नहीं कि हमने पंजाबी में पीएच.डी की है। हिंदी में समझा भाई, हिंदी में, वर्ना ये ट्रेनिंग अपने मेनहोल में डाल ले। ये साला भाषाई गुदा मैथुन बवाल हो गया है।"

विक्की बराड़ खिसिया गया, "ए मिथुन-मिथुन की हेगा, सिद्दे बोल न कि तू मिथुन चक्रवर्ती बणनां चांनां ए।"

"अरे नहीं भाई मुझे स्टार बनना है, एकदम हुड़-हुड़ दबंग टाइप," बुंदेलखंडी बोला।

विक्की एकदम अटैकिंग मोड में आ गया और मां-बहन की गालियों का पंजाबी वर्जन बकते हुए उसने बुंदेलखंडी को लातों-घूसों से मारना शुरू कर दिया। लड़खड़ाकर ज़मीन पर गिरा बुंदेलखंडी भी तेज़ी से उठा। विक्की का कॉलर पकड़कर बुंदेलखंडी उसे मुक्का मारने ही वाला था कि लिविंग रूम में सो रहे चार-पांच लोग कंबल फेंककर उठे और सबने बुंदेलखंडी को दबोच लिया। विक्की के सडन अटैक से हड़बड़ाए बुंदेलखंडी ने कपड़े ठीक करते हुए पूछा, "हुआ क्या बे, कित्ती बार तुमसे कहें कि पंजाबी नहीं आती है। सीधी सी बात पर इत्ता बमक काहे पड़े यार?"

विक्की ग़ुस्साया, "पंजाबी बोलण दी कोई गल नईं, बस याद रखीं दबंग दा नाम कदी न लेवीं। ये वर्ल्ड फ़ेमस गैंगस्टर गोल्डन पंजाबी दा गैंग है, होर गोल्डन भाई ने तेरे सुपरस्टार को वॉन्टेड लिस्ट में डाल रखा है। तेरा सुपरस्टार काला हिरण मारया सी फ़ेर वी तू गैंग दे सामने ओ दा नाम लै रेया ए?"

बुंदेलखंडी ने विक्की को गले लगा लिया और हंसा, "अरे नहीं विक्की भइया, मैं तो दबंग सुपरस्टार डॉन टाइप बनने को कह रहा था, एकदम गोल्डन पंजाबी भाई की तरह। चलो आप ट्रेनिंग कराओ। बताओ कैसे करना है...बस थोड़ा हिंदी में।"

विक्की ने ख़ुद को क़ाबू किया। जो कंबल छोड़कर बीच-बचाव कराने आए थे, वो फिर कंबल ओढ़कर लेट गए। विक्की ने सवाल किया, "की वेख्या तू वीडियो विच?"

बुंदेलखंडी झट से बोला, "बस गुरू यही देखा कि अफ़गानिस्तान के लीडर को साले टीवी वाले पत्रकार कइसे मार डाले। लेकिन ये सब तो खुदै बम बांधे थे, क्या हमको भी बम बांधकर जाना पड़ेगा? हम खुदै मर गए तो सुपरस्टार डॉन कइसे बनेंगे? बम बांधने में पहले तो डॉन की फटेगी और फिर बेचारा डॉन भी फट जाएगा।"

विक्की ने समझाया, "न बे, ये सब तालिबान के ट्रेंड स्यूसाइड बॉम्बर थे, जो नक़ली जर्नलिस्ट बनकर आए थे। इंटरव्यू तो बस बहाना था, असल में मसूद को धमाके में उड़ाना था।"

"मतलब हमको फर्जी पत्रकार बनना है," बुंदेलखंडी बोला।

विक्की ने कहा, "हां, तेरी टीम के अंदर जर्नलिस्ट वाला कॉन्फ़िडेंस दिखना चाहिए।"

"तुम ये नहीं बताए गुरू कि क्या बम बांधकर जाना है?" बुंदेलखंडी फिर टपका।

विक्की बोला, "बम-वम कुछ नहीं बांधना, बस नक़ली जर्नलिस्ट बनना है।"

विक्की और बुंदेलखंडी फिर से अफ़गानिस्तान का वीडियो देखने लगे। विक्की बराड़ पंजाब के खूंखार गैंगस्टर गोल्डन पंजाबी का सबसे ख़ास शूटर था। वही गोल्डन पंजाबी, जिसने फिल्म इंडस्ट्री के एक सुपरस्टार को जान से मारने की धमकी दे रखी थी। गोल्डन पंजाबी अर्से से तिहाड़ जेल में बंद था लेकिन उसका गैंग हिंदुस्तान से कनाडा, ऑस्ट्रेलिया और साउथ अफ़्रीका तक फैला हुआ था। देश भर में गोल्डन पंजाबी गैंग के आठ सौ से ज़्यादा शूटर शामिल थे। तिहाड़ में रहकर भी गोल्डन देश-विदेश में ढाई सौ से ज़्यादा लोगों की हत्या करा चुका था। उत्तर प्रदेश के बांदा का रहने वाला बब्बन बुंदेलखंडी

इसी गोल्डन पंजाबी गैंग के पास ट्रेनिंग लेने पंजाब आया था। ट्रेनिंग, एक बड़ा शूटर बनने की। सिर्फ़ चौबीस साल का बुंदेलखंडी नेचर से गुंडा और फ़ुल हिंदुत्ववादी था। पढ़ाई-लिखाई से उसकी दोस्ती 'शोले' फ़िल्म के गब्बर सिंह और ठाकुर जैसी थी। एक्स्ट्रा करिकुलर एक्टीविटीज़ में उसे केवल रंगबाज़ी पसंद थी। रंगबाज़ी की नेट प्रैक्टिस में वो ईंट, पत्थर, लाठी और कभी-कभी तो सब्ज़ी काटने वाला चाक़ू भी इस्तेमाल कर लेता था। फ़ैमिली ने उसका करियर बनाने की बहुत कोशिश की लेकिन बुंदेलखंडी का करियर सिर्फ़ कुरियर डिलिवरी बॉय तक पहुंचकर हांफ़ गया। फिर भी बुंदेलखंडी के स्कूल मास्टर बाप की उम्मीदें मैराथन दौड़ने की ज़िद पर अड़ी थीं, लिहाज़ा बाप ने बेटे को इलाहाबाद में यूपीपीएससी की तैयारी करने भेज दिया। बाप को लगा था कि शहर और माहौल बदलेगा तो बेटा भी सुधर जाएगा। मगर गुंडई के कॉकरोची कीड़े किसी स्प्रे से नहीं मरते, चाहे वो रेड बेगॉन स्प्रे हो या ब्लैक।

यूपीपीएससी कोचिंग में हुए एक झगड़े में बुंदेलखंडी ने तीन स्टूडेंट्स के सिर फोड़ दिए थे। इलाहाबाद में अटेम्प्ट टु मर्डर का केस दर्ज हुआ और बुंदेलखंडी नौ महीने जेल में रहा। जेल में उसकी मुलाक़ात बड़े-बड़े क्रिमिनल्स, गैंग लीडर्स और माफ़ियाओं से हुई। तैंतीस परसेंट मार्क्स की शुद्ध थर्ड डिविज़नर डिग्री और सेंट-परसेंट बेरोज़गारी के साथ जेल में रहकर बुंदेलखंडी फ़ैसला कर चुका था कि उसे सिर्फ़ और सिर्फ़ इंडिया का फ़ेमस डॉन ही बनना है क्योंकि डॉन से लोग डरते हैं, और कमाई छप्पर फाड़ होती है। डॉन बनने के ड्रीम प्रोजेक्ट को पूरा करने के लिए बुंदेलखंडी जेल में बंद गैंग लीडर्स को वक़्त-बेवक़्त तेल लगाता रहता था। माफ़ियाओं के कपड़े-लत्ते धोना, पैर दबाना बुंदेलखंडी की डेली ड्यूटी थी। धीरे-धीरे बुंदेलखंडी माफ़ियाओं का फ़ेवरेट हो गया और गैंग लीडर्स को उसमें फ्यूचर का डॉन दिखाई देने लगा।

जेल से बाहर आने के क़रीब एक महीने बाद बुंदेलखंडी के पास गोल्डन पंजाबी गैंग के सिपहसालार विक्की बराड़ का फ़ोन आया और उसी के ऑफ़र पर बुंदेलखंडी पंजाब चल दिया। अब सवाल ये कि विक्की बराड़ ने बुंदेलखंडी को बुलाया क्यों? तो इसका जवाब ये है कि इलाहाबाद जेल में बंद एक माफ़िया ने गोल्डन पंजाबी गैंग तक बब्बन बुंदेलखंडी की सिफ़ारिश पहुंचाई। गोल्डन पंजाबी गैंग को हमेशा ऐसे लड़कों की तलाश रहती है, जिनको अपनी

जान जाने का डर न हो और दूसरों की जान लेने में मज़ा आता हो। इलाहाबाद जेल में बंद वो माफ़िया कौन था जिसने गोल्डन पंजाबी गैंग से बुंदेलखंडी की सिफ़ारिश की थी, ये न बुंदेलखंडी जानता था, न विक्की बराड़। विक्की को तो सिर्फ़ ऑर्डर मिला और विक्की ने बुंदेलखंडी को पंजाब बुला लिया। कुछ इस तरह बुंदेलखंडी को पहला कैंपस प्लेसमेंट मिला। ऑफ़र था शूटर बनने का। लेकिन इस शूटर को कब और किसके मर्डर की सुपारी मिलेगी, इस बात से बुंदेलखंडी पूरी तरह बेख़बर था। डॉन बनने की चाहत बुंदेलखंडी को पंजाब ले आई, जहां गोल्डन पंजाबी गैंग ऊंचा टकला गांव में उसे ट्रेनिंग दे रहा था।

***

सुबह के पांच बजे थे। ऊंचा टकला गांव के फ़ार्म हाउस में एक जीप घुसी। जीप के ऑडियो सिस्टम पर फ़ुल वॉल्यूम में गाना बज रहा था *न पाटा सोडू, न पाटा सोडू, नाटू नाटू नाटू नाटू नाटू वीरा नाटू*। सब सो रहे थे पर आवाज़ सुनकर विक्की ने कंबल हटाया और बुंदेलखंडी के साथ-साथ सबको जगाया। सब तेज़ी से नीचे उतरकर लॉन में पहुंचे। भारत में हथियारों का सबसे बड़ा स्मगलर इरफ़ान खुर्जेवाला पांच लोगों के साथ जीप से उतरा। इरफ़ान खुर्जेवाला यूपी के बुलंदशहर का रहने वाला था। दुनिया में शायद ही कोई ऐसा हथियार होगा जो खुर्जेवाला नेपाल, बांग्लादेश और भारत में सप्लाई न करता हो। खुर्जेवाला और विक्की के साथ सब आसमान की तरफ़ देखने लगे। कोहरे की वजह से कुछ साफ़ नहीं दिख रहा था। बुंदेलखंडी सन्नाटे में था पर क्योंकि सब देख रहे थे इसलिए वो भी ऊपर देखने लगा। तभी एक ड्रोन धीरे-धीरे लॉन में उतरा। ड्रोन में एक बड़ा सा बैग भी लटका हुआ था। क़रीब सात-आठ फ़ीट की ऊंचाई से ड्रोन ने बैग गिराया और फ़ौरन वापस लौट गया। खुर्जेवाला ने बैग उठाकर विक्की को पकड़ा दिया। विक्की दौड़कर अंदर गया और नोटों से भरा एक बैग लाकर खुर्जेवाला को दे दिया। खुर्जेवाला ने बैग जीप में रखा और बिना वक़्त गंवाए अपने लोगों के साथ 'नाटू नाटू' बजाता हुआ चला गया।

विक्की बराड़ ने बैग खोला। बैग में टर्की (तुर्किये) मेड तीन जिगाना पिस्टल थीं। इसके अलावा गिरासन, बुल्डॉग और वॉल्थर पिस्टल भी थीं। ये सारी पिस्टल टर्की, अज़रबैजान, ईरान होते हुए पाकिस्तान तक पहुंचती थीं और

क्रॉस बॉर्डर बैठे आतंकी संगठन और आईएसआई ड्रोन के ज़रिए ये हथियार भारत भेजते थे, ख़ासकर पंजाब। विक्की ने तीन जिगाना पिस्टल बुंदेलखंडी के हाथ में देते हुए कहा, "तेरे यूपी में तो आजमगढ़ के कट्टे चलते हैं न, ये ले ऑटोमैटिक जिगाना, सत्ताईस लाख की तीन हैं। एन्नू मिनी एके 47 समझ। बस तू ट्रिगर दबा बाक़ी टार्गेट ढेर होण दी फ़ुल गैरेंटी हैगी।"

जिगाना हाथ में आते ही बुंदेलखंडी व्लादिमीर पुतिन हो गया। पूरी दुनिया उसे ज़ेलेंस्की नज़र आ रही थी। ओवरकॉन्फ़िडेंस इतना, मानो फ़ौरन यूक्रेन पर हमला कर देगा। बेसब्र बुंदेलखंडी ने विक्की से पूछा, "भाई मज़ा आ गया, जल्दी बताओ पिस्टल चलाने की ट्रेनिंग कब शुरू करनी है?"

विक्की मुस्कुराया, "दो-चार दिन बैडमिंटन प्रैक्टिस कर ले। जैसे शटल कॉक को आगे-पीछे स्टेपिंग करके चेज़ किया जाता है, वैसे ही जिगाना से स्टेपिंग करते हुए टार्गेट को शूट करना होता है ताकि टार्गेट लपककर शूटर को दबोच न ले।"

बुंदेलखंडी बोला, "न खाता न बही, जो विक्की भाई कहें वही सही।"

विक्की ने हौसला दिया, "अरे मेरे फ़्यूचर स्टार, तीन दिन रुक तुझे पंजाब के सबसे बड़े रॉकस्टार की शूटिंग दिखाता हूं, अभी बैडमिंटन खेल।"

मुर्ग़ों की बांग से सन्नाटा टूटा। रातभर के जागे विक्की, बुंदेलखंडी और बाक़ी गुर्गे फिर लिविंग रूम में कंबल ओढ़कर सो गए। बुंदेलखंडी को आज से बैडमिंटन प्रैक्टिस करनी है, लेकिन उसे जिगाना की ट्रेनिंग और तीन दिन बाद रॉकस्टार की शूटिंग का इंतज़ार था।

***

उधर इलाहाबाद के धूमनगंज इलाक़े में अपने घर पर मौजूद रमाकांत बघेल कोर्ट जाने की तैयारी कर रहा था। रमाकांत के फ़ोन की रिंगटोन बजी 'वन टू का फ़ोर...फ़ोर टू का वन', रमाकांत ने चार्जिंग से फ़ोन हटाकर कॉल उठाई तो दूसरी तरफ़ से गुर्राती आवाज़ आई, "बाबर कुरैशी बोल रहा हूं। तुम मादरचोद कित्ते बड़े रंगबाज़ हो गए हो बे!"

रमाकांत दो सेकंड ख़ामोश रहने के बाद बोला, "सांसद जी...अम्मा बीमार थीं।"

उधर से बाबर चिल्लाया, "तुम्हाई अम्मा का भोसड़ा मादरचोद! हम ज़मीनें तुम्हारे ज़िम्मे किए और तुम करोड़ों की ज़मीन बेच डाले? हम फ़ोन करेंगे, तुम फ़ोन नहीं उठाओगे हमारा? यूपी का मुख्यमंत्री हिटलरई दिखाकर मुसलमानों पर कार्रवाई कर दिया, तो तुम साले ख़ुद को मुख्यमंत्री समझने लगे? का सोचे हो तुम बे कि हम ज़िंदगी भर जेल में रहेंगे? आते हैं मादरचोद, गांड़ में घुसेड़ते हैं तुम्हाई रंगबाज़ी।"

इतने में रमाकांत बघेल की पत्नी कमरे में नाश्ता लेकर आ गई। रमाकांत पत्नी को चुप रहने का इशारा करते हुए फ़ोन पर बोला, "सांसद जी, पैसा हमारे पास है।"

बाबर ज़ोर-ज़ोर से चीख़ने लगा, "तेरी मइया को चोदूं मादरचोद, छह महीने से मेरी बीवी पैसा मांग रही है, बेटा मिलने का टाइम मांग रहा है औ तै साला आज-कल-आज-कल कर रहा है, अब बता रहा है मादरचोद कि पैसा सब हमारे पास है! तुझको मादरचोद गांड़ में पचीस गोली न मरवाईं तो मैं मूंछ नहीं झांटें रखे हूं मादरचोद।"

"आप ग़ुस्सा मत होइये सांसद जी। कोर्ट में एक तारीख़ फंसी है, उसी चक्कर में उलझा हूं। तीन दिन बाद रामधारी सिंह बिल्डर के घर शादी है, भाभी भी वहां आएंगी, वहीं उनको सारा पैसा दे दूंगा," रमाकांत बघेल बुदबुदाया।

बाबर क़ुरैशी फिर गुर्राया, "हम आख़िरी बार तुमसे कह रहे हैं रमाकांत, पैसा पहुंचा दो। बीस साल से जानते हो हमको, गांड़ छिहत्तर कर देंगे तुम्हाई, भोसड़ी के।"

बाबर क़ुरैशी का फ़ोन कट गया। फ़ोन कटते ही रमाकांत बघेल ने बाबर का नंबर ब्लॉक कर दिया। पत्नी ने पूछा, "किसका फ़ोन था, काहे टेंशन में हो?"

रमाकांत ने समझाया, "बाबर क़ुरैशी था। जेल से धमकिया रहा था साला।"

पत्नी घबराकर बोली, "ठीक से देख-समझ लेना, कोई गड़बड़ न करे।"

रमाकांत बोला, "चिंता न करो, साले के बाप भी कभी जेल से बाहर नहीं आएंगे।"

रमाकांत बघेल पेशे से वकील था और बाबर क़ुरैशी यूपी के पूर्वांचल का सबसे ख़तरनाक माफ़िया। चार साल से बाबर गुजरात की अहमदाबाद जेल में बंद था। चालीस साल के माफ़िया राज में बाबर क़ुरैशी पर एक सौ छप्पन मुक़दमे

दर्ज हुए जिनमें तिरसठ मुक़दमे सिर्फ़ हत्या के थे। लेकिन बाबर को सज़ा एक केस में भी नहीं हुई। होती भी कैसे, कभी पुलिस बिक गई तो कभी गवाह ख़रीद लिए गए, कभी सुबूत मिट गए तो कभी गवाह मौत के घाट उतार दिए गए। बाबर नाम के इस डॉन ने ख़ून के दाग़ छिपाने के लिए खद्दर का कुर्ता पहन लिया और नेता हो गया। सरकारें आईं और गईं लेकिन बाबर हर सरकार, हर पॉलिटिकल पार्टी की मजबूरी बनता गया। चालीस साल से राज कर रहा बाबर कुरैशी इलाहाबाद से चार बार एमएलए और एक बार सांसद भी रहा। बाबर ने अपने भाई तैमूर कुरैशी को विधायक बनाने की ज़िद में एक सिटिंग एमएलए का बड़ी बेरहमी से क़त्ल किया था। रमाकांत बघेल उसी एमएलए के क़त्ल का चश्मदीद गवाह था। हालांकि बाबर कुरैशी से पैसे लेकर रमाकांत बघेल गवाही से पलट गया और बाबर के साथ ज़मीनों का धंधा देखने लगा। यूपी में कई मुख्यमंत्री बदले लेकिन इस बार जो मुख्यमंत्री बना उसने बाबर कुरैशी को बर्बाद कर दिया। बाबर के लिए हालात इस क़दर बदतर हो गए कि उसे यूपी की जेलों में जान का ख़तरा लगने लगा। बाबर कोर्ट में गिड़गिड़ाया और कोर्ट ने बाबर को यूपी से हटाकर गुजरात की अहमदाबाद जेल ट्रांसफ़र कर दिया। अब बाबर जेल से अपना कारोबार चला रहा था। लेकिन बाबर के जेल जाने के बाद उसके तमाम कारोबारी पार्टनर और गैंग मेंबर्स उससे दूरी बनाने लगे, कई लोगों ने बाबर का करोड़ों रुपया मार लिया। बस कुछ ऐसे ही हालात का फ़ायदा उठाकर रमाकांत बघेल ने भी बाबर की करोड़ों की ज़मीन बेच डाली। रमाकांत छह महीने से न तो बाबर का फ़ोन उठा रहा था, न पैसा वापस कर रहा था। यही वजह थी कि आज बाबर ने रमाकांत को फ़ोन पर धमकाया था।

***

एक तरफ़ पंजाब में बुंदेलखंडी शूटर बनने की ट्रेनिंग ले रहा था और दूसरी तरफ़ बाबर कुरैशी अहमदाबाद जेल से फ़ोन पर रमाकांत बघेल को मौत की धमकी दे चुका था। इस सबके बीच दिल्ली में सियासी सरगर्मी का सेंसेक्स उछाल मार रहा था। ये वो वक़्त था जब केंद्र में नेशनल पीपुल्स कांग्रेस की सरकार थी और उत्तर प्रदेश में भारतीय राष्ट्रवादी पार्टी सत्ता में थी। भारतीय राष्ट्रवादी पार्टी ज़्यादातर प्रदेशों में सरकार बना चुकी थी। न्यूज़ चैनल्स के

सर्वे बता चुके थे कि इस बार केंद्र में भी भारतीय राष्ट्रवादी पार्टी सरकार बना सकती है। नौ महीने बाद देश में होने वाले पार्लियामेंट इलेक्शन को लेकर दिल्ली के साउथ एवेन्यू इलाक़े में नेशनल पीपुल्स कांग्रेस के राष्ट्रीय अध्यक्ष और केंद्रीय गृहमंत्री फ़िरोज़ भाई पटेल इंटेलीजेंस ब्यूरो और रॉ की मीटिंग ले रहे थे। मुद्दा था यूपी, क्योंकि यूपी की अस्सी सीटों के बिना केंद्र में सरकार बनाना मुश्किल ही नहीं, नामुमकिन भी था। गृहमंत्री फ़िरोज़ भाई पटेल ने रॉ चीफ़ से पूछा, "यूपी की क्या पोज़िशन है?"

रॉ चीफ़ ने ब्यौरा दिया, "सर, ज़िलों के नाम बदले जा रहे हैं, ख़ासकर वो जिनके नाम मुग़लों ने बदल दिए थे। अयोध्या में राम मंदिर, काशी विश्वनाथ मंदिर और मथुरा ट्रेंडिंग है। मस्जिदों से लाउडस्पीकर हटवाए जा रहे हैं। समझ लीजिए कि उत्तर प्रदेश में टोटल हिंदुत्ववादी एजेंडा लागू है सर।"

गृहमंत्री ने इंटेलिजेंस ब्यूरो चीफ़ की तरफ़ नज़र घुमाई। चीफ़ ने बोलना शुरू किया, "सर, यूपी में अब तक 3033 एनकाउंटर हुए हैं जिसमें 1566 सिर्फ़ मुसलमान मारे गए हैं। छह हज़ार करोड़ की प्रॉपर्टीज़ लोडर से गिराई गई हैं, इनमें पांच हज़ार करोड़ की प्रॉपर्टीज़ मुस्लिम माफ़ियाओं और उनके एसोसिएट्स की हैं। बाबर कुरैशी टॉप लिस्ट में है, मुख्यमंत्री किसी की नहीं सुनते, एकदम बेलगाम हैं।"

रॉ चीफ़ बीच में बोला, "सर, लॉ एंड ऑर्डर उत्तर प्रदेश के सीएम का सबसे मज़बूत पॉइंट है। जिस तरह से माफ़ियाओं की प्रॉपर्टीज़ लोडर से तोड़ी जा रही हैं। सर सबसे ज़्यादा ज़रूरी है इस परसेप्शन को तोड़ना।"

गृहमंत्री मुस्कुराए, "लॉ एंड ऑर्डर के ओवरकॉन्फ़िडेंस में ही सीएम फंसेगा। सीबीआई, ईडी और इन्कम टैक्स तो हमारे कंट्रोल में हैं न। सारी फंडिंग ब्लॉक कर दो। अपनी विंग से कहो कि एनकाउंटर और प्रॉपर्टी डिमॉलिशन के मुद्दों पर ह्यूमन राइट्स का सवाल उठाएं, कोर्ट में रिट करें। कोर्ट हम देख लेंगे। अदालत ने जिस दिन एक भी मामले में जांच बैठा दी, उसी दिन हम सीएम को मसल देंगे।"

"जी सर, हम लगते हैं इस काम पर।" रॉ चीफ़ ने फ़ाइल समेटते हुए कहा।

इंटेलिजेंस चीफ़ ने सवाल किया, "सर, हिंदुत्ववादी एजेंडे के लिए क्या करना है?"

गृहमंत्री फ़िरोज़ भाई पटेल ने सिर झटकते हुए कहा, "हिंदुत्ववादी एजेंडा तो पूरी भारतीय राष्ट्रवादी पार्टी का है। यूपी का सीएम असल में पीएम बनना चाहता है, इसीलिए लगातार अपना हार्डकोर हिंदुत्ववादी परसेप्शन क्रिएट कर रहा है...बस।"

रॉ चीफ़ हंसा, "भारतीय राष्ट्रवादी पार्टी ही सीएम को पीएम फेस नहीं बनाना चाहती। वो पार्टी आलाकमान की भी नहीं सुनते हैं। अब पार्टी ही पछता रही है उन्हें सीएम बनाकर।"

इंटेलिजेंस चीफ़ ने फिर दख़ल दिया, "यूपी की डिप्टी सीएम अपने ही सीएम के एंटी है। उसको सीएम बनना था लेकिन बेचारी डिप्टी सीएम पर कॉम्प्रोमाइज़ कर गई। हम चाहें तो पार्टी के अंदर चल रही इस लड़ाई का फ़ायदा उठा सकते हैं।"

"ओके, तुम लोग रिपोर्ट देते रहो, ख़ासकर यूपी के सीएम के बारे में। बाक़ी मैं देखता हूं क्या और कैसे करना है," गृहमंत्री ने बैठक ख़त्म करने का इशारा किया।

रॉ और इंटेलिजेंस चीफ़ चले गए। गृहमंत्री फ़िरोज़ भाई पटेल ने पीए से लैंड लाइन पर लोहिया समाज पार्टी के अध्यक्ष सुपुत्र सिंह यादव और दलित समाज पार्टी की सुप्रीमो महादेवी जाटव से बात कराने को कहा। सुपुत्र सिंह यादव का कॉल लगते ही पीए ने फ़ोन पकड़ाया। गृहमंत्री बोले, "क्या सुपुत्र सिंह जी, आपके रहते हुए आपके प्रदेश में मुसलमान डरा हुआ है।"

लखनऊ में अपने घर पर बैठे सुपुत्र सिंह यादव ने खिंचाई ली, "गृहमंत्री जी आप भी तो मुसलमान हैं। देश के गृहमंत्री हैं, आप ही लगाम नहीं लगा पा रहे हैं।"

गृहमंत्री हंसे, "अरे हम तो यूपी में राष्ट्रपति शासन लगा देते, लेकिन चुनाव के नौ महीने पहले सरकार बर्ख़ास्त करके हम भारतीय राष्ट्रवादी पार्टी को सिम्पैथी नहीं देना चाहते।"

लोहिया समाज पार्टी के अध्यक्ष सुपुत्र सिंह ने चुटकी ली, "जिस-जिस जाति-धर्म ने विरोध किया, जिस-जिस ने वोट नहीं दिया वो सब मुख्यमंत्री के निशाने पर हैं। इसलिए सिर्फ़ मुसलमान ही नहीं, ओबीसी और दलितों की भी कई जातियां परेशान हैं, और तो और ब्राह्मण भी डरा हुआ है।"

"यूपी में सत्रह परसेंट ब्राह्मण हैं, इनका इस्तेमाल कीजिए। ब्राह्मण चुटिया बांध ले तो ऐसा माहौल बना देगा कि बनती सरकार भी गिर जाए," गृहमंत्री ने मौज ली।

सुपुत्र सिंह यादव बोला, "हां ये बात तो सही है। कानपुर में एक ब्राह्मण रंगबाज़ है श्रीप्रकाश दुबे। पुलिस उसे पकड़ने गई तो गैंग के साथ मिलकर उसने ग्यारह पुलिस वाले मार डाले। मुख्यमंत्री की ज़िद में एसटीएफ़ ने श्रीप्रकाश दुबे के दस लोगों को एनकाउंटर में मार डाला, दसों ब्राह्मण थे। अब श्रीप्रकाश को ढूंढ़ रहे हैं।"

"अरे हां भाई वो ख़बरें रोज़ देख रहा हूं। अब श्रीप्रकाश को भी ज़रूर मार डालेंगे ये लोग। इस सीएम को तो सिर्फ़ एनकाउंटर पर भरोसा है।"

"मुसलमान जाएगा कहां? मुख्यमंत्री मुसलमानों को जितना ठोंकेगा, मुसलमान उतना ही लोहिया समाज पार्टी की तरफ़ पोलराइज़ होगा साहब।"

"सिर्फ़ मुसलमान वोटों से होना क्या है यादव जी, बैकवर्ड, दलित, ब्राह्मण भी चाहिए। केवल यादव के भरोसे रहे तो फिर हार जाएंगे।"

"तो करना क्या है?"

"मुसलमानों के अलावा जिन जातियों के एनकाउंटर्स हुए हैं, प्रॉपर्टीज़ गिराई गई हैं, उन्हें जोड़ना होगा। आप सरकार के हर एक्शन पर हल्ला मचाते रहिए। जिस दिन सीएम शिकंजे में फंसा उसी दिन न सीएम रहेगा, न पीएम बनने लायक़ बचेगा।"

फ़ोन रखकर गृहमंत्री फ़िरोज़ भाई पटेल ने दलित समाज पार्टी सुप्रीमो महादेवी जाटव से बात की। दोनों ने उत्तर प्रदेश के मुख्यमंत्री को चौतरफ़ा घेरने के लिए ब्लूप्रिंट बनाया। राजनीति में माहिर फ़िरोज़ भाई पटेल अच्छी तरह जानता था कि महादेवी जाटव और सुपुत्र सिंह यादव को दूरबीन से भी अपनी सत्ता आती दिखाई नहीं दे रही है। उसे ये भी मालूम था कि यूपी के इन दोनों क्षेत्रीय दलों के बग़ैर वो केंद्र में दोबारा सरकार नहीं बना सकता। लिहाज़ा गिव एंड टेक के सियासी समीकरण के तहत तय किया गया कि नौ महीने बाद होने वाले आम चुनाव में लोहिया समाज पार्टी और दलित समाज पार्टी फ़िरोज़ भाई पटेल की नेशनल पीपुल्स कांग्रेस के साथ गठबंधन करेगी। फ़ैसला ये भी किया गया कि केंद्र में अगर फ़िरोज़ भाई पटेल की सरकार रिपीट हुई तो सुपुत्र सिंह यादव और

महादेवी जाटव को कैबिनेट मिनिस्टर बनाया जाएगा। असल में ये मजबूरी का गठबंधन था क्योंकि सुपुत्र सिंह यादव और महादेवी जाटव कोई गुल्ली-डंडा खेलने वाले बच्चे नहीं थे। वो दोनों ही गृहमंत्री फ़िरोज़ भाई पटेल की पतंगबाज़ी ख़ूब समझ रहे थे। दोनों जानते थे कि फ़िरोज़ भाई पटेल किसी भी वक़्त दोनों की पतंग कन्ने से काट देगा। लेकिन आसमान में उड़ रहे उत्तर प्रदेश के मुख्यमंत्री के पंख शार्प चाइनीज़ मांझे से काटने के लिए फ़िरोज़ भाई पटेल, महादेवी और सुपुत्र सिंह एक ही लटाई से पतंग उड़ाने पर तैयार हो गए। मजबूरी ने तीन दुश्मनों को एक कर दिया और तीनों दुश्मनों ने मिलकर अपना एक दुश्मन चुन लिया। वो दुश्मन जो लगातार तीन बार से मुख्यमंत्री है। वो दुश्मन जो हिंदुत्ववाद के राजनीतिक सिद्धांत को वोट छापने की मशीन समझता है। वो दुश्मन जो ज़िद्दी है और अपनी पार्टी की सेंट्रल लीडरशिप को भी ठोकर पर रखता है। वो दुश्मन जो पीएम फेस बनता जा रहा था। उस दुश्मन का नाम था—प्रचंड प्रताप सिंह।

***

पंजाब से लेकर अहमदाबाद जेल, अहमदाबाद जेल से इलाहाबाद और इलाहाबाद से लेकर लखनऊ तक बदल रही ये तारीख़ें एक बहुत बड़ी सियासी साज़िश की असली तारीख़ मुकर्रर कर रही थीं। लेकिन सवाल ये था कि आख़िर ये साज़िश है क्या? कौन है इस षड्यंत्र का मास्टरमाइंड? इन सवालों का जवाब शायद इन तारीख़ों के पास भी नहीं था। सवालों के जवाब तलाशती एक और तारीख़ पहुंची लखनऊ के वरदान डायगोनॉस्टिक सेंटर, जहां आईपीएस राबिया पठान का अल्ट्रासाउंड हो रहा था। डॉक्टर बहुत गौर से मॉनीटर देख रही थी तभी कम्पाउंडर फ़ाइल लेकर आया, "मैडम, ये बायॉप्सी रिपोर्ट है।"

अल्ट्रासाउंड और बायॉप्सी देखकर डॉक्टर मुस्कुराई, "एव्रीथिंग इज़ फ़ाइन राबिया। नॉट ईवन ए सिंगल मार्क ऑफ़ मिलिग्नेंसी। सो, चियर अप।"

राबिया का गीला पेट डॉक्टर टिशू से पोंछ ही रही थी कि तभी राबिया के मोबाइल पर ट्विटर नोटिफ़िकेशन आया। नोटिफ़िकेशन देखकर राबिया ने फ़ौरन वर्दी ठीक की और डॉक्टर को थैंक्स बोला। डॉक्टर उसे कुछ बताना चाहती थी मगर राबिया तेज़ी से बाहर निकल गई। ड्राइवर ने राबिया को देखते ही जीप स्टार्ट की और राबिया दौड़कर अगली सीट पर बैठ गई, "डिगडिगा चलो।"

क़रीब बीस मिनट बाद लखनऊ की डिगडिगा सब्ज़ी मंडी पर जीप रुकी। जीप से कूदकर राबिया ने जेब से पांच सौ का नोट निकाला और एक सब्ज़ीवाले के पास रुकी। राबिया ने सब्ज़ीवाले को नोट दिया और सब्ज़ीवाले ने अपने फ़ोन से एक नंबर मिलाकर राबिया को पकड़ा दिया। राबिया ने फ़ोन पर उधर से आ रही आवाज़ गौर से सुनी और तीस सेकंड में सब्ज़ीवाले को फ़ोन वापस करके जीप से चल दी। राबिया पठान ने अपने फ़ोन से स्पेशल टास्क फ़ोर्स यानी एसटीएफ़ चीफ़ यशराज ठाकुर को कॉल लगाई, "जय हिंद, सर। राबिया दिस साइड।"

सरकारी कार से मुख्यमंत्री आवास की तरफ़ जा रहे एसटीएफ़ चीफ़ यशराज ठाकुर ने जवाब दिया, "जय हिंद राबिया, कुछ ख़ास न हो तो बाद में मिलाऊं?"

राबिया बोली, "ख़ास नहीं सर, बहुत ख़ास है। एक बड़ी इन्फ़ॉर्मेशन है। श्रीप्रकाश दुबे की लोकेशन मिल गई है, आप कहें तो मैं टीम के साथ निकल जाऊं?"

"ग्रेट राबिया। मैं सीएम साहब के घर जा रहा हूं। तुम लोकेशन ट्रैक करो और मुझे फ़ॉरवर्ड करती रहो। जल्दी बताता हूं," यशराज ठाकुर ने टालने की कोशिश की।

राबिया ने 'जय हिंद' कहकर फ़ोन काट दिया।

दीपिका पादुकोण जैसी दिखने वाली आईपीएस राबिया पिछले कई सालों से एसटीएफ़ की डेप्युटी चीफ़ है। पुलिस और एसटीएफ़ से लेकर अपराध की दुनिया तक राबिया के मुखबिर कहां-कहां फैले हैं, कोई नहीं जानता। राबिया क़रीब पंद्रह साल की थी जब उसे कैंसर हो गया था। हालात बिगड़े और सर्जरी करनी पड़ी। तब से हर साल वो सारे चेकअप कराती है, ताकि पता चल सके कि कैंसर दोबारा तो नहीं पनप रहा है।

राबिया जब दिल्ली के जामिया मिलिया में सिविल्स की तैयारी कर रही थी तब उसकी दोस्ती अनहद से हुई। अनहद था तो बड़े बिज़नेसमैन का बेटा लेकिन आईपीएस बनना चाहता था। वो तो सिविल्स क्लियर नहीं कर पाया लेकिन राबिया आईपीएस बन गई। आख़िरकार अनहद ने लखनऊ में अपना फ़ैमिली बिज़नेस संभाल लिया। जामिया से शुरू हुआ अनहद और राबिया का ये रिश्ता दोस्ती से कहीं ज़्यादा और मोहब्बत से बस रत्ती भर ही कम था। राबिया के अम्मी-अब्बू गुज़र चुके थे। फ़ैमिली के नाम पर सिर्फ़ डार्विन

फ़ाउंडेशन था। डार्विन फ़ाउंडेशन का ख़्वाब राबिया ने अनहद की आंखों से देखा। सीएसआर फंड से अनहद ने राबिया पठान का ड्रीम एक प्रोजेक्ट के तौर पर पूरा किया। अनहद ने प्यार की पोटली सालों से दिल में समेट रखी थी मगर राबिया उसे ये पोटली कभी खोलने नहीं देती।

फ़ाउंडेशन का नाम डार्विन भी राबिया ने ही रखा क्योंकि राबिया को उस डार्विन से मोहब्बत है जिसने 'सर्वाइवल ऑफ़ द फ़िटेस्ट' का बायोलॉजिकल सिद्धांत दिया था। यानी ज़िंदा वो रहेगा जिसमें मारने वाले को मार डालने का दम होगा। इससे पहले कि दुश्मन, शैतान, हैवान, डर, हार, नाउम्मीदी, निराशा, बीमारी और सबकुछ खोने के बाद चौखट पर खड़ी ख़ुदकुशी आपको मार दे, आप इस फ़ौज को मार दीजिए और इनकी लाशों की छाती पर पैर रखकर ज़ोर से चीखिए कि 'मैं ज़िंदा हूं, मैं ज़िंदा हूं।' संस्कृत में इसे कहते हैं 'दैवो दुर्बलघातकः' यानी ईश्वर भी दुर्बल को ही मारते हैं। बस राबिया सीधे ईश्वर से लड़ गई। पहले कैंसर से...फिर रेप विक्टिम्स को मौत सी ज़िंदगी से बचाने की ख़ातिर। डार्विन फ़ाउंडेशन रेप विक्टिम्स का घरौंदा था। जिन्हें सबने मरने के लिए छोड़ दिया उन्हें राबिया ने ज़िंदगी से जोड़ दिया। ख़ुद राबिया भी इसी फ़ाउंडेशन के एक कमरे में रहती थी। अपने एक मुखबिर से आज उसे कानपुर के दबंग श्रीप्रकाश दुबे की लोकेशन पता चली थी जो ग्यारह पुलिसवालों को मारकर कानपुर से पिछले अट्ठारह दिन से फ़रार था।

राबिया पठान की बताई हुई लोकेशन लेकर एसटीएफ़ चीफ़ मुख्यमंत्री आवास पहुंच चुका था। मुख्यमंत्री प्रचंड प्रताप सिंह मीटिंग रूम में लगे टीवी पर 'ख़बरदार इंडिया' चैनल देख रहे थे। 'ख़बरदार इंडिया' न्यूज़ चैनल का यूपी एडिटर पराग दरबारी लाइव पर था। पराग दरबारी को लोग राग दरबारी नाम से बुलाते थे। क्योंकि जिसका दरबार उसी का राग गाता है राग दरबारी। राग दरबारी टीवी पर चिल्ला रहा था, "सीएम प्रचंड प्रताप सिंह का एक और मास्टरस्ट्रोक, अहमदाबाद जेल में बंद बाबर कुरैशी के साम्राज्य पर फिर चला लोडर। गुंडों में दहशत, माफ़ियाओं में खौफ़। पूर्वांचल के डॉन बाबर कुरैशी की अब तक ढाई हज़ार करोड़ की संपत्तियां ध्वस्त।"

एंकर ने टोका, "दरबारी मैं आपको रोकना चाहूंगी। हमारे साथ फ़ोन लाइन पर हैं लोहिया समाज पार्टी के अध्यक्ष सुपुत्र सिंह यादव। सुपुत्र सिंह

जी यूपी के सीएम प्रचंड प्रताप सिंह ने माफ़ियाओं की बैंड बजा दी है। क्या कहेंगे आप?"

सुपुत्र सिंह यादव बिफरा, "आपका चैनल बिक गया है। सैकड़ों करोड़ के विज्ञापन दे रही है यूपी सरकार आपको। आपके चैनल को आख़िर क्यों नहीं दिखाई दे रहा है कि मुसलमानों, यादवों और ब्राह्मणों को निशाना बनाया जा रहा है। आख़िर मस्जिदों से ही लाउडस्पीकर क्यों उतारे जा रहे हैं? जातियां और धर्म चुन-चुनकर ही एनकाउंटर क्यों किए जा रहे हैं? हम सड़क पर आंदोलन करेंगे, हल्ला बोलेंगे।"

"सुपुत्र सिंह जी, शुक्रिया हमारे साथ जुड़ने के लिए और अब फ़ोन लाइन पर मौजूद हैं दलित समाज पार्टी सुप्रीमो महादेवी जाटव। महादेवी जी आप भी यही कहेंगी कि मीडिया बिक गया है, या कुछ और है आपके पास?" एंकर बोली।

महादेवी बरस पड़ीं, "मीडिया राग दरबारी गा रहा है। मुख्यमंत्री और अफ़सरों की चरण वंदना में जुटा है मीडिया। मीडियावाले दिनभर तो सरकारी विज्ञापन की फ़ाइल लेकर सूचना विभाग में टहला करते हैं। सबको तो सरकारी मकान मिला हुआ है। किस चैनल को कितना विज्ञापन मिला है सरकार से, हमें सब पता है। विज्ञापन दिखाते हो पर ये दिखाने की हिम्मत नहीं है कि जाटवों, मुसलमानों और ब्राह्मणों को माफ़िया बताकर उनके घर तोड़े जा रहे हैं। नौ महीने रुको, जनता जवाब देगी।"

एंकर ने फिर टोका, "महादेवी जी मैं आपको रोकना चाहूंगी। यूपी से बड़ी ख़बर आ रही है। कई दिनों से फ़रार हत्यारा श्रीप्रकाश दुबे मध्य प्रदेश में इंदौर के एक मंदिर से पकड़ लिया गया है। सीधे एडिटर दरबारी के पास चलते हैं। दरबारी क्या ख़बर है?"

दरबारी माइक पर चीख़ा, "देखिए मैं आपको बता दूं कि यूपी के सीएम को एक और सफलता मिली है। ग्यारह पुलिसवालों का हत्यारा कानपुर का गुंडा श्रीप्रकाश दुबे मध्य प्रदेश में दबोच लिया गया है। सीएम को हमारे चैनल की ओर से बधाई।"

मुख्यमंत्री प्रचंड प्रताप सिंह ने टीवी म्यूट किया और एसटीएफ़ चीफ़ यशराज ठाकुर से बैठने को कहा। एसटीएफ़ चीफ़ ने पेंसिल से लिखी एक रिपोर्ट मुख्यमंत्री की मेज़ पर रख दी। रिपोर्ट में लिखा था कि सेंट्रल गवर्नमेंट

ने इंटेलिजेंस ब्यूरो और रॉ को यूपी गवर्नमेंट के ख़िलाफ़ इस्तेमाल करने का प्लान बनाया है। रिपोर्ट में ये भी लिखा था कि लोहिया समाज पार्टी और दलित समाज पार्टी से सेंट्रल गवर्नमेंट ने हाथ मिला लिया है। कभी भी कुछ बड़ा हो सकता है।

एसटीएफ़ चीफ़ धीरे से बोला, "सर, माफ़ियाओं के ख़िलाफ़ हम जो एक्शन ले रहे हैं उससे बाबर कुरैशी भी तिलमिला गया है। तीन दिन पहले बाबर ने अहमदाबाद जेल से इलाहाबाद में रमाकांत बघेल को जान से मारने की धमकी दी है। केंद्र आपकी सरकार के ख़िलाफ़ कॉन्स्पिरेसी कर रहा है। हमारी डिप्टी सीएम भी एंटी गवर्नमेंट एक्टीविटीज़ में शामिल हैं। आपकी पार्टी के राष्ट्रीय नेता भी आपके विरोध में हैं, वो नहीं चाहते कि प्रधानमंत्री पद पर आपकी दावेदारी मज़बूत हो।"

मुख्यमंत्री प्रचंड प्रताप सिंह ने रिपोर्ट फाड़कर डस्टबिन में डाल दी, "हम पहले कुछ भी नहीं करेंगे लेकिन हमें कोई छेड़ेगा तो छोड़ेंगे नहीं। जब तक रामायण है, तब तक श्रीराम की तरह मर्यादा में रहो। कोई कुरुक्षेत्र बनाने की कोशिश करेगा तो फिर मर्यादा का स्थान महाभारत लेगी। तुम्हारा काम सिर्फ़ दुर्योधनों का संहार करते रहना है। राजनीति मुझ पर छोड़ दो। पितामह भीष्म, गुरु द्रोणाचार्य, कर्ण, धृतराष्ट्र के साथ अंधी गांधारी का क्या करना है ये मैं देख लूंगा। राक्षसों का एनकाउंटर नहीं किया जाता पर उनका वध करना परम कर्तव्य है।"

"सर, श्रीप्रकाश दुबे गैंग के जो दस लोग एनकाउंटर में मारे गए वो सब ब्राह्मण थे। हमारी ख़ुफ़िया रिपोर्ट कह रही है कि चुनाव से पहले ब्राह्मण नाराज़ हो रहा है और पार्टी आलाकमान भी ब्राह्मणों के एनकाउंटर्स से काफ़ी ख़फ़ा है। फिलहाल हमारी टीम श्रीप्रकाश दुबे को मध्य प्रदेश से पकड़कर ला रही है। क्या करना चाहिए?"

मुख्यमंत्री कुर्सी से उठे, "न्याय होना चाहिए। उन पुलिसवालों के परिवारों को न्याय मिलना ही चाहिए जिन्होंने अपनों की ख़ून से सनी लाशें देखी हैं।"

मुख्यमंत्री अपने कमरे की तरफ़ चल दिए और उन्हें सेल्यूट करके एसटीएफ़ चीफ़ भी बाहर निकल गया। गाड़ी में बैठकर चीफ़ ने सीधे राबिया पठान को फ़ोन लगाया। उसे मुबारकबाद देते हुए चीफ़ ने साफ़ झूठ बोला कि मीटिंग में मुख्यमंत्री राबिया की तारीफ़ कर रहे थे। राबिया ने चीफ़ को श्रीप्रकाश दुबे के

एनकाउंटर का प्लान समझाया और पूरा ऑपरेशन ख़ुद लीड करने की इजाज़त मांगी। लेकिन चीफ़ ने सिरे से इंकार कर दिया।

ग़ुस्से से भन्नाई राबिया की जीप डार्विन फ़ाउंडेशन कैंपस में रुकी। राबिया ग़ुस्से में अंदर जा रही थी कि तमाम बच्चियां हाथों में रंग-बिरंगे ग़ुब्बारे लेकर दौड़ती हुई आईं और उससे लिपट गईं। राबिया का ग़ुस्सा छन्न से ग़ायब हो गया। सारी बच्चियों के साथ राबिया अंदर हॉल में आई, जहां व्हीलचेयर पर अर्शी नाम की लड़की बैठी थी जो राबिया से क़रीब छह साल छोटी थी। अर्शी पैदाइशी स्पेशल चाइल्ड थी। वो न ठीक से बोल पाती है न अपने पांव पर खड़ी हो पाती है, बस हाथों में ही थोड़ी बहुत जान थी उसके। अर्शी राबिया की फ़ेवरेट थी। व्हीलचेयर के पीछे राबिया का दोस्त अनहद खड़ा था। अर्शी को राबिया ने गले लगाया और सबने मिलकर केक काटा। हॉल में 'हैप्पी बर्थडे टू यू, की ख़ुशियां गूंजने लगीं। सबने केक खाया और राबिया अपनी प्लेट लेकर अनहद के साथ लॉन की तरफ़ चल दी। अर्से बाद आज अनहद ने फिर अपना दिल खोला, "तुम ख़ुश होती हो तो हमेशा सोचता हूं कि काश मैं भी तुम्हारी ख़ुशी बन पाता। पता नहीं ये काश कभी हकीकत में बदलेगा या नहीं?"

राबिया ने अनहद का हाथ थाम लिया, "क्या यूं ही हमारा साथ हकीकत से कम है अनहद? मुझे पता है, तुमने मेरे लिए सबकुछ किया पर शायद मैं तुमको एक ख़ुशी नहीं दे पा रही हूं। बहुत गिल्ट रहता है, बहुत दर्द देता है ये गिल्ट।"

अनहद ने हमेशा की तरह बात टाल दी और दिल ही दिल में क़सम खाई कि वो अब कभी कुछ नहीं कहेगा। भारी दिल को इंस्टेंट मुस्कुराहट से ढंककर अनहद ने स्विगी से बच्चों के लिए पिज़्ज़ा ऑर्डर किया और अंदर चल दिया। पता नहीं कौन सी वजह है जो अनहद के प्यार के नाम पर राबिया को हमेशा ख़ामोश कर देती है। भीगी आंखों से अनहद को जाता देख राबिया ने मोबाइल से एक नंबर मिलाया, जो फ़ोनबुक में 'मेरी जान' के नाम से सेव था। उधर से फ़ोन उठते ही भरे गले से राबिया फुसफुसाई, "राबिया बोल रही हूं मेरी जान।"

उधर से जवाब आया, "हम्म...तेरी आवाज़ पहचानती हूं।"

राबिया फिर बोली, "जान, आज का दिन याद है? आज के दिन हम अपनी अर्शी का बर्थडे मनाते थे। बस फिर तेरी याद आ गई। अर्शी आज भी

न बोल पाती है, न चल पाती है, पर हंसती है तो सुकून मिलता है। सोचा सुकून बांट लूं तुझसे।"

"हां राबिया, मुझे याद है। हर साल दिल करता है अर्शी को देखने का लेकिन हमारे बीच तय हुआ था कि हम कभी एक-दूसरे से बात नहीं करेंगे। अर्शी को मेरा प्यार देना और फिर कभी फ़ोन मत करना।"

राबिया रोने लगी, "इतना तो बता दे मेरी जान, कहां है आजकल तू?"

"वहीं संगम किनारे, मेरी जान।" रुंधी हुई आवाज़ के साथ फ़ोन कट गया।

राबिया बिना आवाज़ चीख़ने लगी। जैसे दर्द फटकर बाहर आना चाह रहा हो लेकिन डर था कि दर्द का लावा कहीं बच्चियों को झुलसा न दे। इसी डर ने चीख़ को ख़ामोश कर दिया। राबिया आंसू पोंछकर नक़ली हंसी चेहरे पर लिए अंदर चल दी।

***

कैलेंडर में एक और तारीख़ बदली है और दिन शुरू हुआ इलाहाबाद संगम किनारे बसे दारागंज से। एक बड़े से ऑडिटोरियम में भारतीय राष्ट्रवादी पार्टी का मंच सज चुका था। कारों की क़तार के साथ रमाकांत बघेल ऑडिटोरियम के बाहर आकर रुका। वही रमाकांत बघेल, जिसे बाबर कुरैशी ने फ़ोन पर जान से मारने की धमकी दी थी। आज रमाकांत बघेल भारतीय राष्ट्रवादी पार्टी में शामिल होने जा रहा है। फूलों के हार और झंडे-बैनर लिए हुए चेले-चपाटे रमाकांत बघेल के समर्थन में नारे लगा रहे थे। सब के सब यूपी की उप मुख्यमंत्री बृजरानी कुशवाहा के स्वागत के लिए लाइन लगाकर खड़े हो गए। इनोवा कारों की फ्लीट रुकी और पहली गाड़ी से बृजरानी कुशवाहा हाथ जोड़े हुए उतरीं। पीछे की गाड़ियों से यूपी के कैबिनेट मिनिस्टर कृतार्थनाथ सिंह और कृष्णगोपाल नौचंदी बाहर निकले। मीडिया की भीड़ लग गई और इसी भीड़ में 'ख़बरदार इंडिया' का लोकल स्ट्रिंगर मुन्नालाल पत्रकार भी मौजूद था।

मुन्नालाल ने कैमरामैन सिंटू दुबे को आवाज़ देकर बुलाया और उप मुख्यमंत्री के मुंह के आगे माइक लगाया, "मैडम कैसा लग रहा है, क्या कहना चाहेंगी?"

"अरे कैसा लगेगा, इलाहाबाद मेरा घर है, अच्छा ही लगेगा।"

"पिछली बार तो पार्टी ने आपका पत्ता काट दिया था लेकिन सीएम प्रचंड प्रताप सिंह को अगर पार्टी ने प्रधानमंत्री का चेहरा बनाया तो क्या आप सीएम बनेंगी इस बार?"

"पार्टी सर्वोपरि है, पार्टी का फ़ैसला सर्वोपरि है।" उप मुख्यमंत्री तल्ख हो गईं।

"तो आप मानती हैं कि सीएम साहब अच्छा काम कर रहे हैं?" मुन्नालाल बोला।

"सीएम हमारे नेता हैं। जो कर रहे हैं अच्छा कर रहे हैं।"

"मैडम आख़िरी सवाल। रमाकांत बघेल एक एमएलए के क़त्ल में चश्मदीद गवाह थे जो बाद में गवाही से पलट गए और अब माफ़िया डॉन बाबर कुरैशी के साथ काम करते हैं, फिर पार्टी उन्हें क्यों शामिल कर रही है? सीएम तो बाबर कुरैशी की करोड़ों की संपत्तियां ध्वस्त कर रहे हैं, उसको जेल भेज चुके हैं।"

उप मुख्यमंत्री अकड़ीं, "भारतीय राष्ट्रवादी पार्टी तो मां गंगा के समान है, जो भी इस गंगा में नहाता है उसके सारे पाप धुल जाते हैं।"

मुन्नालाल कैमरे पर चिल्लाया, "ये थीं यूपी की डिप्टी सीएम बृजरानी कुशवाहा जी जिन्होंने अपनी पार्टी को गंगा बताया है और बाबर कुरैशी के साथी रमाकांत बघेल को सही ठहराया है। इसीलिए कहते हैं राम तेरी गंगा मैली हो गई पापियों के पाप धोते-धोते। कैमरामैन सिंटू दुबे के साथ मुन्नालाल 'ख़बरदार इंडिया' न्यूज़, इलाहाबाद।"

इस बीच रमाकांत बघेल ने झट से उप मुख्यमंत्री को माला पहनाई और समर्थकों ने नारेबाज़ी शुरू कर दी। कैबिनेट मंत्री कृतार्थनाथ सिंह और कृष्णगोपाल नौचंदी को मालाओं से लादकर चलता-फिरता बुके बना दिया गया। सब अंदर चल दिए। स्टेज पर उप मुख्यमंत्री ने बघेल को पार्टी का पटका पहनाया और इस तरह बघेल भारतीय राष्ट्रवादी पार्टी का क्रांतिकारी मेंबर बन गया। मंच से चाय-पानी की घोषणा हो भी नहीं पाई थी कि भीड़ इलाहाबादी समोसे और पचास ग्राम नारंगी बूंदी पर टूट पड़ी। रमाकांत बघेल भीड़ से बचाते हुए उप मुख्यमंत्री, कृतार्थनाथ सिंह और नौचंदी को लेकर वीवीआईपी रूम की तरफ़ चल दिया। बघेल ने बृजरानी को बताया कि बाबर ने उसे जान से मारने की धमकी दी है। बृजरानी कुशवाहा ने ताक़त दिखाई, "तभी तो तुमको

पार्टी में लाए हैं, ताकि मुख्यमंत्री हमें हल्के में न लें। बाबर कुरैशी पता नहीं जेल से छूटे न छूटे, लेकिन हम सबको तो मज़बूत रहना है, वर्ना काम-धंधा सब चौपट हो जाएगा।"

कैबिनेट मंत्री कृतार्थनाथ सिंह बोला, "इलाहाबाद पश्चिम से कौशांबी तक गंगा कछार में पांच हज़ार करोड़ की ज़मीन है हम सबकी। बाबर के भरोसे ही तो धंधा शुरू किया था। अब हम सब तो सामने आ नहीं सकते इसलिए बाबर के बाद हमें भी एक चेहरा चाहिए जो धंधा देख सके। बाबर के लौंडों को तो लौंडियाबाज़ी से ही फुर्सत नहीं है और वैसे भी अगर हमने लौंडों को काम सौंपा तो सीएम हमारे धंधे पर भी लोडर चलवा देगा।"

रमाकांत बघेल ग़ुस्साया, "बाबर कह रहे हैं ज़मीन का पैसा उनकी बीवी को दे दो।"

कैबिनेट मंत्री कृष्णगोपाल नौचंदी झल्लाया, "काहे दे दो उनकी बीवी को पैसा? बाबर आएंगे तब ज़मीन और पैसे का हिसाब-किताब होगा। बाबर समझ ही नहीं रहे हैं कि उनके बुरे नहीं, बहुत बुरे दिन चल रहे हैं। एसटीएफ़ सबका फ़ोन रिकॉर्ड करती है और बाबर को लगता है कि रोज़ उनको जेल में गुड मॉर्निंग-गुड नाइट का मैसेज भेजा जाए। रमाकांत तुम शेर की तरह रहो, हम देख लेंगे सब।"

उप मुख्यमंत्री ने बीच में टोका, "बाबर अपना आदमी है। बीस हज़ार करोड़ में पांच हज़ार करोड़ तो उसका भी लगा है। उसने ही तो ज़मीनों में हम सबका पैसा इन्वेस्ट कराया है। थोड़ा इंतज़ार करो, हालात पर नज़र रखो, देखते हैं बाबर का क्या होता है। तुम एकदम चिंता मत करो, मैं मौक़ा लगते ही बाबर कुरैशी से बात करती हूं।"

बात ख़त्म करके सब उठे और नारेबाज़ी के बीच अपनी कारों में बैठकर चले गए। रमाकांत बघेल पावरहाउस हो चुका था। पार्टी जॉइन करके उसके मन से बाबर की दहशत काफ़ी कुछ निकल चुकी थी। उप मुख्यमंत्री और दो कैबिनेट मंत्रियों के अलावा इस चांडाल चौकड़ी में तीन बड़े बिल्डर्स और यूपी से दिल्ली तक कई नेता भी शामिल थे। जैसे-जैसे डॉन बाबर कुरैशी की रंगबाज़ी बढ़ती गई, वो इलाहाबाद की हज़ारों एकड़ ज़मीन पर क़ब्ज़ा करता गया। 'बाय वन गेट वन फ्री' की स्कीम पर ये लीडर्स बाबर को सियासी संरक्षण देते रहे और बदले

में बाबर ने इन नेताओं को अपने ज़मीन के धंधे का साइलेंट पार्टनर बना लिया। नेताओं की काली कमाई मुनाफ़े के साथ सफ़ेद होती रही। बाबर के जेल जाने के बाद उप मुख्यमंत्री ने रमाकांत बघेल को धंधा सौंप दिया। यही बात बाबर कुरैशी को खल गई। जेल से कारोबार चलाने के लिए बाबर को पैसों की ज़रूरत थी और बघेल पैसा हजम कर चुका था। सियासत की शातिर खिलाड़ी बृजरानी कुशवाहा समझ चुकी थी कि मुख्यमंत्री प्रचंड प्रताप सिंह के रहते बाबर कुरैशी जेल से कभी बाहर नहीं आ सकता है। उप मुख्यमंत्री और कैबिनेट मंत्री बाबर के मुद्दे पर 'वेट एंड वॉच' की थ्योरी पर चल रहे थे। न इन नेताओं पर कोई ख़तरा था, न इनके धंधे पर। लेकिन डॉन बाबर कुरैशी नाम का ख़तरा अब धीरे-धीरे रमाकांत बघेल की तरफ़ तेज़ी से बढ़ रहा था।

***

कानपुर में ग्यारह पुलिसवालों के हत्यारे श्रीप्रकाश दुबे को मध्य प्रदेश में इंदौर के एक मंदिर से पकड़कर ला रही तीन पुलिसिया जीपें कानपुर का रनियां इलाक़ा पार कर चुकी थीं। पुलिस के पीछे-पीछे मीडिया की दर्जनों गाड़ियां कवरेज करती भाग रही थीं। जीप की पिछली सीट पर श्रीप्रकाश दुबे बीच में और उसके अगल-बगल दो दरोगा बैठे थे। ड्राइवर के बगल वाली सीट पर एक सिपाही था। एक दरोगा श्रीप्रकाश दुबे को लगातार इलेक्ट्रॉल वाला पानी पिला रहा था। तेज़ रफ़्तार से दौड़ रही जीप में बैठा दूसरा दरोगा रावण की तरह अट्टहास करते हुए बोला, "ज़्यादा राकेट न बनो ड्राइवर साहब। गाड़ी कहीं पलट गई तो बवाल हो जाएगा।"

श्रीप्रकाश रिरियाया, "काहे इत्ता पानी पिलाए डारि रहे हो साहब। बहुत ज़ोर पिसाब लग रही है। गाड़ी इत्ता उछल रही है कि पिसाब रोके नहीं रुक रही है। कहूं रुकवा लेओ।"

"अबे गाड़ी कहीं नहीं रुकेगी। पीछे मीडिया वाले मक्खियों की तरह भिनभिना रहे हैं। गाड़ी रुकी तो मीडिया चिल्लाएगी कि श्रीप्रकाश को मारने के लिए जान-बूझकर गाड़ी रोकी गई है। रही इलेक्ट्रॉल की बात तो मानवाधिकार क़ानून के तहत तुमको डिहाइड्रेशन से बचाना हम पुलिसवालों का कर्तव्य है वर्ना क्या जवाब देंगे अफ़सरों को?" कहकर दरोगा फिर ज़ोर-ज़ोर से हंसने लगा।

"साहब पिसाब करै खातिर तो रोकै का पड़ी," श्रीप्रकाश गिड़गिड़ाया।

दरोगा चिल्लाया, "अबे मूत मत देना गाड़ी में। ब्लैडर फ़ुल हो जाए तो बताना।"

"साहब ब्लैडर बस फटैं वाला है," श्रीप्रकाश बच्चों की तरह ज़िद करने लगा।

ब्लैडर फटने की बात सुनते ही दरोगा ने तुरंत मोबाइल से किसी को फ़ोन मिलाया। दो मिनट बाद टोल आते ही श्रीप्रकाश दुबे को ले जा रही जीप के साथ पुलिस की दो और गाड़ियां तेज़ी से निकल गईं। पुलिस जीपों के निकलते ही मीडिया की सारी गाड़ियां रोक दी गईं। गाड़ियों से निकलकर मीडियावाले पहले तो टोल कर्मचारियों से गाली-गलौज करने लगे, फिर भी जब उन्हें नहीं जाने दिया गया तो सब माइक लेकर बकबकाने लगे, "पुलिस के इशारे पर मीडिया को टोल पर ही रोक दिया गया है। आख़िर क्यों रोकी गईं मीडिया की गाड़ियां? क्या कोई बड़ी ख़बर आने वाली है?"

डार्विन फ़ाउंडेशन के कमरे में बैठी राबिया हत्यारे श्रीप्रकाश दुबे की कवरेज लगातार देख रही थी। मीडिया को टोल पर रोके जाने की ख़बर देखते ही उसका माथा ठनका। राबिया ने कॉल लगाने के लिए मोबाइल उठाया ही था कि तभी न्यूज़ चैनल की एंकर चीख़ी, "अपनी टीवी स्क्रीन छोड़कर कहीं मत जाइएगा। इस वक़्त उत्तर प्रदेश के कानपुर से बिग ब्रेकिंग न्यूज़ आ रही है। कानपुर में ग्यारह पुलिसवालों के हत्यारे श्रीप्रकाश दुबे को लेकर जा रही पुलिस जीप पलटी।"

रॉकिंग रॉकस्टार का शॉकिंग मर्डर
(2023)

श्रीप्रकाश दुबे को ले जा रही पुलिस जीप पलटने की ख़बर देखते ही राबिया पठान एसटीएफ़ हेड ऑफ़िस के लिए निकल चुकी थी। मूड ख़राब था और ग़ुस्सा चेहरे पर साफ़ था। जीप जैसे ही कैंपस में घुसी राबिया कूदकर उतरी और फ़ौरन लिफ़्ट की तरफ़ चल दी। लिफ़्ट अभी दसवीं मंज़िल पर थी। राबिया ने चिड़चिड़ाकर लिफ़्ट के दरवाज़े पर लात मारी और सीढ़ियों से दौड़ते हुए सीधे छठी मंज़िल पर पहुंच गई। कई जूनियर्स के सेल्यूट नज़रअंदाज़

करके वो चीफ़ के केबिन में घुस गई। राबिया की बेअंदाज़ी से चीफ़ यशराज ठाकुर सकपकाया, "क्या राबिया, एनिथिंग अर्जेंट?"

राबिया बमक पड़ी, "नो सर, नथिंग अर्जेंट, आज सारी बातें आराम से होंगी।"

"आराम का वक़्त नहीं है राबिया, तुम जानती हो," यशराज ठाकुर ने भौंहें तानीं।

"मैं कुछ नहीं जानती हूं, आप जानते हैं और सब जानते हैं।"

"राबिया, इज़ दिस ए वे टु टॉक टु यॉर सीनियर्स?"

राबिया भी ग़ुस्से में थी, "देन लेट मी फ़ील द फ्रेगरेंस ऑफ़ यॉर सीनियॉरिटी सर।"

चीफ़ ने राबिया को बैठने का इशारा किया, "बताओ हुआ क्या?"

राबिया बैठ गई, "बताना तो आपको है सर कि क्या हुआ ये सब?"

यशराज ठाकुर ने बेल दबाई और सिपाही के अंदर आते ही चाय लाने को कहा। इससे पहले कि राबिया बिफरती चीफ़ बोला, "कुछ नहीं राबिया। श्रीप्रकाश दुबे को जो जीप लेकर आ रही थी, वो पलट गई। जीप के पलटते ही श्रीप्रकाश ने एक घायल दरोगा की पिस्टल छीनकर पुलिस पर फ़ायर किया। पुलिस ने भी जवाबी फ़ायरिंग की और श्रीप्रकाश एनकाउंटर में मारा गया। इट्स नॉट ए हिडन फ़ाइल।"

"इट्स नॉट अबाउट ऐनी हिडन फ़ाइल, इट्स ऑल अबाउट द कुकीज़।" राबिया बिफर पड़ी, "जिस दिन श्रीप्रकाश फ़रार हुआ था, उस दिन से मैं उसको लोकेट कर रही थी। मैंने ही आपको आइडिया दिया था कि जैसे ही उसको पकड़ूंगी उसकी जीप पलटेगी और मैं उसे मार दूंगी। लोकेशन मैंने ही दी आपको लेकिन एक बार फिर आपने मुझे नहीं जाने दिया। क्या कोइन्सिडेंस है न, सर! श्रीप्रकाश की जीप भी पलट गई, एनकाउंटर भी हो गया, सबकुछ हो गया सर। बस राबिया पठान के साथ आज फिर वही हुआ जो हमेशा होता आया है।"

यशराज चिल्लाया, "इट्स ए ट्रू ईवेंट। गाड़ी सच में पलटी, एनकाउंटर सच में हुआ। तुम्हारे कहने से सच नहीं बदलेगा और ये सब कहकर तुम उन पुलिसवालों की हिम्मत पर सवाल उठा रही हो। तुम कैसी अफ़सर हो जिसका ख़ून नहीं खौला ग्यारह पुलिसवालों की ख़ून से सनी लाशें देखकर।"

राबिया तपाक से बोली, "एग्ज़ेक्टूली सर! ख़ून ही तो खौला था। तभी तो कहा था कि श्रीप्रकाश को मुझे हैंडल करने दीजिए लेकिन नहीं सर, मेन्युपुलेशन तो मेरे ही साथ होना है। बीहड़ में डाकू दद्दन पटेल को मैंने ट्रैक किया, डाकू अभय गुर्जर को मैंने ट्रेस किया, जेल में मुनीम काला जैसे ड्रेडेड क्रिमिनल को ख़त्म करने का प्लान मैंने बनाया लेकिन सर, आप तो सीनियर हैं। हमें तो ये याद ही रखना चाहिए कि हम जूनियर हैं और अगर हम कभी भूल भी जाएं तो याद दिलाने के लिए आप हैं न सर। मैं आप से कुछ नहीं छिपाती और एक आप हैं सर, जो मुझे कुछ नहीं बताते।"

चीफ़ ने क़ुबूल किया, "एकदम सही है, हर बार प्लानिंग तुम्हारी ही थी लेकिन हर बार मैंने ही तुमको एग्ज़ीक्यूट नहीं करने दिया।"

"ओह्ह माय गॉड, आप कन्फ़ेस कर रहे हैं?"

चीफ़ मुस्कुराया, "बीहड़ में डाकू दद्दन पटेल और अभय गुर्जर तक तो ठीक है।"

"तो ग़लत क्या है सर?"

"लेकिन राबिया, जेल में मुनीम काला के मर्डर की इन्क्वायरी हो जाती तो?"

"देखा जाता सर, मैं झेल लेती।"

"श्रीप्रकाश दुबे की जीप कैसे पलटी इस पर भी इन्क्वायरी पॉसिबल है।"

"देखा जाता सर, मैं झेल लेती, कह तो रही हूं।" राबिया ने दोहराया।

इसी बीच सिपाही चाय देकर चला गया। यशराज ठाकुर ने कप राबिया की तरफ़ बढ़ाया। राबिया ने थैंक्स बोला, लेकिन कप को हाथ भी नहीं लगाया। यशराज ने बात बदली, "लेट मी टेल यू लाउड एंड क्लियर, ड्यूटी और ड्यूटी विदइन द सिस्टम में फ़र्क होता है राबिया। कुछ पॉलिटिकल कंपल्शंस हैं जो हम नहीं चुनते बल्कि चुनी हुई सरकार हमें देती है। तुमको टीम लीड बनाने में कोई दिक्कत नहीं है।"

"फिर दिक्कत कहां है सर?"

"दिक्कत तुम्हारा नाम है राबिया। तुम रवीना, राम्या या रचना होतीं तो कोई प्रॉब्लम ही नहीं थी। मगर तुम राबिया हो। सरकार का एजेंडा तुम समझ ही रही हो, ऐसे में दद्दन पटेल, अभय गुर्जर, श्रीप्रकाश दुबे का टीम लीड मैं तुमको नहीं बना सकता था। मुनीम काला का प्लान कैसे और किसने

बाइपास किया, ये सच में मैं नहीं जानता। तुम्हारा फ़्रस्ट्रेशन मैं समझ सकता हूं। तुम जैसे काम कर रही हो, करती रहो। थोड़ा कॉम्प्लीकेटेड है, लेकिन मैं देखता हूं कैसे क्या हो सकता है।"

राबिया थोड़ा नर्म पड़ी, "आप जो कह रहे हैं, मैं सच मान रही हूं। आपने आज तक जो कहा, मैंने सच ही माना है। रही बात मेरे नाम की, तो हो सकता है कुछ पॉलिटिकल कंपल्शंस होंगे सर, तो वो आप सेटल कीजिए। अगर एक राबिया के प्लान पर काम हो सकता है, अगर एक राबिया की थ्योरी पर कोई क्रिमिनल एलिमिनेट हो सकता है तो एक राबिया वो काम फ़ील्ड पर भी एग्ज़ीक्यूट कर सकती है। ऐनीवे इंतज़ार करूंगी कि ये राबिया सिस्टम के लिए रवीना बन सके।"

राबिया की बात सुनकर चीफ़ मुस्कुरा दिया। राबिया ने ठंडी हो चुकी चाय एक घूंट में पी और जय हिंद कहकर बाहर चल दी।

यशराज ठाकुर माहिर पुलिस अफ़सर था। वो जानता था कि सरकार, सिस्टम और शपथ में कितना महीन रिश्ता है। उसे पता था कि परेशान करके राबिया जैसे अफ़सरों को कैसे हथौड़ा बनाना है, जो पड़े तो एक ही बार में लोहे का आकार बदल दे। यशराज सिर्फ़ ड्यूटी नहीं बल्कि सियासी हवा के इशारे को भी सूंघ लेता था। राबिया भी यशराज को बहुत अच्छे से समझती थी। उसे पता था कि बर्ताव में बुरा दिखने वाला यशराज अंदर से ट्रेनर है, कोच है। फ़र्क इतना है कि राबिया जैसे अफ़सरों का सब्र टूट जाता है और यशराज जैसे लोग टूटे हुए सब्र को समेटकर निकल लेते हैं। असली बात तो ये है कि यशराज इस्तेमाल करना जानता था और आज राबिया को भी मालूम पड़ चुका था कि जान-बूझकर इस्तेमाल हो जाने की कला, इस्तेमाल करने से कहीं ज़्यादा महीन और मुफ़ीद है, अब उसे यशराज इस्तेमाल करे या फिर सिस्टम में रहकर राबिया ख़ुद इस्तेमाल हो जाए।

***

राबिया और यशराज ठाकुर के बीच श्रीप्रकाश दुबे की गाड़ी पलटने और एनकाउंटर के मुद्दे पर साफ़ बात हो चुकी थी लेकिन कानपुर के एनकाउंटर स्पॉट पर मीडिया एक बार फिर मुख्यमंत्री के महिमामंडन में जुटा था। फ़ॉरेंसिक जांच के लिए पलटी हुई जीप वर्कशॉप भेजी जा चुकी थी और श्रीप्रकाश की लाश

कानपुर के पोस्टमार्टम हाउस में जमा थी। मौक़ा-ए-वारदात पर अब कैमरे से दिखाने के लिए कुछ नहीं बचा था, बस दो-चार लाल-लाल धब्बे ज़मीन पर थे, जैसे किसी कनपुरिये ने गुटखा थूका हो। सारे चैनलों के रिपोर्टर गुटखे की पीक के लाल धब्बे दिखाकर दो लाख डेसिबल की आवाज़ में बता रहे थे कि उन्हीं के चैनल पर ये एक्सक्लूसिव धब्बे दिखाए जा रहे हैं। मौक़े पर रिपोर्टर्स की रिपोर्टिंग देख रही भीड़ में गुटखा थूकने वाला एक आदमी ज़ोर से चिल्लाया, "बोलोSSSSS...ज़ुबां केसरी!"

'ज़ुबां केसरी' सुनकर भीड़ ताली बजाने लगी, तभी एक और दहाड़ा, "ज़िंदगी का मजा फू-फू करने में नहीं, थू-थू करने में है।"

कवरेज की थू-थू के बीच 'ख़बरदार इंडिया' न्यूज़ का यूपी एडिटर राग दरबारी सुपर क्रियेटिव निकला। दरबारी ने पहले श्रीप्रकाश दुबे की जीप से एकदम मिलती-जुलती जीप किराए पर मंगाई। फिर गांववालों की मदद से पलटाई और गांव के एक आदमी को श्रीप्रकाश दुबे की प्रतीकात्मक लाश बनाकर पलटी हुई जीप के बगल में लिटा दिया। इसके बाद ख़ुद पुलिस की वर्दी पहनकर दरबारी लाइव देने लगा। एंकर ऐसे सवाल कर रही थी जैसे शौर्य चक्र के लिए एडिटर का इंटरव्यू ले रही हो और दरबारी ऐसे जवाब दे रहा था जैसे मुठभेड़ के वक़्त उसी ने पूरे पराक्रम के साथ श्रीप्रकाश दुबे का एनकाउंटर किया हो। महाभारत काल में संजय अपनी संजय दृष्टि से धृतराष्ट्र को युद्ध का हाल बताते थे। लेकिन आज संजय होते तो मीडिया की ऐसी महाकवरेज देखने के बाद मेडिकल लीव पर चले गए होते। सृष्टि के प्रथम पत्रकार नारद जी से क्षीरसागर में लेटे भगवान विष्णु भी आज कोई समाचार पूछते तो नारद जी कुटिल नहीं बल्कि जटिल मुस्कान के साथ आंखों में आंसू भरकर कहते 'नारायण नारायण'। बाक़ी हिंदी पत्रकारिता के पितामह गणेश शंकर विद्यार्थी और पराड़कर जी की आत्माएं तो स्वर्ग से फूल बरसा ही रही थीं। लाइव ख़त्म हुआ। दरबारी ने अपनी शौर्य चक्रीय तारीफ़ सुनने के लिए दिल्ली में बैठे सुपरबॉस को फ़ोन लगाया, "सर प्रणाम, इस बार टीआरपी टॉप पर रहेगी।"

सुपरबॉस की आवाज़ आई, "ख़बरें-अबरें होती रहेंगी दरबारी, ख़बरों से काम नहीं चलेगा। चैनल तब चलेगा जब गवर्नमेंट से माल आएगा, पहले मुझे

बताओ कि हमारा ढाई करोड़ का पेमेंट कहां अटका है? मालिक रोज़ मुझसे पूछता है यार।"

दरबारी मिनमिनाया, "सर इतना काम करता हूं, उसकी तारीफ़ कभी नहीं होती।"

"अरे सब मालूम है, मुझे ज़्यादा न बताओ, तुम सब वॉट्सएप रिपोर्टिंग करते हो। वॉट्सएप पर ख़बरें न आएं तो ख़बरें नहीं रहती हैं तुम लोगों के पास," सुपरबॉस बोला।

दरबारी खिसिया गया, "सर कई चैनल्स के पेमेंट रुके हैं। मैंने सबसे ज़्यादा रेवेन्यू दिया है। श्रीप्रकाश दुबे के स्पॉट पर हूं, फिर आप कहेंगे कि बाइट छूट गई। यहां से निकलूंगा तो लखनऊ पहुंचकर देखता हूं पेमेंट फ़ाइल कहां फंसी है।"

"मुझे फ़ाइल नहीं, एक हफ़्ते में पेमेंट चाहिए।" सुपरबॉस ने फ़रमान सुनाया।

"सर कहिए तो नौकरी छोड़ दूं," दरबारी थोड़ा धमकियाना अंदाज़ में बोला।

सुपरबॉस हंसा, "कितनी सेलरी है तुम्हारी?"

दरबारी को लगा नौकरी गई, "कट-कुटा कर सत्तावन हज़ार मिलते हैं सर।"

सुपरबॉस ने कॉर्पोरेट रवैया दिखाया, "तुम तुरंत नौकरी छोड़ दो। बीस-तीस हज़ार में काम करने वालों की लाइन लग जाएगी, लाले पड़ जाएंगे तुमको नौकरी ढूंढ़ने में।"

दरबारी एकदम कोल्ड कॉफ़ी हो गया, "सर पेमेंट की बात करता हूं।"

"तीस साल का करियर हो गया। 'सन्नाटा टाइम्स', 'दैनिक धरपकड़', 'टपलू टीवी' और 'आलू संदेश' जैसे अख़बारों-चैनलों में काम किया है तब पहुंचा हूं यहां तक। भौकाल मत दिखाओ, ऐड लाओ, चैनल चलाओ, सेलरी पाओ। एक काम और करो कानपुर में चैनल का बढ़िया ईवेंट प्लान करो," सुपरबॉस ने अंतिम ज्ञान दिया।

दरबारी किसी डिस्क्लेमर की तरह जल्दी-जल्दी बोला, "सर श्रीप्रकाश दुबे ने जिन पुलिसवालों को मारा है उनको वीरता सम्मान देते हैं और जिन पुलिसवालों ने श्रीप्रकाश को ढेर किया है उनको साहस सम्मान। तीस-पैंतीस लाख के विज्ञापन सरकार ही दे देगी। सीएम को अवॉर्ड देने के लिए इनवाइट करते हैं, वो भी ख़ुश हो जाएंगे।"

सुपरबॉस को आइडिया अच्छा लगा और दरबारी की भी जान छूटी।

श्रीप्रकाश की लाश के साथ मीडिया का भी पोस्टमार्टम हो चुका था। बंद कमरे में लोहिया समाज पार्टी ने एनकाउंटर पर सवाल खड़े करते हुए कोर्ट में याचिका दायर करने का फ़ैसला लिया और दलित समाज पार्टी ने विधानसभा घेरने का ऐलान किया।

***

इलाहाबाद भी ख़ामोश नहीं था। बाबर कुरैशी का छोटा बेटा फ़हद कुरैशी फॉर्च्यूनर गाड़ी से सिविल लाइंस इलाक़े की तरफ़ तेज़ी से जा रहा था। फ़हद के साथ चार-पांच गुर्गे गाड़ी में लदे थे। फ़हद नाराज़ दिख रहा था। असल में बाबर के बड़े बेटे वली कुरैशी की एक गर्लफ्रेंड दो-तीन महीने से न तो वली से मिल रही थी, न उसका फ़ोन उठा रही थी। फ़हद ने भी कई बार कोशिश की लेकिन लड़की ने उसका फ़ोन भी नहीं उठाया। बारहवीं में पढ़ने वाली इस लड़की को लगता था कि बाबर का बड़ा बेटा वली उससे मोहब्बत करता है। लेकिन वली के लिए ये रिश्ता इश्क़ वाला लव नहीं बल्कि रोज़मर्रा का हनीमून था। कुछ दिनों बाद लड़की समझ गई कि वो महज़ सेक्स टॉय थी, वली को न तो उससे मोहब्बत थी, न वो उससे कभी शादी करेगा। बस यही सोचकर लड़की ने वली का फ़ोन उठाना बंद कर दिया। आज वली ने छोटे भाई फ़हद को स्कूल भेजा था, लड़की को समझाने और फ़ोन पर बात कराने के लिए।

गार्ड ने रोका लेकिन सिविल लाइंस के स्कूल में फ़हद की फॉर्च्यूनर धड़ल्ले से घुस गई। फ़हद अपने गुर्गों के साथ सीधे लड़की की क्लास में पहुंचा। क्लास में टीचर इंग्लिश पढ़ा रही थी। गुर्गों ने तमंचे हाथ में निकाल लिए और फ़हद ज़ोर से चिल्लाया, "चलो, सब लोग बाहर चलो। मैडम आप भी, इंग्लिश-विंग्लिश बाद में।"

टीचर बोली, "क्या बदतमीज़ी है, कौन हो तुम?"

फ़हद ने मौज ली, "मैडम 'कबीर सिंह' देखी है न, हम वही वाले कबीर सिंह हैं और वो जो तीसरी बेंच पर ख़ूबसूरत लड़की बैठी है, वो हमारे भाई की बंदी है।"

फ़हद के गुर्गे ज़ोर-ज़ोर से हंसने लगे। स्टूडेंट्स बुरी तरह सहमे हुए थे। टीचर ने जब लड़की से फ़हद के बारे में पूछा तो लड़की डर गई और बाहर की तरफ़ भागने लगी। फ़हद ने दौड़कर उसे दबोच लिया। टीचर उसे छुड़ाने की कोशिश

कर ही रही थी कि तभी गार्ड्स के साथ स्कूल प्रिंसिपल क्लास में घुसे। फ़हद को देखते ही प्रिंसिपल ठिठक गए, "फ़हद बेटा ये स्कूल है, बच्चे डर जाएंगे।"

लड़की दबोचे हुए फ़हद ने प्रिंसिपल को सलाम किया, "अरे आप तो अब्बू के पुराने दोस्त हैं, हम भी यहीं पढ़ते थे, याद कीजिए। ये वली भाई की होने वाली बेगम हैं, मल्लब हमारी भाभी। पता नहीं क्यों निकाह से पहले ही तलाक़ के मूड में हैं। बस समझाने आए हैं, समझाकर चले जाएंगे। आप तो जानते हैं अब्बू कितने प्यार से डील करते हैं, बस हम भी प्यार से ही डील करेंगे।"

स्टूडेंट्स और टीचर को लेकर प्रिंसिपल जाने लगे। लड़की ने हाथ छुड़ाने की बहुत कोशिश की लेकिन फ़हद ने उसे छोड़ा नहीं, किसी और ने उसे छुड़ाया नहीं। फ़हद ने गुर्गों को क्लास से बाहर किया और गुर्गों ने बाहर से दरवाज़े की कुंडी लगा दी। फ़हद ने लड़की की स्कर्ट से शर्ट बाहर करके उसकी नाभि में तमंचा अड़ा दिया।

लड़की रोने लगी, "फ़हद भाई हम ये सब नहीं करना चाहते, प्लीज़ छोड़ दीजिए।"

फ़हद ने एक झटके में लड़की की स्कर्ट उतार दी और गाल काटते हुए बोला, "बस लास्ट टाइम। वली भाई बहुत तारीफ़ करते हैं तुम्हारी, एक बार हम भी तो देखें कि किस चीज़ की तारीफ़ करते हैं। बस इसके बाद न वली भाई आएंगे न हम।"

लड़की ने ख़ुद को फ़हद के हवाले कर दिया। लड़की को क़तई उम्मीद नहीं थी कि जिस वली से उसने मोहब्बत की थी वो अपने ही भाई फ़हद को उसका रेप करने के लिए भेजेगा। ये सब आख़िरी बार है बस यही सोचकर लड़की ख़ामोश रही लेकिन फ़हद जाते-जाते कह गया कि उसका मूड बदल गया है। वली आए न आए, वो आता-जाता रहेगा। इलाहाबाद में ये लड़की अकेली नहीं थी। बाबर क़ुरैशी के लोफ़र लौंडे न जाने कितनी लड़कियों को सेक्स टॉय समझ कर खेल रहे थे। बाप शैतान, बेटे हैवान।

***

उधर लखनऊ में मुख्यमंत्री आवास में इंटरव्यू की तैयारी चल रही थी। 'ख़बरदार इंडिया' न्यूज़ का यूपी एडिटर राग दरबारी लाइट-कैमरा-एक्शन के साथ तैयार था।

मुख्यमंत्री के पीए ने पहले ही दरबारी को सवालों की फेहरिस्त दे रखी थी। सख़्त ताक़ीद थी कि इनके अलावा कोई भी सवाल नहीं पूछा जाएगा। तभी अफ़सरों के घेरे में मुख्यमंत्री प्रचंड प्रताप सिंह आए। राग दरबारी ने चरण छूकर मुख्यमंत्री को सम्मान से बैठाया। दरबारी तो एक नमूना था, चरणों में दंडवत रहना और सवालों की सरकारी सूची से सवाल पूछने का नाम ही पत्रकारिता बचा था। दरबारी ने स्वागत के साथ पहला सरकारी सवाल दाग़ा, "मुख्यमंत्री जी, एनकाउंटर बहुत हो रहे हैं आजकल?"

मुख्यमंत्री ने जवाब दिया, "अपराधी गोली चलाएगा तो जवाब में गोली खाएगा।"

"बाबर कुरैशी पर असीम कृपा है आपकी।"

"बाबर नहीं, रावण भी होगा तो नहीं बचेगा, लंका ढहा देंगे।"

"ढहाने से याद आया, सबसे ज़्यादा संपत्तियां बाबर की ही गिराई गई हैं, सही?"

"संपत्ति नहीं है ये। हमने गुंडई, काली कमाई, क़ब्ज़े, हत्या, दहशत, बंदूकों का साम्राज्य ढहाया है। रिपोर्ट है कि पांच हज़ार करोड़ की ज़मीनों का खेल चल रहा है, हम वो ज़मीनें भी तलाश रहे हैं, जैसे ही मिलेंगी तहस-नहस कर देंगे।"

"दलित, पिछड़े और ब्राह्मणों के भी एनकाउंटर हुए, उनकी भी संपत्तियां गिराई गईं?"

"हत्यारों और गुंडों की कोई जाति नहीं होती।"

"श्रीप्रकाश दुबे के एनकाउंटर को लोग ब्रह्महत्या से जोड़ रहे हैं।"

"रावण वध के बाद ब्रह्महत्या का आरोप तो प्रभु श्रीराम पर भी लगा था।"

"सेंट्रल गवर्नमेंट नाराज़ है क्योंकि आपने सेक्युलर देश में हिंदुत्ववादी एजेंडा छेड़ रखा है। आपकी अपनी पार्टी आपसे ख़फ़ा है, डिप्टी सीएम भी ग़ुस्साई हुई हैं?"

"इस देश का नाम हिंदुस्तान है तो फिर हिंदुत्व पर सवाल कैसा? रही बात धर्मनिरपेक्ष होने की तो सिर्फ़ एक ही धर्म को प्रश्रय देना कहां की धर्मनिरपेक्षता है? हमारी पार्टी हमसे क़तई नाराज़ नहीं, उप मुख्यमंत्री मेरी मज़बूत सहयोगी हैं।"

इंटरव्यू ख़त्म और दरबारी की मक्खनबाज़ी शुरू, "सर, आपने डिप्टी सीएम वाले सवाल का जवाब बहुत अच्छा दिया, जबकि वो हमेशा आपके एंटी रहती हैं।"

मुख्यमंत्री ने दरबारी का कंधा ठोंकते हुए कहा, "उप मुख्यमंत्री महोदया की नस-नस से मैं वाक़िफ़ हूं, केंद्र से मिली हुई हैं और हमें कोसती रहती हैं। बिना मेरी मर्ज़ी के बाबर कुरैशी के गुर्गे रमाकांत बघेल को पार्टी में शामिल कर लिया। क्या मैं नहीं जानता कि बाबर कुरैशी के साथ क्या मिलीभगत है? चलने दो, राजनीति इसे ही कहते हैं। वक़्त आएगा तब देखा जाएगा। बाक़ी हम तो पार्टी कार्यकर्ता हैं।"

सब अपनी-अपनी राजनीति कर रहे थे। सबको अपना-अपना फ़ायदा दिखाई दे रहा था और फ़ायदे की शूटिंग रेंज में हर किसी के निशाने पर सिर्फ़ एक ही शख़्स था जिसका नाम था—प्रचंड प्रताप सिंह। सियासत की ये एक ऐसी बिसात थी जिसमें हाथी, घोड़ा, ऊंट, प्यादे और वज़ीर अपने ही राजा के ख़िलाफ़ थे। शतरंज के दूसरी तरफ़ खड़े काले मोहरे प्रचंड प्रताप सिंह के सफ़ेद मोहरों से हाथ मिला चुके थे और प्रचंड प्रताप सिंह का सिद्धांत था कि जो वो सोच रहा है, जो वो कर रहा है, जो वो कह रहा है वही सत्य है, वही अटल है, वही नियम है। इस सिद्धांत ने मुख्यमंत्री को ज़िद्दी, अड़ियल और अहंकारी बना दिया था। उसे अब लगने लगा था 'अहं ब्रह्मास्मि', यानी जो हूं, मैं हूं और जो भी हैं, सिर्फ़ मुझसे हैं।

***

तीन दिन बीत चुके थे। इलाहाबाद में रामधारी सिंह बिल्डर के घर शादी का दिन आ चुका था, जहां रमाकांत बघेल को ज़मीनों का सारा पैसा बाबर कुरैशी की बीवी को सौंपना था। तीन दिन पहले फ़ोन पर बाबर ने जब धमकी दी थी, तब रमाकांत बघेल ने पेमेंट का वादा किया था। दूसरी तरफ़ पंजाब में आज बब्बन बुंदेलखंडी को सुपरस्टार की शूटिंग देखने जाना था। तीन दिन पहले विक्की बराड़ ने जिगाना पिस्टल और नक़ली पत्रकार की ट्रेनिंग के बाद शूटिंग दिखाने का वादा किया था।

दोपहर के बारह बजे थे। रामधारी सिंह बिल्डर ने बेटी की ज़िद पर दिन की शादी का मुहूर्त निकलवाया था। बारात आ चुकी थी, फेरे चल रहे थे। कई बड़े बिल्डर्स, नेता, जज और अफ़सर मौजूद थे। ऑर्केस्ट्रा पर बॉलीवुड का एक थका हुआ सिंगर राग 'थकान भारती' में 'दूल्हे का सेहरा सुहाना लगता है, दुल्हन का तो दिल दिवाना लगता है' गा रहा था। बाबर कुरैशी की बीवी शगुफ़्ता ज़रीन अपने

लोफ़र बेटों फ़हद और वली के साथ लंच कर रही थी। तीसरा बेटा उमर अभी बहुत छोटा था और अपनी अम्मी की बगल वाली कुर्सी पर बैठा आइस्क्रीम खा रहा था। ठीक इसी वक़्त दो गनर्स के साथ रमाकांत बघेल मैरिज लॉन में घुसा। भारतीय राष्ट्रवादी पार्टी में शामिल होने के बाद आज उसके साथ दर्जनों पार्टी कार्यकर्ता भी थे। फ़हद ने इशारा करके शगुफ़्ता को बताया कि बघेल आ चुका है। उसने पलटकर देखा। शगुफ़्ता से निगाहें टकराईं तो रमाकांत ने जान-बूझकर नज़रें फेर लीं। फ़हद और वली को रमाकांत बघेल का ये अंदाज़ खल गया। दोनों उसकी तरफ़ बढ़े। रमाकांत एक जज से बात कर रहा था। फ़हद ने पीछे से रमाकांत के कंधे पर हाथ मारा, "काहे मुंह पलटा रहे हो बे? अब्बू फ़ोन किए थे याद है न, सीधे पैसा निकालो और निकलो यहां से।"

रमाकांत बघेल ने आव देखा न ताव, फ़हद के गाल पर एक झन्नाटेदार तमाचा जड़ दिया। फ़हद लड़खड़ाकर गिर गया। इससे पहले कि फ़हद उठता, वली ने रमाकांत का कॉलर पकड़ लिया। तब तक पार्टी के कार्यकर्ता वली और फ़हद पर टूट पड़े। शगुफ़्ता दौड़कर आई और रमाकांत बघेल पर चीख़ी, "तुम्हारी औक़ात इतनी बढ़ गई है रमाकांत कि तुम बाबर क़ुरैशी के बेटों पर हाथ उठाओगे, इसका अंजाम नहीं जानते हो तुम?"

रमाकांत गुर्राया, "तेल लेने गए बाबर क़ुरैशी, होंगे बहुत बड़े डॉन। ज़्यादा चक्कर में मत पड़ो वर्ना कसारी मसारी के क़ब्रिस्तान में तुम सबकी क़ब्रें खुदवा दूंगा।"

"अम्मी को धौंस देता है साला, इत्ता बड़ा रंगबाज़ हो गया!" फ़हद चिल्लाया।

वली भी बेक़ाबू हो गया, "चार गोली मारकर यहीं लाश बिछा दूंगा।"

ऑर्केस्ट्रा बंद हो गया। फेरे भी रुक गए। भीड़ का एक बड़ा हिस्सा रमाकांत बघेल और बाबर के कुनबे के बीच चल रहा झगड़ा देख रहा था और कुछ लोग दोनों को अलग भी कर रहे थे। शगुफ़्ता फिर चीख़ी, "पैसे तो तुमको देने ही पड़ेंगे, जीते जी दे तो बेहतर रहेगा, वर्ना तेरी लाश से वसूल लूंगी।"

रमाकांत बघेल भी चिल्लाया, "लाश गिरेगी तुम्हारे खसम की। बाबर क़ुरैशी से बता देना कि रमाकांत ज़मीनों पर लगा बोर्ड नहीं है। ज़मीनों में पैसा केवल बाबर का नहीं लगा है। पैसा लगाने वालों ने मुझे ज़मीनें बेचने की

ज़िम्मेदारी दी है। ज़मीनें बेची हैं और आगे भी बेचेंगे, जो उखाड़ना हो उखाड़ लो। पैसा तो अब नहीं देंगे। तुझमें और तेरे लौंडों में दम हो तो वसूल ले पैसा... चल भाग यहां से।"

फ़हद और वली फिर रमाकांत की तरफ़ बढ़े। चीख़ा-चिल्ली सुनकर छोटा बेटा उमर रोने लगा। शगुफ़्ता ने फ़हद और वली को रोका और उमर को गोद में उठा लिया। रमाकांत को घूरती हुई शगुफ़्ता बेटों के साथ चली गई। रमाकांत ओवरकॉन्फ़िडेंस में था। उसे पूरा यक़ीन था कि प्रचंड प्रताप सिंह के मुख्यमंत्री रहते बाबर क़ुरैशी कभी बाहर नहीं आएगा। दूसरा ये कि अब वो भारतीय राष्ट्रवादी पार्टी में शामिल हो चुका था। तीसरा, उप मुख्यमंत्री बृजरानी का हाथ उसके कंधे पर था और बृजरानी पार्टी आलाकमान की चहेती थी। चौथी और सबसे अहम बात ये कि विपक्षी पार्टी होने के बावजूद केंद्रीय गृहमंत्री फ़िरोज़ भाई पटेल से बृजरानी की सांठगांठ थी।

ऐसा वक़्त कभी बाबर का था, जब दिल्ली से यूपी तक की सरकारें उस पर मेहरबान रहती थीं। लेकिन कल तक बाबर ज़मीनों पर क़ब्ज़ा करके धंधा चला रहा था। आज उसी के धंधे पर रमाकांत बघेल क़ब्ज़ा कर चुका था। ज़मीन का ये खेल पहले भी ख़ूनी था और आज फिर ख़ून-ख़राबे की तरफ़ बढ़ चुका था। राजनीति से रंगबाज़ी तक इस ख़ून-ख़राबे में शामिल हर किरदार साफ़ होता जा रहा था।

इसी बीच लखनऊ में राबिया पठान के ऑफ़िस केबिन में स्विगी का डिलिवरी बॉय घुसा। ऑर्डर रिसीव कराने के साथ ही उसने राबिया को फ़ोन थमा दिया। राबिया ने फ़ोन कान पर लगाया तो उधर से आवाज़ आई, "मैडम, रमाकांत बघेल और बाबर की बीवी ने आज एक शादी में एक-दूसरे को मार डालने की धमकी दी है। बाबर के बेटे को तो तमाचा तक पड़ गया। सोचा बड़ी ख़बर है, बता दूं आपको।"

राबिया पठान ने स्विगी के डिलिवरी बॉय को पांच सौ का नोट देकर लौटा दिया। राबिया का नेटवर्क फ़ूलप्रूफ़ है। एसटीएफ़ में आने के बाद से उसे हर ख़बर की ख़बर रखने की आदत है, पता नहीं कब कौन सी ख़बर कहां काम आ जाए। राबिया को रमाकांत बघेल और बाबर की बीवी शगुफ़्ता के झगड़े की ख़बर देने वाला कोई और नहीं बल्कि रमाकांत का ही एक गनर था जिसने

कभी राबिया पठान के साथ काम किया था। बस कुछ इसी अंदाज़ में राबिया अपने मुखबिरों और ख़बरियों को जोड़े रखती है। असल में ये दोतरफ़ा सौदा है। ख़बरी उसे ख़बर देते हैं और बदले में वो रुपए-पैसे, ट्रांसफ़र और कमाईदार पोस्टिंग से ख़बरियों का ख्याल रखती है।

***

दोपहर के तीन बजे थे। तिहाड़ जेल में बंद गोल्डन पंजाबी गैंग के गुर्गों के साथ बब्बन बुंदेलखंडी गुरदासपुर से क़रीब ढाई सौ किलोमीटर दूर मानसा पहुंच चुका था। बुंदेलखंडी को ट्रेनिंग देने वाला विक्की बराड़ आज ख़ुद नहीं आया था। विक्की को एक काम को अंजाम देने के लिए दिल्ली जाना था। ढाबे पर खाना खाने के बाद एक गुर्गे के साथ बुंदेलखंडी को ऑटो से शूटिंग स्पॉट की तरफ़ रवाना कर दिया गया। छह किलोमीटर चलने के बाद एक कॉलेज कैंपस दिखा जहां शूटिंग चल रही थी। बुंदेलखंडी को अभी भी अंदाज़ा नहीं था कि उसे किस सुपरस्टार की शूटिंग दिखाने लाया गया था। शूटिंग देखने वालों की ज़बरदस्त भीड़ लगी थी। चारों तरफ़ बैरिकेडिंग थी और बीच मैदान में शूटिंग चल रही थी। सुपरस्टार को देखते ही बुंदेलखंडी उछल पड़ा, "अरे बाप रे! ये तो अपना रिक्की रॉकस्टार है।"

रिक्की रॉकस्टार यानी पंजाब का जाना-माना पॉप सिंगर। वो पॉप सिंगर जिसको अपनी जान का ख़तरा है। इस ख़तरे के बावजूद पंजाब में सत्तासीन हुई सरकार ने अभी दो दिन पहले ही उसकी सिक्योरिटी हटा ली है। फिलहाल ख़ुद रिक्की रॉकस्टार हाथों में एके 47 लिए खड़ा था। डायरेक्टर रिक्की को गन पकड़ने का स्टाइल समझा रहा था। रिक्की दो-तीन बार में समझ गया। डायरेक्टर मॉनीटर पर बैठ गया। शॉट रेडी था। असिस्टेंट डायरेक्टर ज़ोर से बोला, "साइलेंस।" ट्रॉली पर लगा कैमरा टॉप एंगल पर था। सिस्टम पर गाना बजा और शूटिंग शुरू हो गई।

कट-कट-कट की आवाज़ के साथ शॉट ओके हो गया। कल तक पंजाबी भाषा पर बौराने वाला बुंदेलखंडी पागलों की तरह तालियां बजा रहा था। उसकी कुल जमा ज़िंदगी की ये पहली शूटिंग थी। रिक्की रॉकस्टार ने एके 47 वापस कर दी। जिस कॉलेज में शूटिंग चल रही थी वहां के स्टूडेंट्स 'रिक्की-रिक्की-

रिक्की' चिल्ला रहे थे। रिक्की स्टूडेंट्स की तरफ़ चल दिया। हर लड़की-लड़का रॉकस्टार के साथ सेल्फ़ी लेने को उतावला था। तभी रिक्की ने स्पॉट बॉय से अपना मोबाइल मंगवाया और स्टूडेंट्स के साथ फ़ेसबुक लाइव करने लगा। पूरे फ़्रेम में रिक्की आगे था और स्टूडेंट्स विक्ट्री का साइन बनाकर पोज़ दे रहे थे। एक लड़की ने रिक्की से उसका हिट गाना गाने की फ़रमाइश की ताकि लाइव हिट हो जाए। बुंदेलखंडी दूर से सारा सीन देख रहा था और बुंदेलखंडी के साथ आया हुआ गुर्गा फ़ोन पर किसी से लगातार बात कर रहा था। रिक्की रॉकस्टार गाना गाने लगा।

फ़ेसबुक लाइव के व्यूज़ मिलियन्स में जा रहे थे और लाइक पर लाइक आ रहे थे। उधर शूटिंग स्पॉट से छह किलोमीटर दूर सफ़ेद सफ़ारी में बैठे गोल्डन पंजाबी गैंग के गुर्गे विदेशी हथियारों में कारतूस भर रहे थे। गैंग का एक गुर्गा हाथ में रशियन गन लेकर फ़ोन पर बात कर रहा था। रॉकस्टार का फ़ेसबुक लाइव ख़त्म ही हुआ था कि स्टूडेंट्स ऑटोग्राफ़ लेने लगे। कुछ लोगों को ऑटोग्राफ़ देने के बाद रिक्की ने भीड़ की तरफ़ हाथ हिलाया और गाड़ी में बैठ गया। रिक्की की गाड़ी निकलते ही बुंदलेखंडी के साथ आया गुर्गा फ़ोन पर बोला, "निकल गया।"

उधर शूटिंग स्पॉट से छह किलोमीटर दूर ढाबे के सामने खड़ी सफ़ेद सफ़ारी में बैठे गुर्गे उस तरफ़ चल दिए जिस तरफ़ से रिक्की रॉकस्टार की गाड़ी आ रही थी। बुंदेलखंडी और उसके साथ आया गुर्गा ऑटो में बैठकर रिक्की रॉकस्टार की गाड़ी के पीछे-पीछे चल दिए। हालांकि रिक्की की गाड़ी और बुंदेलखंडी के ऑटो की रफ़्तार में उतना ही अंतर था जितना 'वंदे भारत' और 'बालामऊ पैसेंजर' में होता है। गुर्गा फ़ोन पर लगातार रिक्की रॉकस्टार की लोकेशन बता रहा था। बुंदेलखंडी हैरान था। उसे समझ में ही नहीं आ रहा था कि आख़िर उनका ऑटो रॉकस्टार के पीछे-पीछे क्यों जा रहा है और अगर जा भी रहा है तो बगल में बैठा गुर्गा उसकी लोकेशन क्यों बताता जा रहा है। रिक्की की गाड़ी बार-बार ओझल हो रही थी। क़रीब चार किलोमीटर के बाद रिक्की की गाड़ी मानसा के जवाहरके इलाक़े की तरफ़ मुड़ गई। गुर्गा फ़ोन पर चिल्लाया, "जवाहरके मुड़ गया, जवाहरके! उधर ही पहुंचो, वहीं आ रहा है वो। हम बहुत पीछे हैं, जल्दी पहुंचो।"

रिक्की की गाड़ी और तेज़ हो गई। बुंदेलखंडी का ऑटो अब क़रीब छह-सात सौ मीटर पीछे था। जवाहरके से गुज़र रही रिक्की की गाड़ी एक ऐसे रास्ते पर पहुंच गई जहां दोनों तरफ़ मकान बने थे और रास्ता बस एक ही गाड़ी के निकलने भर का था। रिक्की की गाड़ी रुक गई, क्योंकि उसकी गाड़ी के ठीक सामने एक सफ़ेद सफ़ारी खड़ी थी। पीछे से रिक्की ने कई बार हॉर्न बजाया लेकिन सफ़ारी हिल ही नहीं रही थी। रिक्की के आगे खड़ी गाड़ी में गोल्डन पंजाबी गैंग के गुर्गे हथियारों से लैस बैठे थे। इससे पहले की रिक्की समझ पाता, सफ़ारी से छह गुर्गे ऑटोमैटिक हथियार लेकर उतरे और ताबड़-तोड़ फ़ायरिंग करने लगे। गोलियों की तड़तड़ाहट सुनते ही आसपास के लोग घरों के भीतर भाग गए। रिक्की रॉकस्टार को देखते-देखते तक़रीबन तीस गोलियां मारी गईं। गैंग के एक गुर्गे ने गाड़ी का दरवाज़ा खोला और रिक्की को हिलाकर चेक किया कि वो ज़िंदा है या मर गया। रिक्की मर चुका था। सौ फ़ीसदी तसल्ली के बाद गुर्गे सफ़ारी में भाग निकले। इस हमले के दौरान रिक्की की गाड़ी के पीछे भी लंबा जाम लग चुका था। असल में जिस वक़्त फ़ायरिंग हो रही थी उस वक़्त लोग डरकर अपनी गाड़ियां बैक करने लगे थे। इस झंझट में तमाम गाड़ियां फंस गईं। लोग गाड़ियां छोड़कर भाग चुके थे। हमलावरों के भागने के ठीक दो मिनट बाद इसी जाम में बुंदेलखंडी का ऑटो पहुंचा। गुर्गा ख़ामोश बैठा था। बुंदेलखंडी ऑटो से उतरने लगा तो गुर्गा बोला, "कोई ज़रूरत नहीं है उतरने की, काम कंप्लीट हो गया है।"

बुंदेलखंडी ठिठक गया, "क्या काम कंप्लीट हो गया गुरू? क्या, चक्कर क्या है?"

"चुपचाप बैठा रह यार, कांड हो गया है यहां," गुर्गा बुदबुदाया।

बुंदलेखंडी हकबकाया, "कैसा कांड, तुझे कैसे पता कि कांड हो गया है?"

"अबे अपने ही लोगों ने कांड किया है, तुझे समझ नहीं आ रहा।"

बुंदेलखंडी चौंका, "अबे इसीलिए तू लोकेशन बता रहा था?"

गुर्गे से हाथ छुड़ाकर बुंदेलखंडी ऑटो से उतरा और पैदल चल दिया। उसे अनहोनी का अहसास था मगर भरोसा नहीं हो पा रहा था। ऑटो ड्राइवर की वजह से गुर्गा भी ज़्यादा कुछ बता नहीं रहा था। घरों और फंसी हुई गाड़ियों से निकलकर लोग रिक्की की कार की तरफ़ बढ़ रहे थे और बुंदेलखंडी भी बस

आंय-बांय-सांय चला जा रहा था। गाड़ी की तरफ़ बढ़ते हुए उसने कई लोगों से पूछा, "क्या हो गया भैया?"

गुर्गे ने ऑटोवाले को पैसे दिए और उतर गया। बुंदेलखंडी आगे बढ़ता जा रहा था। कोई कुछ बताने को तैयार नहीं था। कुछ बता भी रहे थे लेकिन पंजाबी में, लिहाज़ा बुंदेलखंडी को सिर्फ़ 'रॉकस्टार-रॉकस्टार' ही समझ में आ रहा था। बुंदेलखंडी के आधे चेहरे पर प्रश्नवाचक चिह्न था और आधे पर विस्मयबोधक। क़रीब दो सौ मीटर बाद उसे जैसे ही रिक्की रॉकस्टार की गाड़ी दिखाई दी, उसके क़दम तेज़ हो गए। गाड़ी के पास पहुंचकर उसने भीड़ को चीरते हुए देखा तो सामने रिक्की रॉकस्टार की गोलियों से छलनी और ख़ून से सनी लाश नज़र आई। बुंदेलखंडी को भरोसा ही नहीं हो रहा था कि कुछ पल पहले एके 47 लेकर शूटिंग करने वाला रॉकस्टार शूट किया जा चुका था। पहली बार उसने देखा कि कैसे एक बड़ा स्टार, जो कुछ देर पहले उसकी आंखों के सामने नाच-गा रहा था, अब लाश बनकर पड़ा है। ये वही बुंदेलखंडी है जो पंजाब के गुरदासपुर में शूटर बनने की ट्रेनिंग लेने आया था। ये वही बुंदेलखंडी है जो नौ लाख की टर्की मेड जिगाना पिस्टल के साथ इंतज़ार कर रहा था कि आख़िर कब वो दिन आएगा जब उसे मर्डर करने का मौक़ा मिलेगा। ये वही बुंदेलखंडी है जो ख़ूंखार डॉन बनना चाहता था, लेकिन आज डरा हुआ था।

बुंदेलखंडी ग़ुस्सैल था, उसने कई लोगों के सिर भी फोड़े थे, नौ महीने जेल भी रहा था। जेल में माफ़ियाओं को देखकर डॉन बनने का सपना पूरा करने के लिए वो कुछ भी करने को तैयार था। रिक्की रॉकस्टार के क़त्ल में वो शामिल भी नहीं था, न मौक़े पर था, वो तो बस शूटिंग देखने गया था। बुंदेलखंडी को अब समझ में आया कि रॉकस्टार की शूटिंग भी उसको शूटर बनाने की ट्रेनिंग का एक हिस्सा थी। बुंदेलखंडी के सामने अब सबकुछ शीशे की तरह साफ़ हो चुका था कि जिस रॉकस्टार की शूटिंग दिखाने का वादा उससे किया गया था असल में वो शूटिंग किसी कैमरे से नहीं बल्कि हथियारों से होनी थी। गोल्डन पंजाबी गैंग की ट्रेनिंग का पहला रूल ये था कि टार्गेट कोई भी हो, बेझिझक लाश में बदल दो। न कोई मोह न माया। दूसरा रूल, आदमी कितने भी बड़े क़द का हो, शूटर का काम उसे तब तक मारते रहना है जब तक पक्का न हो जाए कि वो मर गया। नक़ली पत्रकार बनने से लेकर बैडमिंटन स्टेपिंग के साथ

जिगाना चलाने की ट्रेनिंग पूरी हो चुकी थी। रॉकस्टार की शूटिंग देखने के बाद बुंदेलखंडी गोल्डन पंजाबी कॉलेज ऑफ़ प्लानिंग एंड मर्डर का शूटिंग ग्रेजुएट हो चुका था। अब बुंदेलखंडी का चेहरा सपाट शून्य था। रॉकस्टार की लाश देखकर बुरी तरह डर गए बुंदेलखंडी के ज़ेहन से अब ख़ौफ़ की केंचुल उतर चुकी थी। अब दिमाग़ी तौर पर वो एक बेरहम हत्यारे, एक शार्प शूटर में बदल चुका था। ख़्यालों में खोए बुंदेलखंडी के कंधे पर पीछे से गुर्गे ने हाथ मारा। बुंदेलखंडी पलटा और उसके साथ चल दिया। थोड़ी दूर पैदल चलने के बाद दोनों बस में बैठे और ऊंचा टकला गांव के फ़ार्म हाउस की तरफ़ चल दिए।

कई घंटे के ख़ामोश सफ़र के बाद जब दोनों गांव पहुंचे तो अंधेरा हो चुका था और कोहरा पैर पसारने की कोशिश कर रहा था। फ़ार्म हाउस में घुसते ही बुंदेलखंडी ने देखा कि एक लड़का कलर स्प्रे से सफ़ेद सफ़ारी को काले रंग में रंग रहा था और दूसरा लड़का नंबर प्लेट बदल रहा था। बुंदेलखंडी और उसके साथ गया गुर्गा ऊपर पहुंचे तो सारे शूटर्स टीवी पर रिक्की रॉकस्टार के क़त्ल की ख़बर देख रहे थे। एक गुर्गा बोला, "हुण बदला लै लित्ता।"

बुंदेलखंडी को देखते ही एक ने पूछा, "क्या भाई बुंदेलखंडी, कैसी रही आज शूटिंग?"

ख़ामोश सा बुंदेलखंडी गुर्राकर बोला, "हमें काहे नहीं शामिल किए बे?"

शूटर ने आंखें नचाईं, "अबे तेरी ट्रेनिंग तो पूरी हो जाए, फिर बताते हैं।"

बुंदेलखंडी ने शूटर का कॉलर पकड़ लिया, "अबे ट्रेनिंग जितनी होनी थी हो गई। हमें पिस्तौल देते तो अकेले मारकर खोपड़ी खोल देते और अब तक डॉन बन गए होते।"

"अबे मर्डर देखकर पागल हो गया है क्या बे?" शूटर ने कॉलर छुड़ाया।

बुंदेलखंडी की आंखें लाल थीं, "पागल नहीं बे, एक मौक़ा छूट गया। नौ लाख की ऑटोमैटिक जिगाना से हम भी गोली मारते तो अपनी भी नेट प्रैक्टिस हो जाती।"

"अबे जिगाना से भी मारा है। एकदम मक्खन, तड़...तड़...तड़...तड़..." शूटर बोला।

दूसरे शूटर ने कहा, "देखना किसी दिन अख़बार में छपेगा, टर्की की जिगाना से मारा गया रॉकस्टार! आख़िर कहां से आई जिगाना पिस्टल गोल्डन पंजाबी गैंग के पास?"

तीसरे शूटर ने बुंदेलखंडी को छेड़ा, "क्या समझ में आया तुमको आज?"

बुंदेलखंडी ने जिगाना हाथ में ली, "यही समझ आया कि वो चूतिये होते हैं जो पूरी उम्र शूटर बने रहते हैं। बड़ा बनना है तो किसी बड़े को मार दो, नाम के आगे डॉन लिखवाना है तो डॉन को मार दो, वर्ना ज़िंदगी भर सुपारी लेकर चूना-कत्था के साथ किसी के मुंह का पान बन जाओगे। साला जब तक चाहेगा चबाएगा फिर कहीं सड़क पर पिच्च से थूक देगा।"

बब्बन बुंदेलखंडी के तेवर से सारे शूटर्स हैरान थे। कल का लौंडा कितनी बड़ी-बड़ी बातें कर रहा है। एक बार मौक़ा लगा तो पक्का मौक़े पर चौका नहीं बल्कि छक्का ही मारेगा। बुंदेलखंडी ने अलमारी से अपना बैग निकाला और बैग में रखी तीनों जिगाना पिस्टल्स को ऐसे सहलाया जैसे वो ख़ुद अपनी क़िस्मत सहला रहा हो। उसे इंतज़ार था अपने टार्गेट का, वो टार्गेट जिसका अता-पता भी नहीं था। बस बुंदेलखंडी को इतना मालूम था कि उसे डॉन बनना है और डॉन बनने के लिए अब वो किसी को भी मौत के घाट उतारने को पूरी तरह तैयार था।

झूमे जो पठान...
(2023)

राबिया पठान रात के गहरे अंधेरे में सुनसान सड़क पर एक बच्ची को गोद में लेकर भाग रही थी। ये बच्ची कौन थी, इस बच्ची को क्या हुआ, ये बच्ची राबिया की गोद में कैसे आई, ये सब राबिया को मालूम ही नहीं था। बच्ची के कपड़े ख़ून से भीगे हुए थे। टपकते ख़ून से राबिया की वर्दी भी सुर्ख़ हो चुकी थी। बदहवास भागती राबिया के जूते सड़क पर ख़ून के निशान छोड़ते जा रहे थे। 'हेल्प-हेल्प' चिल्ला रही राबिया को सन्नाटे में दूर-दूर तक कोई नहीं दिख रहा था। फिर अचानक उसे एक मौलाना सड़क के बीचोबीच बैठा नज़र आया। मौलाना गला फाड़कर रो रहा था। राबिया ने उसे आवाज़ लगाई। वो पलटा तो राबिया चौंक गई। मौलाना कोई और नहीं बल्कि राबिया के अब्बू थे। वो झट से राबिया के पैर पकड़कर चीख़ने लगे, "मेरी राबिया को बचा लो, मेरी बच्ची को बचा लो, मेरी बिटिया को अस्पताल ले चलो वर्ना वो मर जाएगी।"

अब्बू के मुंह से अपना ही नाम सुनकर राबिया डर गई क्योंकि उनका तो इंतकाल हो चुका था। फिर वो ज़िंदा कैसे हैं और ज़िंदा हैं तो बच्ची को राबिया-राबिया क्यों बुला रहे हैं? राबिया अभी सोच ही रही थी कि अब्बू पागलों की तरह राबिया की गोद से बच्ची छीनने लगे, "बच्ची मुझे दो, तुम मार डालोगी मेरी राबिया को।"

राबिया उनकी हालत पर रोने लगी, "अब्बू मैं ही तो हूं आपकी राबिया।"

अब्बू बच्ची को छीनते हुए चीख़े, "छोड़ो मेरी बच्ची को, मेरी राबिया मुझे दे दो।"

राबिया ने ख़ामोशी से बच्ची अब्बू की गोद में दे दी। बच्ची को गोद में लिए सुनसान सड़क पर राबिया और अब्बू अस्पताल की तलाश में दौड़ने लगे। थोड़ी ही दूर पर वीराने में एक अस्पताल दिखाई दिया। अंदर घुसते ही दोनों ने देखा कि हथियारों से लैस आठ-दस गुंडे वहां पहले से ही मौजूद थे। राबिया और उसके अब्बू को देखते ही गुंडे उनकी तरफ़ दौड़े। राबिया ने पिस्टल निकालने की कोशिश की तो होल्स्टर ख़ाली था। गुंडे बच्ची को अब्बू की गोद से खींचने लगे। बच्ची चीख़ने लगी। तभी राबिया के मोबाइल की घंटी बज उठी।

मोबाइल की घंटी सुनते ही राबिया की नींद खुल गई। वो किसी अस्पताल में नहीं बल्कि अपने बेडरूम में थी। कॉल अनजान नंबर से थी। पसीने-पसीने हो चुकी राबिया ने फ़ोन उठाया तो उधर से भारी सी आवाज़ आई, "राबिया पठान बोल रही हो?"

राबिया थोड़ा चौंकी, "हां बोल रही हूं, कौन बोल रहा है?"

"बाबर कुरैशी बोल रहा हूं अहमदाबाद जेल से।"

"इतने साल बाद हमारी याद कैसे आई बाबर?"

बाबर ज़ोर से हंसा, "तुम भूलने कहां देती हो।"

"काम बोलो फ़ोन क्यों किया है?" राबिया थोड़ा ग़ुस्से में आई।

बाबर रौब में बोला, "काम सिर्फ़ इतना है कि तुम अपने काम से काम रखो।"

"गुंडई मत दिखा। अहमदाबाद जेल बहुत दूर नहीं है।"

बाबर कुरैशी ने धमकाया, "गुंडई अभी तुमने देखी कहां है हमाई। जेल

से निकलने दो फिर दिखाता हूं गुंडई। तुम्हारे जैसे पुलिसवाले हमाई तहमत में बंधे रहते हैं। समझाने के लिए फ़ोन मिलाया था। हमाये चक्कर में न पड़ो वर्ना महंगा पड़ेगा।"

राबिया गुर्राई, "अपनी तहमत कस ले बाबर, वर्ना एक कंटाप में ढीली हो जाएगी। सामने मिल फिर देखती हूं कितना महंगा है तू... और वैसे भी राबिया सस्ती चीज़ों पर हाथ नहीं डालती है।"

"अपनी तहमत का क़फ़न रमाकांत बघेल को न उढ़ाया तो हमारा नाम बाबर कुरैशी नहीं। रमाकांत की ख़बर रखने का बहुत शौक चर्राया है न तुमको, तो बता देना उस हरामी की औलाद को, कुत्ता बनाकर मारूंगा, दौड़ा-दौड़ाकर मारूंगा।"

राबिया बिफरी, "तेरे जैसे गुंडे की ख़बर रखना मेरा काम नहीं, शौक है।"

"तो फिर ये भी याद होगा कि बाबर ने तुझे सस्पेंड कराया था। निकलने दे जेल से इस बार न कुर्सी बचेगी, न वर्दी।" बाबर ने राबिया का पुराना घाव कुरेद दिया।

फ़ोन कट गया। राबिया ने पलटकर उसी नंबर पर कॉल किया मगर तब तक बाबर जेल के जुगाड़ू फ़ोन पर राबिया का नंबर ब्लॉक कर चुका था। राबिया समझ गई कि आख़िर सालों बाद आज बाबर ने उसे फ़ोन क्यों किया। असल में इलाहाबाद में रामधारी सिंह बिल्डर के फ़ंक्शन में बाबर की बीवी शगुफ़्ता और रमाकांत बघेल के बीच पैसे को लेकर जमकर बवाल हुआ था। जेल में बाबर कुरैशी को पता चल चुका था कि रमाकांत बघेल के गनर ने राबिया को झगड़े की ख़बर दी थी और पुरानी दुश्मनी से खौरियाए बैठे बाबर को रमाकांत के मसले में राबिया पठान की दख़लंदाज़ी बर्दाश्त नहीं थी।

राबिया की सुबह आज बहुत अजीब थी। पहले तो बेहद ख़ौफ़नाक सपना और फिर डॉन बाबर कुरैशी की धमकी। बाबर के फ़ोन का ग़ुस्सा उसके चेहरे पर साफ़ था। राबिया ने फ़ौरन ट्रैक सूट पहना और खूंटी पर टंगे होल्स्टर से सर्विस पिस्टल निकालकर किट में डाल ली। रोज़ की तरह राबिया जीप में बैठी और ड्राइवर ने जीप लखनऊ की पुलिस शूटिंग रेंज की तरफ़ दौड़ा दी। रास्ते में राबिया पठान को वो वक़्त याद आया जब वो इलाहाबाद की सुपरिंटेंडेंट ऑफ़ पुलिस थी और डॉन बाबर कुरैशी के नाम से उत्तर प्रदेश थरथराता था। दलित समाज

पार्टी सुप्रीमो महादेवी जाटव यूपी की मुख्यमंत्री थीं और बाबर कुरैशी के नाम से चिढ़ती थीं। बाबर के लिए मुख्यमंत्री महादेवी जाटव और एसपी राबिया पठान का डेडली कॉम्बिनेशन आफ़त बन चुका था। तक़रीबन हर राजनीतिक दल से संरक्षण पाने वाले बाबर कुरैशी को मुगालता था कि महादेवी उसे छू भी नहीं पाएगी लेकिन राबिया पठान का कोई तोड़ बाबर के पास नहीं था। आख़िर एक दिन बाबर कुरैशी ने ग़लती कर ही दी और राबिया पठान ने बाबर को गिरफ़्तार कर लिया। इलाहाबाद हाईकोर्ट में पेशी के दौरान बाबर कुरैशी पर बमों से हमला भी किया गया। हमला होते ही पूरे इलाहाबाद में दंगे शुरू हो गए। इस हमले में बाबर बच तो गया मगर राबिया उसे जेल में ठूंसकर ही मानी। मुख्यमंत्री महादेवी जाटव ने एक हाथ से राबिया पठान की पीठ तो थपथपाई लेकिन सियासी मजबूरी बताकर दूसरे हाथ से सस्पेंशन ऑर्डर भी थमा दिया। बस तब से बाबर कुरैशी को राबिया पठान याद है, वो भी इसलिए क्योंकि चालीस साल के माफ़ियाराज में बाबर को पहली मर्तबा अगर किसी ने जेल भेजा तो वो राबिया पठान ही थी।

बाबर कुरैशी से बरसों पुरानी तक़रार की यादें तब थमीं जब जीप शूटिंग रेंज कैंपस में रुकी। किट से पिस्तौल निकालकर राबिया अंदर चल दी। राबिया आगे बढ़ती जा रही थी और उसके कानों में लगातार कभी अब्बू की आवाज़ें गूंज रही थीं तो कभी ख़ून से लथपथ बच्ची की चीख़ें और कभी बाबर कुरैशी की धमकियां। एक तरफ़ कान शोर कर रहे थे तो दूसरी तरफ़ आंखों में कभी रात का भयानक सपना घूम रहा था और कभी इलाहाबाद में बम धमाकों का वो मंज़र जब उसने डॉन बाबर कुरैशी को दबोचा था। वो परेशान थी, ख़ुद पर हैरान थी मगर शोर ख़त्म ही नहीं हो रहा था। शोर दबाने के लिए राबिया पिस्टल निकालकर फ़ायर पर फ़ायर करने लगी। हर बुलेट सीधे बुल्स-आई पर धंस रही थी। राबिया जैसे पागल हो गई थी। कार्ट्रिज बदल-बदलकर वो फ़ायर करती जा रही थी। तभी किसी ने उसके कंधे पर हाथ रखा। राबिया ने पलटकर देखा तो एसटीएफ़ चीफ़ यशराज ठाकुर खड़ा था। राबिया ने यशराज को नज़रअंदाज़ किया और फिर निशाना साधा। ज़िद में आ चुकी राबिया ने ताबड़तोड़ चार-पांच फ़ायर किए। शायद उसके मन में यशराज को लेकर भी ज़बरदस्त ग़ुस्सा था। सारा ग़ुस्सा, खिसियाहट और बेचैनी बारूद के साथ निकल जाने के बाद राबिया बोली, “जय हिंद सर।”

यशराज मुस्कुराया, "एंग्री बर्ड।"

"नो सर, जस्ट, पॉलिशिंग माय स्किल्स।" राबिया का जवाब जैसे पहले से तैयार था।

चीफ़ ने सवाल किया, "तुमको मालूम है राबिया ये पिस्तौल क्या है?"

राबिया खीझी, "मेरी ही तरह एक हथियार है सर, जिसे ख़ुद पता नहीं होता कि उसे कौन, कहां, कैसे और किसके लिए कब इस्तेमाल कर रहा है।"

यशराज ठाकुर ने ठहाका मारा, "एग्ज़ेक्टूली।"

राबिया ने तंज कसा, "आप से बेहतर कौन जानता है सर?"

"अगर तुम मानती हो कि मुझसे बेहतर तुमको कोई नहीं जानता तो फ़्रस्ट्रेशन और ग़ुस्से को किनारे रखकर मेरी बात दिल से नहीं दिमाग़ से सुनो।"

"ओके सर।"

यशराज ने राबिया के हाथ से पिस्तौल ली और कार्ट्रिज से एक गोली निकालकर समझाया, "बुलेट के बिना पिस्टल की कोई औक़ात नहीं है और बारूद के बग़ैर ये बुलेट सिर्फ़ पीतल का खोखा है। पीतल के इस खोखे में बारूद इतना कंप्रेस करके भरा जाता है कि ट्रिगर दबाते ही ब्लास्ट होता है। ख़ास बात ये है कि ब्लास्ट से पिस्टल का कोई नुक़सान नहीं होता और गोली भी टार्गेट के अंदर तक धंस जाती है, ढेर कर देती है, परखच्चे उड़ा देती है, मार डालती है।"

"मैं समझी नहीं सर।"

"मतलब इस सिस्टम के फ़्रस्ट्रेशन और ग़ुस्से का बारूद जितना ज़्यादा कंप्रेस होगा, बुलेट उतनी ज़्यादा रफ़्तार से टार्गेट तक जाएगी।"

"करना क्या है सर?"

एसटीएफ़ चीफ़ हंसा, "तुम हथियार हो तो ख़ुद निशाना लगाओ, ख़ुद ट्रिगर दबाओ और बुलेट से टार्गेट के चीथड़े उड़ा दो, राबिया।"

राबिया ने गहरी सांस ली, "समझ में नहीं आता, आप पर भरोसा करूं या नहीं।"

चीफ़ ने राबिया का कंधा थपथपाया, "मुझ पर भरोसा बिल्कुल मत करो लेकिन ख़ुद पर भरोसा खो दोगी तो सब ख़त्म हो जाएगा। सिस्टम तुमको इस्तेमाल करे, इससे पहले तुम सिस्टम को इस्तेमाल करना सीख जाओ।"

राबिया ने सवाल दोहराया, "करना क्या है सर?"

यशराज ठाकुर ने पूरा प्लान समझाया, "दिल्ली एनसीआर से पश्चिम यूपी तक दो खूंखार माफ़िया गैंग पावर में हैं। छुन्ना बजरंगी, सुनील दुजाना और मुनीम काला एक गैंग है। मुनीम काला का ऑपरेशन तुमने चॉक आउट किया था लेकिन दूसरे गैंग ने मुनीम काला को मेरठ जेल में ही मरवा दिया। दूसरे गैंग में हैं श्यामसुंदर भाटी और अनिलराज राठी। दोनों गैंग एक-दूसरे को मार डालने पर तुले हैं।"

"ओके सर।"

यशराज ने बात आगे बढ़ाई, "मुनीम काला गैंग का छुन्ना बजरंगी एक मुक़दमे की पेशी में कल बांदा जेल से मेरठ जेल लाया जा रहा है। तुमको कल मेरठ जेल पहुंचना है और ख़्याल रखना है कि छुन्ना बजरंगी पर कोई अटैक न हो क्योंकि मेरठ जेल में छुन्ना बजरंगी के दुश्मन श्यामसुंदर भाटी और अनिलराज राठी भी बंद हैं। यू हैव टु सेव बजरंगी। ऐसा न हो कि मुनीम काला की तरह बजरंगी को भी कोई जेल में मार दे।"

राबिया ने पूछा, "सर, बजरंगी गैंग का सुनील दुजाना कहां है इस वक़्त?"

"वो नोएडा की डासना जेल में बंद है।"

"मरने-मारने दीजिए सर, दोनों गैंग ख़त्म हो जाएंगे।" राबिया ने बेफ़िक्री दिखाई।

एसटीएफ़ चीफ़ ने क़ातिल मुस्कान दी, "मुनीम काला के बाद बजरंगी भी मर गया तो सिर्फ़ दुजाना बचेगा। फिर राठी-भाटी की जोड़ी पूरे रीजन में अकेले राज करेगी।"

"मतलब राठी-भाटी ज़्यादा मज़बूत और ख़तरनाक हैं?" राबिया पठान ने पूछा।

यशराज ने ब्यौरा दिया, "राठी-भाटी गैंग अकेला नहीं है। इस गैंग को पंजाब के गोल्डन पंजाबी गैंग का सपोर्ट है। देश का सबसे बड़ा वैपन स्मगलर इरफ़ान खुर्जेवाला ही गोल्डन पंजाबी से लेकर राठी-भाटी गैंग तक हथियारों की सप्लाई करता है।"

राबिया अनजान बनी रही, "ओह्हो, अब समझी!"

यशराज बोला, "डोंट ट्राय टु फूल मी। मैं जानता हूं, तुमको सब पता है, अगर तुम नहीं जानतीं तो मुनीम काला को ख़त्म करने का प्लान तुमने न बनाया होता।"

राबिया ने ईमानदारी दिखाई, "यस सर, मैं दोनों गैंग्स और उनके लीडर्स को अच्छी तरह जानती हूं। मगर राठी-भाटी गैंग को पंजाब के गोल्डन पंजाबी गैंग का सपोर्ट है और इरफ़ान खुर्जेवाला उनको वैपन सप्लाई करता है, ये पहली बार मालूम पड़ा।"

फ़ायरिंग के बाद गिरे बुलेट के खोखे बटोरकर राबिया ने जेब में डाले ही थे कि तभी चीफ़ ने अपनी कमर में खुंसी हुई पिस्तौल निकाली और ताबड़तोड़ फ़ायरिंग शुरू कर दी। राबिया चौंक गई। चीफ़ ने हंसते हुए अपनी पिस्टल राबिया को थमाई और कहा, "सर्विस पिस्टल सिर्फ़ अपने इस्तेमाल के लिए है।"

राबिया बोली, "मतलब?"

चीफ़ ने कहा, "ये स्मगल की हुई टू कॉपी बड़े काम की चीज़ है, इसे संभाल कर रखो। किसी दिन सर्विस पिस्टल से ज़्यादा काम आएगी।"

राबिया ने अपनी सर्विस पिस्टल के साथ यशराज की दी हुई टू कॉपी पिस्टल भी कमर में खोंस ली। यशराज ने टू कॉपी पिस्टल से ज़मीन पर गिरे खोखे उठाकर राबिया की हथेली पर रख दिए। राबिया ने सारे खोखे दूसरी जेब में डाल लिए और यशराज के साथ पार्किंग की तरफ़ चल दी। चीफ़ ने गाड़ी में बैठने से पहले राबिया को एक पेन ड्राइव दी और बेहद ज़हरीली मुस्कान के साथ कहा, "पेन ड्राइव सुन लेना और कल मेरठ जेल पहुंचकर छुन्ना बजरंगी का ख़्याल रखना।"

यशराज ठाकुर के अंदाज़ का अंदाज़ा लगाना बेहद मुश्किल काम था। लेकिन राबिया अब उसे कुछ-कुछ समझने लगी थी। राबिया ने जीप में बैठने से पहले कुछ सोचा फिर मुस्कुराई और तय कर लिया कि अब किसी से कोई ख़बर शेयर नहीं करेगी और शेयर करनी भी पड़ी तो ख़बर में सच्चाई कम, हवा-हवाई बातें ज़्यादा होंगी। उसके दिमाग़ की बत्ती जल चुकी थी और समझ में आ चुका था कि सीनियर्स को भ्रम में रखकर ही सिस्टम का इस्तेमाल करना होगा क्योंकि अगर वो ऐसा नहीं करेगी तो हारी बाज़ी जीतने वाली बाज़ीगर कभी नहीं बन पाएगी। शायद बारूद बहुत बन चुका था, बारूद बहुत कंप्रेस हो चुका था और अब वक़्त था धमाके का। जीप में बैठते ही राबिया ने पेन ड्राइव जीप के साउंड सिस्टम में लगाई और प्ले का बटन दबा दिया। साउंड सिस्टम पर सुपर-डुपर हिट गाना बजा—

झूमे जो पठान
मेरी जान
महफ़िल ही लुट जाए
दे दे जो ज़ुबान
मेरी जान
उस पर मर मिट जाए

ताली बजाकर राबिया पठान ने ठहाका लगाया। ड्राइवर भी मुस्कुरा दिया। जीप डार्विन फ़ाउंडेशन की तरफ़ चल दी।

***

लखनऊ से दो सौ पचपन किलोमीटर दूर बरेली जेल में डॉन बाबर कुरैशी का छोटा भाई तैमूर कुरैशी दातून कर रहा था, तभी जेल का एक सिपाही मोबाइल लेकर आया। तैमूर कुरैशी ने मोबाइल कान पर लगाया, "बाबर बोल रहा हूं तैमूर।"

तैमूर कुरैशी बोला, "जी भाई, सलाम भाई, नंबर बदल दिए क्या?"

"हां नंबर बदल दिए हैं। बाक़ी और बताओ ख़ैरियत से सब न?" बाबर ने पूछा।

"सब ख़ैरियत ही है भाई, अब साले रमाकांत बघेल जैसे झींगुर भी धमकी देने लगे हैं, हमारी ही ज़मीनें बेचकर पैसा दबाए बैठे हैं।"

बाबर गुर्राया, "मादरचोद कह रहा था कि कसारी मसारी के क़ब्रिस्तान में हमाई क़ब्रें खुदवा देगा भोसड़ीवाला। अबे रमाकांत तै जानता नहीं कि कसारी मसारी के जंगलों से लेकर क़ब्रिस्तान तक बाबर ने न जाने कित्तों को मारकर फेंक दिया औ कित्तों को दफ़न कर दिया। इस साले का फ़ौरन इंतज़ाम करो तैमूर।"

"जी भाई, बस वही सोच रहा हूं कैसे किया जाए?"

बाबर ने तैमूर कुरैशी को लताड़ा, "तुम साले अभी तक सोच ही नहीं पाए? मारो भोसड़ीवाले की गांड़ में पछत्तर गोली जइसे विधायक को दौड़ा-दौड़ाकर मारे थे।"

तैमूर कुरैशी नर्वस हुआ, "पेल तो दें साले को लेकिन बाद में संभलेगा कैसे? सीएम पहले ही बहुत खार खाए बैठा है हम लोगों से।"

बाबर ने हिम्मत दी, "अइसा है तैमूर, ये झांट बराबर रमाकांत बघेल जइसे लोग अगर हमाये उंगली करने लगे तो हमाई रंगबाज़ी लौड़े-झौड़े में मिल जाएगी। मार के बिछा दो साले को। सीएम-ईएम को हम देख लेंगे।"

"जी भाई, हम करते हैं। आप इत्मीनान रखिए।"

बाबर राहत में आया, "इत्मीनान तो तब आएगा जब रमाकांत की गांड़ में डंडा गाड़कर बाबर कुरैशी का झंडा लहराएगा, फिर बाबर के सामने कोई भी गुंडा गांड़ नहीं हिलाएगा।"

फ़ोन कट गया और तैमूर कुरैशी ने तुरंत जेब से फ़ोन नंबर वाली छोटी डायरी निकाली। सिपाही के ही मोबाइल से तैमूर कुरैशी ने बाबर के बेटे और अपने सगे भतीजे फ़हद को कॉल लगाई। फ़हद का फ़ोन आउट ऑफ़ कवरेज बता रहा था। तैमूर कुरैशी ने बाबर की बीवी यानी अपनी भाभी शगुफ़्ता को कॉल लगाई।

बाबर के इलाहाबाद वाले घर पर शगुफ़्ता का फ़ोन डाइनिंग टेबल पर रखा था। घंटी पर घंटी बज रही थी लेकिन किसी को सुनाई ही नहीं दे रही थी। सुनाई भी कैसे देती, घर में देवरानी-जेठानी के बीच कार और हीरों के हार को लेकर झगड़ा हो रहा था। तैमूर कुरैशी की बीवी ज़ीनत को शुरू से ही ऐतराज़ था कि बाबर का सारा काम-धंधा शगुफ़्ता ही क्यों देखती है। हिसाब-किताब शगुफ़्ता के ही पास क्यों रहता है। ताज़ा झगड़ा ये था कि एक महीने के अंदर शगुफ़्ता को गिफ़्ट में हीरों का एक हार और एक कार मिली थी। कार से तो सब चलते थे मगर ज़ीनत को आज अलमारी में हार भी दिख गया।

ज़ीनत चिल्लाई, "काम हमारे शौहर करें, ख़तरे हमारे शौहर झेलें और जब गिफ़्ट आएं तो सब भाभीजान समेटकर धर लेंगी।"

शगुफ़्ता भी दोगुना चिल्लाई, "रानी बनकर जो राज कर रही हो न, सब बाबर की बदौलत है। बाबर अपने बेटों से बढ़कर मानते हैं तैमूर को। दोनों भाई दिक्कत में हैं, वो नहीं दिखता तुम्हें? हार के चक्कर में तुम जेठानी से झगड़ रही हो!"

ज़ीनत ने जले में नमक छिड़क दिया, "थूकती हूं ऐसे हार और कार पर।"

ताना मारकर ज़ीनत दूसरे कमरे में चली गई। शगुफ़्ता ने ग़ुस्से में अलमारी से हार निकाला और बाहर आकर डाइनिंग टेबल पर फेंक दिया, "लो, धर लो

हार। पहनो सोते-जागते। यहां नींद हराम है। एक साला टुच्चा सा वकील हमें गरिया रहा है। इज़्ज़त मिट्टी में मिल गई है, इन्हें कोहिनूर की पड़ी है।"

उधर तैमूर फ़ोन पर फ़ोन दागे पड़ा था। ज़ीनत ने भी ग़ुस्से में हार डाइनिंग टेबल से उठाया और मेन गेट की तरफ़ फ़ेंक दिया। शगुफ़्ता दौड़कर बाहर गई और हार उठाने लगी। तभी उसने देखा कि एक दुबला-पतला सा आदमी गेट पर खड़ा है। हार उठाते हुए शगुफ़्ता ने पूछा, "कौन हो तुम, क्या काम है?"

आदमी बोला, "मुझे बाबर भाई की बीवी से मिलना था, थोड़ा ज़रूरी काम था।"

"हां बोलो हम ही हैं शगुफ़्ता।"

"आप ही हैं शगुफ़्ता जी?"

शगुफ़्ता खिसियाई, "क्या आधार कार्ड दिखाएं तभी मानोगे?"

आदमी बोला, "अंदर आ जाएं?"

घरेलू झगड़े से ग़ुस्साई शगुफ़्ता ने मुंह बनाकर आदमी को अंदर बुलाया। ये आदमी उसी लड़की का लाचार बाप था जिसका बाबर कुरैशी के बेटे फ़हद ने क्लास रूम में रेप किया था। बाप ने शगुफ़्ता के पैर पकड़ लिए और रो-रोकर सारी कहानी बताई। पहले से नाराज़ शगुफ़्ता ने आदमी को ठोकर मार दी। बाप ने फिर शगुफ़्ता के पैर पकड़ लिए और बेटी की इज़्ज़त की भीख मांगने लगा। इस बार ज़ीनत के मोबाइल पर तैमूर कुरैशी का कॉल आया।

ज़ीनत ने कॉल उठाई, "कौन?"

"हम बोल रहे हैं तैमूर। भाभी फ़ोन काहे नहीं उठा रही हैं। फ़हद का फ़ोन मिल नहीं रहा है। जेल में जुगाड़ से फ़ोन करते हैं, तुम सब मौज में हो।"

ज़ीनत रोने लगी, "फ़ोन भाभी न उठाएं, डांट हम खाएं। हमें नौकरानी बनाकर छोड़ना था तो काहे निकाह किए थे। अल्लाह जानता है हम भी जेल में ही रहते तुम्हारे साथ तो इस नरक से छुटकारा मिलता। हम मर जाएंगे बताए दे रहे हैं।"

तैमूर कुरैशी बौरा गया, "एकदमै पगला गई हो का, भाभी को फ़ोन दो।"

ज़ीनत बिफरी, "सब भाभी-भाभी करते हैं, तुम भी यही करो बस।"

तैमूर ने दांत पीसे, "अमां जेल से बोल रहे हैं, टाइम कम है, फ़ोन दो भाभी को।"

"भाभी को हार दो, भाभी को कार दो, भाभी को फ़ोन दो..." ज़ीनत रोने लगी।

"अरे हम भाभी से कह देंगे, सब तुमको ही दे देंगी, अब फ़ोन दो उनको।"

ज़ीनत फिर बोली, "भाभी तुम्हारे भतीजों का हगा समेट रही हैं। वली और फ़हद फिर किसी लड़की को नंगा कर आए हैं। लड़की का बाप बैठा रो रहा है घर पर।"

जली-भुनी ज़ीनत ने ज़हर उगलने के बाद ग़ुस्से में फ़ोन शगुफ़्ता को थमा दिया, "लो गोद में बइठा लो अपने देवर को। बौराये पड़े हैं बात करने को।"

शगुफ़्ता ने फ़ोन लिया और तैमूर क़ुरैशी से रोना रोने लगी कि रमाकांत बघेल की गालियां उसकी रग़ों में ख़ून को तेज़ाब कर रही हैं। ऊपर से बुरे वक़्त में देवरानी की किट-किट अलग नश्तर चुभो रही है। तैमूर क़ुरैशी ने शगुफ़्ता को बताया कि बाबर का फ़ोन आया था। रमाकांत का क्रियाकर्म अब करना ही पड़ेगा। घर में बैठा रेप विक्टिम लड़की का बाप अभी भी रो रहा था। उसके रोने की आवाज़ सुनकर तैमूर क़ुरैशी बोला, "ये कौन रो रहा है? साला मनहूसियत फैलाए पड़े हो सब लोग।"

शगुफ़्ता ने आंसू पोंछते हुए कहा, "अरे ये फ़हद और वली ससुरे सांड बन गए हैं।"

तैमूर क़ुरैशी ग़ुस्साया, "भगाओ साले को चार लातें मारकर। इत्ती मुसीबतें पहले से घुसी पड़ी हैं। वली और फ़हद को समझाओ भाभी कोई कांड-वांड न करें इस वक़्त।"

शगुफ़्ता फ़ोन हाथ में लिए लड़की के बाप के पास पहुंची और उसे चार-पांच तमाचे जड़ दिए, "साले अपनी लौंडिया संभाल जाकर। जानते नहीं हो कहां खड़े हो? बाबर क़ुरैशी का घर है ये। मरवाकर फिंकवा देंगे, लाश ढूंढ़े नहीं मिलेगी तुम्हारी।"

उधर से तैमूर चिल्ला रहा था, "अरे भाभी जाने दो उसे, ज़्यादा बतंगड़ मत करो।"

लड़की के बाप ने हाथ जोड़कर शगुफ़्ता से आंखों-आंखों में फिर मिन्नत की और मरे हुए क़दमों से बढ़ते हुए मोटरसाइकिल स्टार्ट करके चला गया।

तैमूर शगुफ़्ता से बोला, "फ़हद और वली के साथ सबको बरेली जेल भेजो। तुम सब अपने नंबर बदल लो और फ़ेसटाइम पर बात किया करो। अभी काटते हैं। फिर मिलाएंगे दूसरे नंबर से और फ़ोन तुरंत उठाया करो।"

फ़ोन कटते ही शगुफ़्ता ने ज़ीनत को बैठाया और प्यार से समझाया कि बाबर और तैमूर रहे तो हार नहीं बल्कि हीरों की खदान अपनी होगी। शगुफ़्ता ने ज़ीनत को सारे हिसाब-किताब के साथ भरोसा दिया कि जो कुछ है सबका है। शगुफ़्ता ने ज़ीनत को बताया कि किस तरह बाबर और तैमूर के जेल जाने के बाद लोगों ने उनके करोड़ों रुपए मार लिए हैं, ज़मीनों पर क़ब्ज़े कर लिए हैं। रमाकांत जैसा दो कौड़ी का वकील, जो कल तक क्लर्क बनकर आगे पीछे घूमता था, आज पूरे परिवार को खुलेआम गालियां दे रहा है। असल में बाबर की बीवी शगुफ़्ता समझदार और पढ़ी-लिखी औरत थी। बाबर और तैमूर क़ुरैशी के जेल जाने के बाद शगुफ़्ता सारा कामकाज, रुपए-पैसे का हिसाब और ज़मीनों का धंधा बेहद क़ायदे से संभाल रही थी। तैमूर क़ुरैशी की बीवी ज़ीनत की कुल जमा क़ाबिलियत उसकी ख़ूबसूरती थी। बाबर अंगूठा टेक था और तैमूर क़ुरैशी आठवीं पास। इसीलिए वक़्त रहते बाबर ने शगुफ़्ता को सब सौंप दिया था। आज तैमूर क़ुरैशी के फ़ोन के बाद जेठानी-देवरानी ने तय किया कि जब तक मुसीबत सिर पर खड़ी है कम से कम तब तक कोई किसी का सिर नहीं फोड़ेगा। सब मिलकर निशाना साधेंगे और निशाने का नाम है, रमाकांत बघेल क्योंकि बाबर की रंगबाज़ी ज़िंदा रखने के लिए रमाकांत का मरना ज़रूरी था।

बाबर के ज़ेहन में मसला सिर्फ़ रमाकांत बघेल का नहीं था क्योंकि रमाकांत तो एक छोटा सा प्यादा था। बाबर के लिए बड़ी बात ये थी कि अगर बघेल जैसे प्यादे भी उसे चैलेंज करने लगेंगे, फिर तो इलाहाबाद से लेकर पूरे उत्तर प्रदेश में बाबर को कोई भी कंटाप मारकर निकल जाएगा। ख़ुद बाबर को अपने जलवे का जनाज़ा कंधों पर उठाकर फ़ातिहा पढ़ना होगा और कसारी मसारी के क़ब्रिस्तान में अपने हाथों से दफ़नाना पड़ेगा। बाबर नहीं चाहता था कि उसकी शोहरत-ए-आम कोई चौसा आम की तरह चूसकर उसे लंगड़ा आम बना दे। इसीलिए बाबर ने रमाकांत को ख़त्म करके यूपी में फिर अपनी रंगबाज़ी के पोस्टर चिपकाने का फ़ैसला कर लिया था। बाबर को ग़ुमान था कि रमाकांत को वो मरवा भी देगा और उसका कोई कुछ बिगाड़ भी नहीं पाएगा। इस ग़ुमान की वजह थी केंद्र सरकार में बैठे गृहमंत्री फ़िरोज़ भाई पटेल से बाबर की सेटिंग और यूपी की उप मुख्यमंत्री बृजरानी के सहारे पार्टी आलाकमान से

मुख्यमंत्री प्रचंड प्रताप सिंह के पेंच कसवाने का भरोसा। बृजरानी और फ़िरोज़ भाई पटेल के लिए प्रचंड प्रताप सिंह था दुश्मन नंबर वन।

***

उत्तर प्रदेश की राजधानी लखनऊ और लखनऊ में बैठी सरकार बाबर कुरैशी की ख़ूनी प्लानिंग से क़रीब-क़रीब बेख़बर थी। एसटीएफ़ चीफ़ यशराज ठाकुर के पास अहमदाबाद जेल से रमाकांत बघेल को फ़ोन पर मिली धमकी का बस एक छोटा सा इनपुट था, जो वो मुख्यमंत्री को बता चुका था। शायद बाबर के ध्वस्त हो चुके इक़बाल की वजह से हर कोई बाबर कुरैशी और उसकी धमकी को हल्के में ले रहा था। लावा भीतर ही भीतर खौल रहा था मगर ज्वालामुखी के फटने का अंदाज़ा किसी को नहीं था। बेख़बरी की इस ख़ामोशी के सन्नाटे को तोड़ते हुए दलित समाज पार्टी की सुप्रीमो महादेवी जाटव ने विधानसभा के सामने हल्ला बोल दिया। एजेंडा था ब्राह्मणों को जोड़ना और बहाना था श्रीप्रकाश दुबे का एनकाउंटर। श्रीप्रकाश दुबे यानी कानपुर का वही बेरहम गुंडा जिसने ग्यारह पुलिसवालों को मौत के घाट उतारा था। वही श्रीप्रकाश दुबे जिसकी जीप पलटी और वो एनकाउंटर में मारा गया। सैकड़ों कार्यकर्ताओं के साथ महादेवी जाटव ने ब्राह्मण-दलित की सोशल इंजीनियरिंग का सियासी दांव चल दिया था। राजनीति की प्रयोगशाला में एक ऐसा प्रयोग जिसमें मेटल और एसिड को दोस्त बनाने की कोशिश की जा रही थी, ताकि दलित और ब्राह्मण जोड़कर एक नया वोटबैंक तैयार किया जा सके। पुलिस महादेवी के पार्टी कार्यकर्ताओं को वॉटर कैनन की तेज़ धार से तितर-बितर कर रही थी और भीगते-दौड़ते कार्यकर्ता नारे लगा रहे थे।

'ब्राह्मण शंख बजाएगा, दलित भी बढ़ता जाएगा'
'मुख्यमंत्री की मनमर्ज़ी है, हर एनकाउंटर फ़र्ज़ी है'
'ज़ात धर्म को चुन-चुनकर, मौत का खेला बंद करो
शर्म करो शर्म करो, यूपी सीएम शर्म करो'

विधानसभा पर जारी बवाल के अलावा मीडिया के कैमरे लखनऊ हाईकोर्ट

के बाहर भी फ़ोकस थे, जहां लोहिया समाज पार्टी के प्रमुख सुपुत्र सिंह यादव ने हाईकोर्ट में एक जनहित याचिका दायर की थी। मांग थी श्रीप्रकाश के एनकाउंटर की न्यायिक जांच। हाईकोर्ट ने याचिका स्वीकार करते हुए राज्य सरकार से जवाब तलब कर लिया। विधानसभा पर महादेवी जाटव का हल्ला बोल और हाईकोर्ट में सुपुत्र सिंह यादव की याचिका एक मिलाजुला राजनीतिक पैंतरा था और ये पैंतरा केंद्र सरकार में बैठे गृहमंत्री फ़िरोज़ भाई पटेल के इशारे पर चला गया था। केंद्र से लेकर प्रदेश तक हर राजनीतिक पार्टी मुख्यमंत्री प्रचंड प्रताप सिंह को घेरने की तय रणनीति पर काम कर रही थी। उस पर कड़वा सच ये भी था कि ख़ुद भारतीय राष्ट्रवादी पार्टी पर्दे के पीछे से विपक्ष की बीन पर भैंस की तरह सिर हिला रही थी। भारतीय राष्ट्रवादी पार्टी को भैंस बनना मंज़ूर था मगर अपने ही मुख्यमंत्री का पीएम फेस बनना क़तई नामंज़ूर था।

***

इस बीच पंजाब के ऊंचा टकला गांव के फ़ार्म हाउस में अलग ही कहानी पक रही थी। रिक्की रॉकस्टार की हत्या से पहले ही विक्की बराड़ दिल्ली चला गया था और बुंदेलखंडी को अभी भी नहीं पता था कि उसे किसका क़त्ल करना है? तभी गोल्डन पंजाबी गैंग के एक गुर्गे के पास दिल्ली से विक्की का फ़ोन आया। विक्की ने गुर्गे को बताया कि वो गोल्डन पंजाबी से मिलने तिहाड़ गया था। गोल्डन पंजाबी ने बुंदेलखंडी को दस लाख रुपए और तीनों जिगाना पिस्टल के साथ दिल्ली भेजने का हुक़्म सुनाया है। शुक्रवार को दिल्ली की रोहिणी कोर्ट में पेशी के दौरान बुंदेलखंडी को मनदीप केकड़ा से मिलना है। विक्की से बात ख़त्म करके गुर्गा लिविंग रूम में पहुंचा, जहां बुंदेलखंडी फ़ोन पर अपने दोस्तों को ट्रेनिंग के बारे में बता रहा था।

गुर्गा बोला, "फ़ोन रख, ज़रूरी बात करनी है।"

बुंदेलखंडी ने फ़ोन पर कहा, "अबे डिग्री, मैं दस मिनट बाद बात करता हूं। अद्धा गुरू से भी कह दो कहीं जाए नहीं।"

बुंदेलखंडी के फ़ोन रखते ही गुर्गा बोला, "तुझे दिल्ली निकलना है तुरंत।"

बुंदेलखंडी ख़ुश हुआ, "काम आ गया क्या गुरू?"

गुर्गे ने मेज़ की ड्रॉअर में रखे लिफ़ाफ़े से दो फ़ोटो निकालकर बुंदेलखंडी को दिए, “ध्यान से देख ले, ये काली शर्ट वाला मनदीप केकड़ा है, जो गोल्डन भाई के छोटे भाई जैसा है।”

“और ये लाल टी-शर्ट वाला भाई कौन है?” बुंदेलखंडी एक्साइटमेंट के एवरेस्ट पर था।

“अबे वो भाई नहीं, गोल्डन पंजाबी का दुश्मन है, टिंकू टार्जन।”

बुंदेलखंडी बोला, “समझ गया, मनदीप केकड़ा भाई हैं, टिंकू टार्जन दुश्मन है।”

गुर्गे ने प्लान बताया, “तीन दिन बाद रोहिणी कोर्ट में मनदीप केकड़ा की पेशी है। कोर्ट में केकड़ा से मिल और बता कि तू ट्रेनिंग करके टीम के साथ आ गया है।”

बुंदेलखंडी चकराया, “पर टीम कहां है?”

“अरे तो बुला ना अपने दोस्तों को और काम ख़त्म कर,” गुर्गा बोला।

“अबे बुला लूंगा, पर काम क्या है?”

गुर्गे ने फिर बताया, “मनदीप केकड़ा बताएगा कि टिंकू टार्जन की पेशी कब और किस कोर्ट में है। तुझे पेशी वाले दिन टिंकू को मारना है। तब तक गोली मारते रहना जब तक टार्जन की आत्मा तुझे उड़कर जाती हुई न दिखाई दे।”

प्लान समझाने के बाद गुर्गे ने बैग में रखी तीनों जिगाना पिस्टल और कार्ट्रिज चेक कीं फिर अलमारी से एक झोला निकाला और पांच-पांच सौ की गड्डियां गिनाते हुए बुंदेलखंडी को दस लाख रुपए दिए। बुंदेलखंडी ने दस लाख फिर झोले में डालकर जिगाना वाले बैग में ही रख दिए। बुंदेलखंडी ने दस लाख ज़िंदगी में कभी नहीं देखे थे। उसके कानों में अमिताभ बच्चन की आवाज़ गूंजी—*मिस्टर बब्बन बुंदेलखंडी अब आप जीत चुके हैं पूरे दस लाख रुपए, क्या करना चाहेंगे? आगे खेलना चाहेंगे या क्विट करेंगे?*

बुंदेलखंडी के मुंह से अचानक निकला, “नहीं-नहीं क्विट काहे करेंगे, आगे खेलेंगे।”

गुर्गा चौंक गया, “क्या बे, किससे बात कर रहा है?”

“अरे नहीं, बस अइसे ही ‘पिंक वाले पा’ की याद आ गई थी।”

“पिंक वाला पा कौन बे?”

“अरे हमारे बांदा के पास इलाहाबाद के ही रहने वाले हैं पा।”

"कौन बे?"

बुंदेलखंडी थोड़ा सा अकड़ा, "जइसे तुम लोगों का सुपरस्टार था रॉकस्टार वइसे ही देश के मेगास्टार हैं अमिताभ बच्चन। वही हैं पा, रिश्ते में सबके बाप लगते हैं।"

दोनों हंसे। बुंदेलखंडी ने बैग में मनदीप केकड़ा और टिंकू टार्जन की फ़ोटो वाले पैकेट के साथ कपड़े पैक किए और बैग टांगकर नीचे आ गया। फ़ार्म हाउस से उसे एक जीप गुरदासपुर स्टेशन तक छोड़ने के लिए चल दी। रास्ते में मोबाइल से बुंदेलखंडी ने अपने दोस्त डिग्री पांडे को फ़ोन लगाया। एक ही घंटी में फ़ोन उठ गया। बुंदेलखंडी मोगैम्बो की तरह हंसा और फिर बोला, "अबे डिग्री, केजीएफ़ मिल गई केजीएफ़, मल्लब कोल्लार गोल्ड फ़ील्ड, अब हम रॉकी भाई हैं।"

उधर डिग्री और बुंदेलखंडी का दूसरा दोस्त अद्धा गुरू स्पीकर पर केजीएफ़ सुनकर गाना गाने लगे, "सल्लाम रॉकी भाई, सल्लाम रॉकी भाई।"

"अबे दोनों दिल्ली पहुंचो कल। वहीं नई दिल्ली स्टेशन पर मुलाक़ात होगी, मिलो फिर प्लान बताता हूं कि ट्रेनिंग कैसे करनी है।"

डिग्री पांडे ने पूछा, "कइसी ट्रेनिंग बे?"

बुंदेलखंडी ने सस्पेंस खोला, "पिस्तौल चलाने की ट्रेनिंग, वो भी विदेशी।"

बुंदेलखंडी अब गोल्डन पंजाबी गैंग का शार्प शूटर बन चुका था जो टिंकू टार्जन की सुपारी लेकर पंजाब के गुरदासपुर से देश की राजधानी दिल्ली की तरफ़ बढ़ रहा था।

***

पश्चिमी उत्तर प्रदेश में दो खूंखार गैंग आमने-सामने थे। एक गैंग में छुन्ना बजरंगी, मुनीम काला और सुनील दुजाना शामिल थे तो दूसरे में श्यामसुंदर भाटी और अनिलराज राठी। राठी-भाटी गैंग की जड़ें पंजाब के गोल्डन पंजाबी गैंग तक फैली हुई थीं। पश्चिम यूपी पर एकछत्र राज करने के लिए राठी-भाटी का गिरोह बजरंगी गैंग के गैंगस्टर मुनीम काला की बागपत जेल में पहले ही हत्या करवा चुका था और अब उनके निशाने पर था छुन्ना बजरंगी। राठी-भाटी मेरठ जेल में ही बंद थे लिहाज़ा एसटीएफ़ चीफ़ को वहां बजरंगी की हत्या हो जाने की

आशंका थी। इसीलिए उसने राबिया को बजरंगी की सिक्योरिटी के लिए मेरठ भेजा था।

एसटीफ़ चीफ़ के आदेश पर मेरठ जेल पहुंचकर मौक़ा-मुआयना करने के बाद राबिया पुलिस गेस्ट हाउस लौट आई थी और उधर छुन्ना बजरंगी बांदा जेल से मेरठ की सरहद में दाख़िल हो चुका था। बजरंगी को आज की रात मेरठ जेल में काटनी होगी और फिर कल जेल से एक केस की पेशी के लिए उसे मेरठ कोर्ट ले जाया जाएगा।

गेस्ट हाउस के बाहर एक जीप रुकने की आवाज़ आई और फिर किसी ने राबिया के कमरे का दरवाज़ा खटखटाया। राबिया ने अंदर आने को कहा। इंस्पेक्टर सम्मान सिंह और सब-इंस्पेक्टर त्रिपुरारी पांडे कमरे में दाख़िल हुए। दोनों ने सेल्यूट के साथ एक सुर में राबिया को जय हिंद बोला। राबिया चौंककर हंसी, "अरे त्रिपुरारी, मोटे हो गए हो। इतनी चर्बी कैसे चढ़ गई?"

त्रिपुरारी बोला, "अरे मैडम, हेड कांस्टेबल थे जब काकोरी ट्रेन ब्लास्ट की साज़िश नाकाम की थी। आउट ऑफ़ टर्न प्रमोशन मिला फिर सब-इंस्पेक्टर बन गए। अब प्रमोशन मिला है तो शरीर का भी प्रमोशन ज़रूरी है। इसलिए थोड़ा मोटे हो गए।"

राबिया ने ठहाका मारा, "तुम तो मेरे साथ एसटीएफ़ हेडक्वार्टर में भी थे ना?"

त्रिपुरारी बोला, "मैडम, आपके ही साथ तो लखनऊ एसटीएफ़ में थे। आपने मुनीम काला ऑपरेशन में मेरठ एसटीएफ़ हमारा तबादला कराया था। अब फिर हम आपकी सेवा में हाज़िर हैं।"

"लखनऊ हेड ऑफ़िस चलोगे हमारे साथ?"

"जी मैडम, फ़ैमिली लखनऊ में ही है। वहीं हो जाता तो ठीक रहता।"

राबिया ने मुद्दा बदला, "और सम्मान, क्या ख़ास?"

इंस्पेक्टर सम्मान सिंह हंसा, "अरे मैडम, ये त्रिपुरारी पांडे बोरा भर टमाटर जीप पर लाद लाया है।"

"अरे क्यों...कहां से?" राबिया ने मौज में पूछा।

जवाब त्रिपुरारी ने दिया, "अरे कुछ नहीं मैडम जी, हमारे ससुराल से आए थे, सोचा आपके लिए ले चलें।"

"मैं क्या करूंगी इतने सारे टमाटरों का?"

"लखनऊ ले जाइएगा मैडम, सलाद और सूप के काम आएगा।"

"चलो जेल में बनवाते हैं सब्ज़ी और कटवाते हैं सलाद," राबिया गंभीर अंदाज़ में बोली।

त्रिपुरारी और सम्मान ने एक-दूसरे को देखा और हां में हां मिलाई। सम्मान सिंह भी राबिया के साथ एसटीएफ़ के लखनऊ हेडक्वार्टर में कई साल से काम कर रहा था। सम्मान सिंह और त्रिपुरारी पांडे राबिया पठान के भरोसेमंद लोगों में से थे। इसीलिए राबिया दोनों को हर ऑपरेशन के लिए चुनती थी। इसी बीच छुन्ना बजरंगी की जेल वैन दो जीपों के साथ पुलिस गेस्ट हाउस पर रुकी। सिपाही ने अंदर आकर राबिया को ख़बर दी। अपने होल्स्टर में पिस्तौल चेक करने के बाद राबिया त्रिपुरारी पांडे और सम्मान सिंह के साथ बाहर चल दी। राबिया ने जेल वैन का दरवाज़ा खुलवाया और अंदर बैठे दोनों सिपाहियों को दूसरी जीप में आने को कहा। राबिया जेल वैन में अकेले बजरंगी के साथ बैठ गई। सम्मान और त्रिपुरारी वैन के आगे चल दिए और वैन के साथ आई दो जीपें पीछे। राबिया और बजरंगी ने एक-दूसरे को देखा। राबिया ने बताया, "मैं राबिया पठान हूं।"

बजरंगी ने मुंह खोला, "मैं आपको जानता हूं।"

राबिया चौंकी, "कैसे?"

"आप ही तो मेरे दोस्त को मारने वाली थीं।" बजरंगी ने चौंकाया।

राबिया आराम से बोली, "मुनीम काला?"

"जी, मुनीम काला को मारने का प्लान आपने ही बनाया था ना?" बजरंगी ने दम भरकर कहा।

राबिया मुस्कुराई, "हां बनाया था, पर मारा नहीं था। ज़िंदगी भी अजीब है बजरंगी, देखो तुम्हारे दोस्त को मार तो नहीं पाई लेकिन आज तुमको बचाना है।"

"बस बचाए रखिएगा मैडम," बजरंगी ने गुज़ारिश की।

राबिया ने राज़ खोला, "बचाना है तभी तो आई हूं, मुझे पता है जेल में तुमको मारने की प्लानिंग है। कई लोग हैं, जो चाहते हैं कि राठी-भाटी गैंग ही पश्चिम यूपी में राज करे। उन्हीं लोगों ने शायद मुनीम काला को मरवाया और आज तुमको एक छोटे से मुक़दमे की पेशी के बहाने मेरठ बुला लिया गया मारने के लिए।"

बजरंगी बिना चौंके बोला, "मुझे पता था कि मुझे मारने के लिए ये मुक़दमा हुआ है, वर्ना एक छोटे से फ़र्ज़ी मुक़दमे में ताबड़तोड़ पेशी बनती नहीं है मैडम।"

होल्स्टर खोलकर बजरंगी को दिखाते हुए राबिया बोली, "जेल कम्पाउंड में एक डस्टबिन रखा है। मैं ये पिस्टल डस्टबिन में फेंक दूंगी। सुबह जैसे ही राठी-भाटी में कोई भी निकले, ख़त्म कर देना। हमले का इंतज़ार मत करना क्योंकि हो सकता है वो पहले ही हथियारों से लैस हों। ज़रा सा भी मौक़ा चूके तो तुम्हारी लाश गिरेगी।"

बजरंगी डर गया, "इस रहम की वजह?"

राबिया पठान ने ग़ुस्सा ज़ाहिर किया, "मैं राठी-भाटी गैंग को पालने वालों को बताना चाहती हूं कि मुनीम काला से श्रीप्रकाश दुबे तक अगर कोई राबिया पठान को डबल क्रॉस करेगा तो राबिया को भी डबल क्रॉस की थ्योरी रटी हुई है।"

बजरंगी ने एक नाम फेंका, "आपके चीफ़ साहब?"

राबिया जवाब में सिर्फ़ मुस्कुराई और तभी वैन मेरठ जेल के गेट पर रुकी। जेल के गार्ड्स ने मेनगेट खोला। जेल वैन के साथ सारी गाड़ियां कम्पाउंड में आ गईं। बजरंगी के उतरते ही जेलर ने टीम के साथ बजरंगी की जामा तलाशी ली और उसे बैरक में बंद कर दिया। जेलर के ऑर्डर पर एक बंदी रक्षक सबके लिए कुल्हड़ वाली चाय लाया। इंस्पेक्टर सम्मान सिंह, जेलर और राबिया कम्पाउंड में टहल-टहलकर चुस्कियां लेने लगे। राबिया की आंखें सिर्फ़ राठी-भाटी को तलाश रही थीं। कुछ सेकंड बाद उसकी नज़र गई तो दो अलग-अलग बैरकों के अंदर से राठी-भाटी कभी राबिया, कभी सामने की बैरक में बंद छुन्ना बजरंगी को देख रहे थे। राबिया दोनों को देखते ही चिल्लाई, "क्या बे रंगा-बिल्ला, ज़िंदा हो?"

राठी और भाटी ने बैरक के अंदर से राबिया को हाथ जोड़कर नमस्ते किया। राबिया ने सिर हिलाकर जवाब दिया फिर अकेले आगे बढ़ती हुई सबसे नज़र बचाकर उस डस्टबिन की तरफ़ चल दी जहां उसे पिस्तौल फेंकनी थी। बैरक में बंद बजरंगी को दिखाते हुए उसने होल्स्टर से पिस्तौल निकाली और डस्टबिन में डाल दी। बजरंगी मुस्कुराया लेकिन अनिलराज राठी ने कनखियों से राबिया को पिस्तौल फेंकते हुए देख ही लिया। तभी त्रिपुरारी पांडे के साथ कुछ जेलकर्मी जीप से टमाटर का बोरा उतार लाए।

सब-इंस्पेक्टर त्रिपुरारी पांडे ने जेलर से पूछा, “कहां रखवाऊं इसे?”

जेलर चौंका, “अरे ये क्या है?”

राबिया डस्टबिन से पलटकर वापस आई, “टमाटर हैं आपके क़ैदियों के लिए।”

जेलर सकपकाते हुए बोला, “इतना महंगा टमाटर क्यों ले आईं मैडम?”

“अरे जेलर साहब, त्रिपुरारी की ससुराल का टमाटर है, लखनऊ पहुंचते-पहुंचते सड़ जाएगा, सोचा आपके क़ैदियों को टमाटर वाली बढ़िया आलू की सब्ज़ी और सलाद खिला दिया जाए।”

जेलर ख़ुश हो गया और राबिया राठी-भाटी की बैरक की तरफ़ बढ़ते हुए बोली, “अरे ओ रंगा-बिल्ला, स्वागत नहीं करोगे हमारा? तुम दोनों के लिए टमाटर गिफ़्ट में लाई हूं। कल जेल में पानी जैसी दाल की जगह टमाटर वाली कड़क सब्ज़ी बनेगी। मेरी तरफ़ से सबको दावत दीजिए जेलर साहब।”

बैरकों से झांक रहे क़ैदी ज़ोर से हंसने लगे और हंसते हुए राबिया ने राठी की तरफ़ देखते हुए फिर कहा, “दावत की एक शर्त है। रंगा-बिल्ला में से ये बिल्ला सब्ज़ी भी बनाएगा और सलाद भी काटेगा ध्यान रखना जेलर साहब जो कहा है वो होना चाहिए।”

जेलर ने हुक़्मउदूली में सिर हिलाया, “सुबह कितने बजे आएंगी मैडम?”

“आपकी जेल में सुबह कितने बजे होती है?”

“सात-साढ़े सात तक क़ैदी नहाने-धोने के लिए बैरक से बाहर निकाले जाते हैं मैडम।”

“ठीक है, बजरंगी को सिक्योर रखना है, मैं क़ैदियों के निकलने से पहले आ जाऊंगी।” इतना कहते ही राबिया चल दी।

जेलर हंसा, “मैडम, कल नाश्ता हमारे साथ ही कीजिएगा।”

राठी-भाटी चुपचाप राबिया का तमाशा देखते रहे। छुन्ना बजरंगी बेफ़िक्र था, इससे पहले कि राठी-भाटी में कोई उसे मारे, वो डस्टबिन से पिस्तौल निकालकर दोनों को मार डालेगा। जेलर से हाथ मिलाकर राबिया, त्रिपुरारी और सम्मान सिंह जीप की तरफ़ चल दिए। राठी और भाटी अपनी बैरकों से कभी बजरंगी को और कभी राबिया को देख रहे थे। राबिया अचानक पलटी और राठी-भाटी को घूरते हुए उसने चेतावनी के अंदाज़ में उंगली

दिखाई। जिसका मतलब था कि अगर बजरंगी को ख़रोंच भी आई तो वो छोड़ेगी नहीं।

जेल में सबकुछ सेट करके सम्मान और त्रिपुरारी के साथ राबिया जीप में बैठी। चीफ़ की दी हुई पेन ड्राइव जीप के साउंड सिस्टम पर लगी हुई थी। राबिया ने प्ले का बटन दबाया और जीप मेरठ पुलिस गेस्ट हाउस चल दी। गाना बजने लगा—

हुनर है ये भी इश्क़ का
किसी किसी को आता है
जान लुटाकर दुश्मन की
हमने हिफ़ाजत की है
झूमे जो पठान मेरी जान
महफ़िल ही लुट जाए
दे दे जो ज़ुबान मेरी जान
उस पे मर मिट जाए...

किलर टोमैटोज़, हॉट पोटैटोज़
(2023)

इलाहाबाद में डॉन बाबर कुरैशी के घर पर उसकी बीवी शगुफ़्ता ने छोटे बेटे फ़हद के गाल तमाचे मार-मारकर लाल कर दिए थे। बड़ा बेटा वली भी अपनी पिटाई का इंतज़ार कर रहा था। क्लास रूम में लड़की का रेप इस पिटाई की वजह थी। शगुफ़्ता को ग़ुस्सा इस बात पर था कि जब बाप और चाचा जेल में हैं, तो ऐसे बुरे वक़्त में कोई नया बखेड़ा क्यों खड़ा किया जा रहा है?

शगुफ़्ता खिसियाकर बोली, "चौराहे पर जाकर नंगे खड़े हो जाओ दोनों। लड़की का बाप घर तक शिकायत लेकर आया था। अगर थाने-चौकी पहुंच गया तो कोई इस वक़्त मदद भी नहीं करेगा। बाप-चाचा जेल से लौट आएं तो दस से निकाह कर लेना दस-बीस को रखैल बना लेना, उतार लेना सारी गर्मी।"

बड़े बेटे वली ने मां को ज़ोर से चिपका लिया, "अब नहीं करेंगे, अल्लाह क़सम।"

छोटा बेटा फ़हद गुर्राया, "साला गाली रमाकांत बघेल दे और मार हम लोग खाएं।"

शगुफ़्ता चीख़ी, "गाली की इतनी चिंता है तो जाकर गोली मार देते बघेल को।"

फ़हद दोगुना चीख़ा, "लौंडिया में बखेड़ा हो जाएगा तो बघेल को गोली मारने में नहीं होगा क्या?"

शगुफ़्ता ने दौड़कर फ़हद का कॉलर पकड़ लिया, "साले सांड, एक तोला पानी लड़की के भीतर टपकाने से पांच मिनट का मज़ा मिलता है। पचास तोला पीतल बघेल की छाती में धांस देगा तो तेरे बाप का रुतबा दोबारा सालों तक क़ायम रहेगा।"

शगुफ़्ता की देवरानी ज़ीनत और बड़े बेटे वली ने मां-बेटे को अलग कराया और दोनों ने मिलकर फ़हद को डांटा। शगुफ़्ता रो-रोकर पैसे और बाबर के रुतबे पर छाती पीटती रही। मां को बिलबिलाता देखकर फ़हद का ग़ुस्सा शांत हुआ और वो शगुफ़्ता के पैरों पर गिरकर माफ़ी मांगने लगा। देवरानी दौड़कर जेठानी के लिए पानी लाई और वली के साथ फ़हद मां के आंसू पोंछने लगा। पानी पीकर शगुफ़्ता थोड़ा सुकून में आई फिर गहरी सांस लेकर उसने सबको बरेली जेल जाने का हुक़्म सुनाया। बरेली जेल में बाबर का छोटा भाई तैमूर क़ुरैशी अपने भतीजों वली और फ़हद का इंतज़ार कर रहा था। इसी बीच बाबर क़ुरैशी का सबसे ख़ास शूटर और शगुफ़्ता का सबसे चहेता ख़ैरख़्वाह गुड्डू इस्लाम बैग टांगे हुए कमरे में दाख़िल हुआ। गुड्डू की उम्र पचास पार थी और उसे क्राइम के साथ पुलिस और ज़िंदगी का मज़बूत तजुर्बा था। सबको सलाम करने के साथ ही गुड्डू इस्लाम ने बैग मेज़ पर रखा और दस स्मार्टफ़ोन निकाले। हर मोबाइल में नए सिम लगे हुए थे। गुड्डू इस्लाम ने मोबाइल के पीछे चिपकी हुई चिट पर लिखे नंबरों को हिसाब से शगुफ़्ता, ज़ीनत, फ़हद, वली और साथ में बरेली जा रहे चारों गुर्गों को एक-एक फ़ोन पकड़ाया फिर तैमूर क़ुरैशी और ख़ुद के लिए दो मोबाइल अपने पास रख लिए।

फ़हद ने पूछा, "ये सब क्या है?"

शगुफ़्ता ने जवाब दिया, "तैमूर कहे थे कि अब से सबको नए नंबर वाले मोबाइल रखने हैं और केवल फ़ेसटाइम पर ही बात करनी है। हमने गुड्डू से मोबाइल का इंतज़ाम करने को कहा था। अब जल्दी करो और रात भर में बरेली पहुंचो।"

गुड्डू इस्लाम ने ब्यौरा दिया, "अहमदाबाद में बाबर भाई नंबर बदल लिए हैं। उनके पास सात-आठ नंबर हैं। तैमूर भाई भी दर्जन भर जेलकर्मियों को मोबाइल बांट दिए हैं। वॉट्सएप, टेलिग्राम या सिग्नल पर बात करो, कोई ख़तरा नहीं है।"

तैमूर कुरैशी की बीवी ज़ीनत बोली, "अब निकलो जल्दी, देर हो जाएगी।"

गुड्डू इस्लाम, फ़हद और वली मोबाइल पर सबके फ़ेसटाइम एकाउंट बनाने लगे। तैमूर कुरैशी की आईडी थी 'बाहुबली', शगुफ़्ता की 'मदर इंडिया', ज़ीनत की 'चाची 420', फ़हद की 'डॉन-वन', वली की 'डॉन-टू', गुड्डू इस्लाम की 'डॉन-थ्री'। बाक़ी बरेली जा रहे चारों गुर्गों की आईडी थी 'मोगली', 'शिनचैन', 'डोरेमॉन' और 'जेम्स बॉन्ड'। तय किया गया कि रमाकांत बघेल के मर्डर तक अब सिर्फ़ इन नए नंबरों पर बात होगी और केवल आपस में ही बात होगी। सब निकलने को थे कि शगुफ़्ता ने गुड्डू को कमरे में बुलाया और अलमारी से तीस लाख रुपए निकालकर दिए। पांच-पांच लाख चार गुर्गों के लिए जो सबके साथ बरेली जा रहे थे और दस लाख रास्ते के ख़र्च के लिए। पैसे का झोला गाड़ी में रखकर सब बैठे और बरेली चल दिए।

सूरज डूब चुका था। गाड़ी अभी इलाहाबाद के सिविल लाइंस एरिया को क्रॉस भी नहीं कर पाई थी कि छोटे बेटे फ़हद ने अशोक नगर इलाक़े चलने को कहा। बड़ा बेटा वली समझ गया लेकिन ख़ामोश था। गुड्डू इस्लाम ने टोका भी लेकिन फ़हद ने सिर्फ़ दो मिनट का काम बताकर उसे चुप करा दिया। थोड़ी देर बाद एक घर के सामने फ़हद ने गाड़ी रोकने को कहा और गाड़ी से कूदकर मकान का फाटक पीटने लगा। ये घर उस स्कूल वाली लड़की का था जिसका रेप फ़हद ने क्लास रूम में किया था। लड़की के बाप ने जैसे ही फाटक खोला फ़हद ने उसे लातों-घूंसों से मारना शुरू कर दिया, "साला घर तक पहुंच गया हरामखोर!"

लड़की का बाप ज़मीन पर गिर गया। फ़हद तेज़ी से घर के अंदर घुसा। पीछे-पीछे बाप रोता-कराहता चल दिया। फ़हद को अंदर घुसता देखकर लड़की

अपनी छोटी बहन के साथ आंगन की तरफ़ भागी मगर फ़हद ने दौड़कर उसे दबोचा और झट से स्कर्ट के साथ अपर भी फाड़ दिया। अब लड़की बाप और छोटी बहन के सामने नाममात्र कपड़ों में थी। ज़िद्दी और ग़ुस्सैल फ़हद का पारा उतरने तक वली और गुड्डू इस्लाम गाड़ी से उतरना ही नहीं चाहते थे। लाचार बाप के पास गिड़गिड़ाने और आंसू बहाने के अलावा कोई चारा नहीं था। पर्दे के पीछे जा छिपी छोटी बेटी चेहरा निकालकर रोते हुए बस 'प्लीज़-प्लीज़' गुहार रही थी।

लड़की को दबोचे हुए फ़हद बाप पर चिल्लाया, "तुम्हारी ये लड़की वोद्का की बोतल है और इसका ढक्कन हमारे वली भाई खोले हैं। लेकिन अब जब तक इस बोतल में वोद्का है केवल हम ही मुंह लगाकर पिएंगे।"

लड़की रिरियाई, "प्लीज़ छोड़ दीजिए फ़हद भाई। प्लीज़ पापा, बचा लीजिए।"

बाप ने हाथ जोड़े, "हमसे ग़लती हो गई। अब हम कभी किसी से कुछ नहीं कहेंगे।"

पर्दे के पीछे छिपी छोटी बहन की तरफ़ फ़हद ने इशारा किया, "ये छोटी वाली तो वर्जिन मोइतो है ना, इसकी वर्जिनिटी भी हम ही तोड़ेंगे, ध्यान रखना क़ायदे से।"

बाप ने फ़हद के पैर पकड़ लिए, "उसे कपड़े पहन लेने दीजिए, मर जाएगी बेचारी।"

फ़हद ने अचानक लड़की को छोड़ा और बाप को लड़कियां उठा ले जाने की धमकी देकर बाहर निकल गया। बाप ने दौड़कर बेटी को कपड़े पहनाए। सहमी हुई छोटी बेटी भी पर्दे के पीछे से बाहर आ गई। तीनों चिपककर अपनी बदक़िस्मती पर रोने लगे।

बेटी ने रोते हुए हाथ जोड़े, "पापा माफ़ कर दीजिए, पता नहीं था कि ये गुंडे हैं।"

बाप ने बच्ची को छाती से लगा लिया, "कोई बात नहीं बिटिया, कोई बात नहीं।"

छोटी बेटी दोनों के चिपककर बोली, "पापा हमें मामा के पास मुंबई ले चलो प्लीज़।"

बाप ने कहा, "हां मेरी बच्ची, अब हम यहां नहीं रहेंगे, कभी नहीं आएंगे यहां।"

बिन मां की बेटियों को रोता-बिलखता छोड़कर फ़हद की गाड़ी इलाहाबाद की सरहद पार ही कर रही थी कि हाइवे के किनारे एक गुर्गे के घर पर गुड्डू ने गाड़ी रोकी। गुड्डू इस्लाम ने बैग निकाला और बीस लाख रुपए गुर्गे को दिए। गुर्गा रक़म घर के अंदर रख आया। गुड्डू, वली, फ़हद के साथ चारों गुर्गों को लेकर गाड़ी बरेली चल दी जहां तैमूर कुरैशी उनका इंतज़ार कर रहा था।

***

बाबर कुरैशी के लौंडे गुर्गों के साथ रात के लंबे सफ़र पर बढ़े जा रहे थे और मेरठ पुलिस गेस्ट हाउस में सुबह के इंतज़ार में बेसब्र राबिया अपने कमरे में आंखें खोलकर लेटी थी। वो सुबह, जो तय करेगी कि पश्चिम यूपी से दिल्ली एनसीआर तक कौन सा गैंग राज करेगा। वो सुबह, जो तय करेगी राबिया का नया अवतार। ये खेल बहुत ख़तरनाक था। ये खेल सिस्टम के ख़िलाफ़ जाने का था। इस खेल में रिस्क था लेकिन शायद राबिया को रिस्क से इश्क़ हो गया था। राबिया की आंख लगी ही थी कि मोबाइल का अलार्म घनघनाया। राबिया हड़बड़ाकर उठी। मोबाइल देखा तो सुबह के छह बजे थे। उसने तुरंत सम्मान सिंह और त्रिपुरारी पांडे को फ़ोन करके जगाया। आधे घंटे में तीनों तैयार हुए और पुलिस गेस्ट हाउस से मेरठ जेल चल दिए।

उधर मेरठ जेल अभी भी अलसाई हुई थी। सिर्फ़ दो जेलकर्मी ड्यूटी पर थे। एक जेलकर्मी अनिलराज राठी की बैरक पहुंचा और ताला खोलकर राठी को टमाटर काटने के लिए किचन की तरफ़ ले गया। राबिया का हुक़्म था कि राठी ही टमाटर काटेगा, लिहाज़ा उसे टाइम से पहले बैरक से निकाला गया। छुन्ना बजरंगी तो रातभर सोया ही नहीं था। बैरक की सींखचे पकड़े खड़ा बजरंगी किचन की तरफ़ जाते राठी को देख रहा था। जैसे ही राठी जेलकर्मी के साथ किचन के अंदर गया, बजरंगी ने बिना वक़्त गंवाए दूसरे जेलकर्मी को आवाज़ दी।

जेलकर्मी के पास आते ही बजरंगी बोला, "यार पानी ख़त्म हो गया है बाल्टी में।"

"कल बाल्टी भरकर तो रखी थी। रातभर हगते रहे हो क्या?"

"हां थोड़ा पेट ख़राब है," बजरंगी ने जवाब दिया।

सात बजने से चंद मिनट पहले राबिया की जीप भी मेरठ जेल पहुंच गई। गार्ड्स ने मेनगेट खोला और जीप अंदर आ गई। उधर किचन में राठी बोरा खोलकर ज़मीन पर टमाटर का ढेर लगा रहा था। तभी दूसरे जेलकर्मी ने छुन्ना बजरंगी की बैरक का ताला खोला। ताला खुलते ही बजरंगी ने ज़ोर से धक्का देकर बैरक का फाटक बाहर की तरफ़ धकेला। फाटक की ज़ोरदार चोट से जेलकर्मी गिर पड़ा। बजरंगी बैरक से बाहर निकला और जेलकर्मी को कॉलर पकड़कर बैरक के अंदर ले गया। पेट में लातें मार-मारकर बजरंगी ने जेलकर्मी को बेदम कर दिया और बैरक का कुंडा लगाकर डस्टबिन की तरफ़ भागा। अपने साथी मुनीम काला की हत्या का बदला लेने और अपनी जान बचाने की ज़िद्द में बजरंगी पगला चुका था। उसने डस्टबिन से पिस्तौल निकाली और किचन की तरफ़ दौड़ा। इधर किचन में बोरे से टमाटर पलट रहे राठी को टन्न की आवाज़ सुनाई दी। बोरे से टमाटर के अलावा कोई और भारी चीज़ भी गिरी थी। राठी टमाटर के ढेर में हाथ डालकर उस चीज़ को उठा ही रहा था कि सामने बजरंगी खड़ा नज़र आया।

अंदर आ चुकी जीप से उतरकर राबिया ने होल्स्टर चेक किया तो ख़ाली था। त्रिपुरारी पांडे ने अपनी पिस्टल राबिया को दे दी। त्रिपुरारी और सम्मान सिंह के साथ राबिया जेल कम्पाउंड की तरफ़ बढ़ी। इसी बीच किचन का ख़तरनाक सीन देखकर जेलकर्मी हांफता हुआ राबिया के पास पहुंचा, "मैडम गोली चलने वाली है।"

राबिया चिल्लाई, "राठी कहां है?"

जेलकर्मी ने उंगली का इशारा किया, "उधर किचन में।"

राबिया किचन की तरफ़ भागी, "सम्मान...त्रिपुरारी पोज़िशन लो, सायरन बजाओ।"

जेलकर्मी के पीछे-पीछे सम्मान और त्रिपुरारी सायरन रूम में घुसे तो सिपाही सो रहा था। बिना वक़्त गंवाए जेलकर्मी ने सायरन बजा दिया। इधर सायरन चिल्लाया, उधर किचन में ठांय-ठांय की आवाज़ के साथ छह फ़ायर हुए।

किचन में पहुंची राबिया ने देखा कि लाल टमाटर ख़ून से और लाल हो चुके थे। ताज्जुब ये कि ये ख़ून राठी का नहीं बल्कि बजरंगी का था। छुन्ना

बजरंगी की लाश औंधे मुंह टमाटर के ढेर पर पड़ी थी और राठी पिस्तौल लिए खड़ा था।

अनिलराज राठी की पिस्तौल ख़ाली हो चुकी थी और ये सिर्फ़ राठी जानता था। राठी पर पिस्तौल ताने खड़ी राबिया ने अचानक तेवर बदले। उसने राठी की पिस्तौल से गिरे बुलेट के खोखे बटोरकर अपनी दाईं जेब में डाल लिए और बाईं जेब से बुलेट के छह ख़ाली खोखे टमाटर के ढेर पर बिखेर दिए। राठी ने अपनी पिस्तौल राबिया को दे दी जिसे राबिया ने अपने ख़ाली होल्स्टर में रख लिया। राबिया ने राठी को जेल कम्पाउंड में बनी पानी की हौदिया की तरफ़ भागने का इशारा किया। अनिलराज राठी ने फ़ौरन ज़मीन पर पड़ी बजरंगी की पिस्तौल उठाई और हौदिया की ओर भागा। राठी के भागते ही राबिया ने फ़ायरिंग शुरू कर दी। इसी बीच तमाम जेलकर्मी इकट्ठा हो चुके थे। सम्मान और त्रिपुरारी राबिया की तरफ़ बढ़े। राबिया ने सबको दूर रहने का इशारा किया। राबिया फ़ायर पर फ़ायर झोंक रही थी पर निशाना हर बार चूक रहा था। सायरन सुनकर जेलर पैंट में शर्ट खोंसता हुआ कम्पाउंड में आया। उसने हड़बड़ाते हुए मोबाइल से मेरठ पुलिस को फ़ोन लगाया और जेल में फ़ायरिंग की ख़बर दी। हथियार सिर्फ़ सम्मान सिंह के पास था और वो राबिया की बैकअप पोज़िशन पर खड़ा था। त्रिपुरारी की पिस्तौल राबिया के पास थी और जेलकर्मियों को हथियार दिए नहीं जाते। हौदिया में कूद चुके राठी पर पिस्तौल तानकर राबिया ने ज़ोर से आवाज़ दी, "सरेंडर कर दे राठी।"

राठी दोनों हाथ ऊपर करके पानी से बाहर निकला। उसके एक हाथ में वो पिस्तौल थी जो बजरंगी के लिए राबिया ने डस्टबिन में छिपाई थी। राठी सिर से पांव तक भीगा हुआ था। राबिया फिर चिल्लाई, "पिस्टल मेरी तरफ़ फेंक और बाहर निकल।"

राठी ने राबिया की तरफ़ पिस्तौल फेंकी और हौदिया से बाहर आकर घुटनों पर बैठ गया। राबिया और राठी के बीच सिर्फ़ तीन फ़ुट की दूरी थी और बीच में पिस्तौल पड़ी थी। राबिया फुसफुसाई, "मुझे धक्का दे और पिस्टल सामने गटर में फेंक दे।"

राठी फ़ुर्ती से उठा और राबिया को धक्का देकर गटर की तरफ़ दौड़ा। राबिया ज़मीन पर गिर गई। इससे पहले कि जेलकर्मी, जेलर, सम्मान सिंह और त्रिपुरारी राठी की तरफ़ भागते, राठी ने गटर का ढक्कन सरकाकर पिस्टल अंदर

फेंक दी। सबने राठी को जकड़ लिया और ज़मीन से उठकर राबिया राठी के पास पहुंची। राबिया ने राठी को कॉलर से पकड़कर बैरक में बंद कर दिया। इसी बीच मेरठ पुलिस मौक़े पर पहुंच गई। घबराया हुआ जेलर राबिया से बोला, "पिस्टल कहां से आई इसके पास?"

राबिया के हाव-भाव बदल गए, "आप जानिए, आपकी जेल है।"

कुछ सोचने के बाद राबिया ने सबको रोका और राठी की बैरक का कुंडा खोलकर अंदर गई। अब बैरक में सिर्फ़ राबिया और राठी थे। राबिया इधर-उधर देख ही रही थी कि तभी राठी बोला, "आपने पानी में कूदने को क्यों कहा?"

राबिया ने जवाब दिया, "इतना बड़ा क्रिमिनल है, उम्रक़ैद की सज़ा काट रहा है और ये भी नहीं पता कि बजरंगी पर गोली चलाने के बाद तेरे कपड़ों और हाथों पर गन पाउडर लगा होगा? पानी में न कुदाती तो गन पाउडर कैसे धुलता।"

राठी ने हाथ जोड़े, "त्रिपुरारी ने मुझे आपकी प्लानिंग बता दी थी। आपका एहसान है मैडम। राठी ज़ुबान का पक्का है, कभी काम आ सका तो धन्य हो जाऊंगा।"

राबिया झट से उठी और बाहर निकलकर उसने बैरक का कुंडा बंद करके मोबाइल निकाला और एसटीएफ़ चीफ़ को फ़ोन लगाया। फ़ोन उठते ही जय हिंद के साथ राबिया बोली, "सर, अनिलराज राठी ने छुन्ना बजरंगी को मार डाला।"

उधर से यशराज चिल्लाया, "व्हॉट? क्या मतलब मार डाला? मैंने तुम्हें क्यों भेजा था?"

राबिया एकदम शांत थी, "मुझे बजरंगी को जेल में सुरक्षित छोड़ना था और आज पेशी के लिए कोर्ट तक सेफ़ली ले जाना था। पेशी के बाद वापस बांदा भेजना था। अब जेल में कोई पहले से ही प्लानिंग करके बैठा है, ये मुझे कैसे पता होगा सर?"

यशराज चौंका, "सीबीआई इन्क्वायरी हो गई तो?"

राबिया बेपरवाही से बोली, "देखा जाएगा सर, झेल लूंगी।"

"कैसे मारा?" यशराज ने ठंडे लहज़े में पूछा।

"पूरी छह गोली मारी हैं सर और पिस्टल गटर में फेंक दी।"

यशराज बोला, "साला इतनी तैयारी थी! चलो लखनऊ आओ, फिर बात होगी। तब तक मैं मुख्यमंत्री को रिपोर्ट करता हूं।"

फ़ोन कटने के बाद राबिया ने जेलर को बताया कि मसला मुख्यमंत्री तक पहुंच गया है और जांच सौ फ़ीसदी तय है। फ़िक्र में आ चुके जेलर को राबिया ने ताक़ीद की कि वो फ़ौरन पता करे कि राठी के पास जेल में पिस्तौल कहां से आई और जेल के कौन-कौन से कर्मचारी राठी से मिले हुए हैं। बातचीत के बीच मेरठ पुलिस टमाटर के ढेर पर पड़ी बजरंगी की लाश और मौक़ा-ए-वारदात के फ़ोटो ले रही थी। क्राइम सीन देखने के बाद मेरठ पुलिस ने बजरंगी की लाश पोस्टमार्टम के लिए भेजी, फिर मौक़े पर पड़े सारे खोखे ज़िपर पाउच में पैक करके जेलर से अनिलराज राठी के कपड़े बदलवाने को कहा। जेलर का इशारा मिलते ही जेलकर्मी ने राठी को नया पायजामा-कुर्ता दिया और गीले कपड़े मेरठ पुलिस को सौंप दिए। तभी सफ़ाईकर्मियों का एक दल आया जिनमें से दो लोग रस्सी बांधकर गटर में उतर गए और बाक़ी किचन में फैला ख़ून साफ़ करने लगे। थोड़ी ही देर में गटर में घुसे दोनों कर्मचारी बाहर तो निकले लेकिन उनको पिस्तौल नहीं मिली। दोनों कर्मियों ने मेरठ पुलिस को बताया कि पानी का बहाव बहुत तेज़ था लिहाज़ा पिस्तौल बहकर आगे निकल गई होगी। मेरठ पुलिस को समझ में आ चुका था कि सफ़ाईकर्मियों को जेल के बाहर उस तरफ़ भेजना होगा जहां गटर का पानी नाले में गिरता है क्योंकि उसी तरफ़ से ही घुसकर पिस्तौल मिलने की उम्मीद है।

राबिया की प्लानिंग फ़ूलप्रूफ़ थी। मेरठ आने से पहले उसने अपने पुराने भरोसेमंद सब-इंस्पेक्टर त्रिपुरारी पांडे से एक पिस्तौल का इंतज़ाम कराया। फिर त्रिपुरारी पांडे ने जेल में बंद अनिलराज राठी को फ़ोन पर राबिया का पूरा मास्टरप्लान समझाया और टमाटर के बोरे में गोलियों से भरी वो पिस्तौल रख दी जिससे बजरंगी की हत्या होनी थी। कल राबिया ने जान-बूझकर अपनी सर्विस पिस्टल पुलिस गेस्ट हाउस में छोड़ दी थी ताकि होल्स्टर में वो वाली पिस्टल रख सके जो बजरंगी के लिए डस्टबिन में फेंकनी थी। डस्टबिन में जो पिस्टल राबिया ने फेंकी थी वो ख़ाली थी और ये वही ट्रू कॉपी पिस्टल थी जो शूटिंग रेंज में एसटीएफ़ चीफ़ ने फ़ायरिंग के बाद ख़ाली खोखों के साथ राबिया को थमाई थी। राठी के लिए जो पिस्टल राबिया टमाटरों में छिपाकर कल लाई थी वो पिस्टल आज राठी से लेकर राबिया ने अपने ख़ाली होल्स्टर में वापस रख ली थी। अब बात थी बुलेट के ख़ाली खोखों की। टमाटर के बोरे में

छिपाकर लाई गई पिस्टल से गिरे खोखे राबिया ने अपनी दाईं जेब में रख लिए थे और यशराज ठाकुर के दिए हुए ख़ाली खोखे बाईं जेब से निकालकर टमाटर के ढेर पर फेंक दिए थे। मतलब साफ़ है, अब पोस्टमार्टम में बजरंगी की बॉडी में जो बुलेट मिलेंगी वो टमाटर के बोरे में लाई गई पिस्टल की होंगी और बजरंगी की लाश के पास जो खोखे मेरठ पुलिस ने इकट्ठा किए थे वो यशराज ठाकुर की दी हुई पिस्टल के निकलेंगे। प्लान यहीं ख़त्म नहीं हुआ क्योंकि यशराज ठाकुर की जो पिस्टल बजरंगी के पास थी वो अब गटर में बह चुकी थी। सम्मान और त्रिपुरारी राबिया के साथ सबकुछ निबटाने के बाद जेल से निकलकर मेरठ पुलिस गेस्ट हाउस की तरफ़ बेहद सुकून से जा रहे थे।

रास्ते में सम्मान सिंह बोला, "मैडम एक बात पूछनी थी।"

राबिया बोली, "हां पूछ न।"

"मैडम बजरंगी की बॉडी में घुसी गोलियां अलग पिस्टल की हैं और लाश के आसपास मिले बुलेट के खोखे अलग पिस्टल के हैं। केस का होगा क्या अब?"

"टमाटर वाली पिस्टल से बजरंगी मारा गया। अब वो पिस्टल और उसके खोखे मेरे पास हैं। डस्टबिन वाली पिस्टल राठी ने गटर में फेंक दी और उसके ख़ाली खोखे जो पहले से मेरे पास थे, अब मेरठ पुलिस के पास हैं। गटर से पिस्टल अगर मिल भी गई तो वो पिस्टल और मेरठ पुलिस के पास मौजूद खोखे मैच कर जाएंगे लेकिन बजरंगी की बॉडी में तो टमाटर वाली पिस्टल की बुलेट हैं वो तो हंड्रेड परसेंट मैच नहीं करेंगी। तू समझ ले, नो वन किल्ड छुन्ना बजरंगी।"

"मतलब राठी बच गया?"

सुबूत तो कोई मिलेगा नहीं। जेल में किसी ने गवाही दे भी दी तो बिना सुबूत सब ढक्कन है। बाक़ी राठी तो वैसे भी उम्रक़ैद काट रहा है, सज़ा हो गई तो क्या दोबारा उम्रक़ैद होगी?"

कुल मिलाकर इस पूरे खेल में चार पिस्तौलें शामिल थीं। एक पिस्तौल वो, जो यशराज ठाकुर ने राबिया को दी थी। वो पिस्तौल ख़ाली थी और राबिया ने ये ख़ाली पिस्तौल डस्टबिन में बजरंगी के लिए फेंकी थी। बजरंगी राठी को इसलिए नहीं मार पाया क्योंकि पिस्तौल ख़ाली थी। लेकिन टमाटर वाली पिस्तौल से बजरंगी को मारने के बाद राठी ने यही ख़ाली पिस्तौल गटर

में फेंक दी थी। दूसरी पिस्तौल वो जो टमाटर में छिपाकर राठी के लिए लाई गई थी और इसी पिस्तौल से राठी ने बजरंगी को मार गिराया था। बजरंगी को मारने के बाद राठी ने टमाटर वाली पिस्तौल राबिया को सौंप दी थी, जो अब राबिया के ही पास थी। तीसरी त्रिपुरारी की सरकारी पिस्टल जो राबिया के हाथ में थी और इसी पिस्टल से राबिया ने राठी पर जान-बूझकर ग़लत निशाने लगाए थे, ताकि राठी को गोली न लगे। चौथी ख़ुद राबिया की सर्विस पिस्टल जो राबिया प्लान के तहत गेस्ट हाउस में छोड़कर आई थी।

यही सब सोचते हुए सम्मान सिंह बोला, "मैडम बस एक आख़िरी सवाल ये पूछना था कि डस्टबिन वाली पिस्टल और उसके खोखे आपने कहां से मैनेज किए?"

राबिया मुस्कुराई, "दिस इज़ टॉप सीक्रेट। अब तू बता पंडित, टमाटर वाले बोरे में जो पिस्टल तूने छिपाई वो तो टर्की मेड जिगाना थी। ये जिगाना कहां से लाया?"

गाड़ी चला रहा त्रिपुरारी न्यूज़ एंकर की तरह बोला, "हिंदुस्तान में हथियारों के सबसे बड़े स्मगलर इरफ़ान खुर्जेवाला गैंग के ठिकाने पर मेरठ एसटीएफ़ का छापा। चालीस से ज़्यादा हथियार बरामद। हथियारों में इन्सास और एके 47 के अलावा एक दर्जन जिगाना पिस्टल मिलीं। इरफ़ान खुर्जेवाला के चार गुर्गे गिरफ़्तार। पुलिस ने हथियार किए सीज़। सीज़ हथियारों में से नौ लाख क़ीमत की एक जिगाना पिस्टल ग़ायब। पुलिस का रौब दिखाकर वसूले गए एक बोरा टमाटर में छिपाकर मेरठ जेल ले जाई गई जिगाना। अब वो जिगाना राबिया मैडम के होल्स्टर में है।" जीप में किसी कॉमेडी शो की तरह हंसी के फव्वारे छूट रहे थे तभी सम्मान बोला, "मैडम बस एक आख़िरी सवाल, अगर इन्क्वायरी में पूछा गया कि हम टमाटर क्यों ले गए थे, तब?"

राबिया ने बेफ़िक्री से जवाब दिया, "टमाटर ही तो ले गए थे, कोई एटम बम थोड़े ले गए थे।"

"लेकिन टमाटर के बोरे में ही तो पिस्तौल थी न, मैडम?"

"टमाटर का तो पूरी जेल को पता है लेकिन बोरे में पिस्तौल भी थी, ये सिर्फ़ हम जानते हैं।"

राबिया के इस जवाब ने सबको ख़ामोश कर दिया। अब किसी के पास कोई सवाल नहीं था। जीप के गेस्ट हाउस पहुंचने से पहले राबिया ने त्रिपुरारी

की सरकारी पिस्तौल उसे वापस कर दी। गेस्ट हाउस के ड्रॉअर से राबिया ने अपनी सर्विस पिस्टल निकाली और जिगाना के साथ उसके खोखे अपने पास ही रख लिए ताकि वक़्त पर काम आएं। त्रिपुरारी ने भरोसा दिया कि ग़ायब की गई जिगाना वो मिसिंग रिपोर्ट लिखाकर मैनेज कर लेगा। राबिया ने वादा किया कि जल्द ही त्रिपुरारी का ट्रांसफ़र लखनऊ एसटीएफ़ में करा देगी। सम्मान सिंह के साथ राबिया लखनऊ की तरफ़ चल दी और मेरठ जेल में ख़ून से सने महंगे लाल टमाटर नगर निगम के कूड़े वाले ट्रक पर लाद दिए गए थे। कोई नहीं जानता था कि यही थे किलर टोमैटोज़।

बागपत जेल में मुनीम काला और फिर मेरठ में छुन्ना बजरंगी की हत्या के बाद इस गैंग में सिर्फ़ सुनील दुजाना ही बचा था जो नोएडा की डासना जेल में क़ैद है। यानी दुजाना को भी हटा दिया तो राठी-भाटी गैंग का पूरे पश्चिमी उत्तर प्रदेश पर राज होगा।

***

दिन के सवा ग्यारह बजे थे। गुरदासपुर से आने वाली ट्रेन नई दिल्ली के प्लेटफ़ार्म नंबर तीन पर आकर रुकी। पंजाब में गोल्डन पंजाबी गैंग से ट्रेनिंग लेकर आया बब्बन बुंदेलखंडी जनरल बोगी के गेट पर लटका हुआ था। प्लेटफ़ार्म पर खड़े उसके दोस्त डिग्री पांडे और अवधेश तिवारी उर्फ़ अद्धा ने बुंदेलखंडी को देखते ही हाथ हिलाकर आवाज़ लगाई। कंधे पर बैग टांगे बुंदेलखंडी ट्रेन रुकने से पहले ही कूद गया। तीनों दोस्त तेज़ आवाज़ में 'जय-जय श्रीराम' चिल्लाकर एक-दूसरे के गले लग गए। मिलने-मिलाने के बाद तीनों नई दिल्ली रेलवे स्टेशन के कश्मीरी गेट साइड की तरफ़ बढ़ लिए। बुंदेलखंडी के बैग में रखे दस लाख रुपए चीख़-चीख़कर कह रहे थे आज एलन मस्क की टेस्ला टाइप ओला प्रीमियम कार बुक की जाएगी और तीनों दोस्त दिल्ली के ताज मानसिंह में लंच करेंगे। बुंदेलखंडी के बैग का भरोसा बता रहा था कि ज़िंदगी अब किसी बुफ़े तक जाकर सपनों को प्लेट पर नहीं परोसेगी बल्कि ख़्वाहिशों के मेन्यू कार्ड से चुनकर सपनों का 'आ ला कार्ट' ऑर्डर दिया जाएगा वो भी शाही टुकड़े, इमरती और आईस्क्रीम के साथ।

स्टेशन से बाहर आकर तीनों ने ओला की और ताज की तरफ़ बढ़ लिए। बुंदेलखंडी ने बैग खोलकर नोटों के दर्शन कराए। नोटों को साक्षात देखकर डिग्री पांडे और अद्धा तिवारी की दो जोड़ी आंखों में प्रति आंख एक लाख छांछठ हज़ार छह सौ छांछठ रुपए छांछठ पैसे नज़र आने लगे। दोस्त ईमानदार थे लिहाज़ा आंखों ने भी ईमानदारी बरती और बुंदेलखंडी का भी हिस्सा जोड़ा। दोस्तों की आंखें पढ़ते ही बुंदेलखंडी बोला, "अबे बौराओ नहीं, आगे और मिलेंगे।"

डिग्री पांडे लपककर बोला, "कइसे मिलेंगे, तरीक़ा तो बताओ।"

बुंदेलखंडी ने गुरुमंत्र दिया, "बस काम करते जाओ, नोट धरते जाओ।"

अद्धा तिवारी ने इशारा किया कि ओला ड्राइवर कुछ सुन लेगा तो गड़बड़ हो जाएगी। ओला में सुई पटक सन्नाटा हो गया। होटल पर उतरते ही तीनों अंदर चले गए। दरबान ने तीनों का हुलिया देखकर टोका लेकिन जब बुंदेलखंडी ने उसे पांच सौ का नोट थमाया तो दरबान की सख़्ती चली गई तेल लेने। होटल स्टाफ़ की अमेरिकन इंग्लिश का जवाब शुद्ध देसी हिंदी में देते हुए तीनों रेस्तरां में बैठ गए। मेन्यू कार्ड पल्ले नहीं पड़ा लिहाज़ा अरहर की दाल और चावल का ऑर्डर किया गया।

पानी गटकते हुए अद्धा बोला, "अब बताओ गुरू करना क्या है?"

बुंदेलखंडी ने चुटकी बजाई, "बस कुछ नहीं सुपारी लेकर मर्डर करने हैं।"

"मतलब?" डिग्री पांडे ने भनभनाते अंदाज़ में पूछा।

बुंदेलखंडी ने मृत्यु का अध्यात्म समझाया, "अबे कुछ नहीं, हम तीनों का प्रमोशन हो गया है। हम गुंडे से शूटर बन गए हैं। कोई बहुत बड़ा वाला टपका दिए तो शूटर से डॉन तक प्रमोट हो जाएंगे। फरक ये है कि पहले पइसा नहीं मिलता था अब पइसा भी मिलेगा। सिंपल थ्योरी है पाइथागोरस की।"

अद्धा ने मौज ली, "अबे इसमें पंडित पाइथागोरस का क्या लेना-देना?"

बुंदेलखंडी ने अपराध शास्त्र समझाया, "अबे कार्य बराबर बल गुणे विस्थापन। अर्थात जिसको मारने का कार्य मिला है, उस पर बंदूक के बल का प्रयोग करो और टार्गेट को विस्थापित करके ख़ुद स्थापित हो जाओ, मल्लब डॉन बन जाओ।"

अब डिग्री पांडे ने ज्ञान बघारा, "ये तो गैस्पर्ड गुस्ताव कोरिओलिस का फ़ार्मूला है।"

बुंदेलखंडी झल्लाया, "ज़्यादा ज्ञान मत पेलो ज्ञान पांड़े, इत्ते ही ज्ञानी होते तो यूपीपीएससी में सलेक्ट हो जाते। ज़िंदगी का नोटिफ़िकेशन चेक करो। हम सिर्फ़ शूटर ही बनेंगे।"

अद्धा तिवारी ने डिग्री पांडे को टोका, "छोड़ो यार डिग्री। अपना बुंदेलखंडी ट्रेनिंग लेकर आया है, माल भी लाया है। बताओ गुरू, लक्ष्मी जी का जुगाड़ कइसे होगा?"

बुंदेलखंडी ने बैग की चेन थोड़ी सी खोली और रेस्तरां में सबसे नज़र बचाकर दोनों को जिगाना दिखाई, "दो कौड़ी का कट्टा नहीं है, नौ लाख की एक पिस्तौल है।"

डिग्री-अद्धा के होश उड़ गए। डिग्री बोला, "अबे जान कइसे लेंगे किसी की हम?"

बुंदेलखंडी ने दम भरा, "अबे जैसे लाठी से मारते थे वइसे पिस्तौल से मारेंगे।"

"मुर्गा खाए हैं, बकरा भी खाए हैं, पर कटते तो नहीं देख सकते न।" डिग्री बोला।

इसी बीच वेटर आकर दाल-चावल सर्व करने लगा। वेटर के जाते ही बुंदेलखंडी ने डिग्री को गीता का उपदेश दिया, "जब पबजी के गेम में हम तीनों मिलकर दुश्मनों को तड़ातड़ मारते हैं तब तो बड़ा मज़ा आता है। 'अग्निपथ' का ऋतिक रोशन बनना है तो रऊफ़ लाला को भी पेलना पड़ेगा और कांचा चीना को भी। केजीएफ़ पर राज करना है तो गरुड़ा और अधीरा को मारकर बिछाना ही पड़ेगा मेरे मालिक।"

डिग्री पांडे और अद्धा तिवारी चाक़ू-लाठी ख़ूब चला चुके थे लेकिन आज तक कट्टे-पिस्तौल से किसी की हत्या नहीं की थी। बुंदेलखंडी को अंदाज़ा हो गया था कि उसके दोस्त जल्दी राज़ी नहीं होंगे। बस कुछ ऐसा ही सोचकर बुंदेलखंडी ने लंच के दौरान गोल्डन पंजाबी गैंग के ख़ौफ़, इरफ़ान खुर्जेवाला की ड्रोन से हथियार सप्लाई के साथ-साथ ट्रेनिंग और रिक्की रॉकस्टार के क़त्ल के क़िस्से सुनाए। बुंदेलखंडी को पक्का यक़ीन था कि एक बार ट्रेनिंग हो गई तो फिर दोनों दोस्त घंटों की जगह मिनटों में गदर वन और गदर टू के सनी देओल बन जाएंगे। फिलहाल तीनों को तीन दिन दिल्ली में ही रुकना है। तीन दिन बाद दिल्ली की रोहिणी कोर्ट में गोल्डन पंजाबी के गैंगस्टर मनदीप केकड़ा से पेशी

के दौरान मुलाक़ात होगी और तय होगा तिहाड़ जेल में बंद गोल्डन पंजाबी के दुश्मन टिंकू टार्जन का मर्डर प्लान।

***

दोपहर के दो बज चुके थे। यूपी के डॉन बाबर कुरैशी के बेटे गुर्गों के साथ बरेली जेल पहुंच चुके थे। जेल में बाबर का छोटा भाई तैमूर कुरैशी सबके इंतज़ार में था। अंदर पहुंचते ही जेल कम्पाउंड में तैमूर कुरैशी अपने भतीजों वली और फ़हद के अलावा गुड्डू इस्लाम से भी गले मिला। चारों गुर्गे भी सलाम करके साथ ही बैठ गए। बाबर की रंगबाज़ी भले ही कम हो गई थी, लेकिन पैसे के दम पर हर माफ़िया की तरह तैमूर कुरैशी ने भी अपना हिसाब-किताब मज़बूत कर रखा था। कम्पाउंड में ही मटन कोरमा, रूमाली के साथ-साथ बड़े की बिरयानी भी हाज़िर थी। नल्लियां चूसते हुए फ़ैसला हुआ कि अगले दो दिन तक इलाहाबाद में रमाकांत बघेल की रेकी की जाएगी और तीसरे दिन घात लगाकर ढेर कर दिया जाएगा। शातिर गुड्डू इस्लाम ने कागज़ पर पेन से नक्शा बनाकर बताया कि रमाकांत रोज़ सुबह साढ़े नौ के आसपास सेंट्रो से हाईकोर्ट जाता है और शाम पांच बजे लौटता है। उसके साथ हमेशा कार्बाइन से लैस दो गनर रहते हैं। रमाकांत की कार मेनरोड पर पार्क होती है। गाड़ी से उतरकर रमाकांत को पतली सी गली में अपने घर तक पैदल आना-जाना होता है। यही एक पॉइंट था जहां बघेल को मारा जा सकता था। प्लान बना कि गैंग के चारों गुर्गे अलग-अलग जगहों पर रहेंगे और रमाकांत को कार पर चढ़ते या उतरते वक़्त ही मारेंगे। गुड्डू इस्लाम बमों से गनर्स को निशाना बनाएगा। तैमूर कुरैशी ने फ़ैसला किया कि वली और फ़हद गाड़ी से बाहर नहीं आएंगे। लेकिन हालात बेक़ाबू हुए तो ही दोनों कार से उतरकर फ़ायरिंग करेंगे। गुड्डू ने एक पर्ची में सबके नए नंबर्स की फेसटाइम आईडी लिखकर तैमूर कुरैशी को दी। प्लान पूरा होते ही सब बरेली जेल से निकल लिए। रमाकांत बघेल की मौत भी बरेली से इलाहाबाद चल चुकी थी, यानी अब उसकी ज़िंदगी के तीन ही दिन बचे थे।

***

अपनी तरफ़ बढ़ रही मौत से बेख़बर रमाकांत इलाहाबाद में उप मुख्यमंत्री

बृजरानी के घर पर उनके केबिन में बैठा था तभी हूटर की आवाज़ के साथ बृजरानी का कफ़िला घर के बाहर रुका। उप मुख्यमंत्री के साथ मंत्री कृतार्थनाथ सिंह और कृष्णगोपाल नौचंदी के अलावा तीन बड़े बिल्डर भी थे। ये सब बाबर की ज़मीनों में बेनामी पार्टनर थे। बाबर के साथ इन सबका क़रीब बीस हज़ार करोड़ रुपया ज़मीनों, प्लॉट्स और मल्टीस्टोरीज़ में इन्वेस्ट था। सबको ड्रॉइंग रूम में बैठाकर उप मुख्यमंत्री केबिन में पहुंचीं जहां उनका इंतज़ार कर रहे रमाकांत ने दौड़कर उनके पैर छुए। आशीर्वाद देते हुए उप मुख्यमंत्री ने सवाल किया, "कैसे आना हुआ रमाकांत?"

रमाकांत बघेल बोला, "बस मैडम, एक गनर और बढ़ा देतीं तो ठीक रहता।"

उप मुख्यमंत्री ने भरोसा दिलाया, "तुम चिंता मत करो, हम हैं न। दस दिन में एक गनर और बढ़ा देंगे, पर डरने-वरने की ज़रूरत एकदम नहीं है।"

रमाकांत ने हिम्मत दिखाई, "डरते एकदम नहीं हैं मैडम। बाबर कुरैशी का खेल तो जेल जाते ही ख़त्म हो चुका है। हमें गाली देगा तो हमसे गाली ही खाएगा।"

उप मुख्यमंत्री लपककर बोलीं, "बस ऐसे ही शेर बने रहो और छाती चौड़ी रखो।"

रमाकांत बघेल ने दोगुने तेवर दिखाए, "बीस हज़ार करोड़ का मसला है। तब बाबर का वक़्त था अब हमारा मुनाफ़ा कमाने का मौक़ा है, छोड़ थोड़े ही देंगे।"

उप मुख्यमंत्री मुस्कुराईं और केबिन से उठकर बघेल के साथ ड्रॉइंग रूम में आ गईं। कृतार्थनाथ सिंह और नौचंदी के साथ बैठे बिल्डर्स को नमस्ते करके रमाकांत बघेल चला गया। उसके जाते ही एक बिल्डर बोला, "मैडम कुछ उल्टा-सीधा न हो जाए इस बघेल के चक्कर में।"

उप मुख्यमंत्री ने मुंह बनाया, "बाबर हमारा दोस्त है और बघेल अपना चेला।"

नौचंदी ने फ़िक्र दिखाई, "हुज़ूर, दोस्त और चेले की दुश्मनी कहीं हमारी मुसीबत न बन जाए क्योंकि बाबर बैल बुद्धि है, कोई कांड-वांड न कर दे।"

उप मुख्यमंत्री ग़ुस्से में आ गईं, "दोनों की दोस्ती-दुश्मनी से हमें कोई लेना-देना नहीं है। आपस में मरे-कटें, हमें क्या करना है। हम बाबर के भी दोस्त हैं और रमाकांत को भी सुरक्षा देंगे। हमारा सिर्फ़ एक दुश्मन है और उसका नाम है

प्रचंड प्रताप सिंह। बाबर गड़बड़ करेगा तो बाबर भुगतेगा और रमाकांत गाली बकेगा तो रमाकांत भुगतेगा। हम सिर्फ़ तमाशा देखेंगे, बाक़ी क़ानून-व्यवस्था तो सीएम साहब देखेंगे।"

उप मुख्यमंत्री का इशारा सभी समझ गए। अब सबको यक़ीन था कि रमाकांत और बाबर की दुश्मनी यूपी में कोई बड़ा कांड कराएगी और अगर कांड हुआ तो भी उनका ही फ़ायदा है। फ़ायदा ये कि बघेल मरा तो बाबर पर मुख्यमंत्री का शिकंजा और कस जाएगा। साथ ही मुख्यमंत्री ख़ुद इस कांड के लपेटे में आ जाएगा। इस चांडाल चौकड़ी को असल में बघेल नहीं बल्कि बीस हज़ार करोड़ की रक़म और मुख्यमंत्री की सत्ता पर लगने वाले ख़ूनी दाग़ दिखाई दे रहे थे और उप मुख्यमंत्री बृजरानी के लिए ये दाग़ अच्छे ही नहीं, बहुत अच्छे थे।

***

शाम के सात बजे थे। अहमदाबाद जेल कम्पाउंड रोशनी से जगमगाया हुआ था। लाउडस्पीकर पर गाना बज रहा था 'हर करम अपना करेंगे ऐ वतन तेरे लिए, दिल दिया है जां भी देंगे ऐ वतन तेरे लिए'। झिलमिलाती झालरें, फूलों से सजा मंच और मंच पर बैठे देश के गृहमंत्री फ़िरोज़ भाई पटेल। आज जेल में क़ैदियों की रिहाई का समारोह था। गृहमंत्री उन क़ैदियों को आज़ाद करेंगे जो चाल-चलन से अच्छे थे और वो जिनकी उम्र जेल में कट गई पर उनका मुक़दमा लड़ने कोई नहीं आया। क़ैदियों के अलावा कार्यक्रम में आए अफ़सरों और नेताओं के लिए शानदार डिनर का इंतज़ाम किया गया था। जेल में बंद यूपी का डॉन बाबर क़ुरैशी खाने-पीने का इंतज़ाम देख रहा था। शामियाने में तालियां गड़गड़ाने लगीं। सर्टिफ़िकेट देकर गृहमंत्री फ़िरोज़ भाई पटेल ने एक के बाद एक कुल सत्ताईस क़ैदी रिहा किए। कार्यक्रम ख़त्म हुआ और बाबर क़ुरैशी प्लेट सजाकर गृहमंत्री के सोफ़े के बगल में खड़ा हो गया।

बाबर धीरे से बोला, "साहब ये खाइए, भुना हुआ आलू हरी चटनी के साथ।"

फ़िरोज़ भाई पटेल ने पूछा, "कुछ ख़ास है इसमें?"

बाबर ने तेल लगाया, "हमाये यूपी की ख़ास चीज़ है साहब। चूल्हे में आलू भूना जाता है फिर छीलकर धनिया, मिर्चा और कड़वे तेल की चटनी

के साथ खाया जाता है। खाकर देखिए...वैसे आपके लिए बाटी-चोखा भी बनवाए हैं।"

धुआं छोड़ता भुना आलू खाते हुए गृहमंत्री ने बाबर को देखा, "और?"

बाबर ने चेहरा बनाया, "साहब, कल के लौंडे धमकी देने लग गए हैं।"

गृहमंत्री ने एक और आलू खाया, "हम्म।"

बाबर ने मौक़े का फ़ायदा उठाया, "बहुत हो गया साहब, सारे दुश्मन गोबर के कंडे की तरह धधक रहे हैं औ हम आलू की तरह छिलके के साथ जले-भुने जा रहे हैं। बस अब यही बचा है कि कउनो हमको हरी चटनी लगाकर एकै बार में खा जाएगा।"

"यहां कोई दिक्कत?" गृहमंत्री ने सवाल किया।

बाबर ने तुरंत जवाब दिया, "न साहब आपके रहते कउनो दिक्कत-विक्कत नहीं।"

फ़िरोज़ भाई पटेल ने असली सवाल दाग़ा, "फिर हमसे और क्या चाहते हो?"

बाबर ने खीसें निपोरीं, "बस साहब हाथ बनाए रखिए, बाक़ी निबट लेंगे सबसे।"

फ़िरोज़ भाई पटेल ने प्लेट के आलू चट किए और बाबर को प्लेट पकड़ाते हुए कहा, "भुना आलू तो टेस्टी था तुम्हारा। तुम हॉट पोटैटोज़ जानते हो, हॉट पोटैटोज़?"

खूंखार बाबर ने मासूमियत से जवाब दिया, "न साहब, सुने तो नहीं हैं कभी।"

गृहमंत्री बोले, "खिलाते भी हो और जानते भी नहीं हो हॉट पोटैटोज़ क्या है?"

बाबर खिसियाया, "साहब भुना आलू जानते हैं, पटैटू-वटैटू कभी जाने ही नहीं।"

गृहमंत्री गंभीर हुए, "अमेरिकन पॉलिटिकल टर्म है 'हॉट पोटैटोज़'। मतलब जिस मुद्दे पर कुछ कहा न जा सके, जो मुद्दा बहुत फंसा हुआ हो, वो है 'हॉट पोटैटोज़'।"

बाबर दस सेकंड ठिठका फिर उसकी बुद्धि का बल्ब जला, "अरे साहब फेंकिए ये भुना आलू, एकदमै फ़ालतू चीज़ है। हमें क्या पता था कि भुना आलू खिलाकर हम मुद्दा ही फंसा देंगे। फिर हम क्या करें साहब, भुना पटैटू के चक्कर

में दुश्मनों को छोड़ दें? रंगबाज़ी कइसे वापस आएगी साहब? आपका हाथ हमेशा रहा है हम पर।"

गृहमंत्री उठे और बोले, "जेल से आज़ाद हुए क़ैदियों को देख रहो हो, ये बेचारे वो कुत्ते हैं जो न घर के हैं न घाट के। अरे जिनके अपने उम्र भर मिलने नहीं आए, मुक़दमा लड़ने नहीं आए वो क्या ख़ाक इन्हें घर में रखेंगे। फिर भी खामखां ख़ुश हैं और इनकी ख़ुशी में सब झालरें सजाकर दीवाली मना रहे हैं, ताली बजा रहे हैं।"

बाबर गृहमंत्री की बात को बकवास समझते हुए बोला, "जी साहब।"

मंच से उतरते हुए गृहमंत्री ने बाबर की तरफ़ देखा, "जो क़ैदी बोझ हों उन्हें आज़ाद कर देना चाहिए। आज़ादी ऐसी कि लोग ताली बजाएं, दीवाली मानाएं। जब घर में कोई दीया जलाने वाला भी न हो, तब दस हज़ार वाली पटाखे की लड़ी जलानी चाहिए। मगर ध्यान रहे धमाके ज़ोरदार हों, माहौल धुआं-धुआं हो जाए। पूरा इलाक़ा घंटों तक कान में उंगली डाले बैठा रहे और फिर कहे बंदे में है दम...वंदे मातरम।"

इतना कहकर गृहमंत्री फ़िरोज़ भाई पटेल कार की तरफ़ चल दिए। भीड़ से बचाते हुए अफ़सरों ने उन्हें गाड़ी में बैठाया और उनका काफ़िला हूटर बजाता हुआ जेल कैंपस से निकल गया। बाबर सोच में पड़ गया कि फ़िरोज़ भाई पटेल सब कह भी गए और कुछ कहा भी नहीं। फिर गृहमंत्री की बात को गुरुमंत्र मानकर ख़ुद की पीठ थपथपाई कि उसने रमाकांत बघेल को मरवाने का जो फ़ैसला किया है वो सौ फ़ीसदी सही है। वो बेहद ख़ुश था। इसी ख़ुशी में उसने सबको आवाज़ दी और भुने आलू खाने को कहा। एक प्लेट बाबर ने अपने लिए भी निकाली और भुने आलू का बड़ा पीस निकालकर उसे चटनी में भिगो दिया। बाबर ने बड़े से मुंह में बड़ा सा आलू रखा और खाते हुए बोला, "जियो राजा भुना पटैटू।"

फ़िफ़्टी शेड्स ऑफ़ ग्रे

(2023)

ह्यूमन साइकोलॉजी की कॉमन थ्योरी है कि हर शख़्स ख़ुद को सफ़ेद और दूसरे को स्याह ही मानता है। फिर वो शख़्स रामायण का रावण हो या ईसा

मसीह को सूली पर चढ़ाने वाला रोमन गवर्नर पिलातुस या फिर हज़रत इब्राहिम अलैहिस्सलाम को क़ुर्बानी से रोकने वाला शैतान। समाज का बहुत बड़ा तबका भगवान श्रीराम से लेकर महात्मा गांधी तक कालिख़ तलाश चुका है। उससे भी कहीं बड़ी एक ज़मात है जो हिटलर की सनक, गोडसे की गोली और माओ के कम्युनिज़्म का झंडा बुलंद करती है। स्याह-सफ़ेद के बीच का एक और रंग है। शख़्सियत की कलर पैलेट पर ये रंग तब बनता है जब काला सफ़ेद की तरफ़ बढ़ता है और सफ़ेद स्याह की तरफ़। जिस मुकाम पर ब्लैक और व्हाइट हाथ मिलाते हैं तब ये रंग न ब्लैक रहता है न व्हाइट बल्कि एक नया रंग बनता है, जिस रंग का नाम है 'ग्रे'। कुछ इसी तरह साज़िशी रंगों की इस थोक मंडी में पंजाब से दिल्ली और दिल्ली से लखनऊ वाया इलाहाबाद तक मौजूद हर एक किरदार की शिनाख़्त मुश्किल थी क्योंकि इनके इरादे स्याह थे, चेहरे सफ़ेद और दिल से दिमाग़ तक सबकुछ ग्रे।

अगले तीन दिन बेहद ख़ास थे, बहुत कुछ होने वाला था। तीन दिन बाद रोहिणी कोर्ट में बुंदेलखंडी की गोल्डन पंजाबी के साथी मनदीप केकड़ा से मुलाक़ात होनी है। इन तीन दिनों में बाबर का गैंग इलाहाबाद में रमाकांत बघेल की रेकी करने के बाद उसका क़त्ल करने का प्लान बना चुका है। तीन ख़ास दिनों का आज पहला दिन था। मेरठ जेल में छुन्ना बजरंगी के मर्डर के बाद लौटी राबिया पठान एसटीएफ़ हेडक्वॉर्टर में चीफ़ यशराज ठाकुर के केबिन में बैठी थी।

यशराज ठाकुर ने एहसान जताया, "मुख्यमंत्री साहब ने स्पेशल इन्वेस्टिगेशन टीम बना दी है जो दो महीने में रिपोर्ट देगी। तुम्हें फ़िक्र करने की ज़रूरत नहीं है।"

राबिया ने मुंह बनाया, "आपके रहते कैसी फ़िक्र सर।"

यशराज बोला, "अनिलराज राठी ने तो ख़ुद ज़ुर्म क़ुबूल लिया है। लेकिन बेचारा जेलर निबट गया, जेल में पिस्टल कैसे आई इस चक्कर में उसे बर्ख़ास्त कर दिया गया।"

राबिया ने जवाब में सिर्फ़ 'हम्म' कहा।

यशराज ने ब्यौरा दिया, "बजरंगी की बॉडी में जो बुलेट मिली हैं वो न तो मौक़े पर मिली बुलेट के खोखों से मैच कर रही हैं न ही गटर से बरामद हुई पिस्टल से।"

"पिस्टल मिल गई सर?"

"हां पिस्टल तो गटर से मिल गई, लेकिन असली पिस्टल नहीं मिली। तुम जानती हो, राठी ने बजरंगी को जिगाना से मारा है! साला जेल में जिगाना कहां से आई?"

"आपने ही तो कहा था कि राठी-भाटी गैंग के रिश्ते गोल्डन पंजाबी से हैं, इरफ़ान खुर्जेवाला उनको हथियार सप्लाई करता है।"

यशराज ने खोपड़ी पीटी, "अरे हां यार, मतलब गोल्डन पंजाबी गैंग ने बजरंगी के मर्डर में राठी को सपोर्ट किया है।"

राबिया ने चीफ़ की हां में हां मिलाई।

यशराज ने अचानक बात बदली, "तुम्हारी तो राठी से बात उसकी बैरक में हुई थी न?"

राबिया बेफ़िक्री के साथ बोली, "मैंने भी यही पूछा था कि जिगाना कहां से आई?"

"क्या बोला?"

"बस इतना बोला कि दो महीने से पिस्टल उसके पास थी, लेकिन ये नहीं बताया कि कहां से आई। मगर सर ये भी तो है कि पिस्टल एक नहीं दो रही होंगी, तभी तो बॉडी में मिली बुलेट और खोखे मैच नहीं कर रहे हैं?"

"हां दो ही होंगी...पर कहां छुपाई होंगी?"

राबिया बोली, "जब दो पिस्टल जेल में आ गईं तो उन्हें छिपाना कौन सी बड़ी बात है सर।"

यशराज ने निगाह तिरछी की, "ख़ैर छोड़ो। तुम्हारा तो दोस्त बन गया होगा राठी?"

राबिया चौंकी, "क्यों सर?"

यशराज ने क़ातिल मुस्कान दी, "पांच फ़ायर किए तुमने राठी पर मगर लगा एक भी नहीं। तुम्हारा निशाना तो पक्का है, चाहतीं तो मार गिरातीं उसको।"

राबिया तपाक से बोली, "आप भूल गए सर, मेरा नाम राबिया है।"

"मतलब?"

राबिया ने लिस्ट गिनाई, "मुनीम काला, डाकू दद्दन पटेल, अभय गुर्जर, इनको क्यों नहीं मारने दिया आपने? श्रीप्रकाश दुबे की जीप पलटाने का आइडिया भले ही मेरा था मगर एनकाउंटर टीम से आपने हटाया मुझे क्योंकि

मैं रवीना नहीं, राबिया हूं। सारा झंझट तो मेरे नाम में है न सर। बस सर यही सोचकर राठी को नहीं मारा।"

यशराज बोला, "अभी भी ग़ुस्सा हो, बजरंगी दिया तो था तुमको, लेकिन मारा गया।"

"बजरंगी की ड्यूटी दी थी, किसी मिशन का लीडर नहीं बनाया था सर।"

यशराज ने भरोसा दिलाया कि अगला कोई भी ऑपरेशन होगा तो वो राबिया को ही सौंपेगा। चालाक राबिया को अब नक़ली ग़ुस्सा दिखाकर असली हमदर्दी हासिल करने का भी तरीक़ा मालूम पड़ चुका था। बजरंगी को मरवा भी दिया, राठी को बचा भी लिया, राठी-भाटी गैंग से दोस्ती भी कर ली और किसी को कानोंकान भनक भी नहीं लगी।

'जय हिंद' कहकर राबिया चीफ़ के केबिन से उठी और अपने केबिन की ओर चल दी। राबिया के पलटते ही यशराज का चेहरा किसी विलेन की तरह बदल गया। ये चेहरा गवाह था कि यशराज ने फिर राबिया का इस्तेमाल कर लिया। कॉरीडोर से अपने केबिन की तरफ़ बढ़ रही राबिया की बॉडी लैंग्वेज मज़बूत थी और होंठों पर थी शातिर मुस्कुराहट। राबिया के ग्रे करैक्टर का सुबूत थी ये शातिर मुस्कुराहट। यशराज और राबिया के बीच अब बस ये तय होना बाक़ी था कि कौन ज़्यादा ख़तरनाक है और कौन किसको हथियार बनाकर इस्तेमाल करने में कामयाब रहेगा।

***

बेहद ख़ास तीन दिनों का आज दूसरा दिन भी कुछ कम अहम नहीं था। विधानसभा सत्र शुरू हो चुका था और पूरे विपक्ष ने भारतीय राष्ट्रवादी पार्टी और ख़ासकर मुख्यमंत्री प्रचंड प्रताप सिंह को एनकाउंटर के मुद्दे पर घेर रखा था। लोहिया समाज पार्टी के अध्यक्ष सुपुत्र सिंह और दलित समाज पार्टी सुप्रीमो महादेवी जाटव के इशारे पर विधायक शोरगुल मचाते हुए काले झंडे लहरा रहे थे। हंगामा इतना ज़्यादा था कि न सत्ता के नुमाइंदे कुछ बोल पा रहे थे न ही स्पीकर विपक्ष को शांत करा पा रहे थे। सुपुत्र सिंह ने श्रीप्रकाश दुबे की जीप पलटने वाले एनकाउंटर को फ़र्ज़ी क़रार दिया तो महादेवी जाटव ने मेरठ जेल में छुन्ना बजरंगी की हत्या को पुलिसिया षड्यंत्र कह डाला। मुख्यमंत्री तमाशा देखकर भी एकदम ख़ामोश बैठे थे।

उधर इलाहाबाद में बाबर के बेटों के साथ पूरा गैंग पिछले दो दिनों से रमाकांत बघेल की रेकी कर रहा था। गैंग बेसब्र था क्योंकि कल रमाकांत की हत्या होनी थी। दिल्ली के होटल ताज मानसिंह में बुंदेलखंडी अपने दोस्त डिग्री पांडे और अद्धा तिवारी के साथ ऐश फ़रमा रहा था। इस तिकड़ी की वेटिंग लिस्ट में था मनदीप केकड़ा जिससे कल रोहिणी कोर्ट में पहली बार आमना-सामना होगा।

***

आख़िरकार तीसरा दिन आ गया। सुबह के साढ़े दस बजे थे। होटल ताज मानसिंह से चेकआउट करके बुंदेलखंडी, डिग्री और अद्धा रोहिणी कोर्ट पहुंच चुके थे। बुंदेलखंडी और उसके दोस्तों को मनदीप केकड़ा की फ़ोटो रट गई थी। तभी एक जेल वैन कोर्ट कैंपस में रुकी। दो सिपाहियों के साथ लाए गए मनदीप केकड़ा ने उतरते ही इधर-उधर देखा तो बुंदेलखंडी ने उसे नमस्ते किया। केकड़ा ने तीनों को ऊपर से नीचे तक ग़ौर से देखा फिर बुंदेलखंडी को पीछे-पीछे आने का इशारा किया। सीढ़ियां चढ़ते हुए सब हॉल में रुक गए जहां पेशी पर आए क़ैदियों, पुलिस और मुलाक़ातियों के लिए बेंच लगी थीं। केकड़ा ने पांच सौ का नोट देकर सिपाहियों को चाय-नाश्ता करने भेज दिया। मौक़ा पाकर बुंदेलखंडी, डिग्री पांडे और अद्धा तिवारी केकड़ा के ठीक पीछे पड़ी बेंच पर बैठ गए।

बुंदेलखंडी ने पूछा, "भाई आप तो एक बार में ही पहचान गए?"

केकड़ा ने उलटा सवाल किया, "तुम लोग भी तो पहचान गए?"

बुंदेलखंडी ने मुस्कुराहट फेंकी, "आपका तो फ़ोटो है हमारे पास।"

केकड़ा भी हंसा, "हां, तो हमारे पास भी स्मार्ट फ़ोन है तिहाड़ में।"

तभी एक सिपाही दौड़ता हुआ आया और उसने केकड़ा को मोबाइल पकड़ा दिया। उधर की आवाज़ सुनते ही केकड़ा बोला, "ओ तेरी, किस जेल में?"

बीस सेकंड बात करके केकड़ा ने मोबाइल वापस कर दिया और सिपाही बाहर चला गया। फ़ोन के बाद से केकड़ा तनाव में था। बुंदेलखंडी बोला, "सब ठीक है भाई?"

केकड़ा ने माथा पकड़ा, "ओ नहीं यार, विक्की पकड़ा गया।"

बुंदेलखंडी चौंका, “कौन...विक्की बराड़? वो तो रॉकस्टार के मर्डर से पहले ही दिल्ली चले गए थे किसी काम से।”

“हां यार काम पूरा हो चुका था, कहा था नेपाल भाग जा, पर आज पकड़ा गया।”

बुंदेलखंडी को विक्की बराड़ का पहला कॉल याद आ गया जब विक्की ने उसे पंजाब बुलाया था। शूटर बनाने की ट्रेनिंग के दौरान विक्की के साथ हुए झगड़े भी ज़ेहन में कौंध गए। उसे लगा जैसे उसके किसी बेहद अपने के साथ गड़बड़ हो गई है।

केकड़ा ने बुंदेलखंडी की यादें तोड़ीं, “चिंता मत कर, अपना शेर तिहाड़ आ रहा है।”

“मैं भी आऊंगा तिहाड़ आप दोनों से मिलने,” बुंदेलखंडी ख़ुश होकर बोला।

केकड़ा ने बुंदेलखंडी को तिहाड़ आने से मना किया। तिहाड़ अब गैंगवॉर का अड्डा बन चुका था। गोल्डन पंजाबी के अलावा उसके गैंग के कम से कम एक दर्जन गुर्गे तिहाड़ में बंद थे जिनमें मनदीप केकड़ा और अब विक्की बराड़ भी शामिल थे। इसके ठीक उलट गोल्डन पंजाबी गैंग के विरोधी गिरोह के दस गुर्गे भी तिहाड़ की बैरकों में एक-दूसरे को मार गिराने की घात लगाकर बैठे थे। जिनमें एक था टिंकू टार्जन, जिसकी हत्या बुंदेलखंडी और उसके दोस्तों को नक़ली पत्रकार बनकर करनी थी। तभी एक वकील ने आकर केकड़ा के कान में कुछ कहा और वापस लौट गया। वकील की बात सुनकर केकड़ा का मुंह लटक गया। टिंकू टार्जन की तारीख़ अभी तय नहीं हुई थी लिहाज़ा केकड़ा ने बुंदेलखंडी एंड कंपनी को बीस दिन बाद अपनी अगली पेशी पर दोबारा बुलाया। तब तक बुंदेलखंडी अपने दोस्तों को वही ट्रेनिंग देगा जो उसे पंजाब में मिली थी।

***

विधानसभा में हंगामा मुसलसल जारी था। विपक्षी कार्यकर्ता लखनऊ की सड़कों पर हल्ला बोल रहे थे और सदन के अंदर बवाल काटे हुए थे। उधर इलाहाबाद में बाबर कुरैशी गैंग ने धूमनगंज इलाक़े की मेन रोड पर गाड़ी लगा ली थी। दोपहर का दो बजा था। बाबर के बेटे फ़हद और वली कार में ही बैठे

थे और एक गुर्गा ड्राइविंग सीट पर। बाबर का शातिर शूटर गुड्डू इस्लाम झोला लेकर बस स्टॉप शेड के नीचे बैठा था। एक गुर्गा रमाकांत के घर वाली गली के ठीक बगल में मौजूद एक मोबाइल शॉप में फ़ोन के तमाम मॉडल देखकर वक़्त गुज़ार रहा था। दो गुर्गे गली के ठीक आगे एक लइया-चना के ठेले पर भूंजा खा रहे थे। दो दिन की रेकी के दौरान ही पता चला कि सुबह साढ़े नौ बजे और शाम पांच बजे कोर्ट जाने-आने के अलावा रमाकांत बघेल तीन बजे लंच करने भी आता है। गैंग घात लगाए बैठा था कि अगर रमाकांत लंच पर आया तो उसी वक़्त मार देंगे और नहीं आया तो अगल-बगल रहकर पांच बजे तक उसके लौटने का इंतज़ार करेंगे।

धूमनगंज इलाक़े से कहीं दूर इलाहाबाद रेलवे स्टेशन पर फ़हद के रेप का शिकार स्कूल वाली लड़की छोटी बहन और पिता के साथ प्लेटफ़ार्म नंबर तीन पर मुंबई जाने वाली ट्रेन की राह देख रही थी। मुंबई में मामा का घर अब इन सबका नया ठिकाना होगा। प्लेटफ़ार्म पर टहल रहा एक लड़का अचानक ठिठक गया। जैसे वो लड़की को पहचानने की कोशिश कर रहा था। छिपते-छिपाते उसने लड़कियों की फ़ोटो भी मोबाइल से खींची। फ़ोटो खींचकर लड़के ने तुरंत फ़हद के वॉट्सएप पर भेज दी लेकिन फ़हद पुराना मोबाइल बंद कर चुका था। लड़के ने गैंग के दूसरे गुर्गों को भी फ़ोन मिलाया लेकिन सभी स्विच ऑफ़ थे। एक आख़िरी नंबर उसने डायल किया तो घंटी चली गई। ये घंटी धूमनगंज इलाक़े में रमाकांत का इंतज़ार कर रही उस कार में बजी जिसमें फ़हद, वली और ड्राइविंग सीट पर एक गुर्गा बैठा था। घंटी सुनते ही गुर्गे ने जेब से फ़ोन निकालकर रिसीव किया। स्टेशन पर खड़ा लड़का चिल्लाया, "फ़हद भाई से बात कराओ जल्दी, बहुत ज़रूरी काम है वर्ना सब गड़बड़ हो जाएगी।"

गुर्गे ने फ़हद को फ़ोन थमाया। इससे पहले कि फ़हद कुछ बोलता उधर से आवाज़ आई, "भाई वो स्कूल वाली लड़की बाप-बहन के साथ ट्रेन से मुंबई भाग रही है।"

"कैसे पता तुमको?" फ़हद ने चौंककर पूछा।

"भाई कॉल मत काटिएगा, वॉट्सएप चेक कीजिए इसी नंबर पर।" लड़का बोला।

फ़ोन चेक करते ही फ़हद हड़बड़ाया, "पकड़ो साली को, जाने मत देना।"

बड़े भाई वली ने फ़हद के हाथ से फ़ौरन मोबाइल छीना और फ़ोन काट दिया। वली ने फ़हद को लताड़ा, "ये लौंडियाबाज़ी का वक़्त नहीं है, भागने दो साली को।"

"अरे भाई इज़्ज़त का सवाल है, माल है अपना।" फ़हद बोला।

पीछे वाली सीट से उठकर वली ने पिस्तौल निकाली और ड्राइविंग सीट पर बैठे गुर्गे की कनपटी से सटा दी, "मुझसे पूछे बिना तूने नया नंबर किसको दिया चूतिये।"

गुर्गे ने हाथ जोड़े, "भाई गैंग का है, मेरा दोस्त है। इमरजेंसी के लिए दे दिया, वर्ना बाहर क्या हो रहा है पता ही नहीं चलेगा। ग़लती से दे दिया वली भाई।"

वली चिल्ला पड़ा, "नंबर ब्लॉक कर तुरंत, इन नंबरों पर सिर्फ़ हम बात करेंगे।"

वली फ़हद की तरफ़ मुख़ातिब हुआ, "माल तुम्हारा नहीं, हमारा है। तुम लौंडिया के बाप को पीटे हम ख़ामोश रहे, तुम लौंडिया के चक्कर में अम्मी से ज़ुबान लड़ाए हम फिर भी चुप रहे, लेकिन तुम लौंडिया के लिए इतना पगला गए हो कि अपने बाप को भूल गए? हमारा बाप जेल में सड़ रहा है और लौंडे को गर्मी सवार है। कार से निकल और तुरंत भाग यहां से, हम अकेले निबटा लेंगे बघेल को।"

फ़हद चुप हो गया। आज पहली बार उसने जाना कि वली देखने में सीधा है लेकिन काम के आगे उसे न लौंडिया दिखती है, न भाई। उधर इलाहाबाद रेलवे स्टेशन पर ख़ामोश सी बेटियों के चेहरे पर ख़ुशी देखने की ख़ातिर पिता उनके लिए कुरकुरे और चिप्स लेकर लौटा ही था कि तेज़ हॉर्न बजाती ट्रेन प्लेटफ़ार्म पर धड़क-धड़क करती हुई रुकी। बोगी के गेट पर भीड़ धक्का-मुक्की पर आमादा थी। किसी तरह फंसते-फंसाते बाप सामान लेकर चढ़ गया। बेटियां भी अंदर घुसने की कोशिश में थीं कि तभी मोबाइल से फ़ोटो खींचने वाले लड़के ने बड़ी लड़की का हाथ पकड़कर खींचा। लड़की ने पलटकर देखा तो तुरंत पहचान गई। ये लड़का फ़हद का दोस्त था जो क्लास रूम में उस दिन भी मौजूद था जब फ़हद ने रेप किया था। लड़की चीख़ी और छोटी बहन का हाथ पकड़कर बोगी में घुस गई। लड़का भी बोगी के अंदर आ गया

और लड़की को घसीटने लगा। बेटी की चीख़ सुनकर बर्थ पर सामान लगा रहा बाप दौड़कर आया और बेटी को अपनी तरफ़ खींचने लगा। छोटी बहन 'दीदी-दीदी' चिल्लाने लगी। लड़की का हाथ लड़के से अचानक छूट गया तो लड़की ने गेट के बगल में मौजूद टॉयलेट में ख़ुद को बंद कर लिया। लड़का ज़ोर-ज़ोर से टॉयलेट का दरवाज़ा पीटने लगा। बाप को पता ही नहीं था कि आज के दौर में कोई किसी को नहीं बचाता, बस वीडियो बनाता है। बेहाल बाप भीड़ के हाथ जोड़कर शोर मचाने लगा, "अरे मेरी बेटी को बचा लो, बच्ची को बचा लो कोई।"

तमाशबीनों की भीड़ चीरता हुआ सेना का एक जवान आगे बढ़ा और कॉलर पकड़कर लड़के के मुंह पर उसने चार-पांच घूंसे जड़ दिए। लड़के की नाक से ख़ून बहने लगा। फिर क्या था भीड़ भी लड़के को पीटने लगी। हंगामे के बीच रेलवे पुलिस के दो सिपाही भी बोगी में आ गए। एक सिपाही लड़के को पकड़कर ले गया और दूसरे सिपाही ने टॉयलेट का दरवाज़ा खुलवाया। सहमी हुई लड़की बाहर आते ही सिपाही के चिपक गई। बिलखते पिता ने सिपाही के पैर पकड़ लिए। छोटी बेटी सेना के जवान की गोद में थी। सिपाही ने पिता से मुक़दमे की तहरीर मांगी तो पिता ने हाथ जोड़कर माफ़ी मांगी क्योंकि वो ख़तरनाक गुंडों से दुश्मनी मोल नहीं लेना चाहता था। सेना के जवान ने अपनी तरफ़ से एक कागज़ पर पूरी घटना लिखी और गुंडे को सज़ा दिलाने के लिए बाप को हिम्मत दी। मुंबई जाने और कभी न लौटने की बात सोचकर आख़िरकार बाप ने तहरीर पर दस्तख़त किए और मोबाइल नंबर भी लिख दिया। सिपाही ने बाप को हौसला दिया कि जो कुछ भी होगा उसे ख़बर कर दी जाएगी। हॉर्न बजाती ट्रेन सरकने लगी। कुरैशियों के कहर से बचने के लिए एक कुनबा उस शहर की तरफ़ बढ़ लिया जहां उन्हें सुकून की उम्मीद थी। बाबर के गुर्गे को रेलवे पुलिस ने छेड़छाड़ और अपहरण की कोशिश के मुक़दमे में जेल भेज दिया।

धूमनगंज इलाक़े में बाबर का गैंग तीन बजते ही सतर्क हो गया। सबकी नज़रें रमाकांत बघेल की सेंट्रो कार का इंतज़ार करने लगीं। क़रीब पंद्रह मिनट गुज़रे थे कि रमाकांत की कार मेन रोड पर उस गली के पास आकर रुकी जहां से वो पैदल घर जाता था। कार रुकते ही आगे की सीट से एक गनर उतरा फिर

पीछे की दाईं सीट से दूसरा गनर निकला। गली के बगल में मोबाइल शॉप पर खड़े गुर्गे ने पिस्तौल निकाल ली। रमाकांत पीछे वाली बाईं सीट से उतरा ही था कि गुर्गे ने दुकान से बाहर निकलकर उस पर गोली चला दी। रमाकांत भरभरा कर गिर गया। तभी गली के दूसरी तरफ़ लइया-चना की दुकान पर टाइमपास कर रहे दोनों गुर्गों ने ज़मीन पर गिरे रमाकांत पर फ़ायर झोंक दिए। दोनों गनर कार्बाइन लोड कर ही रहे थे कि बस स्टॉप पर बैठा गुड्डू इस्लाम दौड़कर आया और ताबड़तोड़ बम फेंकने लगा। घायल रमाकांत बघेल बड़ी मुश्किल से उठा और गली के अंदर भागा। दोनों गनर रमाकांत को कवर देते हुए पीछे-पीछे गली के अंदर दौड़े। कार में बैठे वली और फ़हद को लगा कि मौक़ा चूके तो प्लानिंग बेकार हो जाएगी। पहले वली उतरा, फिर फ़हद। ड्राइविंग सीट पर बैठे गुर्गे ने कार स्टार्ट कर रखी थी। फ़हद, वली के साथ सारे गुर्गे गली की अंदर घुस गए। दोनों गनर्स के अलावा रमाकांत पर भी फ़ायरिंग जारी थी। गुड्डू इस्लाम बम पर बम मार रहा था। इलाक़े में दहशत फैल गई। दुकानदार शटर गिराकर या तो भागने लगे या दुकानों के अंदर ही दुबक गए। महज़ ढाई से तीन मिनट में रमाकांत और उसके गनर ढेर हो गए। लाशों को चेक करने के बाद वली, फ़हद, गुड्डू इस्लाम कार की तरफ़ भागे और दरवाज़ा खोलकर बैठ गए। तभी एक गुर्गा पीछे से आया और बैक सीट पर बैठ गया। कार तेज़ रफ़्तार से धूमनगंज इलाक़े से बाहर निकल गई। बाक़ी बचे दो गुर्गे हवाई फ़ायर करते हुए मोटरसाइकिल पर भाग निकले। वली, फ़हद और गुड्डू के अलावा सारे शूटर्स यूपी के अलग-अलग इलाक़ों में अंडरग्राउंड हो गए। रमाकांत बघेल की बीवी, मां और बच्चे लाश के पास दहाड़ मारकर रोने लगे। रमाकांत के घर से मेनरोड तक भीड़ जमा हो गई और क़त्ल की ख़बर पूरे उत्तर प्रदेश में फैल गई।

***

बाबर क़ुरैशी गैंग को अंदाज़ा ही नहीं था कि मेनरोड से गली के अंदर तक सीसीटीवी कैमरे लगे थे। हत्याकांड का एक-एक पल कैमरों में क़ैद था। पुलिस मौक़े पर पहुंची और फिर शुरू हुआ पंचनामे से पोस्टमार्टम तक का सिलसिला। बरेली जेल में तैमूर और अहमदाबाद जेल में बाबर क़ुरैशी को

ख़बर लग चुकी थी। न्यूज़ चैनल्स पर ये ख़बर बमफाड़ शोर मचाने लगी। सीसीटीवी फ़ुटेज ख़बर के साथ-साथ सोशल मीडिया पर भी वायरल हो रही थी। घर पर बैठी शगुफ़्ता के मोबाइल पर बाबर का कॉल आया, "मुबारक हो बेगम, ख़लनायक खल्लास।"

शगुफ़्ता थोड़ा धीरे सुर में बोली, "लगता है टीवी नहीं देखे आप, देखिए तो।"

बाबर बोला, "अरे यहां साला सब गुजराती न्यूज़ ही दिखाते हैं, तुम बताओ तो।"

"वली और फ़हद भी गोली चलाते दिख रहे हैं।" शगुफ़्ता ने उदास होकर कहा।

बाबर ग़ुस्साया, "कहे थे कि कार में बैठे रहना, ये दोनों काहे निकले साले?"

"पता नहीं काहे निकले। कुछ गड़बड़ तो नहीं होगा न बाबर?

शगुफ़्ता अभी लाइन पर ही थी कि तभी अहमदाबाद जेल का जेलर बाबर के पास फ़ोन लेकर आया और उसे नेशनल चैनल पर चल रही ऑनलाइन लाइव ख़बर दिखाने लगा। बाबर देख रहा था कि चैनल वाले स्क्रीन पर लाल-लाल गोले बनाकर एक-एक शूटर का नाम बता रहे थे। इसी बीच एंकर बोली, "पूरे विपक्ष ने दो दिन से विधानसभा में एनकाउंटर के मसले पर मुख्यमंत्री प्रचंड प्रताप सिंह की सरकार को घेर रखा है। आज रमाकांत बघेल की सनसनीख़ेज हत्या ने मुख्यमंत्री पर ही नहीं बल्कि उनकी भारतीय राष्ट्रवादी पार्टी पर भी सवालिया निशान लगा दिया है।"

फ़ोन होल्ड किए बैठी शगुफ़्ता धीरे से बोली, "हैलो बाबर, हैलो।"

बाबर उधर से बुदबुदाया, "विधानसभा सत्र चल रहा है क्या?"

"हां चल तो रहा है।"

बाबर गुर्राया, "अबे तो तुम लोग हमको पहिले काहे नहीं बताए?"

शगुफ़्ता घबरा गई, "कोई दिक्कत है क्या विधानसभा सत्र चलने से?"

बाबर भी फ़िक्रमंद होकर बोला, "अरे ये सारे विपक्षी मिलकर सीएम को चारों तरफ़ से घेरेंगे औ पक्का मानो कि सीएम गड़बड़ करेगा ज़रूर। ग़लती तो हो गई बेगम तुम लोग हमको पहले बताए होते तो हम विधानसभा के बाद का प्लान बनाते।"

"हाय अल्लाह अब क्या करें?" शगुफ़्ता कांप गई।

बाबर समझ गया कि शगुफ़्ता डर गई है। उसने बात संभालते हुए हिम्मत बंधाई, “फिकर न करो। शेर जंगल का डॉन होता है और शेर के बच्चे शेर होते हैं, गीदड़ नहीं। हम ऊपर बात करते हैं। अभी हम फ़ोन रख रहे हैं।”

***

बाबर कुरैशी के फ़ोन रखते ही पंद्रह मिनट के अंदर केंद्रीय गृहमंत्री फ़िरोज़ भाई पटेल ने वीडियो कॉन्फ्रेंस बुला ली। विधानसभा पहुंचे मुख्यमंत्री प्रचंड प्रताप सिंह अपने दफ़्तर में ही थे। वीडियो ऑन हुआ। उप मुख्यमंत्री और अफ़सरों के साथ मुख्यमंत्री कॉन्फ्रेंस में बैठ गए। गृहमंत्री ने मुख्यमंत्री की खिंचाई की, “अरे सीएम साहब आजकल मैंने फ़िल्में और वेबसीरीज़ देखना बंद कर दिया है। आपके उत्तर प्रदेश के आगे तो मिर्ज़ापुर भी फेल है और पाताललोक का तो डब्बा गोल है। गज़ब है।”

प्रचंड प्रताप सिंह मुस्कुराए, “बहुत फ़िल्में-विल्में तो मैं देखता नहीं हूं लेकिन कुछ दिन पहले चेन्नई गया था दौरे पर, तब दक्षिण भारत की एक फ़िल्म देखी थी। फ़िल्म में गृहमंत्री ही लगातार दोबारा सरकार बनाने के लिए सारे षड्यंत्र रचता रहता है।”

गृहमंत्री गंभीर हो गए, “मैं मज़ाक़ नहीं कर रहा।”

“मज़ाक़ तो मैं भी नहीं कर रहा।” मुख्यमंत्री ने जवाब दिया।

गृहमंत्री ने धमकी भरे अंदाज़ में कहा, “कभी जीप पलटती है, कभी जेल में हत्या, अब इलाहाबाद में सरेआम क़त्ल।”

मुख्यमंत्री ने कड़ककर जवाब दिया, “सरकार बर्ख़ास्त कर दीजिए ना हमारी।”

“कोई राजनीतिक दलों की बहस नहीं चल रही है, देश के गृहमंत्री रिपोर्ट मांग रहे हैं आपसे,” फ़िरोज़ भाई पटेल भी अकड़े।

प्रचंड प्रताप सिंह ने रिपोर्ट दी, “जीप पलटने वाले एनकाउंटर और जेल में हत्या की जांच चल रही है। आज जो इलाहाबाद में हुआ है उसमें भी हम किसी को छोड़ेंगे नहीं। बाक़ी आपने तो रॉ को भी लगा रखा है, उससे सारी रिपोर्ट लेते रहिएगा।”

गृहमंत्री ने बनावटी अंदाज़ में कहा, “अन्यथा मत लीजिए, उत्तर प्रदेश की जनता इन घटनाओं से डरी-सहमी है। आप मुझे अब तक हुए एनकाउंटर्स

और इन सारे मामलों का ब्यौरा दो महीने के अंदर-अंदर भेजिए और बताइए कि आपने क्या कार्रवाई की अब तक, और हां मुसलमानों को निशाना बनाना बंद कीजिए।"

प्रचंड प्रताप सिंह खिलखिलाए, "हम हिंदुत्ववादी हैं साहब। हमारा ये धर्म रामचरित मानस की मर्यादा से बंधा हुआ है और रामचरित मानस का एक अध्याय है सुंदर कांड। सुंदर कांड असल में हनुमान जी के संघर्ष और शक्ति का अध्याय है। समुद्र पार करें तो सुरसा मुंह बाये खड़ी है। अशोक वाटिका में फल खाने के लिए राक्षसों से युद्ध करना पड़ा उन्हें। बजरंग बली को मेघनाद हरा नहीं सकता था मगर ब्रह्मास्त्र के सम्मान में उन्होंने ख़ुद को रस्सी से बंध जाने दिया। रावण ने हनुमान जी की पूंछ में आग लगवा दी लेकिन बाधाओं और विपत्तियों से लड़कर भी पवनपुत्र ने आख़िर लंका राख ही कर दी थी।"

गृहमंत्री थोड़ा बेअंदाज़ी से बोले, "कहना क्या चाहते हैं आप?"

मुख्यमंत्री ने धमककर जवाब दिया, "कहना ये चाहता हूं कि सुरसा, रावण और मेघनाद की असुर सेना भी अहंकारी रावण और उसकी स्वर्ण लंका बचा नहीं पाई।"

गृहमंत्री बिफरे, "उत्तर प्रदेश को सुंदर बनाइए और ये कांड बंद कीजिए आप।"

मुख्यमंत्री ने अंतिम जवाब दिया, "कोई कांड करेगा तो कांड का जवाब कांड से दिया जाएगा, कोई प्रदेश की सुंदरता हरेगा तो सुंदर कांड के बाद लंका कांड भी होगा।"

गृहमंत्री कुर्सी से उठ गए, "जब जो होगा देखा जाएगा और ज़रूर देखा जाएगा।"

प्रचंड प्रताप सिंह कुर्सी पर आराम से बैठे रहे, "अवश्य देखा जाएगा, प्रणाम।"

बेहद तल्ख और गर्म माहौल में वीडियो कॉन्फ्रेंसिंग ख़त्म हुई। उप मुख्यमंत्री बृजरानी कुशवाहा आज गृहमंत्री के कड़क अंदाज़ से बेहद ख़ुश थीं। उन्हें पहली बार लगा कि कोई तो है जो प्रचंड प्रताप सिंह को भी कस सकता है, धमका सकता है।

बृजरानी कुशवाहा मुख्यमंत्री से बोलीं, "बड़े ग़ुस्से में थे आज माननीय गृहमंत्री।"

प्रचंड प्रताप सिंह ने बृजरानी को घूरकर देखा, "गृहमंत्री ग़ुस्से में थे या नहीं, ये तो मुझे नहीं पता लेकिन आप ज़रूर उनके प्रभाव में थीं और हमेशा ही रहती हैं...नमस्ते।"

भारतीय राष्ट्रवादी पार्टी के आलाकमान को प्रचंड प्रताप सिंह की हर चुगली करने वाली उप मुख्यमंत्री एक बार फिर बेख़बर थीं कि प्रचंड प्रताप सिंह जो कहता है वो करता है और जो नहीं कहता है, वो तो हर हाल में करता है। तभी उप मुख्यमंत्री का पीए फ़ोन लेकर आया। पार्टी के राष्ट्रीय अध्यक्ष की कॉल थी। बात करते-करते उप मुख्यमंत्री सीढ़ियों से उतरकर सदन के अंदर चल दीं। बृजरानी कुशवाहा ने वीडियो कॉन्फ्रेंसिंग के दौरान गृहमंत्री और मुख्यमंत्री की नोंकझोंक के साथ यूपी में ख़त्म हो चुके लॉ एंड ऑर्डर की ख़बर तड़के के साथ पार्टी अध्यक्ष के कान में छौंक दी।

वीडियो कॉन्फ्रेंसिंग और उप मुख्यमंत्री के दोगले रवैये से मुख्यमंत्री का पारा चढ़ चुका था। कॉन्फ्रेंस रूम में मुख्यमंत्री के सामने डीजीपी और गृह सचिव के अलावा एसटीएफ़ चीफ़ यशराज ठाकुर बैठे थे। मुख्यमंत्री ने एक साथ सबको हड़काया, "आप सब कामचोर हैं, असफल हैं, बेकार हैं, नाकारा हैं।"

डीजीपी विक्रम सिंह बोले, "सर अंदाज़ा नहीं था कि रमाकांत बघेल को मार देंगे।"

गृह सचिव राजेश्वर सिंह ने कहा, "सर टीमें बन गई हैं, जल्द ही क्रैक कर लेंगे।"

मुख्यमंत्री ने यशराज ठाकुर को डांटा, "आपको तो सब पता था, फिर कहां सोये थे?"

यशराज ने क़ुबूल किया, "जी सर, अहमदाबाद जेल से बाबर कुरैशी ने रमाकांत बघेल को मार डालने की धमकी दी थी, ये इन्फ़ॉर्मेशन मैंने आपको दी थी लेकिन फिर हम मिस कर गए। उम्मीद नहीं थी कि बर्बाद हो चुका बाबर इतना बड़ा कांड कर डालेगा।"

मुख्यमंत्री गुर्राए, "रमाकांत बघेल की हत्या नहीं, ये सीधी चुनौती है प्रचंड प्रताप सिंह को। बाबर कुरैशी जैसे शिखंडी की आड़ में केंद्र से प्रदेश सरकार तक बैठे दुश्मनों ने धमाके कराए हैं, ख़ूनी खेल खेला है, हमारे दो पुलिसवाले मारे हैं। सरकार को चुनौती दी है दुष्टों ने। भीष्म नहीं हूं मैं। मैं वो भीष्म क़तई नहीं हूं जो शरशय्या पर चुपचाप लेटे तमाशा देखें। मुझे कार्रवाई चाहिए, वो भी फ़ौरन, तुरंत, ताबड़तोड़।"

मुख्यमंत्री के तेवर देखकर अफ़सर सकपका गए। सब एक-दूसरे की तरफ़ इशारे करने लगे। किसी के अंदर बूता नहीं था कि कुछ कह पाता फिर भी यशराज ठाकुर ने हिम्मत जुटाई, "सर बाबर के दोनों बेटे वली और फ़हद समेत सात लोग इन्वॉल्व हैं। प्लानिंग कैसे और कहां बनी सब पर नज़र बनाए हैं हम। हमने अंडरएस्टिमेट कर लिया लेकिन एक्शन में कोई चूक नहीं होगी सर, प्लीज़।"

डीजीपी विक्रम सिंह ने सवाल किया, "क्या करोगे यशराज, कैसे हैंडल करोगे?"

यशराज ने मुख्यमंत्री की तरफ़ देखा, "जैसा सर ऑर्डर करें।"

विधानसभा सदन में जाने के लिए मुख्यमंत्री कुर्सी से उठकर बाहर निकल गए। पीछे-पीछे सारे अफ़सर भी चल दिए। अचानक प्रचंड प्रताप सिंह रुके और फिर पलटकर अफ़सरों की तरफ़ ग़ुस्से से देखते हुए बोले, "भय बिनु होई न प्रीति।"

***

विधानसभा में शोरगुल बदस्तूर जारी था। मुख्यमंत्री के आते ही विपक्ष का हो-हल्ला और तेज़ हो गया। उनके ख़िलाफ़ नारे लगने लगे। अपने ग़ुस्से पर मुस्कुराहट का मुखौटा चढ़ाते हुए उन्होंने सदन को नमस्कार किया और सीट पर बैठ गए। स्पीकर ने विपक्ष को ख़ामोश रहने को कहा। विपक्ष का रिमोट केंद्रीय गृहमंत्री के हाथ में था और निशाना प्रचंड प्रताप सिंह। सच तो यही था कि अपराध नियंत्रण के मोर्चे पर सरकार नाकाम थी और विपक्षी पार्टियों के लिए ये नाकामी चांदी की वो तश्तरी साबित हो रही थी जिस पर ख़ुद प्रचंड प्रताप सिंह गर्मागर्म मुद्दे परोस रहे थे। कभी ग्यारह पुलिसवालों की हत्या, कभी जीप पलटने पर सवालों से घिरा एनकाउंटर। कभी जेल में क़त्ल तो अब बाबर क़ुरैशी के इशारे पर रमाकांत बघेल की दिनदहाड़े हत्या, वो भी कुछ इस अंदाज़ में जो मर्डर ही नहीं, मैसेज भी था। तरकश में मौजूद अयोध्या, मथुरा, काशी जैसे ब्रह्मास्त्रों की शक्ति भी कमज़ोर पड़ चुकी थी। जल्द ही होने वाले आम चुनाव के तनाव ने करेले जैसे इस माहौल पर नीम की कड़वाहट चढ़ा दी थी। फिर भी प्रचंड प्रताप सिंह की ज़िद्दी सोच चीख़-चीख़कर कह रही थी, "अहं ब्रह्मास्मि।"

स्पीकर के कहने पर मुख्यमंत्री विपक्ष के सवालों का जवाब देने खड़े ही हुए थे कि सुपुत्र सिंह ने छेड़ दिया, "रमाकांत बघेल तो आपका ही कार्यकर्ता था, जब आपकी सरकार अपने ही आदमी को बचा नहीं पाई तो आम जनता को क्या सुरक्षा देगी?"

प्रचंड प्रताप सिंह ने भौंहें तानीं, "बाबर कुरैशी जैसे गुंडों को आप और आपके बाप की सरकार ने ही संरक्षण दिया है सुपुत्र सिंह जी। आपकी पार्टी ने उसे मुकुट पहनाया है, उसके चरणों में शीश नवाया है। लोहिया जी ने भी नहीं सोचा होगा कि लोहिया समाज पार्टी, माफ़िया समाज पार्टी बन जाएगी।"

सुपुत्र सिंह चिल्लाया, "नाटक बंद कीजिए। आपकी सरकार में पुलिसवाले मारे जा रहे हैं, वकील मारे जा रहे हैं, आम जनता डरी हुई है, आरोप हम पर लगा रहे हैं?"

प्रचंड प्रताप सिंह गरजे, "क्या ये सच नहीं कि आपकी पार्टी ने बाबर कुरैशी को एमएलए-एमपी बनाया? पेशेवर माफ़िया को पाला है आप जैसे नेताओं ने। दर्जनों को मौत के घाट उतारा बाबर कुरैशी ने लेकिन आपकी सरकार ने मुक़दमे तक नहीं लिखे। गुंडे आप पालेंगे और जवाब हमसे लेंगे! बाबर उत्तर प्रदेश से दूर जेल में क़ैद है मगर ये विपक्षी पार्टियां वहां भी उस गुंडे को ताक़त दे रही हैं।"

महादेवी जाटव भी खड़ी हुईं, "भटकाइए मत, आपने क्या किया ये बताइए?"

प्रचंड प्रताप सिंह फिर चीख़े, "तीन हज़ार करोड़ की प्रॉपर्टी गिराकर मिट्टी में मिला दी है। बाबर कुरैशी की औक़ात नहीं है कि दोबारा उत्तर प्रदेश में घुस सके...महोदया।"

सुपुत्र सिंह ने मखौल उड़ाया, "घुस तो गया, मार तो डाला रमाकांत को। सीसीटीवी फ़ुटेज न देखा हो तो देख लीजिएगा। कितनी गोलियां मारी हैं, कितने बम फोड़े हैं, आपसे कुछ नहीं होगा मुख्यमंत्री जी, आप सिर्फ़ रामचरित मानस का ज्ञान बांटिए।"

मुख्यमंत्री ने आपा खो दिया, "आपके पाले हुए इस अपराधी को मिट्टी में मिला देंगे, विधानसभा में खुलेआम कह रहा हूं, बता देना बाबर को, मिट्टी में मिला दूंगा।"

विधानसभा में बुलंद आवाज़ के साथ किया गया प्रचंड प्रताप सिंह का ऐलान मीडिया की ब्रेकिंग न्यूज़ और सोशल मीडिया का वायरल कंटेंट बन गया। ट्रोलर्स लोडर की फ़ोटो के साथ मीम बनाने लगे और इंस्टाग्राम इन्फ़्ल्युएंसर प्रचंड प्रताप सिंह की आवाज़ में रील्स। हर रील, हर ब्रेकिंग, हर ट्रोल की हेडिंग थी, "मिट्टी में मिला दूंगा"। प्रचंड प्रताप सिंह का ऐलान किसी के लिए ऐलान था किसी के लिए मुनाफ़ा, किसी के लिए मक़सद था तो किसी के लिए मौत का मातम।

गृहमंत्री फ़िरोज़ भाई पटेल केंद्र में अपनी सरकार दोबारा बनाने के मक़सद में कामयाब होने के लिए उत्तर प्रदेश के मुख्यमंत्री प्रचंड प्रताप सिंह को नेस्तोनाबूद कर देना चाहते थे, भले ही इस मक़सद में बाबर कुरैशी जैसे खूंखार डॉन पर हाथ ही क्यों न रखना पड़े। मुख्यमंत्री प्रचंड प्रताप सिंह प्रधानमंत्री बनने की चाहत में हिंदुत्ववादी एजेंडे को पागलपन की हद तक क़ायम करने पर आमादा थे। इसी ज़िद्दी चाहत ने यूपी में सैकड़ों एनकाउंटर करा डाले। प्रचंड प्रताप सिंह की सरकार धर्म और जातियों तक ही नहीं बल्कि जातियों की उपजातियों तक चुन-चुनकर फ़ैसले लेने की नीति पर चल रही थी। डॉन बाबर कुरैशी अपने कुनबे और बिरादरी का मसीहा था मगर समाज के लिए मौत, आफ़त और ख़ौफ़ का सौदागर था। कहर और क़त्ल के कारोबार में बाबर की बीवी शगुफ़्ता, बेटे फ़हद और वली के साथ-साथ उसका सगा भाई तैमूर कुरैशी भी हिस्सेदार था। बेरोज़गारी में चप्पल घिसने वाला गली-मोहल्ले का लोफ़र बब्बन बुंदेलखंडी शूटर बन चुका था और उसका आइडियल था गोल्डन पंजाबी। एसटीएफ़ चीफ़ यशराज ठाकुर पुलिसिया सिस्टम का वो पुर्ज़ा था जो सिर्फ़ सत्ता के इशारे पर चलता था। यशराज के लिए क्या ग़लत क्या सही, जो मुख्यमंत्री कहें वही सही। यशराज जैसे अफ़सर असल में किसी के नहीं होते, वो सिर्फ़ अपनी कुर्सी के लिए सारे खेल खेलते हैं। लालच और धोखे को दिल में समेटे इन किरदारों की भीड़ में मौत की नींद सो चुके रमाकांत बघेल जैसे किरदार का रंग भी 'ग्रे' ही था।

शेरनी जैसी शिकारी, लोमड़ी सी चालाक, बगुले सा सब्र, बाज़ जैसी नज़र और तलवार के मानिंद पैनी धार रखने वाली राबिया पठान भी इसी सिस्टम का हिस्सा थी। सिस्टम में रहकर राबिया भी हत्या और राजनीति की

इस महाभारत की महारथी बन चुकी थी। राबिया ख़ुद में कौरव और ख़ुद में ही पांडव भी थी। उसकी निष्ठा सिर्फ़ हस्तिनापुर के साथ थी और राबिया के लिए हस्तिनापुर का मतलब था ख़ुद राबिया। वो जो करती थी अपने लिए करती थी। मगर क्यों करती थी इसका पता किसी को नहीं था। क्योंकि इसका पता और पिनकोड राबिया के दिमाग़ी हार्ड ड्राइव में लॉक था और लॉक का पासकोड राबिया ही जानती थी। दबंगई के इस दंगल में अपनी-अपनी नज़र में सब नायक थे। जबकि सच्चाई ये थी कि ये सब के सब खलनायक भी थे जिनका कलर शेड था—ग्रे।

इलाहाबाद के धूमनगंज थाने में रमाकांत बघेल की हत्या का मुक़दमा दर्ज हुआ। बाबर क़ुरैशी और तैमूर क़ुरैशी के अलावा फ़हद, वली, गुड्डू इस्लाम और चार गुर्गों को नामज़द किया गया। इमरजेंसी मीटिंग में मुख्यमंत्री ने अफ़सरों को बाबर और तैमूर क़ुरैशी की रिमांड लेने और शूटरों को जल्द से जल्द तलाशने का हुक़्म दिया। पुलिस की अर्ज़ी पर हाईकोर्ट ने रमाकांत बघेल हत्याकांड में क़ुरैशी भाइयों को चार दिन बाद कोर्ट में पेशी का आदेश दिया। चार साल में ये पहला मौक़ा था जब बाबर क़ुरैशी गुजरात से एक बार फिर उत्तर प्रदेश लाया जाने वाला था।

वन्स अपॉन अ टाइम इन इलाहाबाद (1980-90)

पत्रकारिता का बार-बार मिसकैरेज हो रहा था। जिन न्यूज़ चैनलों ने अकड़ दिखाई वो बांझ हो चुके थे और कुछ सरोगेट मदर बन चुके थे। डॉक्टरों ने जर्नलिज़्म का अल्ट्रासाउंड देखकर कह दिया था कि अब इसके गर्भ से ख़बरें कभी पैदा नहीं होंगी। ऐसे वक़्त में तमाम चैनल्स की कोख में आईवीएफ़ टेक्नोलॉजी से रेवेन्यू यानी सरकारी विज्ञापन के जरिए पैसा प्लांट कर दिया गया था। अब चैनलों के मैटर्निटी रूम में धड़ाधड़ रेवेन्यू पैदा हो रहा था। हर बार रेवेन्यू की पैदाइश पर ताली बजाकर नाचते अफ़सरों और डील कराने वाले पत्रकारों को नेग भी बांटा जा रहा था। ख़बरें सच में घुइयां छीलने लगी थीं। लेकिन अंत यही नहीं था। ख़बरों को छिली हुई घुइयां छौंकनी भी थी। इसलिए

सरकार के सख़्त आदेश पर घुइयां छौंकने के लिए ख़बरें तेल लेने चली गईं और वो भी बोरे में। ऐसे ही हालात के बीच 'ख़बरदार इंडिया' न्यूज़ का यूपी एडिटर राग दरबारी लखनऊ के सूचना विभाग में अपने ढाई करोड़ के बकाया पेमेंट की फ़ाइल लेकर बैठा था।

सूचना सचिव ने दरबारी से पूछा, "क्या प्लान है?"

"कैसा प्लान सर?"

"बाबर क़ुरैशी की कवरेज का प्लान।"

दरबारी के मुंह से लार टपकी, "ढाई करोड़ का पेमेंट पेंडिंग है, वो तो कराइए।"

इसी बीच एक क्लर्क केबिन में फ़ाइल लेकर आया। फ़ाइल से ढाई करोड़ का चेक निकालकर सचिव ने दरबारी को थमा दिया। दरबारी ने चेक पकड़ा और मेज़ के दूसरी तरफ़ जाकर तुरंत सचिव के पैर छुए, "बस ऐसे ही आशीर्वाद बनाए रखिए।"

सचिव ने फ़ाइल से पांच करोड़ के सरकारी विज्ञापन का नया रिलीज़ ऑर्डर दरबारी को पकड़ा दिया, "लो मौज करो। अब जब तक सारे शूटर नहीं पकड़े जाते तब तक बाबर की ख़बर चलेगी। आते-जाते, खाते-पीते, हगते-मूतते केवल बाबर।"

"कोई ख़ास प्लान है क्या सर?" दरबारी ने पूछा।

सचिव ने ब्यौरा दिया, "अब रमाकांत बघेल मर्डर का सीसीटीवी फ़ुटेज दिखाना बंद करो। पूरे दिन चलाओ कि रमाकांत बघेल हत्याकांड की मॉनीटरिंग ख़ुद मुख्यमंत्री साहब कर रहे हैं। सातों शूटर चूहों की तरह बिलों में घुस गए हैं। बाबर मुख्यमंत्री की दहशत में है...बस यही सब।"

दरबारी ने आइडिया दिया, "ये भी तो दिखा सकते हैं सर कि क्या बाबर की गाड़ी भी पलटेगी?"

सचिव ने समझाया, "देखो बाबर को जितना दिखाओगे उतना ज़्यादा हिंदू टीवी देखेगा और मुसलमान तो देखेगा ही देखेगा। टीआरपी सॉलिड आएगी।"

दरबारी ललचा गया, "आइडिया शानदार है लेकिन केवल पांच करोड़ दिए हैं आपने।"

"बाक़ी चैनलों को भी देना है भाई, आगे और देंगे।"

सरकार की तरफ़ से पहले ही तय हो चुका था कि सारे चैनल्स को बकाया भुगतान के साथ पांच-पांच करोड़ के नए विज्ञापन दिए जाएं। सरकार समझ चुकी थी कि रमाकांत बघेल मर्डर केस के बाद प्रचंड प्रताप सिंह को जो नुक़सान हुआ है उसे दुरुस्त करने के लिए बाबर के ख़िलाफ़ होने वाली कार्रवाई की पब्लिसिटी ज़रूरी है।

डर के आगे जीत है वाले अंदाज़ में सूचना सचिव के केबिन से उठकर दरबारी ने सीधे दिल्ली में बैठे सुपरबॉस को फ़ोन लगाया, "प्रणाम सर।"

सुपरबॉस झल्लाया, "प्रणाम-वणाम बाद में, ढाई करोड़ की पेमेंट हुई या नहीं?"

दरबारी बोला, "अरे पेमेंट भी हो गई, पांच करोड़ का नया ऑर्डर भी मिल गया।"

सुपरबॉस बोला, "लेकिन फिर पाकिस्तान का क्या होगा दरबारी।"

दरबारी हिल गया, "सर पाकिस्तान का इस पेमेंट से क्या लेना-देना?"

सुपरबॉस खिखियाया, "अह्हो सॉरी-सॉरी, वो सीमा हैदर के चक्कर में बोल गया।"

"सीमा हैदर...मतलब वो जो पाकिस्तान से भागकर आई है?"

सुपरबॉस बोला, "हां यार बीस दिन से सीमा हैदर-सीमा हैदर ही दिखाना पड़ रहा है। साला मेरा क्या, पूरे न्यूज़ रूम का ही दिमाग़ पाकिस्तान चला गया है।"

दरबारी ने बताया, "सर सुनिए सरकार ने ऐड इसी शर्त पर दिया है कि अगले एक-दो महीने हमें केवल बाबर कुरैशी दिखाना है। बता रहा हूं, और माल मिलेगा।"

सुपरबॉस बोला, "माल आता रहा तो मैं बाक़ी सारी ख़बरें मणिपुर कर दूंगा यार।"

दरबारी उछल गया, "जी सर, सारी ख़बरें मणिपुर ही करनी पड़ेंगी आपको, एक फ्रेम भी न दिखाई दे बाबर के अलावा। हिंदू अकड़कर देखेगा, मुस्लिम रगड़कर देखेगा।"

आख़िरकार ख़बरों का प्रायोजित कार्यक्रम तैयार हुआ। तय हुआ कि अहमदाबाद जेल से निकलते ही बाबर कुरैशी की कवरेज के लिए चप्पे-चप्पे पर रिपोर्टर लगाए जाएंगे और इलाहाबाद तक हर फ्रेम में केवल बाबर ही बाबर दिखाई देगा।

सुपरबॉस ने दरबारी से पूछा, "अभी कितने दिन हैं बाबर को अहमदाबाद जेल से आने में और ये तैमूर कुरैशी कब लाया जाएगा बरेली जेल से?"

"सर दोनों को ही जेल से लाने में अभी चार दिन का वक़्त है।"

सुपरबॉस ने प्लान बताया, "एक काम करो दरबारी, इन चार दिनों में एक-एक घंटे की चार डॉक्यूमेंट्री बनाओ बाबर पर।"

"जी सर।"

"बाबर ने पहला मर्डर कब किया था, दरबारी?"

"सर पहला मर्डर तो 1980 में किया था।"

सुपरबॉस सोचते हुए बोला, "तो डॉक्यूमेंट्री 1980 से ही शुरू करते हैं, फिर अहमदाबाद जेल जाने तक चार डॉक्यूमेंट्री बनाते हैं। बाबर ने जो भी बड़े-बड़े कांड किए हैं, सब कवर करो। जिन लोगों की हत्या की है उनके परिवार वालों से बात करो, उस वक़्त जो अफ़सर तैनात रहे हों उनके इंटरव्यू लो। ऐसे बनाओ जैसे बाबर कुरैशी की खूंखार ज़िंदगी की फ़्लैशबैक फ़िल्म चल रही हो। देखना सुपरहिट रहेगा ये शो।"

सुपरबॉस और दरबारी ने तय किया कि बाबर कुरैशी पर चारों डॉक्यूमेंट्री बनाने का काम इलाहाबाद के रिपोर्टर मुन्नालाल पत्रकार को दिया जाएगा। दरबारी ने मुन्नालाल को फ़ोन पर स्कीम समझा दी और अब तैयारी थी 1980 से लेकर रमाकांत बघेल मर्डर केस तक की कहानी को फ़िल्मी अंदाज़ में टीवी पर दिखाने की।

***

डार्विन फ़ाउंडेशन की आज सालगिरह थी। पूरा बंगला लॉन तक सजा था। राबिया और अनहद बच्चों को चॉकलेट बांट रहे थे। चलने-फिरने-बोलने को मोहताज व्हीलचेयर पर बैठी अर्शी ईरम भी ताली बजा रही थी। चॉकलेट बांटने के बाद राबिया और अनहद लॉन की सीढ़ियों पर बैठे थे। तभी हॉकर आया और उसने राबिया को अख़बार का बिल थमाया। राबिया ने उसे जेब से पैसे निकालकर दिए तो उसने राबिया को एक मोबाइल पकड़ाया। बस पांच मिनट में घंटी बजी। राबिया ने फ़ोन उठाया और उधर से आवाज़ आई, "नमस्ते मैडम, मेरठ जेल से राठी।"

"कैसा है राठी?" राबिया ने पूछा।

"बस करम है आपका मैडम, ज़िंदा हूं।"

"और भाटी?" राबिया ने फिर पूछा।

"भाटी भी शुक्रग़ुज़ार है आपका, स्पीकर फ़ोन पर सुन रहा है आपको।" राठी बोला।

राबिया हंसी, "मतलब रंगा-बिल्ला ज़िंदाबाद।"

उधर से राठी भी हंसा, "हां मैडम, बस आप हैं तो रंगा-बिल्ला ज़िंदाबाद हैं।"

"त्रिपुरारी पांडे तेरे टच में है न?" राबिया ने सवाल किया।

"हां मैडम, उसी ने नंबर दिया और बोला आपसे बात करने को।"

राबिया ने गहरी सांस ली, "तेरी अमानत पड़ी है मेरे पास, वही वापस करनी थी।"

इस बार श्यामसुंदर भाटी की आवाज़ आई, "नमस्ते मैडम, भाटी बोल रहा हूं।"

"हां भाटी ठीक है न तू?"

"मैडम मैं एकदम ठीक हूं। आप अमानत-वमानत की चिंता मत करो।"

राबिया फ़िक्र के साथ बोली, "वो वापस करना ज़रूरी है, तुम्हारे सुकून के लिए।"

भाटी ने जवाब दिया, "मैडम राठी-भाटी को आप जैसी छोटी बहन मिल गई और क्या सुकून चाहिए। बस रक्षाबंधन पर राखी बांध दीजिएगा अपने रंगा-बिल्ला को।"

राबिया, राठी और भाटी नाम की एक नई तिकड़ी बन चुकी थी। राबिया के पास वो जिगाना और उसके खोखे थे जिससे राठी ने बजरंगी को मारा था। राबिया वही पिस्तौल और खोखे राठी को वापस करने की बात कर रही थी ताकि राठी-भाटी को भरोसा रहे कि राबिया कभी उनको ब्लैकमेल नहीं करेगी। तीनों के बीच तय हुआ कि मेरठ कोर्ट में राठी-भाटी में से जिसकी भी तारीख़ पहले पड़ेगी बस उसी दिन राबिया पिस्तौल और खोखे वापस कर देगी।

***

उधर इलाहाबाद में बाबर कुरैशी पर चार डॉक्यूमेंट्री शो बनाने के लिए 'ख़बरदार इंडिया' का रिपोर्टर मुन्नालाल कसारी मसारी पहुंच चुका था। बाबर

के काले इतिहास के पहले एपिसोड का नाम है 'वन्स अपॉन अ टाइम इन इलाहाबाद'।

कसारी मसारी के क़ब्रिस्तान में खड़े मुन्नालाल पत्रकार के हाथ में माइक था और सिंटू दुबे ने कैमरा थाम रखा था। मुन्नालाल ने जेब से एक कागज़ निकाला और ताबड़तोड़ रट्टा मारकर जल्दी-जल्दी बोलना शुरू किया।

'इलाहाबाद के पश्चिमी इलाक़े में कसारी मसारी का जंगल फैला हुआ था। जैसे-जैसे आबादी यहां बसती गई जंगल छंटता गया, घटता गया। जंगल का बड़ा हिस्सा अब कसारी मसारी के क़ब्रिस्तान में देखा जा सकता है, जहां डॉन बाबर क़ुरैशी के अब्बू-अम्मी के अलावा न जाने कितने ऐसे मासूमों की भी लाशें दफ़्न हैं, जिन्हें बाबर और उसके भाई तैमूर क़ुरैशी ने मौत की नींद सुला दिया।'

कसारी मसारी का ब्यौरा देकर मुन्नालाल पत्रकार कैमरे से हटा ही था कि कार से क़रीब सत्तर साल का बुज़ुर्ग पूर्व आईपीएस उतरा। ये आईपीएस इलाहाबाद में तब तैनात था जब बाबर ने पहला क़त्ल किया था। इस आईपीएस ने कसारी मसारी के जंगलों में रहने वाले एक रिक्शेवाले के बेटे बाबर को क़ातिल से डॉन, डॉन से एमएलए और एमएलए से एमपी तक बनते देखा था। मुन्नालाल ने आईपीएस को बगल में खड़ा करके माइक लगाया। आईपीएस ने 1980 से बाबर का अतीत बताना शुरू किया:

साल 1980 के जून का महीना था। इलाहाबाद के ज़बरदस्त भीड़भाड़ वाले चौक इलाक़े में मौजूद 'मानसरोवर' टॉकीज़ में अमिताभ बच्चन की फ़िल्म 'डॉन' सौ हफ्ते पूरे कर चुकी थी। नून, मैटनी, ईवनिंग और नाईट शो हाउसफ़ुल थे। साइकिल स्टैंड वाले से ब्लैक में टिकट लेकर अट्ठारह साल का बाबर क़ुरैशी फ़र्स्ट क्लास की तीसरी रो में बैठा अपने दोस्त के साथ फ़िल्म देख रहा था। पागलों की हद तक अमिताभ बच्चन का दीवाना बाबर अब तक छांछठ बार 'डॉन' देख चुका था। इंटरवल में बाबर ने समोसा और कोका कोला की छोटी बोतल ख़रीदी। फ़िल्म शुरू हुई और थोड़ी देर बाद गाना बजा, *खई के पान बनारस वाला खुलि जाए बंद अकल का ताला*। सुपरहिट गाने की धुन पर लौंडे-लफाड़े-लोफ़र ही नहीं, इलाहाबाद युनिवर्सिटी के स्टूडेंट्स भी सीटों से उठकर स्क्रीन के सामने डांस करने लगे। बस इसी शोर में बाबर ने कोका कोला की ख़ाली बोतल तोड़ी और आगे वाली सीट पर बैठे एक आदमी की गर्दन रेत

दी। सफ़ेद तहमत, काला कुर्ता पहने बाबर ने गला रेतने के बाद अपने सिर पर बंधा अंगोछा खोला और भीड़ के साथ नाचने लगा फिर कब दोस्त के साथ निकल गया किसी को पता ही नहीं चला। गाना ख़त्म होते ही सब अपनी सीटों पर लौटे तो ख़ून से लथपथ लाश देखकर चिल्लाने लगे। शो रोक दिया गया। पुलिस आई तो पता चला कि मरने वाला इलाहाबाद के सबसे बड़े रंगबाज़ चांद मुबारक का चेला था।

कसारी मसारी के जंगलों में छोटी सी आबादी में एक कच्चा घर सुल्तान कुरैशी का था। रिक्शा चलाकर बच्चों का पेट भरने वाले सुल्तान कुरैशी के दो बेटे थे, बाबर और तैमूर। तैमूर कुरैशी छोटा था। मगर बाबर अट्ठारह की उम्र पार करते-करते इलाक़े का गुंडा बन चुका था। ये वो ज़माना था जब पूरे इलाहाबाद में खूंखार चांद मुबारक की रंगबाज़ी का डंका बजता था। अंगूठा टेक बाबर चांद मुबारक का मुरीद था। बाबर भी चांद की तरह रंगबाज़ बनना चाहता था। बाबर के पड़ोस में ही चांद मुबारक का एक ख़ास गुर्गा भी रहता था लेकिन तमाम मिन्नतों के बावजूद गुर्गे ने एक बार भी चांद मुबारक से बाबर की मुलाक़ात नहीं कराई। आख़िरकार बाबर को अंदाज़ा हो गया कि रंगबाज़ बनने की चाहत मिन्नतों से नहीं बल्कि रंगबाज़ी से ही हासिल होती है। रंगबाज़ी में रिस्क था लेकिन दिमाग़ से पैदल बाबर रिस्क को फ़िक्स कर चुका था और अब उसे इंतज़ार था चांद मुबारक के बुलावे का। 'डॉन' फ़िल्म के दौरान हुए क़त्ल को दस घंटे भी नहीं गुज़रे थे कि बाबर के घर पर सात-आठ गुंडों से भरी एक जीप आकर रुकी। बाबर के वालिद घर के बाहर रिक्शा धो रहे थे। गुंडों ने अब्बू को सलाम किया और बाबर को बाहर बुलवाया। बाबर गुंडों की फ़ौज से बिना डरे जीप पर बैठकर चल दिया।

बाबर समझ चुका था कि चांद को क़त्ल के बारे में सबकुछ पता चल चुका है। जीप अभी आगे बढ़ी ही थी कि बाबर ने अपने दोस्त को भी घर से लेने के लिए जीप रुकवा दी। दोस्त के घर से पता चला कि वो तो पहले ही चांद मुबारक के पास जा चुका है। ये वही दोस्त था जो बाबर के साथ टॉकीज़ में फ़िल्म देख रहा था। जीप चौक इलाक़े के आगे जुम्मन टी-स्टॉल की तरफ़ जा रही थी जो चांद का अड्डा था। जुम्मन टी-स्टॉल पर जीप रुकी और बाबर सीधे अंदर पहुंचा। अंदर टेपरिकॉर्डर पर तेज़ आवाज़ में छप्पन छुरी का गाना बज रहा था, *इन्हीं लोगों ने ले लीन्हा दुपट्टा मोरा*। टी-स्टॉल के अंदर माहौल बेहद ख़तरनाक था। बाबर का दोस्त

एक मेज़ के ऊपर दोनों पैर फैलाकर खड़ा था और उसकी कमर के बीचोबीच एक बोतल बंधी हुई थी, जो उसकी पैंट की ज़िप के नीचे लटक रही थी। सबसे पीछे वाली बेंच पर बैठा चांद कट्टे से बोतल पर निशाना लगा रहा था। बाबर, चांद और उसके गुर्गों को मालूम था कि निशाना मिस हुआ तो बाबर के दोस्त का वो अंग ही जिस्म से मिस हो जाएगा जिस अंग के दम पर वो ख़ुद को मर्द कहता फिरता है। चांद मुबारक ने कट्टे से फ़ायर किया, बोतल चट्ट से टूट गई और बाबर के दोस्त ने पेशाब कर मारा। बाबर ने चांद के पैर पकड़ लिए। चांद मुबारक ने बाबर के सिर पर बंधा अंगोछा उतारा और बाबर को लात मारकर मौज में बोला, "मूत मारा भोसड़ीवाला। का बे इत्ते में फट गई?"

बाबर ने गुज़ारिश की, "छोड़ दीजिए उस्ताद, उसकी कउनो ग़लती नहीं है।"

चांद के इशारे पर गुर्गों ने बाबर के दोस्त के हाथ खोले और मुंह में ठुंसा कपड़ा निकाला। बाबर ने ज़मीन से उठने की कोशिश की तो चांद ने उसके मुंह में कट्टा घुसेड़ दिया, "जब तक उठने को न कहें तब तक लेटे रहो। तुमको तो हम उठाएंगे दुनिया से। हमारा आदमी सिनेमा देख रहा था...तुम गर्दन काट दिए, मादरचोद!"

बाबर ज़मीन पर ही लेटे-लेटे बोला, "गर्दन न काटते तो आप मिलते कैसे उस्ताद?"

चांद चिल्लाया, "मतलब तुम जानते थे वो हमारा आदमी है?"

बाबर कुरैशी बोला, "हां उस्ताद, हमारे पड़ोस में ही रहता था। कई बार बोले चांद भाई से मिलवा दो लेकिन मानता ही नहीं था। गर्दन काट दिए तो आप मिल गए।"

टेपरिकॉर्डर पर बज रहा गाना बंद हो गया। चांद मुबारक चिल्लाया, "अबे जुम्मन, कित्ती बार कहे हैं तुमरो, जब हम बैठे हों तो छप्पन छुरी की ठुमरी बजती रहे।"

जुम्मन ने फिर गाना बजा दिया, *इन्हीं लोगों ने ले लीन्हा दुपट्टा मोरा...*

"ये जो गाना बज रहा है, सुने हो कभी?" चांद ने पूछा।

"हां उस्ताद, पाकीजा फिलम में लता मंगेशकर गाई थीं ये गाना," बाबर बोला।

चांद ने बाबर को कुर्ते के कॉलर से पकड़कर उठाया, "सुने नहीं भोसड़ी के तुम क्या? ये गाना जानकी देवी उर्फ़ छप्पन छुरी ने एचएमवी में बहुत पहले रिकार्ड कराया था। लता मंगेशकर ने दसियों साल बाद पाकीजा में दोबारा इसे गाया था।"

"जी भाई," बाबर बोला।

"अब बताओ छप्पन छुरी कहां की रहने वाली थीं?" चांद मुबारक ने सवाल किया।

"भाई बंबई की।"

चांद ने फिर बाबर को लात मारी और फिर उसके मुंह से मुंह सटाकर बोला, "अबे चूतिये इलाहाबाद में रंगबाज़ी करना चाहते हो और ये भी नहीं जानते कि छप्पन छुरी इलाहाबाद की ही रहने वाली थीं!"

बाबर सिर झुकाकर बोला, "अब जान गए उस्ताद।"

चांद ज़ोर-ज़ोर से हंसते हुए चिल्लाया, "अबे ओ जुम्मन, ये कसारी मसारी का लौंडा अभी से लता मंगेशकर बनना चाहता है। भोसड़ीवाले को पता नहीं है कि छप्पन छुरी तो चांद मुबारक है। लता मंगेशकर बनने में साले को दसियों साल लगेंगे।"

बाबर ने असली बात उगल दी, "भाई, बस आपका चेला बनना है।"

चांद ने मौज ली, "तो बताओ पहले कउन गाया?"

"छप्पन छुरी।"

चांद ने फिर मौज ली, "फिर कउन गाया?"

"लता मंगेशकर।"

चांद ने ताली बजाते हुए पूछा, "तो पहले कउन आया?"

"इलाहाबाद के रंगबाज़ चांद मुबारक भाई।"

चांद ने चिल्लाते हुए सवाल किया, "फिर कउन आएगा?"

बाबर ने दोनों हाथ उठाकर कहा, "कोई नहीं, आप ही रहेंगे, केवल चांद भाई।"

चांद मुबारक ने बाबर को गले लगाकर बांहों में ज़ोर से कसा और गुर्गों से बोला, "साला ये अट्ठारह की उम्र में चांद मुबारक के आदमी का गला काटा है। भोसड़ीवाले में रंगबाज़ बनने के कीड़े तो हैं। चलो आज से बाबर हमारा ड्राइवर हो गया।"

***

बाबर की ज़िंदगी चल निकली। चांद मुबारक के साथ रहकर बाबर की भी रंगबाज़ी हो गई थी। चांद के लिए बाबर चेतक बन चुका था और बाबर के लिए चांद महाराणा प्रताप। मतलब राणा की पुतली फिरी नहीं कि चेतक तब तक मुड़ जाता था। कसारी मसारी में बाबर का कच्चा घर पक्का हो चुका था। वालिद ने रिक्शा चलाना भी बंद कर दिया था। बाबर सिर्फ़ चांद की गाड़ी ही नहीं चलाता था बल्कि किसी नौकर की तरह पान-सिगरेट भी लाता था और चाय के अलावा चांद की दारू के पैग भी बनाता था। बाबर के हाथ का मटन चांद को बेहद पसंद था। चांद के चक्कर में बाबर दो और क़त्ल कर चुका था और चांद के लिए वसूली भी करता था। अपनी कमाई से उसने सेकंड हैंड जीप ख़रीदी और चांद के कॉर्पोरेटर बनने के बाद उसी जीप से चांद का ज़ोरदार जुलूस निकाला। गैंग के तमाम लोगों को बाबर कुरैशी का बढ़ता क़द और चढ़ती हैसियत अखरने लगी थी। चांद के चेले हम्मन और जग्गा के अलावा तमाम गुर्गे बाबर कुरैशी के ख़िलाफ़ बस एक मौक़े की तलाश में थे लेकिन चांद के लिए बाबर अब ज़रूरत ही नहीं, आदत भी बन चुका था।

चांद की चेलाही करते-करते बाबर के दस साल गुज़र गए। हम्मन और जग्गा जैसे गुर्गे हार मान चुके थे। दोनों जानते थे कि बाबर एक न एक दिन बड़ा रंगबाज़ बनने के लिए चांद मुबारक को धोखा देगा लेकिन बाबर कुरैशी चांद के जिगर का टुकड़ा था, दिल की धड़कन था। साल 1990 की बात है, नेशनल पीपुल्स कांग्रेस की सरकार यूपी में सत्तासीन थी और दो बार कॉर्पोरेटर रह चुके चांद मुबारक को विधायकी का चुनाव लड़ाना चाहती थी। चांद चुनाव का पर्चा भरने और नेतागिरी की उड़ान भरने की तैयारी में था, उधर बाबर कुरैशी चांद की तरह रंगबाज़ बनने के लिए टेकऑफ़ कर चुका था। आख़िर दस साल बड़ा वक़्त होता है किसी बाबर को रोक पाने के लिए। चांद को भनक तक नहीं लगी और बाबर ने पहले ही निर्दलीय उम्मीदवार के तौर पर विधायकी का पर्चा दाख़िल कर दिया। बाबर की ये हिमाक़त चांद मुबारक के लिए बग़ावत थी और हम्मन, जग्गा जैसे दुश्मनों के लिए बाबर

के ख़िलाफ़ बड़ा मौक़ा। नेशनल पीपुल्स कांग्रेस ने चांद मुबारक को अपना प्रत्याशी घोषित किया। उधर अपने ही उस्ताद के साथ दांव चल चुके बाबर ने चांद के पास आना-जाना तक छोड़ दिया था। वो जानता था कि चांद कभी उसे चुनाव लड़ने नहीं देगा।

चुनावी तैयारियों का दौर चल ही रहा था कि अचानक एक दिन बाबर की अम्मी का इंतकाल हो गया। ज़बरदस्त भीड़ के साथ बाबर की अम्मी का जनाज़ा कसारी मसारी के क़ब्रिस्तान लाया गया। तक़ियादार ने क़ब्र खोदकर रखी थी। इससे पहले कि अम्मी को दफ़नाया जाता क़ब्र में पहले ही एक लाश क़फ़न में लिपटी पड़ी थी। सब चौंक गए। तक़ियादार को गड्ढे में उतारकर जब लाश से क़फ़न हटाया गया तो बाबर कुरैशी के होश उड़ गए क्योंकि क़ब्र में पड़ी लाश उसके दोस्त की थी। लाश देखकर साफ़ पता चल रहा था कि उसे गला रेत कर मारा गया है। लाश की छाती पर एक कागज़ चिपका था जिस पर लिखा था 'मौत मुबारक-चांद मुबारक'। ये वही दोस्त था जो 'डॉन' फ़िल्म के दौरान किए गए क़त्ल में बाबर के साथ मौजूद था। चांद की तरफ़ से बाबर को ये ख़ूनी धमकी थी। बाबर ने अम्मी और दोस्त को अगल-बगल दफ़ना दिया। दुआ के बाद बाबर क़ब्रिस्तान के बाहर निकला और जीप ख़ुद ड्राइव करके जुम्मन टी-स्टॉल की तरफ़ तेज़ी से चल दिया।

चौक में हमेशा की तरह भीड़भाड़ थी। बाबर जीप रोककर कूदा और सीधे टी-स्टॉल के अंदर घुस गया। चांद मुबारक कुर्सी पर बैठा था। दो चेले उसके दोनों पैर कंधे पर रखकर मालिश कर रहे थे। बाबर बेहिचक चांद के सामने घुटनों पर बैठ गया। चांद ने मौज ली, "दस दिन से नहीं आए हो, पूरी तनख्वाह कटेगी।"

बाबर बोला, "सब आपका है जो चाहे काट लीजिए पर हमारे दोस्त को काहे काटे?"

चांद भन्ना गया, "दस साल पहले तुम भी हमसे मिलने के लिए हमारे आदमी का गला काटे थे। हमने भी तुमसे मिलने के लिए तुम्हारे दोस्त का गला काट दिया।"

बाबर सिर झुकाकर बोला, "आपके ड्राइवर बने रहे, सर्विस सेंटर से ज़्यादा अच्छी गाड़ी धोते रहे। नौकर की तरह सिगरेट-दारू लाए आपके लिए, धोबी

बनकर कपड़ा धोते रहे। मुर्गा-मटन खिलाते रहे, चुनाव आप जीते लेकिन अपने पैसे से जुलूस के लिए जीप हम ख़रीदे। बस एमएलए का पर्चा भर दिए तो आप हमारे दोस्त को मार डाले? चेला एमएलए बनेगा तो चेले का नहीं, उस्ताद का नाम होगा।"

घुटनों पर बैठे बाबर को लात मारते हुए चांद चिल्लाया, "भोसड़ी के, पर्चा वापस ले। मादरचोद तेरी गांड़ में इतना गूदा आ गया है कि तू चुनाव में चांद से टक्कर लेगा। झांट भर की औक़ात है झटुल्ले की, साला पेट्रोल मूतेगा चांद के चेहरे पर!"

बाबर ज़मीन से उठते हुए बोला, "भाई पर्चा वापस कर लिए तो कसारी मसारी में बाबर की इज़्ज़त का बोटी-क़बाब बन जाएगा। अम्मी के जनाज़े में आप देखते कित्ती भीड़ थी और ये भीड़ हम आपकी वजह से कमाए हैं भाई।"

बाबर ने शायद पहली बार चांद मुबारक को सीधा जवाब दिया था। चांद को इस अंदाज़ में जवाब की उम्मीद नहीं थी और बाबर को समझ नहीं आ रहा था कि उसमें इतनी हिम्मत आई कहां से। शायद अम्मी के इंतकाल और दोस्त के क़त्ल ने बाबर की ज़ुबान को लफ़्ज़ दे दिए थे। इससे पहले कि चांद मुबारक बाबर को कंटाप मारता, हम्मन ने मेज़ पर रखे गिलास की चाय बाबर के चेहरे पर फेंक दी। हम्मन का ग़ुस्सा देखते ही जग्गा ने क़रीब आकर बाबर को 440 वोल्ट का झन्नाटेदार झापड़ मारा, "साला तो कौड़ी का ड्राइवर, चांद भाई को बेअंदाज़ी दिखा रहा है।"

चाय ठंडी थी लेकिन छींटों से चांद के नागरे भी भीग गए थे। चांद ने ग़ुस्से में बाबर के सिर पर बंधा साफ़ा खींचा और मेज़ पर पैर रखकर नागरे साफ़ किए फिर गंदे साफ़े से बाबर के चेहरे की चाय पोंछी, "मादरचोद, कसारी मसारी के रिक्शेवाले का लौंडा रंगबाज़ को रंगबाज़ी दिखाने लगा है।"

बाबर फिर भी ख़ामोश खड़ा रहा। चांद का ग़ुस्सा अभी उतरा नहीं था। उसने गंदा साफ़ा बाबर के सिर पर बांधा, "चल भोसड़ीवाले, बहुत तेज़ रॉकेट हो जा यहां से और ख़्याल रखना चुनाव में हार गया तो मादरचोद साफ़े से नहीं, अपनी ज़ुबान से चांद मुबारक के जूते भी साफ़ करेगा और जीप भी चाट-चाटकर चमकानी पड़ेगी।"

चांद ने बाबर कुरैशी को ख़ून के घूंट के साथ बेइज़्ज़ती का तेज़ाब भी पिला दिया था। मौक़े की नज़ाकत और चांद मुबारक के अहसानों की आख़िरी किश्त चुकाकर बाबर जुम्मन टी-स्टॉल से बाहर निकला और कसारी मसारी की तरफ़ बढ़ लिया।

हम्मन बोला, "काहे जाने दिए उस्ताद, गोली मारकर यहीं फैला देते साले की लाश।"

जग्गा ने कमर में खुंसा हुआ कट्टा निकाला, "साले के घर में घुसकर पेलता हूं छह गोली। अम्मी मरी ही हैं, दोस्त दफ़न हो चुका है, इसको भी दफ़ना देता हूं।"

चांद ने हम्मन को भन्न से तमाचा मारा और जग्गा से कट्टा छीनकर हवा में फ़ायर कर दिया, "मादरचोदों, बाबर की लाश नहीं गिरानी है, भोसड़ीवाले की रंगबाज़ी दफ़नानी है। लड़ने दो चुनाव बहनचोद को। इसके मुंह में सुतली बम घुसेड़कर गांड़ से धुआं न निकाला तो कुत्ते के मूत से मूंछें मुंड़वा लूंगा।"

इलाहाबाद के सबसे बड़े रंगबाज़ और उभरते हुए रंगबाज़ के बीच रंगबाज़ी की जंग शुरू हो चुकी थी। चांद के पास ताक़त, हैसियत और मज़बूत गैंग था। बाबर के पास बेइज़्ज़ती का लावा, पागल दिमाग़, रंगबाज़ बनने की ज़िद और ज़िद के लिए हद से गुज़र जाने की सनक के साथ-साथ कसारी मसारी में कमाई हुई भीड़ थी।

***

उत्तर प्रदेश में धुआंधार विधानसभा चुनाव कैंपेन शुरू हो चुका था। वेस्ट इलाहाबाद सीट की गली, नुक्कड़, मेनरोड और चौराहों तक बाबर कुरैशी के पोस्टर, बैनर, कटआउट गर्दा उड़ा रहे थे। कसारी मसारी इलाक़े में उसका जलवा था। बाक़ी इलाक़ों में चकल्लस मची थी कि चेले ने गुरू को ही चैलेंज कर दिया है। चांद मुबारक का गैंग बेहूदगी पर आमादा था। बाबर के हर कटआउट पर जूतों की माला लटका दी गई, पोस्टर फाड़े जाने लगे, वॉल पेंटिंग पर बेशर्मी के साथ लिखा जा रहा था कि 'चेला चाटेगा जूता'। चुनावी चिल्ल-पों के बीच एक दिन चौक इलाक़े में बाबर कुरैशी और चांद मुबारक के जुलूस आमने-सामने आ गए। बाबर अपनी जीप की सीट पर हाथ जोड़कर खड़ा था और चांद मुबारक अपनी। बाबर की जीप पर उस साल की हिट फ़िल्म 'अग्निपथ' का पोस्टर लगा था। पोस्टर में ख़ून से लथपथ शरीर तो अमिताभ बच्चन का था मगर अमिताभ के चेहरे की

जगह बाबर का चेहरा चिपका दिया गया था। बाबर के पोस्टर को देखकर ऐसा लग रहा था जैसे पश्चिम इलाहाबाद सीट का चुनाव अग्निपथ है और इस अग्निपथ का हीरो अमिताभ बच्चन की जगह बाबर क़ुरैशी है। चांद के रहते बाबर के लिए सच में चुनाव अग्निपथ ही था। जीप के टॉप पर बंधे लाउडस्पीकर पर वोट देने की अपील के साथ अग्निपथ का डायलॉग बज रहा था—

ये महान दृश्य है
चल रहा मनुष्य है
अश्रु श्वेत रक्त से
लथपथ लथपथ लथपथ
अग्निपथ अग्निपथ अग्निपथ

चांद ने बाबर को घूरा और हाथ में जूता उठाकर माइक पर चिंघाड़ना शुरू किया, "हज़रात! हज़रात! हज़रात! एक हफ़्ते बाद इसी चौक इलाक़े के जुम्मन टी-स्टॉल पर एक लौंडा चांद के नागरे चाटेगा। जूता चटाई के जलसे में आपका इंतज़ार रहेगा।"

चांद मुबारक के इतना कहते ही गुर्गों ने बाबर की हूटिंग शुरू कर दी और चौराहे पर लगे कटआउट पर बाबर के सामने ही जूतों की माला पहना दी। बाबर के चेलों के पास ग़ुस्सा बेहिसाब था पर चांद से मुक़ाबला करने का जज़्बा सिफ़र था और ये सच ख़ुद बाबर क़ुरैशी भी जानता था। बाबर के इशारे पर जुलूस आगे बढ़ लिया। चांद का तामझाम एकदम अलग था। वो खालिस गुंडा था। उसके साथ लोफ़रों की भीड़ थी। लौंडे-लफाड़े नाच रहे थे और चांद की जीप पर भी 1990 की सुपरहिट फ़िल्म 'आज का अर्जुन' का हिट गाना कान फाड़ रहा था—

गोरी हैं कलाइयां
तू ला दे मुझे हरी हरी चूड़ियां
अपना बना ले मुझे बालमा
गोरी हैं कलाइयां...

बाबर और चांद के जुलूस शोरगुल मचाते चौक इलाक़े से निकल गए। अब असली इम्तिहान था दो दिन बाद। ऑब्ज़र्वर की रिपोर्ट पर पश्चिम इलाहाबाद सीट पर पैरामिलिट्री फ़ोर्स ने एक-एक बूथ पर सुरक्षा के चौकस बंदोबस्त कर रखे थे। वोटिंग शुरू हुई। कई मर्तबा हालात बिगड़े, कई बार चांद के गैंग ने बूथ कैप्चरिंग की कोशिश की लेकिन जवानों की संगीनों के सामने परिंदा भी पर नहीं मार पाया।

***

इलाहाबाद के चकिया इलाक़े में मौजूद नवीन गल्ला मंडी में वोटों की गिनती शुरू हो चुकी थी। आज तय होगा कि बाबर चांद का नागरा चाटेगा या नहीं। एक के बाद एक बैलेट बॉक्स खुल रहे थे। बाबर के कारिंदे और चांद के गुर्गे एक-एक वोट पर पैनी नज़र रखे हुए थे। क़रीब तीन घंटे की गिनती के बाद बाबर छठे नंबर पर था और चांद दूसरे। बाबर को पिछड़ता देखकर चांद के गुर्गे हम्मन ने अपना जूता उतारकर बाबर को दिखाया और चिढ़ाते हुए याद दिलाया कि उसे जूता चाटना ही पड़ेगा। हम्मन का इशारा समझते हुए बाबर के दोस्त उसकी तरफ़ लपकने को हुए लेकिन बाबर ने उनको रोक दिया। एक-दूसरे की घूरा-घारी में तीन घंटे निकल गए। अब चांद पांचवें नंबर पर था और बाबर दूसरे पर। सिर्फ़ तीस हज़ार वोटों की गिनती बाक़ी थी। बाबर की बढ़त चांद से पचास हज़ार ज़्यादा थी। चांद का हारना तय हो चुका था। काउन्टिंग सेंटर से चांद के गुर्गे जग्गा-हम्मन जीप से जुम्मन टी-स्टॉल पहुंचे और चांद को बाबर के आगे निकलने की ख़बर दी। चांद को पांचवें नंबर से दिक्कत नहीं थी मगर बाबर के नंबर दो पर आने की ख़बर से वो बौखला गया और गुर्गों को लेकर चांद मुबारक सीधे काउन्टिंग सेंटर निकल लिया।

उधर काउन्टिंग सेंटर पर बाबर के चेहरे पर क़ातिल मुस्कान थी। उसे नंबर एक बनने की फ़िक्र नहीं थी उसकी असली फ़तह तो चांद को पांचवें नंबर पर धकेलना थी। तभी एक दोस्त ने बाबर के कान में कुछ कहा। बाबर फ़ौरन अपने लोगों के साथ बाहर निकला और दस-बारह गाड़ियों पर हथियारों से लैस होकर जुम्मन टी-स्टॉल चल दिया। चांद काउन्टिंग सेंटर पहुंचा और बाबर टी-स्टॉल पर। पगला चुके चांद ने चुनाव अधिकारी से माइक छीना,

"कहां है बे, बाबर कुरैशी? भोसड़ी के, अम्मा की क़ब्र में घुस गया क्या? सामने आ मादरचोद!"

बाबर का पंटर चांद से माइक छीनकर चिल्लाया, "सुनो-सुनो-सुनो, बाबर भाई जुम्मन टी-स्टॉल पर आप सबका इंतज़ार कर रहे हैं, जल्दी पहुंचो, फ़ौरन पहुंचो।"

चांद ने लड़के से माइक छीनकर उसके मुंह में कट्टा घुसेड़ दिया। चांद का ग़ुस्सा देखकर उसके गुर्गों को लूज़ मोशन की फ़ीलिंग होने लगी क्योंकि काउन्टिंग सेंटर पर पुलिस और केंद्रीय बलों के जवान गश्त पर थे। चांद के चमचों ने चांद को संभाला और फ़ोर्स की तरफ़ इशारा करते हुए सीधे चौक चलने को कहा। चांद चेलों के साथ बाहर निकला और जुम्मन टी-स्टॉल आकर रुका। चारों तरफ़ सन्नाटा था। जैसे ही चांद और उसके गुर्गे जीप से उतरे फ़ायरिंग शुरू हो गई। चांद का पूरा गैंग समझ ही नहीं पाया कि उन पर हमला हो कहां से रहा है। असल में जुम्मन टी-स्टॉल के आसपास बने मकानों पर बाबर के गुंडे घात लगाकर बैठे थे। खिड़कियों-छतों से गोलियां और बम चल रहे थे लेकिन बाबर का फ़रमान था कि चांद पर कोई गोली नहीं चलाएगा। एक के बाद एक लाशें गिरने लगीं। रंगबाज़ चांद मुबारक का जो गैंग बीस साल से इलाहाबाद पर राज कर रहा था वो आज बाबर के सामने घुटनों पर था। कई घायल पड़े थे, कई मर चुके थे। हम्मन और जग्गा जैसे चेले पलटते वक़्त को देखकर मौक़े से फ़रार हो गए। फ़ायरिंग ख़ामोश हुई, बमों का धुआं पूरे इलाक़े को सफ़ेद क़फ़न पहना चुका था। धुआं चीरता हुआ बाबर जुम्मन की दुकान से बाहर आया जहां लाशों और कराहते गुर्गों के बीच चांद अकेला खड़ा था। बाबर ने झुककर चांद को सलाम किया और उसके पैर से नागरा निकालकर सीधा खड़ा हो गया। चांद कुछ समझता इससे पहले ही बाबर ने चांद के ही नागरे से चांद को पीटना शुरू कर दिया। इलाहाबाद के रंगबाज़ की रंगबाज़ी के परखच्चे उड़ रहे थे और बाबर ज़ोर-ज़ोर से चिल्लाए जा रहा था, "तुम नागरा चटवाओगे हमसे? तुम्हाई जीप हम चाटकर चमकाएंगे? अबे चांद के चीलड़, जो लौंडा तुमसे केवल मिलने के लिए तुम्हारा आदमी टपका सकता है, वो तुम्हारा क्या करेगा ये कभी सोचे ही नहीं तुम?"

"आज जो भी हो न भोसड़ी के, चांद मुबारक के दम से ही हो," चांद गुर्राया।

बाबर बोला, "इसमें कउनो शक नहीं है उस्ताद...अबे जुम्मन स्टूल लाओ दो ठो।"

अब तक बाबर के सारे गुर्गे मकानों से उतरकर चांद और बाबर के आसपास इकट्ठा हो चुके थे। जुम्मन दौड़कर दो स्टूल लाया। एक स्टूल पर बाबर बैठ गया और सामने वाले पर चांद को बैठाकर बोला, "देखो उस्ताद, तुम बीस साल से यहीं इलाहाबाद में गांड़ रगड़ रहे हो और हमें पूरे यूपी पर राज करना है। हमारे पास एकै रास्ता था, बड़े रंगबाज़ को लौड़े-झौड़े में मिला दो, गद्दी ख़ुद ही गांड़ के नीचे आ जाएगी। हमारा सफ़र शुरू होता है अब, इलाहाबाद से सीधे लखनऊ विधानसभा।"

चांद ज़ोर से हंसा, "ये विधानसभा जाएंगे भोसड़ो के, चुनव्वा तो जीतो पहले।"

ठीक इसी वक़्त दूर से किसी बड़े झुंड का शोर सुनाई दिया जो धीरे-धीरे जुम्मन टी-स्टॉल की तरफ़ बढ़ रहा था। खिड़कियों और छतों पर खड़ी आबादी के अलावा बाबर के गुर्गे भी उस ओर देखने लगे जिधर से सैकड़ा भर मोटरसाइकिलें मेनरोड से जुम्मन टी-स्टॉल की तरफ़ आ रही थीं। बुलंद नारों से इलाक़ा गूंजने लगा, "बाबर कुरैशी ज़िंदाबाद, बाबर कुरैशी ज़िंदाबाद।"

नारे लगा रही इस भीड़ के साथ पुलिस की एक जीप भी मौक़े पर आकर रुकी। जिसमें एक दरोगा और तीन सिपाही मौजूद थे। नारेबाज़ी सुनकर बाबर खड़ा हो गया। भीड़ ने सौ किलो से ज़्यादा वजनी बाबर को कंधों पर उठा लिया। चांद उस दिन पर पछता रहा था जब उसने बाबर को अपना ड्राइवर बनाया था। बाबर सच में सीन क्रिएटर था। उसका आज़माया हुआ तरीक़ा था कि माहौल में इतना ख़ौफ़ भर दो कि भीड़ के ज़ेहन में वो वक़्त ताउम्र के लिए छप जाए। ऐसी ही हिमाकत बाबर ने दस साल पहले 'डॉन' फ़िल्म के दौरान क़त्ल करके चांद को दिखाई थी और सच था कि चांद को आज भी वो हिमाकत भूली नहीं थी। आज का नज़ारा तो और भी ख़ौफ़नाक था। बाबर ने जनता को अपना जलवा दिखाकर साबित कर दिया कि जो चांद बाबर की हिम्मत पर फ़िदा था असल में दिमाग़ से गधा था। बाबर भीड़ के कंधे से उतरा और जुम्मन से बोला, "अबे ए जुम्मन, ज़ोर से बजाओ छप्पन छुरी की ठुमरी।"

हमरी न मानो
रंगरेजवा से पूछो
जिसने गुलाबी रंग दीन्हा
दुपट्टा मोरा
इन्हीं लोगों ने ले लीन्हा
दुपट्टा मोरा...

ठुमरी बज रही थी और भीड़ के ठहाके चांद मुबारक की छाती में गोली की तरह धंस रहे थे। बाबर ने चांद मुबारक को बालों से पकड़ा और स्टूल पर पैर रखकर अपने जूते चटवाने लगा, “चाट मादरचोद! अब छप्पन छुरी का टाइम ख़त्म, लता मंगेशकर का ज़माना शुरू। रंगबाज़ की रंगबाज़ी ख़त्म, अब डॉन का ज़माना शुरू।”

पुलिस तमाशा देख रही थी और चांद मुंह से ख़ून उगल रहा था। बाबर उसे बाल पकड़कर जीप तक ले गया और पागलों की तरह चांद का मुंह जीप में रगड़ने लगा। जीप की ड्राइविंग सीट पर चांद के गुर्गे की लाश पड़ी थी जिसके हाथ में पिस्तौल थी। चांद ने फ़ौरन पिस्तौल ली और अपनी कनपटी से सटाकर ख़ुद को मारने के लिए घोड़ा दबाया ही था कि बाबर ने लपककर पिस्तौल छीनी और चीख़ा, “भोसड़ीवाले, मरना चाहता है मादरचोद?”

बुरी तरह पस्त हो चुका चांद ताक़त जुटाकर चीख़ा, “मार भोसड़ीवाले, मार!”

बाबर के गुर्गे हवा में गोलियां चलाने लगे। भीड़ तमाशा देख रही थी। बाबर ने चांद मुबारक को लात मारकर गिरा दिया और उसकी छाती पर पैर रखकर खड़ा हो गया। चांद चीख़ा, “क़ब्र में घुसकर तेरी मइय्या चोद दूंगा मादरचोद... गोली मार।”

धाड़-धाड़ की आवाज़ गूंजी और बाबर ने छह की छह गोलियां चांद के सीने में दफ़ना दीं। चारों तरफ़ सन्नाटा छा गया। इलाहाबाद का रंगबाज़ आज मर चुका था लेकिन उसकी आंखें अभी भी अपनी तबाही का मंज़र देखने के लिए खुली हुई थीं।

बाबर बुदबुदाया, “अम्मी का इंतकाल हो चुका है मादरचोद...अम्मी को गाली देगा!”

बाबर ने जीप में पड़ी लाश को लात मारकर गिराया और ड्राइविंग सीट पर बैठ गया। भीड़ ने फिर नारेबाज़ी शुरू कर दी। बाबर ने जीप स्टार्ट की और फिर अचानक जीप से उतरा और सीधे टी-स्टॉल में घुस गया। महज़ दस सेकंड बाद वो अंदर से लौटा लेकिन इस बार उसके हाथ में बर्फ़ तोड़ने वाला सूजा था। वह चांद की लाश के पास गया और उसकी खुली हुई आंखों में पागलों की तरह बार-बार सूजा घोंपते हुए चीख़ा, "घूरता है मादरचोद, मरकर भी भोसड़ीवाला बाबर कुरैशी को घूर रहा है, साला।"

चांद की लाश लांघते हुए बाबर फिर जीप पर चढ़ा और सीट पर खड़े होकर भीड़ के सामने हाथ जोड़ने लगा। ख़ून से सना सूजा अब भी उसके हाथ में था और क़लाई से ख़ून टपक रहा था। बाबर का ये ऐलान भीड़ के लिए इशारा था कि वो आज से इलाहाबाद का डॉन है। उसने सूजा जुम्मन की तरफ़ फेंका और ऊंची आवाज़ में बोला, "अबे भोसड़ी के जुम्मन, फ़ौरन टी-स्टॉल समेटकर फूट ले यहां से। न चांद बचा, न चांद का अड्डा बचेगा, न कभी बजेगी छप्पन छुरी की ठुमरी।"

जीप आगे बढ़ती जा रही थी। मोटरसाइकिलों पर सवार गुर्गों का हुजूम 'बाबर कुरैशी ज़िंदाबाद' के नारे लगा रहा था। बाबर ऊंची आवाज़ में बोला, "चांद मुबारक को मौत मुबारक और तुम सब को आज से तुम्हारा बाबर कुरैशी डॉन मुबारक।" भीड़ को जवाब देने के बाद बाबर पुलिसवालों की तरफ़ पलटा, "काहे खड़े तमाशा देख रहे हो, चलो जीप में बैठो और कहीं ड्यूटी दो जाकर।"

दरोगा सकपका गया। बाबर का जुलूस आगे बढ़ गया। बाबर बेफ़िक्र था और पुलिस पहले की तरह अंधी, गूंगी, बहरी। जिस चांद मुबारक के पास कोई फटकता नहीं था आज जुम्मन टी-स्टॉल के बाहर उस रंगबाज़ की लाश पर मक्खियां भिनक रही थीं। अगली सुबह 'द ट्रिब्यून' के फ्रंट पेज पर चांद की लाश के साथ एमएलए का सर्टिफ़िकेट हाथ में लिए बाबर की फ़ोटो भी छपी थी। ख़बर की हेडिंग थी 'द डान ऑफ़ अ डॉन'। 'इंडियन एक्सप्रेस' में भी फ़ोटो हू-ब-हू प्रिंट थी लेकिन हेडलाइन थी 'वन्स अपॉन अ टाइम इन इलाहाबाद'।

मैं हूं, मैं हूं, मैं हूं डॉन!
(1991-2002)

बाबर के गुज़रे हुए कल से जुड़ी 'ख़बरदार इंडिया' न्यूज़ चैनल की डॉक्यूमेंट्री का पहला एपिसोड पूरा चुका था। मुन्नालाल पत्रकार कैमरामैन सिंटू दुबे के साथ कसारी मसारी के जंगलों से निकलकर बाबर की ज़मींदोज़ हो चुकी हवेली पहुंचा। वो हवेली जो कभी बाबर की रंगबाज़ी और रौले का सुबूत थी पर आज मुख्यमंत्री प्रचंड प्रताप सिंह के ग़ुस्से की गवाह है। चालीस सालों में न जाने कितने मुख्यमंत्री और देश के कद्दावर नेता इस हवेली में बाबर के साथ दरबार लगा चुके थे। आज वही हवेली प्रचंड प्रताप सिंह के आदेश पर लोडर के धक्कों से तहस-नहस पड़ी थी। सियासी दरबार और गुंडई के कारोबार से बस कुछ दूरी पर बाबर का आशियाना है जो रमाकांत बघेल की हत्या के बाद वीरान पड़ा है। बाबर और तैमूर कुरैशी जेल में थे जबकि दोनों बेटे और गुर्गे फ़रार। पुलिसिया पूछताछ की दहशत में बाबर की बीवी शगुफ़्ता सबसे छोटे बेटे उमर और देवरानी के साथ मायके चली गई थी। मुन्नालाल को आज डॉक्यूमेंट्री का दूसरा एपिसोड शूट करना था जिसका टाइटिल था 'मैं हूं, मैं हूं, मैं हूं, डॉन!'।

बाबर की हवेली के पास मुन्नालाल के साथ कैमरे पर एक रिटायर्ड पुलिस इंस्पेक्टर, एक रेलवे अफ़सर और बाबर के जेल जाने के बाद गैंग से अलग हो चुके दो गुर्गों के अलावा तैमूर कुरैशी की अय्याशी की शिकार एक लड़की मौजूद थी। मुन्नालाल ने माइक पर बोलना शुरू किया, 'ये वो समय था जब राम मंदिर आंदोलन चरम पर था और लोहिया समाज पार्टी के अध्यक्ष सुपुत्र सिंह यादव के पिता कठोर सिंह यादव उत्तर प्रदेश के मुख्यमंत्री थे। बाबर का ज़लज़ला था और कठोर सिंह यादव अपनी पार्टी में शामिल किए बग़ैर बाबर के रुतबे को सियासी इस्तेमाल का मोहरा बना चुके थे। सियासी उलटफेर के बीच तीन ही साल बाद फिर से चुनाव हुए और बाबर दूसरी बार निर्दलीय विधायक बन गया।

चांद मुबारक की मौत को भी तीन साल गुज़र चुके थे। विधायक बन चुके बाबर के ख़िलाफ़ तो मुक़दमा भी दर्ज नहीं हुआ, उल्टा चांद की हत्या में चांद के ही गुर्गे हम्मन और जग्गा को नामज़द कर दिया गया, जो फ़रार चल रहे

थे। बाबर के गैंग में अब क़रीब डेढ़ सौ गुर्गे थे जिनमें चांद के भी तमाम चेले शामिल थे। हालांकि बीते तीन साल में बाबर के ख़िलाफ़ वसूली और फ़िरौती के बीस से ज़्यादा मुक़दमे दर्ज हो चुके थे। लेकिन ये मुक़दमे भी सिर्फ़ कागज़ों पर ही दम तोड़ रहे थे। बाबर के ज़ेहन में आज भी चांद के चेले हम्मन और जग्गा कीड़ों की तरह कुलबुला रहे थे। हम्मन ने बाबर के चेहरे पर चाय फेंकी थी और जग्गा ने उसे कंटाप मारा था। तीन साल बाद मुंबई में हम्मन और जग्गा की लोकेशन मिल चुकी थी। बाबर का गैंग दोनों को मुंबई से उठाकर ला रहा था। इत्तेफ़ाक़ की बात थी कि जिस दिन दोनों को इलाहाबाद पहुंचना था ठीक उसी दिन बाबर का निकाह शगुफ़्ता के साथ हो रहा था।'

मुन्नालाल ने माइक लगाया और रिटायर्ड पुलिस इंस्पेक्टर ने बाबर के निकाह का क़िस्सा सुनाना शुरू किया। शहर काज़ी निकाह पढ़ा रहे थे। बीच में पर्दा था और दोनों तरफ़ सेहरा पहने बाबर और शगुफ़्ता बैठे थे। लुंगी-कुर्ता पहनने वाले बाबर को निकाह के चक्कर में लाल-हरे फूलोंवाली पीली शेरवानी और काला अलीगढ़ी पायजामा पहनना पड़ा। कपड़ों के रंग और डिज़ाइन से बाबर को दिक्कत नहीं थी, परेशानी तो तोंद से टाइट होने की थी। कसे-कसे कपड़े पहने बाबर का दम घुट रहा था और वो किसी को बता भी नहीं पा रहा था कि पलथी मारकर बैठते वक़्त उसके पायजामे की मियानी चिथड़ा हो चुकी थी। शेरवानी के ऊपर नोटों की माला और आंखों में लगे सुरमे ने उसे जोकर बना दिया था। ठीक इसी वक़्त एक गुर्गा आया और बाबर के कान में फुसफुसा कर चला गया। बाबर बौखला गया। काज़ी ने मेहर की रक़म तय की और पूछा, "बाबर मियां निकाह क़ुबूल है?"

बाबर झल्लाया, "छह बार क़ुबूल है, तीन बार हमको औ तीन बार शगुफ़्ता को।"

बाबर के अब्बू बोले, "भट...चूतिया कहूं के, काज़ी साहब से अइसे बात करिहौ।"

सेहरा उतारते हुए बाबर उठा और दूल्हा-दुल्हन के बीच में पड़ा पर्दा हटाते हुए शगुफ़्ता से बोला, "शगुफ़्ता तुम आज से हमाई बेगम हो, घर की मलकिन हो। कुछ छुपाएंगे-उपाएंगे नहीं हम, पहले दिन ही देख लेओ हम अइसे ही हैं। तुम आज से संभालो सब, हमें जाना है कुछ लोगों की चुल्ल मिटाने। अल्लाह हाफ़िज़।"

***

फटे हुए पायजामे और कसी हुई शेरवानी के ऊपर नोटों की माला पहने-पहने बाबर जीप से इलाहाबाद के नॉर्थ सेंट्रल रेलवे के स्क्रैप गोदाम चल दिया। गोदाम के अंदर कबाड़ हो चुके ट्रेन के पहिये, बोगी-इंजन के पुर्ज़े और लोहा-लंगड़ भरा पड़ा था। ड्यूटी पर तैनात रेलवे कर्मचारी बाबर के ख़ौफ़ के आगे तमाशबीन बने खड़े थे। कबाड़ के बीच में चांद मुबारक के चेले हम्मन और जग्गा को कुर्सी पर बांधने की तैयारी चल रही थी। गुंडे दोनों को घेरे खड़े थे और एक कोने में बड़े से पतीले में चाय खौल रही थी। जीप रुकने की आवाज़ सुनकर हम्मन और जग्गा की रूह कांप गई। नोटों की माला पहने बाबर गोदाम में घुसा और सीधे चूल्हे पर चढ़े पतीले के पास गया, "अबे कस के खौलाओ चाय, अदरक डाले हो कि नहीं?"

गुर्गा बोला, "भाई एक घंटे से खौल रही है, तीन किलो अदरक डाले हैं।"

गुंडों का घेरा तोड़कर हम्मन अचानक दौड़ा और बाबर के क़दमों में लोट गया, "भाई माफ़ कर दीजिए।"

बाबर हंसा, "अबे तुम्हाई चाय उधार है हम पर, साठ लीटर चाय बनवाए हैं।"

हम्मन गिड़गिड़ाया, "भाई ग़लती से आपके चेहरे पर चाय फेंके थे।"

बाबर ऐंठा, "ग़लती से नहीं भोसड़ी के, चांद मुबारक की रंगबाज़ी में फेंके थे।"

गुर्गों ने हम्मन को बाबर के पैरों से उठाया और उसे नंगा करके खंभे से बांध दिया। बाबर के इशारे पर चार गुर्गे खौलती हुई चाय खंभे के पास लाए और बाबर को एक मग थमा दिया। दूसरे कोने में कुर्सी से बंधा हुआ जग्गा भी समझ गया कि हम्मन के साथ क्या होने जा रहा है। हम्मन बाबर का शैतानी अंदाज़ देखकर रोने लगा। बाबर ने पतीले से मग भरकर चाय निकाली और हम्मन के चेहरे पर फेंक दी। हम्मन तिलमिला उठा, "अरी मोरी मइय्या, अरे दद्दा, हाय अल्लाह।"

बाबर ने मग भर-भरकर खौलती चाय से हम्मन को नहलाना शुरू किया। चाय से ज़्यादा खौल रहा था ख़ुद बाबर। हम्मन के बदन से भाप उठने लगी, खाल सिकुड़ी, फिर उधड़ने लगी। जिस्म लाल नज़र आने लगा और हम्मन

चीख़-चीख़कर बेहोश हो गया लेकिन बाबर रुका नहीं। चाय का पतीला ख़ाली हो गया।

अब बारी थी जग्गा की। बाबर कुर्सी से बंधे जग्गा के पास जाकर बोला, "चाय का उधार तो चुका दिए हम औ तुम भोसड़ी के हमको कंटाप मारे थे, न!"

"भाई सौ कंटाप मार लीजिए मगर माफ़ कर दीजिए," जग्गा ने मिन्नत की।

बाबर के चेहरे पर शैतानी मुस्कुराहट बरक़रार थी। उसने हथेलियां जग्गा को दिखाते हुए कहा, "अबे आजै हमारा निकाह हुआ है, हाथों में मेहंदी लगी है, कंटाप कइसे मारें बे। उरे मर्दवा...हंटर निकालो ज़रा और दो लोग इसे करो नंगा।"

जग्गा बच्चों की तरह रोने लगा और गुर्गों ने देखते-देखते उसे नंगा कर डाला। कांटे लगे हंटर से बाबर ने जग्गा की खाल खींचनी शुरू की। पौन घंटे तक हंटर चलाते-चलाते बाबर थक गया। जग्गा की गर्दन पहले ही लटक चुकी थी। बाबर के हुक़्म पर गुर्गों ने हम्मन और जग्गा की सांस चेक की। हम्मन अभी भी ज़िंदा था मगर जग्गा की मौत हो चुकी थी। बाबर ने गुर्गों को आंख दिखाई। आंखें पढ़ते ही गुर्गों ने हम्मन और जग्गा को जीप में डाल दिया। ख़ामोश खड़े रेलवे कर्मचारी को उंगुली के इशारे से बाबर ने पास बुलाया, "ऑफ़िस में फ़ोन लगा है कहीं?"

"सुपरवाइज़र साहब के दफ़्तर में है पर वो छुट्टी पर हैं," सहमा हुआ कर्मचारी बोला।

बाबर ग़ुस्साया, "तुम्हाई भी छुट्टी कराएं हम? भोसड़ी के दफ़्तर खोल चल के।"

कर्मचारी ने दौड़कर ऑफ़िस खोला और बाबर के लिए सुपरवाइज़र की कुर्सी आगे कर दी। गुर्गे ने डायरी निकाली और बाबर को नंबर बताया। बाबर ने थाना धूमनगंज का नंबर डायल किया। इंस्पेक्टर ने फ़ोन उठाया। बाबर गुर्राया, "बाबर कुरैशी बोल रहा हूं। चांद मुबारक मादरचोद के मर्डर में जो हम्मन औ जग्गा फ़रार थे वो दोनों भोसड़ीवाले कसारी मसारी के जंगल में एकदम नंगे पड़े मिलेंगे तुमको। हम्मन को अस्पताल पहुंचाओ और जग्गा का पोस्टमार्टम कराओ। हम्मन बच जाए तो जेल में ठूंस दो साले को। नोट कर लो ध्यान से औ करके तुरंत बताओ हमें।"

इंस्पेक्टर की बात सुने बिना बाबर ने फ़ोन काट दिया। बाबर की बात सुनते ही दफ़्तर में खड़ा गुर्गा बाहर भागा और जीप पर सवार गुर्गों से बोला, "अबे तुम लोग फ़ौरन भागो यहां से और पुलिस पहुंचने से पहले दोनों को कसारी मसारी में फेंक आओ।"

सुपरवाइज़र की कुर्सी पर बैठा बाबर थोड़ा बेचैन हुआ। नोटों की माला उतारते हुए उसने चेले से कहा, "एक तो साली शेरवानी बहुतै टाइट है यार, साला फूल-वूल सब गांड़ के भीतर तक घुस गए हैं। अबे लौंडे उतार आकर इसे।"

एक चेले ने तोंद पर फंसी हुई शेरवानी उतारी और दूसरे ने नोटों की माला मेज़ से उठाई। बाबर बोला, "माला से नोट नोंचकर निकाल औ चौक में पिंटू इलेक्ट्रॉनिक की दुकान से गिफ़्ट ख़रीदकर घर पहुंच घंटे भर में।"

"क्या गिफ़्ट लेना है भाई?" चेले ने धीरे से पूछा।

"अबे तुम दुकान पहुंचो, वहां गिफ़्ट पैक धरा है।"

दो चेले गिफ़्ट लेने निकल लिए और बाक़ी हम्मन और जग्गा को कसारी मसारी के जंगल में फेंक चुके थे। बाहर खड़े गुर्गे दफ़्तर के अंदर आ गए। बाबर ने रेलवे कर्मचारी से पूछा, "काहे का गोदाम है? साला कबाड़ै भरा पड़ा है चौतरफ़ा।"

रेलवे कर्मचारी बोला, "एमएलए साहब, रेल इंजन, बोगी, पटरियां और रेलवे का जो भी बेकार सामान है वो यहीं भरा जाता है और फिर नीलामी होती है।

बाबर हंसा, "गजबै है ये तो, कउन ख़रीदता है कबाड़ बे?"

हाईस्कूल पास गुर्गा बोला, "भाई स्क्रैप है। कबाड़ का टेंडर पड़ता है। जो ठेकेदार ज़्यादा पैसे का टेंडर डालता है उसको ही लोहा-लंगड़ नीलाम कर दिया जाता है।"

"अबे कबाड़ की कउन ठेकेदारी करता है? औ कित्ते का टेंडर पड़ता है?"

"साहब पूरे देश के नॉर्थ सेंट्रल जोन का टेंडर पड़ता है," रेलवेकर्मी ने ब्यौरा दिया।

गुर्गे ने बाबर का ज्ञान बढ़ाया, "भाई हर साल तीस-चालीस करोड़ की नीलामी होती है। फिर ठेकेदार सारा कबाड़ और ज़्यादा ऊंचे दाम पर कोलकाता,

मुंबई, बड़ौदा, जयपुर, कानपुर बेचते हैं। इन शहरों में कबाड़ गलाया जाता है और कई तरह के सामान बनते हैं इससे, भाई गज़ब मुनाफ़ा है इसमें।"

गैंग, घर और सियासत के बढ़ते खर्चों को पूरा करने के साथ ज़्यादा कमाई का नया जुगाड़ तलाश रहा बाबर कबाड़ के धंधे का आइडिया गहरे तक समझने के बाद घर चल दिया जहां नई-नवेली बीवी शगुफ़्ता उसका इंतज़ार कर रही थी।

***

बिरयानी की ख़ाली देगें किराया भंडार के रिक्शे पर लादी जा रही थीं। बिजली मिस्त्री झालर समेट चुका था और मेहमानों के नाम पर ख़र्राटे भर रहे कुछेक रिश्तेदार बयां कर रहे थे कि निकाह का जश्न घर से रुख़सती ले चुका है। बाबर को शगुफ़्ता के गिफ़्ट का इंतज़ार था। ट्रे में चाय लेकर शगुफ़्ता कमरे में दाख़िल हुई ही थी कि बाबर के चेले गत्ते के दो डिब्बे मेज़ पर रखकर चले गए। शगुफ़्ता ने चाय की प्याली बाबर को थमा दी। बाबर ने कप मेज़ पर रखा और डिब्बा खोला। एक में वीसीआर था और दूसरे में अमिताभ बच्चन की फ़िल्मों की वीडियो कैसेट्स। शगुफ़्ता को बैठने का इशारा करके बाबर ने कैसेट्स बिस्तर पर बिछा दीं। 'डॉन', 'दीवार', 'मुकद्दर का सिकंदर', 'कालिया', 'त्रिशूल', 'काला पत्थर', 'शहंशाह' और न जाने कौन-कौन सी फ़िल्में थीं। 'डॉन' की कैसेट दिखाते हुए बाबर बोला, "हम चांद मुबारक के चमचे थे पर हमें चांद से भी बड़ा डॉन बनना था। हमारे पास एकै तरीक़ा था, अपने से बड़े डॉन को मारकर खुदै सबसे बड़े डॉन बन जाओ। बस एक दिन पलटा दिए हम चांद को। अब हम डॉन औ तुम हमाई लेडी डॉन।"

शगुफ़्ता बोली, "चांद मुबारक को जब आप मारे तब ख़बर पढ़े थे हम अख़बार में।"

बाबर ने 'दीवार' फ़िल्म के बच्चन का अंदाज़ मारा, "अरे जब साला चांद मुबारक फ़ौज लेकर हमें ढूंढ़ते हुए जुम्मन टी-स्टॉल पहुंचा तो हम बोले, पीटर तुम लोग हमें ढूंढ़ रहे हो और हम यहीं बइठे तुम्हारा इंतज़ार कर रहे हैं।"

शगुफ़्ता खिलखिलाई, "दीवाने हैं आप अमिताभ बच्चन के।"

बाबर ने शगुफ़्ता के गालों को गुदगुदाते हुए कहा, "दीवाने नहीं हैं, हम इलाहाबाद के असली बच्चन हैं। वो तो इलाहाबाद छोड़कर बंबई निकल

लिए, हम यहीं खूंटा गाड़े रहेंगे, बच्चन तो हम बन चुके, अब हमें जवाहरलाल नेहरू बनना है। चिचा नेहरू देश के प्रधानमंत्री थे, हम बनेंगे इलाहाबाद के प्रधानमंत्री।"

"आपको डर नहीं लगता?"

"हम काहे डरेंगे, हम खुदै डर का कारखाना चलाते हैं। लाशें बिछाते जाओ, डर फैलाते जाओ। अपने दिमाग़ में घुसेड़ लो ये बात कि जब तक डर है तब तक रंगदारी है, राजनीति है औ बाबर की रंगबाज़ी है।"

बाबर के दबंग अंदाज़ पर शगुफ़्ता फ़िदा थी। निकाह से पहले उसे अच्छी तरह मालूम था कि बाबर खूंखार अपराधी है, बेरहम हत्यारा है, दाग़ी नेता है मगर शगुफ़्ता को सात घोड़ों के रथ पर सवार किसी राजकुमार का इंतज़ार था भी नहीं। उसे तो रसूख़ हासिल करना था। इसीलिए बाबर का रिश्ता आते ही उसकी ज़ुबान पर सिर्फ़ क़ुबूल-क़ुबूल-क़ुबूल था। पढ़ी-लिखी शगुफ़्ता को अंगूठा टेक बाबर ने शादी की रात सारा हिसाब-किताब सौंपकर साबित कर दिया कि शगुफ़्ता ही उसकी वारिस है। शगुफ़्ता ने भी उसी रात फ़ैसला कर लिया कि अब उसे सिर्फ़ बाबर के अंदाज़ में रहना है...निर्दयी, बेख़ौफ़ और रंगबाज़।

***

शादी के प्लेटफ़ार्म पर खड़ा बाबर अब धंधा बढ़ाने की रेलगाड़ी पर सवार होने के लिए बेक़रार था और रेलगाड़ी भी वो जो कबाड़ हो चुकी हो। नॉर्थ सेंट्रल रेलवे के स्क्रैप गोदाम में गुर्गे पहले ही दफ़्तर में मौजूद थे और जनरल मैनेजर बाबर के इंतज़ार में माला लिए बाहर तैनात था। फूल-माला नज़रअंदाज़ करता हुआ बाबर जीएम के दफ़्तर में धड़धड़ाता हुआ घुसा और सीधे उसी की कुर्सी पर बैठ गया, "बोलो जीएम साहब, कित्ते का लोहा-लंगड़ है, अब से बाबर ही बेचेंगे सारा कबाड़।"

"सर, स्क्रैप का टेंडर डाला जाता है," जीएम ने हाथ जोड़े।

बाबर ने मेज़ पर मुक्का मारा, "अरे तो बताओ न किसकी गांड़ में डालना है टेंडर?"

"सर टेंडर तो पड़ चुके हैं, कल खोला जाएगा टेंडर बॉक्स।"

बाबर चिल्लाया, "हां तो बताओ न कउन भोसड़ीवाला डाला है टेंडर?"

"सर लाल बहादुर करवरिया साहब ही बरसों से टेंडर डाल रहे हैं।"

"कउन, वो एमएलए करवरिया मादरचोद?"

"जी सर।"

बाबर ने ग़ुस्से में सवाल दाग़ा, "कहां रखा है टेंडर बक्सा?"

जीएम ने इशारा करके कमरे की लोकेशन बताई और बाबर उसका कॉलर पकड़कर टेंडर रूम तक ले गया। जीएम को इस हालत में देखकर कर्मचारियों ने फ़ौरन टेंडर बॉक्स मेज़ से उतारकर ज़मीन पर रख दिया। बाबर रेलवेकर्मियों और अपने गुर्गों के सामने तहमत उठाकर टेंडर बॉक्स में पेशाब करते हुए बड़बड़ाया, "बता देना करवरिया को, बाबर तुम्हारे मुंह में मूत गए हैं। आज के बाद कोई झटुल्ला रेलवे का काम झांट नहीं करेगा और करेगा तो गांड़ पर गोली मारकर औंधा देंगे।"

बाबर चला गया लेकिन उसके रवैये से सब सन्नाटे में थे। अब उसके निशाने पर नेशनल पीपुल्स कांग्रेस का विधायक लाल बहादुर करवरिया था जो गंगा-यमुना में बालू-मौरंग की माइनिंग के साथ अर्से से रेलवे कबाड़ का धंधा करता था। करवरिया पर केंद्रीय मंत्री कलीम शेरवानी और राज्य मंत्री अशोकराज बाजपेई का हाथ था। करोड़ों के धंधे का एक हिस्सा शेरवानी और बाजपेई को भी जाता था। इन दोनों मंत्रियों ने ही चांद मुबारक को नेशनल पीपुल्स कांग्रेस से टिकट देकर विधायकी का चुनाव लड़वाया था। बाबर की ताक़त और सनक से वाक़िफ़ दोनों मंत्री जानते थे कि अब इलाहाबाद में बाबर से दोस्ती किए बग़ैर कुछ भी नहीं हो सकता है। लिहाज़ा दोनों ने बाबर को इलाहाबाद के सिविल लाइंस में मौजूद होटल कान्हा कॉन्टीनेंटल में मीटिंग के लिए बुलाया। हमेशा आर-पार के मूड में रहने वाला बाबर छोटे भाई तैमूर क़ुरैशी और उसके दोस्त पप्पू गडरिया के साथ होटल पहुंच गया। पप्पू गडरिया दलितों का छुटभैया नेता था लेकिन तैमूर क़ुरैशी से दोस्ती के बाद वो बाबर गैंग का अहम हिस्सा बन गया था। होटल स्टाफ़ बाबर को वेलकम करने खड़ा था। इलाहाबाद में आख़िर कौन था जो बाबर को न जानता हो। ख़ास बात ये थी कि लौंडियाबाज़ी में माहिर तैमूर क़ुरैशी का एक कमरा इसी होटल में हमेशा बुक रहता था। भाई के पैसों पर अय्याशी करने वाले तैमूर क़ुरैशी को अमूमन एक लड़की और लड़की के लिए एक कमरे की ज़रूरत

रहती थी। तैमूर कुरैशी गुंडों और पप्पू गडरिया के साथ ग्राउंड फ़्लोर के रेस्टोरेंट में बैठ गया। केंद्रीय मंत्री कलीम शेरवानी का पीए बाबर को लिफ़्ट से छठी मंज़िल के उस डीलक्स कमरे में ले गया जहां शेरवानी, अशोकराज बाजपेई और विधायक करवरिया उसके इंतज़ार में थे।

कमरे में पड़ी गोल मेज़ की तीन कुर्सियों पर शेरवानी, अशोकराज और करवरिया बैठे थे। सबको सलाम बोलकर चौथी कुर्सी पर बाबर बैठ गया। करवरिया सीधे मुद्दे पर आया, "काहे बाबर, आजकल बहुत पेट्रोल मूत रहे हो तुम?"

बाबर ने झपटकर करवरिया का कॉलर पकड़ा, "दो ठो मंत्रियों को साथ बइठाकर तुम सोच रहे हो कि बाबर की फट जाएगी। अबे ऐसे मंतरी-संतरी औ तुम जैसे विधायक हमाई झांटों में बंधे रहते हैं। औक़ात में रहो वर्ना औक़ात में ला देंगे।"

कलीम शेरवानी बाबर पर बिफर पड़ा, "सेंटर से स्टेट तक हमारी सरकारें हैं बाबर। एक इशारे पर दर्जनों मुक़दमे लद जाएंगे। हमारे सामने एकदम क़ायदे में रहो।"

"शेरवानी तुम क़ायदे में रहोगे तो फ़ायदे में रहोगे।" बाबर ने दोटूक जवाब दिया, "दिल्ली से लखनऊ तक जो उखाड़ते बने उखाड़ लेना। ये इलाहाबाद है औ यहां के डॉन हैं हम। ये करवरिया चूतिया है और तुम चूतिये को चिंगारी समझ रहे हो।"

अशोकराज बाजपेई बोला, "अरे ए बाबर, ये करवरिया सालों से स्क्रैप का धंधा कर रहा है। तुमको क्या लगता है तुम टेंडर बॉक्स पर पेशाब कर दोगे तो करोड़ों का धंधा तुम्हारे पेशाब में बह जाएगा?"

बाबर बौखला गया, "गंगा भी ये खोदेंगे, जमुना भी यही खोदेंगे, करोड़ों की बालू-मौरंग भी ये बेचेंगे औ रेलवे के कबाड़ का टेंडर भी यही समेटेंगे तो हम क्या। गांड़ मराएंगे। करवरिया तुमको जित्ता देता है हम उससे दस परसेंट ज़्यादा देंगे।"

करवरिया चिल्लाया, "हम भी बीस परसेंट बढ़ा देंगे लेकिन धंधा तो नहीं छोड़ेंगे।"

शेरवानी ने चौंकते हुए करवरिया का कंधा सहलाया, "मतलब बीस परसेंट तुम हमें और दे दोगे फिर भी तुमको पैसा बचेगा। अरे विधायक जी

साफ़ बात कहो न कि तुम इतने सालों से हमें सिर्फ़ चवन्नी टिका रहे थे और हम चवन्नी पर टिके थे।"

करवरिया का पोल खोल कार्यक्रम संपन्न होते ही बाबर दांव जीत चुका था। मीटिंग में फ़ैसला सुनाया गया कि कबाड़ की ठेकेदारी अब बाबर करेगा और करवरिया माइनिंग का धंधा पहले की तरह ही संभालेगा लेकिन मंत्रियों को जितना कमीशन देता है उसमें बीस परसेंट बढ़ाकर देगा। फ़ैसले से ख़ुश बाबर तरबूज़ की तरह लाल-लाल हो चुका था। उसने फ़ौरन दम बिरयानी ऑर्डर की। करवरिया की मजबूरी थी कि अपनी पार्टी के आला नेताओं का हुक़्म बजाए, अगर वो ऐसा नहीं करेगा तो न विधायकी बचेगी, न धंधा।

छठी मंज़िल पर बाबर बिरयानी चट कर रहा था और नीचे रेस्टोरेंट में तैमूर क़ुरैशी अपने बॉयफ्रेंड के साथ चायनीज़ खा रही एक ख़ूबसूरत लड़की को ताड़े जा रहा था। लड़का-लड़की तैमूर क़ुरैशी को पहचान चुके थे। लड़की परेशान हो रही थी और लड़का समझ चुका था कि अगर उसने ज़रा सी भी गर्मी दिखाई तो उसे ठंडा कर दिया जाएगा। पप्पू गडरिया ने तैमूर की चिपचिपी नज़रों को समझते ही वेटर को आवाज़ दी। वेटर के आते ही तैमूर बोला, "अबे मेरा कमरा खुलवाओ फ़ौरन।"

"सर रूम सर्विस करा दूं, खाने में क्या लेंगे आप?"

तैमूर क़ुरैशी ने लड़की की तरफ़ इशारा किया, "वो लौंडिया ले आओ, आज उसी को खाएंगे।"

एक वेटर तैमूर क़ुरैशी को कमरे में ले जाने के लिए लिफ़्ट की तरफ़ चल दिया। तैमूर के जाते ही पप्पू गडरिया के साथ तीन गुंडे उठे और लड़के-लड़की की टेबल पर बैठ गए। पप्पू गडरिया ने अपनी पिस्तौल मेज़ पर रखी और ज़ोर से बोला, "अबे वेटर, ये लौंडा हमारे साथ पार्टी करेगा, पेमेंट हमारे खाते में जोड़ लेना।"

लड़का-लड़की ख़ामोश बैठे थे और लोग तमाशा देख रहे थे। तभी वेटर आया और लड़की से लिफ़्ट की तरफ़ चलने का इशारा किया। लड़की पहले से ही सहमी हुई थी लेकिन उसका दिल तब टूट गया जब उसके बॉयफ्रेंड ने भी उसे जाने का इशारा कर दिया। लड़की समझ गई कि न वो बच सकती थी, न उसे कोई बचाने वाला था, लिहाज़ा ख़ामोशी से तैमूर क़ुरैशी के कमरे में चली गई।

बौराया तैमूर कमरे में लड़की को हैवानों की तरह नोंचता रहा और बेबस लड़की बर्दाश्त करती रही। क़रीब एक घंटे बाद लड़खड़ाते क़दमों के साथ लड़की तैमूर के साथ कमरे से बाहर निकली। तैमूर ने लिफ़्ट का बटन दबाया, दरवाज़ा खुलते ही लिफ़्ट में बाबर दिखा। एक तोला हिचकिचाहट के साथ तैमूर लड़की को लेकर लिफ़्ट में घुस गया। बाबर ने पूछा, "अबे, ये लौंडिया कउन है?"

तैमूर मुस्कुराया, "बस भाई, नीचे मिली थी।"

बाबर ने मूंछें ऐंठीं, "छुट्टा सांड हो का बे? ये नीचे-ऊपर करने का शौक छोड़कर धंधे में दिमाग़ लगाओ। हम काम बनाने में लगे हैं, तुम्हें साला काम लगाने का नशा चर्राया रहता है। चलो लौंडिया को छोड़कर घर पर मिलो।"

लिफ़्ट का दरवाज़ा खुला और होटल स्टाफ़ बाबर की तरफ़ दौड़ पड़ा। तेज़ चहलक़दमी देखकर रेस्टोरेंट में बैठे गुर्गे भी पप्पू गडरिया के साथ बाबर की तरफ़ भागे। बाहर आकर बाबर ने पप्पू गडरिया को घूरा, "तुम तैमूर को काहे बिगाड़े पड़े हो बे?"

पप्पू ने सिर झुका लिया, "नहीं भाई, ऐसा नहीं हैं।"

बाबर फिर बोला, "संभालो तैमूर को, लौंडियाबाज़ी में गीले रहते हैं हर वक़्त।"

"जी भाई," पप्पू गडरिया ने बात टाली।

बाबर चला गया। पप्पू गडरिया फिर होटल की तरफ़ पलटा। शीशे के दरवाज़े पर खड़ा तैमूर कुरैशी बाबर के जाते ही लड़की का हाथ खींचकर रेस्टोरेंट की तरफ़ बढ़ा। सामने खड़े बॉयफ्रेंड ने जैसे ही लड़की को गले लगाने कोशिश की, तैमूर ने भन्न से कंटाप मारकर उसे फैला दिया।

"चूतिये, अब ये तेरी गर्लफ्रेंड नहीं, तैमूर कुरैशी का माल है। इसे छुआ भी तो तुम्हारी लुल्ली नोंचकर गुल्ली-डंडा खेलेंगे," कॉलर पकड़कर लड़के को उठाते हुए तैमूर कुरैशी ने धमकाया।

गर्लफ्रेंड शब्द की रूमानियत में तैर रही लड़की समझ चुकी थी कि आर्चीज़ गैलरी के कार्ड्स, मिल्स एंड बून की किताबों, कोल्ड ड्रिंक्स के साथ पिज़्ज़ा शेयर करने वाली डेट्स और आई लव यू की दुनिया में सिर्फ़ बॉयफ्रेंड मिलते हैं, मर्द नहीं। लड़का तैमूर कुरैशी और उसके गुंडों से लड़कर मर जाता तो लड़की शायद उसकी यादों के सहारे ज़िंदगी गुज़ार लेती। मगर सच तो ये था कि ख़ुद को बचाने के लिए लड़के ने लड़की को आगे कर दिया। तैमूर ने लड़के को

हुक़्म दिया कि वो जब और जहां भी कहेगा लड़की को लेकर लड़का उसके पास आएगा। इतना सुनते ही लड़के के मुंह पर थूकते हुए लड़की तैमूर कुरैशी से बोली, "तुम जब कहोगे मैं आ जाऊंगी पर एक शर्त है।"

तैमूर ने मखौल उड़ाया, "जब चाहूं तुमको उठवा लूं, मगर चलो, शर्त बताओ तुम?"

"फ़ितरत से नामर्द इस लड़के को जिस्म से नामर्द बना दो," लड़की की ज़ुबान से लावा फूट पड़ा।

तैमूर कुरैशी लड़के को गिरहबान से पकड़कर होटल के बाहर लाया और अपने गुंडों की तरफ़ धकेल दिया। गुंडों ने लड़के को गाड़ी की डिग्गी में ठूंस दिया। गाड़ी में बैठने से पहले तैमूर कुरैशी ने एक गुर्गे से लड़की को घर तक छोड़ने को कहा और ख़ुद कसारी मसारी चल दिया। घर की तरफ़ जा रही लड़की मौन सी गुड़िया की तरह बस यही सोच रही थी कि रिश्तों के इस जंगल में आज एक गीदड़ ख़ारिज हो गया और जो दाख़िल हुआ वो शेर नहीं...भेड़िया था।

***

मुन्नालाल पत्रकार बाबर के फ़्लैशबैक से जुड़ी दो बेहद ख़तरनाक वारदातों को ज़ुबानी सुनने के लिए कैमरामैन सिंटू दुबे के साथ अशोक नगर इलाक़े में मौजूद आलोक साहू के घर पहुंच चुका था। आलोक साहू अब दीवार पर फ़ोटो बनकर लटका हुआ था। घर में बेवा बीवी, दो बच्चे और रोती-बिलखती मां ही बची थी। आलोक साहू की फ़ोटो के आगे खड़े होकर मुन्नालाल ने कैमरे पर कमेंट्री शुरू की—

'बाबर कुरैशी तीसरी बार एमएलए बन चुका था। उत्तर प्रदेश में मिलीजुली सरकारों का दौर था। लोहिया समाज पार्टी के नेता कठोर सिंह यादव और दलित समाज पार्टी सुप्रीमो महादेवी जाटव की गठबंधन सरकार यूपी में सत्तासीन थी लेकिन इलाहाबाद में बाबर कुरैशी की सत्ता का डंका बदस्तूर बज रहा था। रेलवे कबाड़ की ठेकेदारी के नाम पर बाबर ने सरकारी लूट मचा रखी थी। उसके आगे ढेर हो चुका रेलवे महकमा लाखों का माल हज़ारों में बेच रहा था और बाबर करोड़ों छाप रहा था। पैसे और दबंगई के दम पर नेशनल पीपुल्स कांग्रेस से लेकर लोहिया समाज पार्टी तक बाबर की जेब में थीं। छोटा भाई

तैमूर हर रोज़ अय्याशी की घिनौनी इबारत लिख रहा था और भाई की अंधी मोहब्बत में पगलाया बाबर तैमूर की वहशत पर पर्दा और मासूम ज़िंदगियों पर क़फ़न डाल रहा था।'

कमेंट्री करने के बाद मुन्नालाल पत्रकार ने आलोक साहू की मां और बेवा को कैमरे के सामने बैठाया और फिर शुरू हुई बेहद दर्दनाक कहानी की ज़ुबानी रिकॉर्डिंग। आलोक की बीवी ने बताया कि उस दिन छोटे बेटे का बर्थडे था। आलोक सिविल लाइंस इलाक़े में बच्चे के लिए गिफ़्ट ख़रीदने गए थे और गली से कार निकाल ही रहे थे कि अचानक मेन रोड से तैमूर कुरैशी की गाड़ी गली में मुड़ गई। गली संकरी थी जिससे एक वक़्त में एक गाड़ी ही निकल सकती थी। तैमूर को ऐंठ थी कि आलोक गाड़ी बैक करे जबकि बैक करना बेहद मुश्किल था। आलोक गाड़ी बैक करता भी तो कम से कम चार सौ मीटर गाड़ी पीछे ले जानी पड़ती। तैमूर चाहता तो मेनरोड पर पांच फ़ुट बैक करके रास्ता बना सकता था और बात ख़त्म हो जाती। लेकिन वो तो गुंडा था, बाबर का भाई था लिहाज़ा चिल्लाया, "पीछे कर बे गाड़ी।"

आलोक ने गाड़ी का शीशा उतारा, "तुम पीछे कर लो मेरे भाई, गली से दो गाड़ियां एक साथ कैसे निकलेंगी।"

तैमूर कुरैशी हॉर्न पर हॉर्न देने लगा। बेवजह की ज़िद्द पर झल्लाया आलोक गाड़ी लॉक करके पान की दुकान से सिगरेट लेने लगा। साहू ने सिगरेट सुलगाई ही थी कि तैमूर गाड़ी से उतरा और झपटा। साहू संभलता इससे पहले ही तैमूर ने धक्का देकर उसे गिरा दिया। ज़मीन पर गिरे साहू ने पान की दुकान के नीचे रखी कोल्ड ड्रिंक की क्रेट से एक ख़ाली बोतल उठाई और तैमूर के पैर पर दे मारी। इस हमले से तैमूर के पैर का नाख़ून उखड़ गया और वो बिलबिलाकर दूर हट गया। तब तक भीड़ जुट चुकी थी। कुछ तैमूर को पहचानते थे और कुछ आलोक साहू की तरह ही नावाक़िफ़ थे। सीधे-सादे इलाहाबादियों में से कोई भी फटे में टांग नहीं अड़ाना चाहता था। कराहता हुआ तैमूर पास पड़े स्टूल पर बैठ गया। मौक़ा देखकर साहू फ़ुर्ती से उठा और तैमूर की गाड़ी बैक करके मेन रोड पर खड़ी कर दी।

तैमूर की तरफ़ चाबी उछालकर साहू ने अपनी गाड़ी स्टार्ट की और तेज़ी से निकल गया। साहू के जाते ही भीड़ में कुछ कालगृह टाइप के लोगों ने तैमूर को साहू की गाड़ी का नंबर लिखकर दे दिया। तैमूर ने मोबाइल से गुर्गे को फ़ोन किया

और गाली देते हुए आरटीओ से फ़ौरन गाड़ी मालिक का नाम पता करने का फ़रमान सुनाया। बीस मिनट में तीन गाड़ियों से गैंग के गुंडे पहुंचे और तैमूर को अस्पताल ले गए। आरटीओ से आलोक साहू का नाम और मोबाइल नंबर पता चलते ही तैमूर ने कॉल करके साहू को जान से मारने की खुली धमकी दे डाली। अब साहू समझ चुका था कि आख़िर उसने किस खूंखार कुनबे से मोर्चा खोल लिया है। घर पहुंचते ही साहू ने मेनगेट पर ताला डाला फिर बीवी-बच्चों और मां को लेकर नैनी इलाक़े में अपनी ससुराल भाग गया।

पुलिस भी बाबर की ग़ुलाम थी। सर्विलेंस से सिर्फ़ इतनी ख़बर मिली कि आलोक ने चकिया के आसपास मोबाइल बंद कर दिया था। रिश्तेदारों और आस-पड़ोस से पूछताछ में पता चल ही गया कि आलोक ससुराल में छिपा है। बाबर के नाम से थर्राई साहू की मां ने आलोक को बाबर के घर जाकर माफ़ी मांगने को कहा। डरते-डराते साहू सीधे बाबर के घर पहुंच गया जहां लॉन में दरबार लगा हुआ था। दर्जनों की भीड़ में साहू आधे घंटे हाथ जोड़े खड़ा रहा। थोड़ी देर बाद बाबर ने पूछा, "हां बाबू बोलो, काहे हाथ जोड़े खड़े हो इत्ती देर से?"

साहू ने लपककर बाबर के पैर पकड़ लिए, "भाई हमें माफ़ कर दीजिए।"

बाबर भीड़ की तरफ़ देखते हुए हंसा, "अबे हुआ क्या, काहे मिनमिना रहे हो बाबू?"

"भाई, हम तैमूर भाई को पहचानते नहीं थे, ग़लती हो गई हमसे।" साहू रोने लगा।

बाबर ने चुटकी बजाई, "अबे तुम हो साहू? अबे चूतिये गाड़ी पीछे कर लेते तो काहे रंडी रोना में फंसते। ज़ात से बनिया हो न, तो तेल बेचो, काहे डॉन बन गए?"

"भाई गली बहुत पतली थी, कार बैक नहीं कर सकते थे।"

"अबे तो अब भी तो गली में फंसे हो, न बैक हो सकते हो न फ्रंट।"

"एमएलए साहब हमारे दो छोटे-छोटे बच्चे हैं।"

खिलखिलाते हुए बाबर ने नौकर को आवाज़ दी, "अबे लौंडे, शर्बत पिलाओ इसे।"

नौकर दौड़कर शर्बत लाया। बाबर ने पुचकारते हुए साहू को बगल में बैठाया। डर से कांप रहे साहू ने इंकार पर इंकार किया लेकिन बाबर ने साहू

के मुंह में गिलास घुसेड़कर जबरन उसे शर्बत पिला ही दिया। सबकुछ देख रहे तमाम फ़रियादी मुस्कुराए जा रहे थे। बाबर ने पगड़ी की लटकन से साहू के आंसू और मुंह पोंछते हुए साहू से वादा किया कि उसे कुछ नहीं होगा। सामने मेज़ पर रखा लड्डू का डिब्बा उठाकर बाबर ने साहू को दिया और बेफ़िक्र होकर घर जाने को कहा। सहमा हुआ साहू उठा और बाबर के पैर छूकर वापस जाने लगा। तभी बाबर गुर्राकर बोला, "अबे तुमको बोतल नहीं मारनी चाहिए थी, तैमूर के पैर का नाख़ून उखड़ गया है। देखे हो कित्ता ख़ून निकला है! ख़ैर, चलो फूटो यहां से, हम माफ़ किए तुमको।"

साहू अभी भी दहशत में था। हिम्मत जुटाकर उसने दोबारा बाबर के पैर छुए और बाहर आकर कार से ससुराल की तरफ़ निकल पड़ा। उसके जाते ही बाबर ने तैमूर को फ़ोन मिलाया। कॉल उठते ही बाबर बोला, "अबे तुम पूरा इलाहाबाद छाने पड़े हो औ वो बनिया साला यहां आया था।"

तैमूर चौंका, "हम अनापुर रेलवे क्रॉसिंग पर हैं, साले को वहीं रोकिए।"

बाबर ग़ुस्साया, "बनिया भी बीस मिनट में रेलवे फाटक पर पहुंच जाएगा।"

"जी भाई, उससे यहीं मिल लेते हैं।" तैमूर ने जवाब दिया।

बाबर ग़ुस्साया, "फ़ोन मत करना उसे, बस फाटक पर इंतज़ार करना।"

तैमूर कुरैशी समझ गया, "जी भाई, फ़ोन नहीं करेंगे।"

"फ़ोन रखो, शताब्दी का भी वक़्त हो गया है," बाबर धीरे से बोला।

अगले दिन अख़बार में फ़ोटो के साथ ख़बर छपी 'शताब्दी एक्सप्रेस से कार टकराई, इलाहाबाद के व्यापारी आलोक साहू की दर्दनाक मौत'।

बाबर का काफ़िला आलोक साहू के घर पर रुका। लंगड़ाते हुए तैमूर के साथ बाबर अंदर पहुंचा तो बच्चों को गोद में लिए आलोक की बेवा और मां का रो-रोकर कलेजा फटा जा रहा था। बाबर के इशारे पर रिश्तेदार और मोहल्लेवाले बाहर चले गए। बाबर ने तैमूर के हाथ से लड्डू का डिब्बा लिय। और बीवी के सामने खोलकर रख दिया। डिब्बे में मिट्टी, गंदगी और ख़ून से सने लड्डुओं के साथ मांस के टुकड़े भी थे। ख़ून से खेलने वाले बाबर ने ठंडे सुर में अफ़सोस जताया, "हम ही तो कल बच्चों के लिए लड्डू दिए थे साहू को। हमें का पता था अब लड्डू तेरहीं में खाने पड़ेंगे।"

"बेटा अब हम कैसे जिएंगे?" साहू की मां बिलखने लगी।

बाबर के चेहरे पर शैतान साफ़ दिख रहा था, "अरे राम-राम, अम्मा हमाये रहते ज़िंदा रहने की चिंता एकदम न करो। साहू मर गया है, अब हम कउनो को नहीं मारेंगे।"

"कौन कमाएगा, कौन पालेगा बच्चों को?" बेवा की डरी हुई नज़रें कल की फ़िक्र में थीं।

"अरे भाभी तुम बैठो दुकान पर। हमारा वादा है कि मेरे भाई ने दुकान पर क़ब्ज़ा किया तो हम मार-मारकर भूसा भर देंगे इनके।" बाबर ने तैमूर के गाल पर चपत लगाई।

साहू के परिवार को बाबर की धमकी समझ में आ रही थी। बाबर ने साहू के दोनों बच्चों को जांघों पर बैठा लिया और अचानक उसकी बीवी के बाल खींचते हुए बोला, "मेरे भाई का नाख़ून उखाड़ा था साहू ने, देखो साले के हाथ-पांव, गर्दन सब उखड़ गए। बच्चों को हर रोज़ याद दिलाना कि बाबर चाचा आए थे औ लड्डू के डिब्बे में तुम्हारे बाप के लोथड़े लाए थे।"

धमकी देकर बाबर उठा और घर के बाहर भीड़ को तरेरता हुआ चला गया। गुंडों ने मातम में आई भीड़ को भगा दिया। साहू की लाश को चार कांधे नसीब होना मुश्किल पड़ गया। ख़ौफ़ का माहौल बनाने में माहिर बाबर ने एक बार फिर इलाहाबाद को बता दिया कि लोगों को सिर्फ़ ख़ामोश नहीं बल्कि गूंगा, अंधा और बहरा बनकर रहना है। कान सुनेंगे तो केवल बाबर की धमकी, आंखें खुलेंगी तो देखेंगी बाबर का आतंक और ज़ुबान कभी खुली भी तो बाबर के ख़िलाफ़ गवाही नहीं देगी।

***

सड़क पर हुई एक बेहद मामूली सी वारदात में पूरे कुनबे को बर्बाद करने वाला क़िस्सा रिकॉर्ड करने के बाद मुन्नालाल पत्रकार आलोक साहू के घर से उठा और कैमरा टीम लेकर ज़ैदुद्दीन अंसारी उर्फ़ ज़ैद ख़लीफ़ा के घर की तरफ़ बढ़ लिया। ज़ैद ख़लीफ़ा बाबर गैंग का अहम गुर्गा था लेकिन ख़ून से सनी एक कहानी का हिस्सा वो भी था। इलाहाबाद के लेटे हनुमान मंदिर के बाहर ज़ैद ख़लीफ़ा मुन्नालाल से मिला। कैमरा सेट करके मुन्नालाल ने माइक लगाया और ज़ैद ख़लीफ़ा ने बताया कि तीसरी बार विधायक बनने के दौरान उसकी

मुलाक़ात बाबर से हुई थी। बाबर के साथ रहने की वजह से ज़ैद का भी क़द और ख़ौफ़ बढ़ता जा रहा था। मगर बाबर किसी की भी तरक्की से ख़फा हो जाता था और उस शख़्स को औक़ात में लाने का कोई मौक़ा नहीं छोड़ता था। ज़ैद ने बताया कि बाबर एक ख़ुदपरस्त इंसान है। शायद बाबर चाहता ही नहीं था कि कोई दूसरा बाबर पैदा हो। मुन्नालाल को ज़ैद ने बताया कि महाकुंभ का माहौल था। बाबर चौथी बार चुनाव लड़ने की तैयारी कर रहा था। उस दिन कसारी मसारी की हवेली में दलित नेता और बाबर गैंग के ख़ास पप्पू गडरिया ने बाबर के दोनों बेटों की बर्थडे पार्टी दी थी। वली पांच साल का था और फ़हद चार का। दोनों बेटों की उम्र में सिर्फ़ एक साल का फ़र्क था लेकिन डेट ऑफ़ बर्थ एक ही थी। हवेली में मेहमानों की भीड़ थी। ज़ैद ने बताया कि उस दिन वो बड़ी मुसीबत में था। पार्टी चल ही रही थी कि ज़ैद अपनी मर्सडीज़ कार से बाबर के घर पहुंचा। बाबर इलाहाबाद के मेयर और सुपरिंटेंडेंट ऑफ़ पुलिस को विदा करने हवेली के फाटक पर ही खड़ा था। ज़ैद फ़ुर्ती से गाड़ी से उतरा और आंसू पोंछते हुए अपनी परेशानी बताने बाबर के पास पहुंचा। ज़ैद की गाड़ी देखते ही बाबर कुढ़ गया, "बड़ी महंगी गाड़ी ख़रीदे हो ज़ैद?"

ज़ैद बुदबुदाया, "मर्सडीज़ है भाई, क़रीब सत्तर लाख की है।"

"हम तो इलाहाबाद में ये गाड़ी कहीं नहीं देखे हैं।" बाबर ने भौंहें चढ़ाईं।

"भाई, इलाहाबाद की पहली और इकलौती मर्सडीज़ गाड़ी है।"

बाबर भन्ना गया, "हमाये सामने ज़्यादा कुतुबमीनार न बनो, औक़ात में रहो।"

बाबर के साथ इलाहाबाद के बड़े-बड़े लोग खड़े थे। आसपास चेलों-गुर्गों की भीड़ थी। शहर का मेयर और एसपी भी तमाशा देख रहे थे। वैसे तो ज़ैद का भी अपना रसूख़ था पर आज मुसीबत की घड़ी में उसे बाबर से मदद की दरकार थी। मगर मर्सडीज़ कार देखकर बाबर राख हो चुका था और राख हो चुके बाबर ने उसे सबके सामने बेइज़्ज़त कर दिया था। बाबर यहीं नहीं रुका, उसने ज़ैद के जूते उतरवाए और उसे नंगे पैर घर तक जाने का हुक़्म सुनाया। ये सज़ा थी ज़ैद की और उसका जुर्म था महंगी और इलाहाबाद की इकलौती गाड़ी ख़रीदना। मजबूर ज़ैद पैदल चलने को हुआ तभी बाबर फुफकारा, "अबे ए ख़लीफ़ा, टैंपो-रिक्शा, बस पर नहीं बैठोगे। तुम घर पहुंचो, हम भी पीछे-पीछे आ रहे हैं, समझे?"

आंखों में आंसू और भारी मन लिए ज़ैद बाइस किलोमीटर दूर अपने घर कई घंटों बाद पहुंच पाया। पीछे-पीछे बाबर भी ज़ैद की मर्सडीज़ से आ धमका। थककर चूर हो चुके ज़ैद के पैरों में छाले पड़ गए थे और वो मुसलसल रोए जा रहा था। बाबर ने ज़ैद को गाड़ी के अंदर बुलाया, दस लाख रुपए टिकाये और बोला, "दस लाख धरो, ये तुम्हाई गाड़ी की क़ीमत है। अब इस गाड़ी से हम चलेंगे तुम मारुती ख़रीद लो।"

बाबर को दस लाख वापस करते हुए ज़ैद ने कहा, "भाई, पैसा आपका, गाड़ी भी आपकी। मुझ पर तो क़हर टूट पड़ा है, दस दिन से परेशान हूं, आज नहीं रहा गया तो आपके पास आया था कि मुझे मुसीबत से आप ही बाहर निकाल सकते हैं।"

"का हुआ, काहे रो रहे हो तबसे?" बाबर ने पैसे पिछली सीट पर फेंकते हुए पूछा।

ज़ैद ने बाबर को बताया कि उसकी बहन फ़ातिमा मसरूर उसके ड्राइवर अमरजीत के साथ भाग गई है। रिश्तेदारों और सहेलियों से पूछा लेकिन दस दिनों से कोई अता-पता नहीं है। बाबर के पूछने पर ज़ैद ने बताया कि अमरजीत पिछले तीन साल से फ़ातिमा को कॉलेज लाता-ले जाता था। आगबबूला बाबर ने ज़ैद को तीन-चार तमाचे मारे, "लौंडिया इश्क़ लड़ाती रही और तुम अंधे बने रहे। अम्मी-अब्बू क्या कर रहे थे? साले तुम्हाई नहीं, बाबर की नाक कट गई है।"

ज़ैद ने हाथ जोड़े, "जान से प्यारी है फ़ातिमा मुझे, बस उसे तलाश दीजिए भाई।"

बाबर ने तुरंत एसटीएफ़ के एक दरोगा को फ़ोन करके फ़ातिमा और अमरजीत के मोबाइल नंबर दिए और लोकेशन तलाशने को कहा। दरोगा ने दो-तीन दिन का वक़्त मांगा। बाबर बौरा गया, "सुन बे दरोगा, परसों मुख्यमंत्री आ रहे हैं कुंभ मेले में, तब तक लौंडिया और ड्राइवर न मिले तो तुम्हाई वर्दी के सितारे नुचवा देंगे।"

ज़ैद के आंसू नहीं थम रहे थे और बाबर धधक रहा था। बाबर इस ताक़ीद के साथ अपने घर चल दिया कि फ़ातिमा के भागने की ख़बर किसी को नहीं लगनी चाहिए। फ़ातिमा ने कई बार ज़ैद को अमरजीत के बारे में बताना चाहा लेकिन

बाबर के डर से उसकी ज़ुबान कभी खुल नहीं पाई। ये मोहब्बत ड्राइवर के साथ भाग जाने जैसी ओछी दुनियादारी से कहीं ऊंची थी। मगर इस लव स्टोरी का नाकाम होना तय था क्योंकि फ़ातिमा रसूख़दार घर की थी और अमरजीत ड्राइवर। एक हिंदू था और एक मुसलमान। फ़ातिमा जानती थी कि ज़ैद भले ही अमरजीत को क़ुबूल कर ले लेकिन बाबर के रहते ये नामुमकिन था। ज़ैद को बहन की ग़ैर मज़हब में शादी से ज़्यादा ख़ून-ख़राबे की दहशत थी। ज़ैद जानता था कि बाबर को अगर फ़ातिमा के भाग जाने की भनक भी लगी तो हिंदू-मुस्लिम मसले पर वो अमरजीत को मरवाकर फिंकवा देगा। लेकिन बाबर से हुई बातचीत के बाद अब ज़ैद को भरोसा हो चला था कि कोई मारकाट नहीं होगी और उसकी बहन भी मिल जाएगी।

दो दिन बाद कुंभ में अग्निकुंड अखाड़े के साधुओं के बीच बाबर अपने भाई तैमूर, पप्पू गडरिया और ज़ैद ख़लीफ़ा के साथ मुख्यमंत्री कठोर सिंह यादव से मिलने पहुंचा। कठोर सिंह यूं भी गुंडों-माफ़ियाओं के मुरीद थे। उनका मानना था कि एक डॉन सिर्फ़ अपनी ही नहीं, आसपास की तीन-चार और सीटें जिताने का भी दम रखता है। मऊ, गाज़ीपुर, फ़ैज़ाबाद, जौनपुर, गोरखपुर, बुलंदशहर, कानपुर से लेकर बीहड़ बेल्ट में डाकुओं और माफ़ियाओं को टिकट देकर वो ज़्यादा से ज़्यादा सीटें लोहिया समाज पार्टी के खाते में लाने की योजना बना चुके थे। बाबर उसी योजना का हिस्सा था। ये वही वक़्त था जब राजनीति में गुंडों और अपराधियों को खद्दर का कुर्ता पहनाकर उन्हें सियासी संरक्षण देना चलन बन चुका था। बाबर ने सारे चुनाव निर्दलीय जीते थे लेकिन हर सरकार ने उसे जेल की सलाख़ों से बचाए रखा। मीटिंग में कठोर सिंह यादव ने भरोसा दिलाया कि अगला चुनाव वो बाबर को पार्टी सिंबल पर लड़ाएंगे। मीटिंग ख़त्म ही हुई थी कि तैमूर कुरैशी का फ़ोन घनघनाया। फ़ोन सुनते ही तैमूर कुरैशी पप्पू गडरिया और गैंग के साथ निकल गया। साधुओं से आशीर्वाद लेकर और बाबर को आशीर्वाद देकर मुख्यमंत्री का काफ़िला भी थोड़ी देर में रवाना हो गया।

मुख्यमंत्री के जाते ही ज़ैद ने बताया कि उसकी बहन फ़ातिमा और अमरजीत पुलिस को मिल गए हैं और तैमूर उन्हें लेने गया है। बाबर ने वक़्त बर्बाद किए बिना तैमूर को फ़ोन मिलाया और हुक्म दिया कि फ़ातिमा और अमरजीत को ट्रक से कुचलकर मार डालो। बाबर का फ़रमान सुनते ही ज़ैद के

पैर कांपने लगे। भर्राई आवाज़ में ज़ैद बोला, "भाई फ़ातिमा लाड़ली है मेरी, ख़ुदा के लिए मरवाइए नहीं।"

बाबर का चेहरा कसाई सा ठंडा था जिसे न जानवर को रेतने में तक़लीफ़ होती है न कटे जानवर की बोटियां करने में, "अबे फ़ातिमा नापाक हो चुकी है, मरने दे।"

"भाई अमरजीत को फ़र्ज़ी केस में फंसाकर जेल में सड़ा देंगे। फ़ातिमा का कहीं निकाह करा देंगे। मैं वादा करता हूं आप जिस लड़के से कहेंगे मैं छुटकी को निकाह के लिए राज़ी कर लूंगा," ज़ैद ने बाबर के पैर पकड़ लिए।

बाबर ग़ुस्साया, "अबे चूतिये, अब तक बीसियों बार ठुंक चुकी होगी, कौम के किस लौंडे को धोखा देकर बासी माल परोसोगे? क्या कहोगे हिंदू से ठुंककर आई है तुम्हाई बहन?"

रोता-बिलखता ज़ैद बाबर के साथ उसके दफ़्तर पहुंच गया। चार घंटे बस यूं ही रोने-धोने, डांट और धमकी में गुज़र गए। ज़ैद ने कई बार बहन से मिलाने की मिन्नत की लेकिन बदले में थप्पड़ और सिर्फ़ थप्पड़ ही खाए।

अंधेरा हो चुका था कि तभी तैमूर ने फ़ोन पर बताया कि उसने ख़ुद फ़ातिमा और अमरजीत को ट्रक से उड़ा दिया है। रो-रोकर थक चुका ज़ैद कुर्सी से गिर पड़ा।

ज़ैद को ज़मीन से उठाते हुए बाबर फ़ोन पर बोला, "चूतिये टक्कर नहीं मारनी थी, कुत्तों की तरह कुचलना था। सड़क पर लाशें लिटाओ फिर दस-पंद्रह बार कुचलकर पापड़ बना दो। पता न चले कुत्ते मरे हैं या इंसान।"

फ़ातिमा मर चुकी थी। ज़ैद टूट चुका था और बाबर ने साबित कर दिया था कि बात जब जुर्म की हो तो मसला न धर्म का रहता है, न ज़ात का, न रोड रेज का, न ऑनर किलिंग का। फ़ातिमा और अमरजीत के क़त्ल में एक ट्रक ड्राइवर ने ख़ुद थाने में सरेंडर करके एक्सीडेंट का ज़िम्मा ले लिया, जिसे ग़ैर इरादतन हत्या के जुर्म में जेल भेज दिया गया। बाबर ने जुर्म क़ुबूलने की एवज़ में उसके परिवार को मोटी रक़म और सज़ा काटने तक पूरी देखभाल का वादा दिया। ज़ैद ने मन ही मन बाबर से दुश्मनी तो मान ली लेकिन दुश्मन से बदला लेने की न तो उसमें हिम्मत थी, न ही दुश्मनी निभाने की हैसियत। ज़ैद की कहानी के साथ मुन्नालाल पत्रकार ने बाबर के फ़्लैशबैक पर बन रही डॉक्यूमेंट्री का

दूसरा एपिसोड 'मैं हूं, मैं हूं, मैं हूं डॉन!' पूरा कर लिया और तीसरा एपिसोड शूट करने चल दिया।

पॉलिटिक्स का पाताललोक (2003-07)

लोहिया समाज पार्टी के अध्यक्ष कठोर सिंह यादव ने कुंभ में किया वादा निभाया और पार्टी की टिकट पर बाबर को विधानसभा का चुनाव लड़ाया। बाबर लगातार चौथी बार विधायक बना। चुनाव में किसी भी पार्टी को बहुमत नहीं मिला। दोबारा चुनाव से बचने के लिए कठोर सिंह यादव ने दलित समाज पार्टी सुप्रीमो महादेवी जाटव से हाथ मिलाया और मिलीजुली सरकार बना ली। तय किया गया कि पहले ढाई साल महादेवी मुख्यमंत्री बनेंगी और दूसरे ढाई साल कठोर सिंह। महादेवी सरकार क़रीब ढाई साल चली, जिस दौरान कठोर सिंह ने चहेते अफ़सरों की तैनाती और दलित समाज पार्टी के विधायकों को तोड़ने की हर कोशिश की। महादेवी की सियासी समझ इशारा कर चुकी थी कि अगर कठोर सिंह को ढाई साल के लिए मुख्यमंत्री बनाया गया तो पार्टी टूट जाएगी और अगला चुनाव वो कभी जीत नहीं पाएगी। लिहाज़ा महादेवी ने समर्थन वापस लेकर सरकार गिराने का फ़ैसला कर लिया और सर्किट हाउस में विधायकों की मीटिंग बुलाई। इधर मीटिंग चल रही थी, उधर कठोर सिंह ने महादेवी पर हमला बोलने का ऐलान कर दिया। हमला बोल आंदोलन की कमान कठोर सिंह ने बाबर कुरैशी को सौंप दी। डॉन बाबर ने अपने गुंडों और लोहिया समाज पार्टी के विधायकों के साथ मिलकर सर्किट हाउस पर धावा बोला और दलित समाज पार्टी के एक-एक विधायक को घसीट-घसीटकर पीटा। समर्थन अभी तक वापस नहीं हुआ था इसलिए पुलिस और प्रशासन कठोर सिंह के इशारे पर कठपुतली की तरह नाच रहे थे। बाबर चौथी बार विधायक तो बन गया था लेकिन अभी तक उसे ये तमीज़ नहीं थी कि गुंडई भले ही असलहों से चलती हो पर राजनीति दिमाग़ से की जाती है। लिहाज़ा खोपड़ी से पैदल बाबर गुंडों के साथ महादेवी के कमरे का दरवाज़ा तोड़ने लगा और जब नहीं टूटा तो गैस सिलेंडर रखकर उसमें आग लगा दी। ज़ोरदार धमाके के साथ पूरे सर्किट हाउस में भगदड़ मच गई। महादेवी के कमरे का दरवाज़ा टूट

गया। बाबर बौरा चुका था। दरवाज़ा टूटते ही वो कमरे में घुसा और महादेवी के कपड़े फाड़ने लगा। दहशतज़दा महादेवी की रूह चिल्ला-चिल्लाकर कह रही थी कि आज उसकी हत्या हो जाएगी।

ठीक इसी वक़्त भारतीय राष्ट्रवादी पार्टी के दर्जनों विधायक और कार्यकर्ता लोहिया समाज पार्टी के लोगों पर टूट पड़े। दोनों तरफ़ से जमकर फ़ायरिंग हो रही थी, कि ख़बर केंद्र तक पहुंच गई। केंद्र सरकार ने फ़ौरन अफ़सरों को सख़्त कार्रवाई के आदेश दिए। लाठीचार्ज शुरू हो गया और किसी तरह महादेवी को वहां से निकाला गया। कठोर सिंह के कहने पर केंद्र ने किसी को गिरफ़्तार तो नहीं किया लेकिन रात में ही प्रेस कॉन्फ्रेंस करके महादेवी ने समर्थन वापस ले लिया और भारतीय राष्ट्रवादी पार्टी ने महादेवी को सपोर्ट देकर दोबारा मुख्यमंत्री बना दिया। इस बार महादेवी और भारतीय राष्ट्रवादी पार्टी के बीच समझौता हुआ कि दोनों पार्टियों का मुख्यमंत्री एक-एक साल रहेगा। कठोर सिंह और उनकी पार्टी के दर्जनों विधायकों के साथ बाबर पर भी मुक़दमे दर्ज हुए। लेकिन केंद्र में बैठी नेशनल पीपुल्स कांग्रेस भी अपना ही खेल खेल रही थी। वो न तो महादेवी से रिश्ते ख़राब करना चाहती थी, न ही कठोर सिंह से पंगा लेने के मूड में थी। केंद्र का मक़सद सिर्फ़ यही था कि किसी भी तरह भारतीय राष्ट्रवादी पार्टी सत्ता में न आए। हुआ भी यही। केवल एक साल में ही भारतीय राष्ट्रवादी पार्टी और महादेवी का गठबंधन टूट गया। यूपी में राष्ट्रपति शासन लागू हो गया।

उत्तर प्रदेश पॉलिटिक्स का पाताललोक बन चुका था। सारे राजनीतिक दल राष्ट्रपति शासन के चलते साल भर से पैदल थे। ज़बरदस्त दबाव के बीच केंद्र को राष्ट्रपति शासन हटाना पड़ा। चुनाव का ऐलान हो गया। कठोर सिंह साम-दाम-दंड-भेद से सत्ता हासिल करना चाहते थे। जातीय और धार्मिक समीकरण के हिसाब से टिकट बांटने के बाद कठोर सिंह ने गुंडों-माफ़ियाओं को चुनाव लड़ाने और अपराधियों के भरोसे आसपास की भी सीटें जीतने की गणित बिछाई। सर्किट हाउस कांड में बाबर की दबंगई से ख़ुश कठोर सिंह ने इलाहाबाद का रुख़ किया। उनका काफ़िला हवेली पर पहुंचा तो बाबर, तैमूर, दलित नेता पप्पू गडरिया और ज़ैद ख़लीफ़ा सैकड़ों की भीड़ के साथ नारेबाज़ी कर रहे थे। बाबर ने बावन किलो की माला पहनाकर कठोर सिंह को गदगद कर

दिया। बाबर, तैमूर, पप्पू गडरिया और ज़ैद के साथ कठोर सिंह ड्रॉइंग रूम में बैठे जहां बाबर का ग्रेट डैन कुत्ता ब्रूनो भी मौजूद था। बाबर ने ट्रेंड कुत्ते को हुक़्म दिया, "हाथ मिलाओ ब्रूनो।"

कठोर सिंह ने ब्रूनो से हाथ मिलाते हुए कहा, "बड़ा वफ़ादार है तुम्हारा कुत्ता।"

"हम इससे ज़्यादा वफ़ादार हैं आपके," कठोर सिंह का हाथ पकड़कर बाबर बोला।

कठोर सिंह मुस्कुराए, "तुम हमारी टिकट पर विधायकी लड़ो, लेकिन ध्यान रखना, इलाहाबाद की सारी सीटों के साथ-साथ प्रतापगढ़ से कौशांबी तक तुमको हर सीट जितानी होगी। जो वोट न दे उसे ठोंक दो, बस जीतना है।"

बाबर बुदबुदाया, "बहुत हुई गई विधायकी, हमें इलाहाबाद का प्रधानमंत्री बनना है।"

कठोर सिंह चौंके, "मतलब?"

बाबर ने अपना इरादा साफ़ कर दिया, "हम नेहरू जी की सीट से सांसदी का चुनाव लड़ना चाहते हैं, हमाये भाई को हमाई सीट से विधायकी लड़ा दीजिए।"

कठोर सिंह बाबर की बात टालते हुए बोले, "पार्लियामेंट इलेक्शन दस महीने बाद हैं, अभी विधानसभा लड़ो। तुम्हारे भाई की ज़मीन अभी तैयार नहीं है, हमारा अनुभव कहता है वो चुनाव हार जाएगा।"

"फ़िकर न करो हम जिता लेंगे तैमूर को," बाबर ने कठोर सिंह की बात काटी।

राजनीति के माहिर कठोर सिंह ने तर्क दिया, "दलितों का ज़ोर है इस बार। तुम लड़ोगे तो मुसलमान और यादव तुम्हें जिता देंगे या फिर कोई दलित नेता बताओ।"

बाबर ने पलटकर पप्पू गडरिया की तरफ़ देखा, "ई पप्पू गडरिया हमाये चेला हैं। दलितों में रंगबाज़ी तो है इनकी पर चुनाव न जीत पाएंगे। आप तैमूरै को लड़ाओ हमाई सीट से, पक्का मानो हमाये नाम पर मुसलमान और यादव इसे जिता देंगे।"

बाबर ने जैसे ही पप्पू की औक़ात घटाई, उसका चेहरा लाल हो गया। पप्पू गडरिया को उम्मीद थी कि जब भी मौक़ा मिलेगा बाबर उसके लिए ही टिकट मांगेगा मगर बाबर ने फिर अपने कुनबे की तरक्की चुनी। बहन फ़ातिमा की

ऑनर किलिंग पर ख़ून का घूंट पिए बैठे ज़ैद ने पप्पू का चेहरा पढ़ लिया। ज़ैद को तसल्ली हुई कि गैंग में उसके अलावा कोई और भी है जो बाबर का दोगला चेहरा पहचान चुका है। पूरा जोड़-घटाना करने के बाद बाबर की ज़िद पर कठोर सिंह ने उसका मुंह मीठा किया और बाबर की एमएलए सीट से तैमूर कुरैशी का ही टिकट पक्का कर दिया।

***

बाबर के घर पर जश्न चल रहा था लेकिन सिविल लाइंस के कॉफ़ी हाउस में दूसरी ही खिचड़ी पक रही थी। ज़ैद ख़लीफ़ा और पप्पू गडरिया आमने-सामने बैठे थे। दोनों को किसी की कॉल का इंतज़ार था। ज़ैद ने पप्पू गडरिया को बाबर के ख़िलाफ़ अपने दिल में पल रही खुन्नस बताई और पप्पू गडरिया ने ज़ैद से अपना दर्द बयां किया। दोनों में तय हुआ कि ज़ैद बाबर गैंग में मिला रहेगा और पप्पू गडरिया अब सिर्फ़ अपने मन की करेगा। ज़ैद भी समझ रहा था कि लोहा गर्म है और हथौड़ा मारने का सबसे मुफ़ीद वक़्त है। पप्पू गडरिया के कंधे पर बंदूक रखकर ज़ैद अपनी बहन का बदला लेना चाहता था ताकि बाबर को उसकी औक़ात दिखा सके। ठीक इसी वक़्त ज़ैद का मोबाइल बजा। ज़ैद ने बमुश्किल तीन सेकंड बात की और फ़ोन रखते ही पप्पू गडरिया से कहा, "दो दिन बाद लखनऊ जाना है तुमको। एक करोड़ का इंतज़ाम कर लो। बीस-तीस लाख तो मैं दे दूंगा। सीधे तो हम बाबर का शिकार नहीं कर सकते लेकिन दीमक की तरह खोखला करके मारेंगे साले को। ध्यान रखना किसी को भनक न लगे कि हम एक हैं।"

दो दिन बाद ज़ैद के बताए पते पर पप्पू गडरिया अपने वकील दोस्त रमाकांत बघेल के साथ पहुंचा। लखनऊ में मिला एक शख़्स पप्पू गडरिया और रमाकांत बघेल को महादेवी जाटव के पास ले गया। महादेवी के कलेजे में सर्किट हाउस कांड की दहशत और बाबर की वहशत सुलग रही थी। पप्पू गडरिया और ज़ैद की शक्ल में महादेवी को वो सीलन दिख गई जिस पर हथौड़ी चलाकर वो बाबर के किले में सेंध लगा सकती थी। एक करोड़ चंदा लेकर महादेवी ने उसी सीट से पप्पू गडरिया को दलित समाज पार्टी का प्रत्याशी घोषित किया जिस सीट पर तैमूर कुरैशी चुनाव लड़ रहा था। ये वो वक़्त था जब देश का चीफ़ इलेक्शन कमिश्नर बेहद सख़्त और ईमानदार था। इसका पूरा

फ़ायदा उठाते हुए महादेवी ने चुनाव आयोग को बाबर का क्रिमिनल रिकॉर्ड दिखाकर पप्पू गडरिया को सेंट्रल फ़ोर्सेस की सुरक्षा देने की मांग की, जिस पर आयोग ने फ़ौरन मोहर लगा दी।

कहानी अब पलट चुकी थी। क़त्ल और जुर्म की फ़ैक्टरी चलाने वाला, आम इंसान को नाली का कीड़ा समझने वाला और सरकारों को जेब में रखने वाला पूर्वांचल का माफ़िया डॉन बाबर तीस साल में पहली बार किसी की बग़ावत के ठीक सामने खड़ा था। बाबर और तैमूर कुरैशी को पप्पू गडरिया का ये क़द बर्दाश्त नहीं हो रहा था। अपनी शतरंजी चाल से बाबर को पहली मात देने वाले ज़ैद ख़लीफ़ा के कहने पर बाबर ने पप्पू को फ़ोन लगाया। फ़ोन पप्पू के दोस्त रमाकांत बघेल ने उठाया। पप्पू बाबर के मुंह नहीं लगना चाहता था मगर रमाकांत बघेल ने पप्पू को फ़ोन थमा ही दिया। पप्पू गडरिया फिर भी इज़्ज़त से बोला, "नमस्ते बाबर भाई।"

बाबर बोला, "भाई गया तेल लेने, हमें बताए काहे नहीं कि तुम्हें चुनाव लड़ना है?"

"आज तक किसी को आगे बढ़ने दिया है आपने?" पप्पू खिसियाकर बोला।

"सुन बे पप्पू, हरामज़दगी की हद मत पार कर। हम अभी बहुत क़ायदे से बोल रहे हैं। तुम हमाये चेले थे मगर चैला बनकर गांड़ में घुसोगे तो गांड़ फाड़ देंगे।"

पप्पू गडरिया ने दिल में भरा तेज़ाब ज़ुबान से उड़ेल दिया, "जब चांद मुबारक का चेला चुनाव लड़कर विधायक बन सकता है, तो बाबर कुरैशी का चेला पप्पू गडरिया भी बाबर के भाई को हराकर विधायक बन सकता है। फिर रही बात चेले के चैला बनने की तो तुम्हारी आवाज़ बता रही है कि चैला तो घुस चुका है तुम्हारे।"

बाबर भिनभिना उठा, "ये जो बोरा भर सरकारी सुरक्षा लिए टहल रहे हो न, चुनाव हो जाने दो, तुम्हाई गांड़ में तुम्हाई मौत की तारीख़ का कलंडर न टांगा तो बाबर नाम नहीं। भोसड़ीवाले, महादेवी भी तुम्हाई अर्थी पर फूल चढ़ाने न आएगी।"

बाबर की खिसियाहट पर ज़ोर-ज़ोर से हंसते हुए पप्पू बोला, "तैमूर के लिए वोट का जुगाड़ करो बाबर, हार गया तो इलाहाबाद में तुम्हारा कलंडर लटक जाएगा।"

पप्पू की बेअंदाज़ी पर बाबर पागलों की तरह चिल्लाने लगा। उसके मुंह से लार बहने लगी। बाबर का हाल देखकर दिल ही दिल में जश्न मना रहे ज़ैद ने हिम्मत करके बाबर को समझाया कि चुनाव आयोग बेहद सख़्त है और ऐन चुनाव के वक़्त पप्पू को कुछ हो गया तो सारा साम्राज्य ख़त्म हो जाएगा। बड़ी मशक्कत से बाबर क़ाबू में आया। तय हुआ कि पहले तैमूर को चुनाव जिताया जाए और अगर कठोर सिंह की सरकार बनी तो पहली फ़ुर्सत में पप्पू गडरिया की लाश गिरा दी जाएगी।

***

आज बवंडर का दिन था। बाबर की सीट से चुनाव लड़ रहे तैमूर को पप्पू गडरिया ने पटककर हरा ही दिया। सूबे के वोटरों ने तैमूर कुरैशी की शक्ल में न सिर्फ़ बाबर को हराया बल्कि यूपी की सत्ता भी पलट दी। महादेवी ने पहली बार अकेले दम पर सरकार बनाई और मुख्यमंत्री बनते ही सर्किट हाउस कांड के साथ-साथ बाबर के वो मुक़दमे भी खुलवा दिए जिनमें या तो गवाहों की हत्या हो चुकी थी या गवाह पलट चुके थे। महादेवी किसी भी हाल में बाबर को जेल भेजना चाहती थी। कोर्ट-कचहरी में छह महीने गुज़र गए। इसी बीच लोकसभा चुनावों का ऐलान हो गया। नेशनल पीपुल्स कांग्रेस को केंद्र में फिर सरकार बनाने के लिए कठोर सिंह और महादेवी का साथ चाहिए था। नेशनल पीपुल्स कांग्रेस ने दिल्ली में बैठक बुलाकर दोनों का समझौता कराया और सर्किट हाउस कांड की फ़ाइल बंद कर दी गई। महादेवी ने बाबर के जो मुक़दमे दोबारा खुलवाए थे उनमें इस बार भी न गवाह मिले, न ही सुबूत। क़ानून के हत्थे चढ़ते-चढ़ते बाबर फिर बच निकला। बावजूद इसके महादेवी के मन में बाबर और बाबर के मन में पप्पू गडरिया की बग़ावत के बिच्छू लगातार डंक मार रहे थे।

बाबर के गुज़रे हुए कल पर 'ख़बरदार इंडिया' न्यूज़ चैनल के लिए डॉक्यूमेंट्री का तीसरा एपिसोड बना रहे मुन्नालाल पत्रकार ने कैमरा बंद किया। ज़ैद ख़लीफ़ा और सर्किट हाउस कांड की जांच कर चुके रिटायर्ड आईपीएस अफ़सर का ज़ुबानी क़िस्सा रिकॉर्ड हो चुका था। अब मुन्नालाल ज़ैद के साथ पप्पू गडरिया के घर चल दिया। पप्पू गडरिया की कहानी ख़ून

से नहाई हुई थी। कैमरा सेट होने के बाद मुन्नालाल ने पप्पू की बीवी पूनम गडरिया के माइक लगा दिया। पूनम बिलख-बिलखकर रोने लगी। मुन्नालाल ने कैमरा ऑन रखा क्योंकि दर्द जितना बिलखता है टीआरपी के नशे का प्याला उतना छलकता है। थोड़ा संभलने के बाद पूनम ने रुंधे गले से बताई, क़त्ल की कहानी।

इलाहाबाद रेलवे ग्राउंड झालरों और फूलों से सजा था। मुख्यमंत्री महादेवी के साथ सरकार का हर मंत्री-विधायक शादी में मौजूद था और शादी थी पप्पू गडरिया की। पप्पू और पूनम को बुके देने के लिए कमांडोज़ के साथ महादेवी स्टेज की तरफ़ बढ़ ही रही थीं कि अपनी बीवी शगुफ़्ता के साथ खड़े बाबर ने महादेवी को झुककर सलाम किया। महादेवी अनदेखा करके आगे बढ़ गईं। दिल की सारी कालिख ख़त्म करके पप्पू गडरिया ने बाबर को शादी का कार्ड दिया था लेकिन पप्पू का भौकाल बाबर के दिल को चाइनीज़ मांझे की धार के मानिंद रेत रहा था। बुके देने के बाद महादेवी ने पप्पू गडरिया को झाड़ लगाई। महादेवी को बाबर का आना खल गया था। पप्पू ने माफ़ी मांगी और दोबारा ग़लती न करने का वादा किया। महादेवी डिनर कर रही थीं और इसी दौरान बाबर ने कमांडोज़ का घेरा तोड़कर कई बार घुसने की कोशिश की लेकिन नाकाम रहा। घंटे भर बाद महादेवी निकल गईं। बाबर की खुन्नस नान-मिस्सी वाली भट्टी की तरह धधक रही थी। मौक़ा पाकर बाबर शगुफ़्ता के साथ स्टेज पर चढ़ा और बुके थमाते हुए पप्पू से बोला, "दूल्हा तो तुम्हें हम बनाएंगे और बारात पूरे इलाहाबाद में घुमाएंगे।"

शगुफ़्ता कम ज़हरीली नहीं थी। उसने पूनम को गिफ़्ट देते हुए कहा, "शादी मुबारक हो, ख़ुदा करे शादी में जितनी धूम है जनाज़ा भी उतनी ही धूमधाम से निकले।"

नए-नवेले जोड़े के बगल में खड़ा वकील रमाकांत बघेल गुर्राया, "डिनर करके जाना। सरकार हमारी है...दो मिनट लगेगा...धमकी देने के मुक़दमे में जेल में ठुंसवा देंगे।"

"अपने विधायक के साथ हर वक़्त रहा करो बेट्टा, काहे से कि हमें हत्या के बाद हत्या के गवाह की भी हत्या का शौक है," बाबर ने रमाकांत बघेल को घूरा।

माहौल बिगड़ ही रहा था कि बाबर अपनी बीवी के साथ शादी से चला गया। कठोर सिंह की सरकार उत्तर प्रदेश में न बन पाना बाबर की सबसे बड़ी मजबूरी थी। कभी महादेवी की दुश्मनी का पेंच तो कभी लोकसभा चुनाव की तारीख़ों में फंसा बाबर पप्पू गडरिया की हत्या की तारीख़ पर तारीख़ टाल रहा था। गैंग से पप्पू गडरिया के जाने के बाद तैमूर कुरैशी ने गुड्डू इस्लाम नाम के एक शार्प शूटर को गैंग में शामिल कर लिया था। गुड्डू इससे पहले कई छोटे-मोटे गैंग्स के लिए काम कर चुका था। कठोर सिंह ने लोहिया समाज पार्टी की टिकट पर बाबर को फूलपुर सीट से सांसदी का चुनाव लड़ाया। फूलपुर यानी वो सीट जहां से जीतकर जवाहरलाल नेहरू देश के प्रधानमंत्री बने थे। इधर बाबर सांसद बना, उधर कठोर सिंह और महादेवी के साथ देश की कई पार्टियों के समर्थन से केंद्र में फिर नेशनल पीपुल्स कांग्रेस की सरकार बनी। केंद्रीय मंत्री कलीम शेरवानी की शक्ल में बाबर के सिर पर अब भी केंद्र का साया था। सांसदी का सर्टिफ़िकेट लेकर बाबर घर आया और अब्बू के हाथ में रखकर बोला, "बुढ़ऊ, देखौ आज तुम्हार लौंडा सांसद हुई गवा है, दिल्ली तक फैल गई है तुम्हाई रंगबाज़ी।"

सर्टिफ़िकेट फेंककर अब्बू बोले, "चूतिया कहूं कै! देख लीन्ह तुम्हरी अउकात औ तुम्हार जलवा। रंगबाज़ी तब जानी जब तैमूर का हरावैं वाला मरै औ तैमूर विधायक बनैं। हमरे जियत भये यो करि पाओ तो करौ, नाही बइठौ जाइकै दिल्ली।"

तैमूर की आंखों में आंसू थे। बाप की गाली और भाई के आंसू देखकर बाबर का दिल मानो किसी ने आम की तरह चोपी हटाकर चूस लिया हो। जो होगा देखा जाएगा वाले अंदाज़ में बाबर ने लैंडलाइन पर दिल्ली में बैठे कलीम शेरवानी और कठोर सिंह के मुंह पर सारा ग़ुस्सा उड़ेल दिया। दोनों की तरफ़ से जैसे ही हरी झंडी मिली, पूरा गैंग पप्पू गडरिया को स्वर्ग की सीढ़ी चढ़ाने के इंतज़ाम में जुट गया। पप्पू लखनऊ में था। ज़ैद के लिए ये करो या मरो के हालात थे। अगर वो पप्पू गडरिया को फ़ोन करता है तो हत्या के बाद कॉल डिटेल में उसका नाम आ सकता था। अगर वो पप्पू को आगाह नहीं करता है तो ये एक दोस्त के साथ दगाबाज़ी होती। आख़िरकार दोस्ती जीती और ज़ैद ने लखनऊ में बैठे अपने सूत्र को ख़बर करके पप्पू गडरिया तक ख़तरे की ख़बर पहुंचा दी।

यूपी में महादेवी सरकार पप्पू गडरिया की ख़ुशक़िस्मती थी जो अब बदक़िस्मती बन गई। क्योंकि सरकार को लेकर पप्पू कॉन्फ़िडेंस में कम और ओवरकॉन्फ़िडेंस में ज़्यादा था। उसे ग़ुमान था कि बाबर के अब न वो तेवर बचे हैं, न हौसला। दो दिन बाद इलाहाबाद लौटे पप्पू को क़तई अंदाज़ा नहीं था कि बाबर गैंग में शामिल नया शार्प शूटर गुड्डू इस्लाम घात लगाए बैठा है। पप्पू को एक दलित सम्मान समारोह में शिरकत करनी थी। चार गनर और वकील दोस्त रमाकांत बघेल के साथ दो गाड़ियों से पप्पू इलाहाबाद की उस दलित बस्ती की तरफ़ निकला जहां कार्यक्रम था। एक गाड़ी में गनर थे और दूसरी में पप्पू और रमाकांत बघेल। गुड्डू इस्लाम ने धूमनगंज इलाक़े में ट्रैफ़िक जाम का फ़ायदा उठाते हुए गनर वाली गाड़ी के आगे कई गाड़ियां अड़ा दीं। पप्पू की गाड़ी आगे निकल चुकी थी। मौक़ा लगते ही तैमूर कुरैशी ने गैंग के साथ पप्पू की गाड़ी घेरी और उसमें घुस गया। गाड़ी चला रहा रमाकांत बघेल कुछ समझ पाता तब तक तैमूर ने उसकी कनपटी पर पिस्टल अड़ा दी और गाड़ी आगे बढ़ाने को कहा। थोड़ी दूर पर बाबर की गाड़ी खड़ी थी। पप्पू के गनर्स वाली गाड़ी क़रीब दो किलोमीटर पीछे रह गई थी। बाबर ने गाड़ी से उतरते ही पप्पू की खिड़की में पिस्टल डाली और तड़ातड़ तीन गोलियां दाग़ दीं।

रमाकांत गोली चलते ही मौक़े से भागने लगा तो तैमूर ने कूदकर उसे दबोच लिया।

बाबर चिल्लाया, "अबे छोड़ दे तैमूर, भागने दे भोसड़ीवाले को, हमें एक गवाह भी तो चाहिए, जो इलाहाबाद में सबको घूम-घूमकर बताए कि बाबर ने कित्ती रंगबाज़ी से महादेवी सरकार के विधायक को दिन-दहाड़े गांड़ में गोली मारी थी।"

तभी गुड्डू इस्लाम भी मौक़े पर पहुंचा और गनर्स की गाड़ी भी। बाबर की पिस्तौल पप्पू का शरीर छेद चुकी थी। डरते-डराते गनर्स गाड़ी से उतरे। बाबर चिल्लाया, "अबे, तमाशा का देख रहे हो, लेकर भागो अपने विधायक को अस्पताल, वर्ना क्या जवाब दोगे अफ़सरों को।"

चारों गनर्स पप्पू की लाश को गाड़ी में डालने लगे तो बाबर ने चाबी निकाल ली। गनर्स उसका मुंह ताकने लगे। बाबर पिस्तौल लोड करते हुए

बोला, "इत्ते वीआईपी नहीं हैं तुम्हाये विधायक कि भोसड़ी के पुलिस की गाड़ी में अस्पताल जाएंगे चुदऊ।"

चारों तरफ़ भीड़ खड़ी बाबर का नंगानाच देख रही थी। तभी गुड्डू इस्लाम ने एक टैंपो रोका और गनर्स से लाश अस्पताल ले जाने को कहा। पप्पू की लाश टैंपों पर लिटाकर चारों चल दिए। पीछे-पीछे बाबर और उसके गुंडे चल रहे थे। पूरे रास्ते बाबर ने पप्पू गडरिया की हत्या को तमाशा बना डाला। हर थोड़ी दूर पर बाबर टैंपो रुकवाता था और फिर दो गोली मारकर आगे बढ़ाता था। सरकारी अस्पताल पहुंचते ही एक गनर दौड़कर स्ट्रेचर लाया। डॉक्टर तेज़ी बाहर आया और पप्पू की नब्ज़ चेक करने लगा। बाबर ने डॉक्टर से पूछा, "बच तो जइहैं न, हमाये माननीय विधायक जी?"

"ही इज़ ब्रॉट डेड।"

बाबर ने डॉक्टर को हड़काया, "अबे, हिंदी में बोल।"

डॉक्टर फिर बोला, "ये मर चुके हैं।"

बाबर ने पिस्टल चढ़ाई और स्ट्रेचर पर पड़ी लाश की कनपटी पर सटाकर फ़ायर कर दिया। पप्पू का भेजा खुल गया। आसपास खड़े गनर्स, अस्पताल के कर्मचारी और मरीज़ों के तीमारदारों की भीड़ जैसे भूकंप से कांप गई हो। भीड़ के ख़ौफ़ से ख़ुश होकर बाबर डॉक्टर से बोला, "अब वो हुआ जो तुम अंगरेजी में बोले थे। का बोले थे? जनता को जोर से बताओ ताकि सब अंगरेजी में भी समझ जाएं।"

सहमा हुआ डॉक्टर बोला, "सर, ब्रॉट डेड।"

बाबर ने पप्पू गडरिया के गनर्स को घूरकर देखा, "तुम लोग तो जाम में फंस गए थे, साला कउनो मारकर चला गया विधायक जी को? हम तो रस्ते में देखे औ अस्पताल लेकर भागे। अभी एकै महीना पहले तो शादी हुई रही बेचारे की। तुम लोगों के भी परिवार तो होंगे। गवाही-अवाही के चक्कर में मत फंसना। पता नहीं कउन ख़ुन्नस पाल ले, मादरचोद ज़िंदगी का तो कउनो भरोसै नहीं रहा।"

***

पप्पू गडरिया की हत्या से नाराज़ समर्थकों ने इलाहाबाद में बवाल काट दिया। जगह-जगह पथराव हुआ और गाड़ियां फूंकी गईं। पप्पू को श्रद्धांजलि देने और इलाहाबाद के बिगड़ चुके माहौल को शांत कराने के लिए ख़ुद महादेवी पहुंचीं।

पप्पू के परिवार को न्याय का भरोसा देकर मुख्यमंत्री लौट गईं। चंद दिनों पहले ही शादी के जोड़े में फेरे लेने वाली पूनम अब बेवा हो चुकी थी। पूनम ने बाबर और तैमूर कुरैशी के साथ क़रीब एक दर्जन गैंग वालों के ख़िलाफ़ पप्पू गडरिया की हत्या का मुक़दमा दर्ज कराया। पप्पू का वकील दोस्त रमाकांत बघेल केस में इकलौता गवाह बना। बाबर फ़रार हो गया। तमाम छापेमारी और सुरागरशी के बावजूद पुलिस उसे पंद्रह दिन तक नहीं ढूंढ़ पाई। सरकार बाबर को जेल भेजने के लिए बेचैन थी मगर बाबर अव्वल दर्जे का पॉलिटिकल सेटर था। नेता, मंत्री, पुलिस, जज सब सेट थे। एक के बाद एक दस जजों ने बाबर के केस की सुनवाई से इंकार कर दिया। बड़ी मुश्किल से ग्यारहवां जज तैयार तो हुआ लेकिन सुनवाई की पहली ही तारीख़ पर उसने बाबर को बेल दे दी। ज़मानत मिलते ही फ़रार बाबर फिर इलाहाबाद पहुंच गया और अब उसके निशाने पर था पप्पू हत्याकांड का चशमदीद गवाह रमाकांत बघेल। रातोंरात रमाकांत को किडनैप कराकर बाबर ने रेलवे गोदाम में उसे धमकाया, "हम बताए थे न तुमको, हत्या के बाद गवाह की हत्या का शौक है हमें। चलो फिर पूरा कर लेते हैं अपना शौक।"

सिर पर पिस्तौल लगते ही रमाकांत बघेल घुटनों पर आ गया। बाबर ने रमाकांत को दो करोड़ देकर उसकी गवाही ख़रीद ली और गैंग के लिए वकालत का ऑफ़र दे डाला। रमाकांत सौदे के लिए तैयार हो गया। तेज़ी से बदल रही तारीख़ों के साथ पप्पू गडरिया हत्याकांड की पुलिसिया छानबीन और कोर्ट में सुनवाई का सिलसिला जारी था। इसी बीच पप्पू की ख़ाली पड़ी सीट पर दोबारा चुनाव हुए और आतंक से सहमे वोटरों ने तैमूर कुरैशी को विधायक बना ही दिया। इधर छोटा बेटा तैमूर कुरैशी विधायक बना, उधर बाबर के अब्बू अपनी हसरत पूरी होते ही अल्लाह को प्यारे हो गए। कुछ और महीने बीते जब कौशांबी की ज़ीनत ख़ातून के साथ तैमूर कुरैशी का निकाह हो गया। महादेवी जाटव को छोड़कर केंद्र और प्रदेश की हर पार्टी का नेता और मंत्री इस शादी में मौजूद था।

ये वो साल था जब तमाम राजनीतिक दल न्यूक्लियर डील के ख़िलाफ़ लामबंद हो चुके थे। कठोर सिंह भी नेशनल पीपुल्स कांग्रेस सरकार की मुख़ालफ़त पर आमादा थे मगर महादेवी दांव चलकर केंद्र सरकार के साथ खड़ी हो गईं। हर पार्टी ने अपने सांसदों को व्हिप जारी किया लेकिन बाबर ने एक तीर से दो निशाने

साधे। लोहिया समाज पार्टी का सांसद होने के बावजूद पप्पू गडरिया के क़त्ल और सर्किट हाउस कांड के ज़ख़्मों पर मरहम रखने के लिए बाबर महादेवी के पाले में पहुंच गया। बाबर के एक वोट से सरकार बच गई। कलीम शेरवानी के इशारे पर वोट देकर बाबर ने प्रधानमंत्री का शुक्रिया हासिल किया और महादेवी के पास जाकर उसे सलाम ठोंका। ठेठ और ज़िद्दी महादेवी ने बाबर को घूरते हुए कहा, "तेरा एक वोट मुझे सर्किट हाउस और पप्पू गडरिया कांड भुला नहीं सकता। महादेवी तेरा पीछा नहीं छोड़ेगी, जब निशाने पर होगा गिरा दूंगी तुझे।"

मुख्यमंत्री महादेवी ने पप्पू गडरिया हत्याकांड की सीबीआई इन्क्वायरी की सिफ़ारिश केंद्र को भेज दी। केंद्र ने यहां भी दोहरी चाल चली। जांच बैठाकर महादेवी का एहसान उतारा और तोता कहलाने वाली सीबीआई को इशारा कर दिया कि बाबर फंसना नहीं चाहिए। बाबर को बचाने की वजह थी उसके एक वोट से सरकार का बचना। पप्पू गडरिया के डरे-सहमे गनर्स ने गवाही दी कि वो ट्रैफ़िक जाम में फंसे थे और जब पहुंचे तब तक पप्पू की मौत हो चुकी थी। रमाकांत बघेल ने सीबीआई के सामने बयान दिया कि कुछ लोगों ने गाड़ी घेरी तो वो मौक़े से भाग गया लिहाज़ा उसने कुछ देखा ही नहीं। असल में सब रंगमंच की कठपुतलियां थे। कब, कहां, कौन, कैसे उठेगा ये कोई नहीं जानता था। सब जानते थे कि पप्पू को किसने मारा लेकिन सब ये भी जानते थे कि कठपुतलियों की डोर बाबर के हाथ में है। ये डोर गवाह और सुबूत ही नहीं, क़ानून को भी कठपुतली की तरह नचाती है। यूपी सरकार मजबूर थी। केंद्र सरकार सेट थी। विपक्ष बाबर की तहमत में बंधा था और जनता जूते की नोंक पर। सत्तारूढ़ सरकार का विधायक सरेआम दौड़ा-दौड़ाकर मार दिया गया लेकिन पहले कोर्ट फिर हाईकोर्ट और उसके बाद सीबीआई कोर्ट तक यही फ़ैसला हुआ कि 'नो वन किल्ड पप्पू गडरिया।'

जुर्म की ज़मीन, मौत का मुनाफ़ा (2011-19)

बाबर कुरैशी पर बन रही डॉक्यूमेंट्री का आज चौथा और आख़िरी एपिसोड शूट होना है, जिसका टाइटिल था 'जुर्म की ज़मीन, मौत का मुनाफ़ा'। नॉर्दर्न

रेलवे के बंद पड़े स्क्रैप गोदाम के सामने मुन्नालाल ने कैमरे पर उस वक़्त के हालात बयां किए जब बाबर की सांसदी जारी थी। केंद्रीय रेल मंत्रालय ने रेल बजट में फ़ैसला कर दिया था कि अब मोटे स्क्रैप को पिघलाकर रेल के पहिए बनाए जाएंगे। यानी बाबर का अहम कारोबार ठप हो चुका था। सियासी सौदे के मुताबिक़ लाल बहादुर करवरिया गंगा-जमुना में बालू-मौरंग की माइनिंग पहले से कर रहा था। धंधे की पनौती झेल रहा बाबर माइनिंग कारोबार दो हिस्सों में बांटने के लिए करवरिया के पास गंगा कछार के उस इलाक़े में लाव-लश्कर के साथ पहुंचा जहां दर्जनों मशीनें गंगा की छाती खोदकर बालू निकाल रही थीं।

मीलों तक ज़मीन पर नज़र डालते हुए बाबर ने कहा, “का करवरिया, तीस-पैंतीस साल में गंगा मइया को ही ख़ाली कर डाले तुम?”

करवरिया बोला, “हमारा धंधा छीनकर तुम रेलवे के कबाड़ से करोड़ों कमाए हो, ऊपर तक कमीशन देंगे तो मिट्टी ज़्यादा खोदेंगे न। गंगा मइया देखें या रुपइया।”

बाबर ने हरामीपने वाला पासा फेंका, “हमसे कारोबार बांट लो, गंगा तुम्हाई जमुना हमाई। आधा कमीशन तुम दो, आधा हम, फिर काम पैंतिस समझो।”

धंधे के बंटवारे से करवरिया ने साफ़ इंकार कर दिया। बाबर को करवरिया के इंकार का अंदाज़ा पहले से था। फिर भी उसने एक चांस लिया था और ये चांस बाईचांस उसके लिए हज़ारों करोड़ कमाने का लकी ड्रॉ बन गया। उसे नहीं मालूम था कि गंगा कछार की ये मुलाक़ात उसे कुबेर बना देगी। बाबर की ताड़ू नज़र ने मानो नोट छापने वाली नासिक की प्रिंटिंग प्रेस ताड़ ली थी। अपने अंदाज़ में हंसते हुए बाबर ने करवरिया के कंधे पर हाथ रखा, “कमज़ोर कारोबारी हो करवरिया तुम। चलो तुम बालू खोदते रहो, हम माल चीरते रहेंगे।”

करवरिया को शक था कि बाबर उसका धंधा हथियाने में कोई कोर-कसर नहीं छोड़ेगा। ख़ुद का कारोबार बचाने के लिए करवरिया ने केंद्र से प्रदेश स्तर तक के नेताओं-मंत्रियों की कुंडी खटखटा डाली। बाबर के फ़ोन पर सिफ़ारिशी कॉल्स की क़तार लग गई। बाबर ने सबको भरोसा दिलाया कि वो करवरिया के धंधे की तरफ़ ग़लती से भी नहीं देखेगा लेकिन गंगा में जो वो देखेगा उसे फिर कोई नहीं देखेगा। बाबर क्या देखेगा, ये सब देखना चाहते थे

क्योंकि सबको पता था कि बाबर जिस बेरहमी से पैसा कमाता है उस दबंगई से कोई भी नोट नहीं छाप सकता। बाबर के इशारे से सबके दिमाग़ की बत्ती जल चुकी थी। सरकार महादेवी की थी और आज की उप मुख्यमंत्री बृजरानी कुशवाहा तब सिर्फ़ भारतीय राष्ट्रवादी पार्टी की विधायक थीं। केंद्रीय मंत्री कलीम शेरवानी के कहने पर बृजरानी ने बाबर को मुलाक़ात का न्यौता दिया। सिविल लाइंस के होटल में हो रही मीटिंग में शेरवानी के अलावा बाबर के पुराने दोस्त और भारतीय राष्ट्रवादी पार्टी के विधायक कृतार्थनाथ सिंह, कृष्णगोपाल नौचंदी भी मौजूद थे। वही कृतार्थनाथ सिंह और नौचंदी जो आज प्रचंड प्रताप सिंह की सरकार में कैबिनेट मंत्री हैं। मीटिंग का मुद्दा था कि आख़िर कबाड़ का धंधा बंद होने के बाद बाबर करने क्या जा रहा है। बाबर ने राज़ खोला कि वो गंगा कछार की हज़ारों एकड़ ज़मीन किसानों से लेकर टाउनशिप बनाएगा। हर नेता को ये ज़मीनें अब अलीबाबा की गुफ़ा दिखाई दे रही थीं और बाबर अलादीन के चिराग़ का जिन्न। बाबर का पार्टनर बनने के लिए सब लार टपकाने लगे क्योंकि सारे सफ़ेदपोश ख़द्दरधारियों को एक दबंग चेहरा चाहिए था। मीटिंग में तय हुआ कि कछार की ज़मीनें किसानों से कौड़ियों में ख़रीदी जाएंगी, पैसा नेता लगाएंगे और बाबर अपनी दबंगई। यही वो दिन था जब ज़मीन की भूख ने बाबर को इलाहाबाद का इकलौता भू-माफ़िया बना दिया।

बाबर ने ज़मीनों पर क़ब्ज़े करने के लिए कसारी मसारी की हवेली में पूरा गैंग इकट्ठा किया। पप्पू गडरिया की हत्या में गवाही से पलटकर बाबर से हाथ मिला चुका वकील रमाकांत बघेल भी तैमूर, गुड्डू इस्लाम और ज़ैद ख़लीफ़ा के साथ मीटिंग में मौजूद था। बाबर ने फ़रमान सुनाया कि जो किसान ज़मीन न दे उससे जबरन लिखवा लो और कोई अड़ जाए तो मारकर फेंक दो। बाबर की नज़र सिर्फ़ गंगा कछार तक नहीं थी। उसे तो अब इलाहाबाद की हर ज़मीन पर राज करना था, हर ख़ाली प्लॉट क़ब्ज़ाना था। अंग्रेज़ों के ज़माने की दर्जनों कोठियां औने-पौने दामों पर हथियानी थीं। लेकिन सबसे बड़ा प्लान था कौशांबी से इलाहाबाद तक फैले कछार में मुसलमानों को बसाना ताकि कछार में बसाया गया मुस्लिम वोटबैंक छप्पर फाड़कर सिर्फ़ बाबर के बैलेट बॉक्स में बरसे। देखते-देखते हज़ारों किसान कुनबों के साथ कछार से भगा

दिए गए। पचासों प्लॉट क़ब्ज़ा लिए गए। वीरान पड़ी कोठियों पर बाबर का बोर्ड टंग गया। महज़ कुछ करोड़ में क़रीब दो अरब की प्रॉपर्टी अब बाबर की दया पर थी। कुछ सिक्कों में मान गए, कुछ चंद रुपयों में और जो नहीं माने उन ज़मीन मालिकों के अपने लापता हो गए। पुलिस के चक्कर काट-काटकर जब मालिकान थक गए तब रजिस्ट्री पर दस्तख़त करने के बाद बेचारों को पता चला कि जो लापता थे उनका पता या तो श्मशान था या क़ब्रिस्तान।

***

ज़मीनों का कारोबार फ़िल्म 'जवान' और 'पठान' की तरह दो हज़ार करोड़ से ऊपर का बिज़नेस कर चुका था। गैंग मेंबर्स, ड्राइवर, नौकर और रिश्तेदारों के नाम ज़मीनों की रजिस्ट्री कराने वाला बाबर हवेली में दरबार लगाए बैठा था। रमाकांत बघेल, ज़ैद ख़लीफ़ा, तैमूर कुरैशी फ़रियादियों का रोना-गाना सुन रहे थे। भीड़ में एक मौलाना बच्ची के साथ खड़ा था और एक अधेड़ पति-पत्नी फ़रियाद लेकर आए थे। रमाकांत बघेल ने बाबर के कान में कुछ कहा। बाबर ने नज़र उठाकर घूरा, "कैसे आना हुआ मौलाना? तुम तो कछार की तरफ़ रहते हो न?"

सलाम करते हुए मौलाना बोला, "आपके लोग मदरसा ख़ाली करने को कह रहे हैं।"

बाबर ने बेपरवाही दिखाई, "हां तो का हुआ, कह रहे हैं तो ख़ाली कर दो।"

"कैसे छोड़ दें और काहे छोड़ दें? बच्चियां पढ़ती हैं वहां।"

बाबर ने डांटा, "मौलाना हो मौलाना रहो, ज़्यादा तूफ़ान मेल न बनो।"

"मुसलमान होकर मदरसा हटाएंगे? इसी दिन के लिए हम वोट देते रहे हैं कि आप मुस्लिम बच्चियों की तालीम रोक दें?" मौलाना अकड़ा।

बाबर ने तैमूर को घूरा, "का बे, कहां से बवासीर ले आए हो?"

तैमूर के इशारे पर गुड्डू इस्लाम ने बैग से नक्शा निकालकर मेज़ पर फैला दिया, "भाई, पूरे नौ बीघा में मदरसे की बाउंड्री है।"

तैमूर ने मौलाना को घूरा फिर गुड्डू की तरफ़ पलटा, "अबे चूतिये, क़ायदे से बताओ न कि मदरसा केवल आधा बीघा में बना है और बाउंड्री नौ बीघा में है। मदरसा नहीं हटा तो टाउनशिप की डिज़ाइन ख़राब लगेगी। एक महीने से समझा रहा हूं बुढ़ऊ को, समझै नहीं रहे हैं।"

"बुढ़ऊ-बुढ़ऊ क्या है भाई, यही तहज़ीब है आपकी?"

बाबर ने तैमूर को आंख दिखाई फिर मौलाना को शांत रहने का इशारा करते हुए गुड्डू इस्लाम पर चिल्लाया, "अबे, खतम करो, आधा बीघा का मदरसा छोड़ दो।"

मौलाना का पारा चढ़ गया, "काहे आधा बीघा छोड़ दो, पैंतीस साल से हम मदरसे में बच्चियों को पढ़ा रहे हैं। साफ़ कह रहे हैं मदरसा न बिकेगा, न इंच भर हटेगा।"

खौल चुका बाबर झपटकर उठा और मौलाना की दाढ़ी नोंचते हुए बोला, "तुम्हाई दाढ़ी का ख़्याल करके चुप्पे बैठे थे। दस दिन दे रहे हैं, मदरसे की बाउंड्री हटा लो, जो पैसा दें वो लेकर तुरंत रजिस्ट्री कर दो वर्ना पेले जाओगे।"

साथ खड़ी बच्ची फफककर रोने लगी और मौलाना का हाथ खींचते हुए फुसफुसाई, "अब्बू चलिए यहां से प्लीज़।"

बाबर ने दाढ़ी छोड़ी और बच्ची को कंधे से पकड़कर बोला, "समझाओ अब्बू को।"

मौलाना ने बच्ची के कंधे से बाबर का हाथ झटककर हटाया, "अपने नापाक हाथ दूर रखो। ज़रा ये मासूम भी तो देख ले कि तुम जैसे मुसलमानों को अल्लाह का भी ख़ौफ़ नहीं है। मेरी बद्दुआ है, ऊपर वाला दोज़ख़ भी नसीब न कराए तुमको।"

बाबर ने मौलाना के पेट में ज़ोरदार लात मारी। भरभराकर गिरे मौलाना पर गुंडे टूट पड़े और लात-घूसों से मारने लगे। बच्ची अब्बू से लिपट गई, "प्लीज़ छोड़ दीजिए अब्बू को, प्लीज़ प्लीज़...।"

बाबर चिल्लाया, "अबे मर जाएगा बुड्ढा, छोड़ दो साले को, ज़िंदा वापस जाने दो।"

कराहता हुआ मौलाना उठते हुए बच्ची से बोला, "चल बेटा कहीं और इंसाफ़ मांगते हैं। जिसे हमने हर बार मसीहा समझकर चुना वो मसीहा नहीं, शैतान निकला।"

भीड़ खड़ी तमाशा देख रही थी। अधेड़ उम्र के पति-पत्नी तो बेचारे थरथरा रहे थे। बेटी का हाथ पकड़कर जा रहे मौलाना से बाबर बोला, "दस दिन... याद रखना।"

मौलाना क्रांतिकारी हो गया, "हम बिरादरी से अदालत तक ये मसला उठाएंगे सांसद जी। मुसलमानों का क़त्ल और लूट बंद कीजिए। हमसे आप हैं, आप से हम नहीं।"

बाबर फुफकारा, "तुम पाकिस्तान चले जाओ और मोहम्मद अली जिन्ना से जाकर शिकायत कर दो कि जवाहरलाल नेहरू तुम्हाये मदरसे पर क़ब्ज़ा करने वाले हैं।"

मौलाना बाबर को घूरता हुआ बच्ची के साथ चला गया। ठहाकों से गूंज रही बाबर की हवेली रावण का दरबार बनी हुई थी। जहां न राम का भय था, न अल्लाह को जवाबदेही का ख़ौफ़। तैमूर कुरैशी ने अधेड़ पति-पत्नी से पूछा, "हां भाई, कैसे खड़े हो यहां घंटे भर से, तमाशा देखने आए हो?"

"साहब हमार नाम चंद्रकली है," मौलाना की हालत देख चुकी औरत बुदबुदाई।

बाबर मुस्कुराया, "तो का करी, तुम्हार नाम चंद्रकली से सूरजकली कर देई का?"

चंद्रकली रिरियाई, "हुजूर हमार पुस्तैनी जमीन है सिविल लाइंस मा।"

बाबर का दिमाग़ टन्न से समझ गया, "हां तो दई तो रहे हन पचीस लाख, जाओ मउज करौ। एत्ती बड़ी ज़मीन का करिहौ, एक्कै लौंडा तो है तुम्हार।"

चंद्रकली ने हाथ जोड़े, "हुजूर रामधारी सिंह बिल्डर बीस करोड़ देत रहैं, अब कहत हैं कि सांसद जी से बात करि लेओ, वही तय करिहैं कि केत्ते पइसा मिलिहैं तुमका।"

बाबर ने हिसाब समझाया, "रामधारी के साथ हम तुम्हाई ज़मीन पर बड़ी बिल्डिंग बनाएंगे, तो उहमा हमारौ तो पइसा लगी। ऊ पइसा को भरिहै महारानी जी? पचीस लाख लें का हो तो लेओ, नहीं वोहू न मिली।"

"साहब आपै हमका बीस करोड़ दई देओ, दुई-चार हजार कमै सही। हम पंचैं गांव मा खेत-वेत खरीद कै किरानी कर लेब, बड़ी किरिपा होई।" चंद्रकली मिनमिनाई।

मौलाना की अकड़ से पहले ही ग़ुस्साए बाबर ने ख़ुद पर क़ाबू किया और चंद्रकली से साफ़ कह दिया कि वो औरतों से सौदा नहीं करता। ज़मीन भी चंद्रकली के पति के नाम थी। बाबर ने चंद्रकली को नौ दो ग्यारह किया और पति को पैसे-रुपए की बात करने के लिए रोक लिया। चंद्रकली को क्या मालूम

था कि बाबर क़ीमत एक बार तय करता है और ये क़ीमत ज़मीन की नहीं, जान की होती है। बाबर की पागल खोपड़ी समझ चुकी थी कि मदरसे और चंद्रकली की सिविल लाइंस वाली ज़मीन में मल्टीस्टोरी की फ़सल ख़ून की खाद डाले बिना नहीं उगेगी। कसारी मसारी के ख़ाली पड़े एक घर में बाबर ने चंद्रकली के पति को तीन दिन तक मार-मारकर अधमरा कर दिया और ज़मीन का बैनामा एक गुर्गे के नाम करा लिया। चंद्रकली कई बार पति को ढूंढ़ती हुई बाबर के घर आई लेकिन बाबर के गुर्गे उसे यही कहकर लौटाते रहे कि उसका पति उसी दिन आधे घंटे बाद वापस चला गया था जिस दिन चंद्रकली पति के साथ हवेली पर आई थी।

***

कछार इलाक़े के अंजुमन मोहम्मदिया मदरसे में मौलाना ने बिरादरी के बड़े लोगों को बुलाकर बाबर नाम की मुसीबत का ब्यौरा दिया। कहने को सभी बिरादरी के ख़ास नुमाइंदे थे मगर बाबर के ख़ौफ़ के आगे सब सिर्फ़ दिखावे का हौसला देकर चल दिए और बेचारा मौलाना सबके साथ की उम्मीद पालकर बैठ गया।

प्री मैट्रिक तालीम देने वाले इस मदरसे में क़रीब डेढ़ सौ लड़कियां पढ़ती थीं, जिनकी उम्र पांच से पंद्रह साल के बीच थी। मदरसे के एक हिस्से में हॉस्टल भी था जिसमें क़रीब तीस बच्चियां रहती थीं। अमूमन मदरसों में क़ुरान, हदीस, फिकाह जैसी इस्लामिक तालीम दी जाती है, मगर इस मदरसे में मौलाना की बेटी बच्चियों को इंग्लिश, हिस्ट्री और साइंस भी पढ़ाती थी। शाम का वक़्त था और एक्स्ट्रा क्लास में मौलाना की पंद्रह साल की बिटिया बच्चियों को साइंस पढ़ा रही थी। मौलाना की बिटिया को मदरसे की सारी बच्चियां 'न्यूटन जिज्जी' के नाम से बुलाती थीं और मौलाना के साथ-साथ सारे बड़े-बुज़ुर्ग भी न्यूटन बिटिया। न्यूटन जिज्जी ने साइंस स्कूल में सीखी थी और ज़िंदगी का फ़लसफ़ा अपने अब्बू से। आज साइंस की बुनियाद पर वही फ़लसफ़ा वो बच्चों को समझा रही थी, "ज़िंदगी भी न्यूटन का लॉ है। फ़र्स्ट लॉ है कि आम इंसान अपनी जगह खड़ा है तो खड़ा रहेगा जब तक तालीम की ताक़त उसे आगे न बढ़ाए। बस कुछ यूं ही अगर तरक्की की राह पर कोई चल रहा है तो सीधे चलता रहेगा,

जब तक कोई आकर उसकी रफ़्तार रोक न दे। अब हाथ उठाकर बताओ, न्यूटन का ये कौन सा लॉ है?"

न्यूटन की सहेली बेनज़ीर ने हाथ उठाया, "इसे कहते हैं लॉ ऑफ़ इनर्शिया।"

एक छोटी बच्ची बोली, "चीटिंग...चीटिंग...बेनज़ीर दीदी न्यूटन जिज्जी की पक्की सहेली हैं। जिज्जी उनको अलग से पढ़ाती हैं, इसलिए उनको सब पता है।"

न्यूटन हंसी, "बेनज़ीर बड़ी है इसलिए उसे जल्दी याद हो जाता है।"

एक बच्ची बोली, "तो जिज्जी हमको अभी से मुश्किल चीज़ें क्यों पढ़ा रही हो?"

"ताकि तुम बेनज़ीर की उम्र तक आते-आते उससे भी ज़्यादा सीख जाओ। जैसे मैं हूं तो बेनज़ीर के बराबर, लेकिन उसकी टीचर हूं," न्यूटन ने प्यार से समझाया।

न्यूटन और बेनज़ीर हमउम्र थीं और पक्की सहेलियां भी। कॉन्वेंट में पढ़ने वाली न्यूटन मदरसे में इसलिए पढ़ाती थी ताकि बच्चियां इस्लाम के साथ दूसरे सब्जेक्ट्स भी पढ़ें। क्लास चल रही थी कि मदरसे में काम करने वाली ख़ाला एक बच्ची को गोद में लेकर आईं और कुर्सी पर बैठाकर चली गईं। ये बच्ची पैदाइशी तौर पर चलने-फिरने को मोहताज थी। देखने से लगता था कि उसके पूरे शरीर में लकवा है। बोलने की कोशिश में उसके मुंह से लार गिरती रहती थी। न्यूटन जिज्जी ने बहुत कोशिश करके साबित कर दिया था कि वो बच्ची सुन भी लेती है और सीख भी सकती है। न्यूटन कुर्सी पर बैठी निढाल बच्ची के पास आई और सिर पर प्यार से हाथ फेरती हुई बोली, "बताओ तो...मैं कौन हूं?"

अपनी सारी ताक़त समेटने के बाद बच्ची के होंठ थरथराये, "न्यू...ट...न... जिज्जी।"

यही एक नाम था जो उसकी ज़ुबान से निकलता था। बोलना सिखाने के अलावा न्यूटन उस बच्ची को पंजा लड़ाना भी सिखाती थी क्योंकि लुंज-पुंज सी इस बच्ची के हाथ ही थोड़ा-बहुत उठते थे। न्यूटन ने जैसे ही हाथ बढ़ाया बच्ची ने कंपकंपाते पंजे से उसका पंजा पकड़ लिया। न्यूटन बोली, "लॉ ऑफ़ एक्शन एंड रिएक्शन हमें सिखाता है कि जब कोई आपको धकेलने की कोशिश करता है तो आप भी उसे उतनी ही तेज़ी से धकेलते हैं। जैसे घोड़ा

दबाते ही बंदूक गोली फेंकती है तो गोली भी उल्टा बंदूक को पीछे धकेलती है जिससे कंधे पर धक्का लगता है। ज़िंदगी में फ़ैसला कर लो कि कोई मुसीबत आपको धक्का दे तो आप भी मुसीबत को उतनी ही ताक़त से धक्का दो। जो जीतेगा, वही बनेगा मुकद्दर का सिकंदर।"

ठीक इसी वक़्त मौलाना क्लास रूम के अंदर आए। बच्चियां ख़ुश होकर ताली बजा रही थीं। न्यूटन बोली, "अब्बू, न्यूटन के लॉ तो इनको आयतों की तरह रट गए हैं। कल से पढ़ाऊंगी सर्वाइवल ऑफ़ द फ़िटेस्ट लॉ यानी ज़िंदा सिर्फ़ वो रहेगा जिसमें मुसीबत को मारकर ज़िंदा रहने का दम हो।"

तभी पीछे से तैमूर कुरैशी की आवाज़ आई, "और मौलाना साहब का दम निकालने के लिए पिस्तौल की एक गोली काफ़ी है, मुसीबत तो सरऊ ये हैं हमारे लिए।"

मौलाना ने पलटकर देखा। रमाकांत बघेल, ज़ैद ख़लीफ़ा और गुड्डू इस्लाम के साथ तैमूर कुरैशी पिस्तौल हाथ में लिए खड़ा था। खुले हथियार हाथों में देख न्यूटन मौलाना से चिपक गई। बच्चियां भी फटी-फटी आंखों से गैंग की गुंडई और लाचार से खड़े मौलाना को देख रही थीं। इसी बीच मौलाना के इशारे पर ख़ाला लाचार बच्ची के साथ बाक़ी लड़कियों को लेकर हॉस्टल चल दीं। मौलाना के कहने के बावजूद न्यूटन ख़ाला के साथ जाने को तैयार नहीं हुई। तैमूर कुरैशी ने मौलाना को ज़ोरदार धक्का मारा तो वो लड़खड़ाकर टेबल पर जा गिरा। डरी हुई न्यूटन में अब्बू के गिरते ही पता नहीं कहां से हिम्मत आई। उसने पूरी ताक़त से तैमूर कुरैशी को धक्का दिया, "चले जाओ यहां से। गंदा आदमी।"

संभलते हुए तैमूर ने लपककर न्यूटन के कुर्ते का गला खींचा और कुर्ते के अंदर तक पिस्तौल की नोंक से टटोलते हुए बोला, "छोटे हैं मगर रसभरे हैं।"

टेबल पर गिरा मौलाना तैमूर की तरफ़ झपटा पर रमाकांत बघेल ने मौलाना को जकड़ लिया और ज़ैद ने तैमूर की पिस्टल न्यूटन के कुर्ते से निकालते हुए कहा, "छोड़िए भाई बच्ची है, छोड़ दीजिए।"

रमाकांत बघेल, ज़ैद और गुड्डू इस्लाम तैमूर के वहशीपन से वाक़िफ़ थे। उन्हें समझ में आ चुका था कि तैमूर को नहीं संभाला तो बड़ी वारदात हो जाएगी। तीनों ने तैमूर को समझाया। तैमूर ने न्यूटन का कुर्ता छोड़ दिया और गिरफ़्त छूटते ही न्यूटन अब्बू के पीछे छिप गई। सर्वाइवल ऑफ़ द फ़िटेस्ट लॉ

न्यूटन के सामने शैतान बनकर खड़ा था और उसे अंदाज़ा लग चुका था कि न्यूटन का कोई सिद्धांत कम से कम इस वक़्त न शैतान मंडली पर लागू हो रहा है, न मदरसे पर। बुरी तरह ख़ौफ़ज़दा न्यूटन सिसकते हुए बोली, "दे दीजिए मदरसा इनको अब्बू, हमें नहीं रहना यहां, प्लीज़ अब्बू दे दीजिए।"

मौलाना ने बच्ची को जकड़ लिया, "डर मत बच्ची, ये हमारा कुछ नहीं कर पाएंगे।"

तैमूर ने पिस्तौल मौलाना के मुंह में डाल दी, "बाबर भाई तुमको दस दिन दिए थे। तुम्हारे खाते में हफ़्ता बचा है। सात दिन में आधा बीघा का मदरसा छोड़कर बाक़ी ज़मीन के कागज़ों पर साइन करने हवेली न आए तो तुम्हारे बगीचे में जितने नींबू लटक रहे हैं न, सारे निचोड़कर शिकंजी पी जाएंगे।"

तैमूर ने अपना कुर्ता उठाकर पिस्तौल पायजामे में खोंसी और न्यूटन को घूरता हुआ सबके साथ वापस चला गया। तहज़ीबी इल्म और मौलानाई अकड़ की रीढ़ गुंडई के हथौड़ों से टूटने की कगार पर थी। मगर मौलाना बस मुगालता पाले बैठा था कि शहर काज़ी, मस्जिदों के मुतवल्ली, चांद कमेटी और तमाम तंज़ीमों के अगुआ उसके साथ खड़े हैं। उसे रत्तीभर भी आहट नहीं थी कि बेहद ख़ौफ़नाक वारदात उसकी जानिब क़दम बढ़ा चुकी है क्योंकि मोहम्मदिया मदरसे पर बाबर कुरैशी की काली नज़र है जिसके लिए मज़हब नहीं, धंधा पहले है।

***

इलाहाबाद पब्लिक स्कूल के एनुअल डे फ़ंक्शन में लाउड स्पीकर पर गाना बज रहा था, *नायक नहीं खलनायक हूं मैं, ज़ुल्मी बड़ा दुखदायक हूं मैं*। बाबर के दोनों बेटे वली और फ़हद संजय दत्त के 'खलनायक' वाले लुक में नाच रहे थे। सांसद बाबर कुरैशी चीफ़ गेस्ट था और अपने बेटों को देखकर उछल रहा था। बच्चों की अम्मा शगुफ़्ता भी बगल में बैठी ताली बजा रही थी। प्रोग्राम ख़त्म हुआ। बच्चों को ईनाम बांटने के लिए बाबर और शगुफ़्ता को स्टेज पर बुलाया गया। बाबर ईनाम दे ही रहा था कि उसका मोबाइल बजा। बाबर ने बस तीस सेकंड बात की और चिल्लाकर फ़ोन काट दिया। हॉल में सन्नाटा छा गया। बाबर माइक पकड़कर बोला, "हमें तो डॉन पसंद है लेकिन हमारे लड़के तो

डॉन से बड़े खलनायक निकले। ज़िंदगी में बड़े लफड़े हैं, अभी-अभी फ़ोन पर एक बड़ी लकड़ी आई है। हम ज़रा लकड़ी निकालने जा रहे हैं, तब तक हमाई बेगम ईनाम बांटेंगी।"

बाबर स्टेज से उतरा तो दर्जन भर गुंडे भी पीछे-पीछे चल दिए। बाबर सीधे सिविल लाइंस पहुंचा, जहां एक घर के सामने सिपाहियों के साथ दरोगा खड़ा था। दरोगा ने बाबर को एक कागज़ पकड़ाया और कान में कुछ बताया। गाली देता हुआ बाबर घर के अंदर घुसा जहां चंद्रकली अपने बेटे के साथ बैठी थी। बाबर ने चंद्रकली को एक कंटाप रसीद किया, "साली हरामखोर, हमाये ख़िलाफ़ पुलिस में अपने खसम के ग़ायब होने की शिकायत देगी तू। जा ढूंढ़ जाकर कहां मर गया मादरचोद।"

चंद्रकली का लड़का अम्मा के गाल पर तमाचा और बाप के नाम पर गाली सुनकर बिफर पड़ा। उसने तख़्त पर रखा पानी का गिलास उठाया और बाबर को फेंककर मारा, "गाली कैसे दी तुमने, दो मिनट में मुंह फोड़ देंगे!"

चंद्रकली समझ गई कि बेटे ने आफ़त मोल ले ली है। उसने लपककर बेटे को पकड़ा और बोली, "हमाये आदमी हमरे साथै तुम्हरे घर गए रहैं उई दिन, तबहीं ते ग़ायब हैं। अब तुम जिम्मेदार नाहीं हौ तो कउन है?"

गुंडों ने चंद्रकली को धक्का देकर तख़्त पर पटक दिया और लड़के को दबोच लिया। चंद्रकली चिल्लाती रही और गुंडे लड़के को लातों से मारते रहे। दरोगा-सिपाही मजमा लगाए खड़े थे। बाबर ने गुर्गों को रोका, "अबे छोड़ दो लौंडे को, एक तो अइसे ही इत्ती गर्मी है ऊपर से साला पंखा तक चल नहीं रहा है।"

"हमरे पास खाएं के पइसा हैं नाहीं, बिजली बिल कइसे भरी।" चंद्रकली बोली।

बाबर हंसा, "अब हम समझेन, तुम्हरे लौंडा के इत्ती गर्मी काहे सवार है।"

बाबर की आंख ताड़कर दो गुर्गे जेनरेटर लेने चले गए और एक ने लड़के के हाथ-पैर बांधकर उसे तख़्त पर पटक दिया। बाबर ने दरोगा की तरफ़ शातिर नज़रों से देखा, "बताओ दरोगा जी, इनके पति ने हमें पचीस लाख में ज़मीन की रजिस्ट्री कर दी औ तबसे लौटे नहीं। हमसे कहतीं तो ढूंढ़ने में मदद करते। अच्छाई का ज़माना ही नहीं रहा। हमाये ही ख़िलाफ़ थाने में जाकर शिकायत कर दी।"

"क्या करें सांसद जी, ड्यूटी से बंधे हैं हम। न्याय दिलाना हमारा ही तो काम है इसलिए मुक़दमा दर्ज करने से पहले आपको फ़ोन करके बुलाया।"

बाबर ने दरोगा के हाथ जोड़े फिर फ़ोन लगाते हुए बोला, "बहुतै अच्छा किए दरोगा जी आप। हमको भी तो जनता ने सेवा के लिए ही चुना है। ज़रा देर रुकिए, हम पाताललोक फ़ोन लगाए हैं इनके पति को ढूंढ़ने के लिए।"

क़रीब आधे घंटे बाद पुलिस से लेकर चंद्रकली और उसका बेटा तक चौंक गए जब चंद्रकली का बेहाल पति कमरे में दाख़िल हुआ। उसकी आंख काली पड़ चुकी थी। चेहरे पर चोटों के निशान थे और सिर पर पट्टी बंधी थी। चंद्रकली ने दौड़कर पति को भींच लिया। कराहता हुआ पति धम्म से ज़मीन पर बैठ गया। तख़्त पर बंधा पड़ा बेटा बिलबिला रहा था। दरोगा ने चंद्रकली को ज्ञान की घुट्टी पिलाई कि उसका पति आ गया है लिहाज़ा बाबर के ख़िलाफ़ दी गई शिकायत वापस ले ले। चंद्रकली का बेटा फिर चिल्लाया, "अम्मा इस आदमी ने बाबू का ये हाल किया है, इसे लात मारकर जेल के अंदर कराओ, छोड़ना मत मोटे को।"

बाबर ने लड़के का सिर सहलाया, "जरा जनरेटर आ जाए फिर ठंडे में बात करते हैं, अभी बहुत गर्मी चढ़ी है लौंडे के। अबे जनरेटर लाने पाकिस्तान चले गए का?"

गुर्गे ने समय गंवाए बिना फ़ोन पर बात की। पता चला कि बस दो मिनट में जेनरेटर सेवा में हाज़िर होने वाला है। साथ में आया मिस्त्री जैसे ही मेन लाइन में कनेक्शन जोड़ने लगा एक गुर्गे ने उसे भगा दिया। बाबर के गले में जैसे सांप की तरह ज़हर की थैलियां थीं और वो फन मारने का इंतज़ार कर रहा था। बाबर को जो पहचानते थे वो समझ भी गए कि अब कुछ अनर्थ होने वाला है। सिपाहियों को लेकर दरोगा कमरे से बाहर चला गया। गुर्गों ने तख़्त पर बंधे चंद्रकली के बेटे और निढाल पड़े पति के मुंह में पहले कपड़ा ठूंसा फिर पैरों के अंगूठों में जेनरेटर के नंगे तार बांधने लगे। चंद्रकली को भी एक गुर्गे ने पीछे से पकड़ा और उसके मुंह में भी कपड़ा ठूंस दिया। तभी बाबर ने गिरगिट की तरह सिर हिलाया, "अरे चंद्रकली का मुंह खुला रहने दो, कोई तो चाहिए जो चीख़े-चिल्लाए।"

इधर चंद्रकली ने बाबर के आगे हाथ जोड़े उधर बाबर ने जेनरेटर का हत्था उठाया और उसे घुमाना शुरू कर दिया। जेनरेटर धड़धड़ा कर चलने लगा। नंगे

तारों में दौड़ता करंट लगते ही दोनों बाप-बेटे मिर्गी के मरीज़ की तरह झनझनाने लगे। चंद्रकली की चीख़ें आसमान चीरकर भगवान की चौखट पर माथा पटकने को तड़प रही थीं लेकिन यमदूत बनकर धड़धड़ा रहे जेनरेटर का शोर उसके विलाप को नर्क बन चुके इस छोटे कमरे से भी बाहर नहीं निकलने दे रहा था। शहर का सांसद ख़ुद सज़ा देने वाला जल्लाद था और घर के बाहर खड़ी पुलिस जल्लाद की पैरोकार। पांच मिनट में बाप-बेटे के शरीर काले पड़ गए और चंद्रकली की पूरी ज़िंदगी अमावस हो गई। बाबर ने चुटकी बजाकर जेनरेटर बंद कराया। जेनरेटर का शोर थमते ही पुलिसवाले भीतर आए। पति-बेटे की लाशों से लिपटी निढाल चंद्रकली को बाबर ने चुटिया खींचकर उठाया, "उठो चंद्रकली, देखो पुलिस आई है तुम्हाई शिकायत का कागज़ लेने।"

चंद्रकली ने आंखें खोलीं। एक सिपाही हाथ में पेन और रजिस्टर लेकर ज़मीन पर पंजों के बल बैठा था। दरोगा ने कहा, "परेशान मत हो चंद्रकली। बोलती जाओ हम सिपाही से लिखवा देते हैं तुम्हारी अर्ज़ी। बताओ क्या हुआ तुम्हारे घर में? कैसे मरा तुम्हारा पति और बेटा? बेधड़क बताओ।"

चंद्रकली बिलख पड़ी, "साहब घर मा बिजली नाई है महिनन ते। बिल जमा न रहै, पति जंगलेटर मंगाये रहैं किराए पर। बाप बेटा दुइनो कनिक्शन जोड़ि रहे राहैं तबै करंट लगा मरि गे। बस साहब अउर कुछौ नाई भा।"

बाबर ने जीप से पांच लाख रुपए मंगवाकर चंद्रकली के हाथ में पकड़ाए। चंद्रकली ने नोटों की गड्डी माथे से लगा ली। बाबर ने चंद्रकली के सिर पर हाथ फेरा, "चिंता न करो एक हफ़्ता यहीं पड़ी रहो, जनरेटर भी रहेगा गर्मी नहीं लगेगी।"

सहारा देने वाला पति और सहारे की उम्मीद में बड़ा हो रहा बेटा गंवाने वाली चंद्रकली बाबर के पैरों पर माथा रखकर रोने लगी। करंट लगने की मामूली घटना बताकर पुलिस ने लाशों को पोस्टमार्टम हाउस भेज दिया। बाहर आकर बाबर ने पचास लाख पुलिस को थमाए और वापस लौट गया। चंद्रकली ने करंट से राख हो चुके बेटे और पति की चिता भी जलते देखी। बीस करोड़ से ज़्यादा की ज़मीन बाबर को सिर्फ़ अस्सी लाख में मिल गई। मगर चंद्रकली की अपनी ही ज़मीन उसे बहुत महंगी पड़ी। चंद्रकली भी सब छोड़-छाड़कर संगम किनारे मंदिर के बाहर गुलाब के फूल बेचने लगी। चंद्रकली से गुलाब ख़रीदकर

रोज़ न जाने कितने भक्त आते और भगवान से कुछ न कुछ मांगकर जाते थे। मगर चंद्रकली के पास भगवान से मांगने के लिए अब कुछ भी नहीं बचा था। ज़िंदगी उड़ाकर ले गया एक बवंडर साबित कर चुका था कि भगवान पर गुलाब चढ़ाकर वरदान मिले न मिले लेकिन माफ़िया की गन, गुलाब सी ज़िंदगी को मौत का श्राप ज़रूर दे सकती है।

***

बाबर पर बन रही डॉक्यूमेंट्री के आख़िरी एपिसोड में ज़ैद ख़लीफ़ा मदरसे की बच्चियों पर मंडराते ख़ौफ़ का क़िस्सा बयां कर चुका था और चंद्रकली अपनी दर्दनाक कहानी कैमरे के सामने बताने के बाद ख़ामोश थी। उसके आंसू सूख चुके थे। मुन्नालाल और ज़ैद ने दो हज़ार रुपए चंद्रकली को दिए और सामान समेटकर मोहम्मदिया मदरसा पहुंच गए। दो रिक्शेवाले मदरसे पर पहले ही मौजूद थे। सिंटू दुबे कैमरा लगा ही रहा था कि एक ठेलेवाला और दो खोमचेवाले अंदर आए। ये पांचों एक ऐसे कांड में फंसाए गए थे जिस कांड ने बाबर के हिटलरी राज को खोखला करना शुरू कर दिया था। बृजरानी कुशवाहा, कृतार्थनाथ सिंह, कृष्णगोपाल नौचंदी, कलीम शेरवानी और रामधारी सिंह बिल्डर के साथ बाबर की ज़मीनों का धंधा अब थूक लगाकर नोट गिनने वाले कारोबार से बढ़कर मशीनों से करेंसी गिनने वाला बिज़नेस बन चुका था। बाबर के लैंडबैंक में सिर्फ़ कछार ही नहीं बल्कि शहर की हर प्राइम लोकेशन पर ज़मीनें थीं। बाबर की सांसदी के दो साल ही बचे थे कि इसी दौरान वो कांड हुआ जिससे उत्तर प्रदेश हिल गया।

मुन्नालाल ने रिक्शे, ठेले और खोमचेवालों को लाइन में खड़ा करके कांड का आंखों देखा हाल पूछना शुरू किया।

ईद का दिन था। बाबर की हवेली में नेताओं और अफ़सरों की भीड़ लगी थी। किमामी सेवईं और दम बिरयानी के साथ अपनी रंगबाज़ी का दम भर रहे बाबर ने कठोर सिंह यादव को ख़ुश करने के लिए तोहफ़ों की पूरी खेप रमाकांत बघेल, ज़ैद ख़लीफ़ा और गुड्डू इस्लाम के साथ लखनऊ भेजी थी। न्यूक्लियर डील में व्हिप के ख़िलाफ़ वोट देने की वजह से कठोर सिंह नाराज़ थे। लोकसभा चुनाव में बाबर को फिर टिकट चाहिए था। तोहफ़ा क़ुबूल होने

की ख़बर मिलते ही बाबर ने कठोर सिंह को फ़ोन मिलाकर माफ़ी के साथ-साथ टिकट भी मांग लिया। कठोर सिंह ने बाबर पर हाथ रखने से साफ़ इंकार कर दिया और बाबर बिलबिलाकर रह गया। ठीक इसी वक़्त मोहम्मदिया मदरसे का मौलाना बाबर से ईद मिलने आ गया। बाबर ने मौलाना को गले लगाया और ईद मुबारक बोलते ही रोगन जोश का कटोरा ख़ाली देखकर तैमूर पर चिल्लाया, "एकदमै चूतिया हो क्या तैमूर, रोगन जोश क्या ससुराल से आकर तुम्हाये साले भरवाएंगे डोंगे में? तुमसे कउनो काम नहीं हो सकता है तो बयाना मत लिया करो।"

मौलाना को देखकर बाबर के ग़ुस्से का अंदाज़ा तैमूर को लग चुका था फिर भी सबके सामने अपनी बेइज़्ज़ती से तैमूर तिलमिला गया, "भाई, बकरे कम पड़ गए थे। रोगन जोश ख़त्म हो गया है। इस वक़्त कहां जाकर कटवाएं बकरे?"

मौलाना को सेवईं परोसते हुए बाबर ने तैमूर की तरफ़ नज़र घुमाई, "पांच घंटे दे रहे हैं, तुम कहीं भी जाकर बकरे काटो या कटवाओ। आधी रात तक मेहमान आएंगे। रोगन जोश चाहिए ही चाहिए, चल फूट यहां से।"

खिसियाया तैमूर सात-आठ गुर्गों के साथ बाहर चल दिया।

***

आज क़त्ल की रात थी। चौक-चौराहों से पांच रिक्शे और खोमचेवाले पकड़कर जीप में ठूंस दिए गए। सबको दो-दो लाख देने का वादा करके गैंग कछार के सन्नाटे में बसे मदरसे की तरफ़ निकल पड़ा। रात का क़रीब दो बजा था। मदरसे के हॉस्टल में बच्चियां सो रही थीं। मौलाना के बिस्तर पर न्यूटन और उसकी सहेली बेनज़ीर सोई थीं और मौलाना ज़मीन पर दरेट बिछाकर नींद में था। तभी बाउंड्री फांदकर एक गुर्गे ने मेनगेट खोल दिया। गाड़ियों पर लदे गुर्गे तैमूर कुरैशी के साथ अंदर आ गए और गेट फिर बंद कर दिया गया। हथियारों से लैस गुंडों ने मदरसे का दरवाज़ा तोड़ना शुरू किया। शोर सुनकर मौलाना, न्यूटन और बेनज़ीर की नींद खुल गई। मौलाना ने डरी हुई बेनज़ीर और न्यूटन को कमरे में बंद कर दिया और बगल के कमरे में सो रहे दो चपरासियों को लेकर नीचे पहुंचा। वहां गैंग के साथ तैमूर कुरैशी दरवाज़ा तोड़कर पहले ही अंदर घुस चुका

था। सिर पर पिस्तौल की बट मारकर तैमूर ने मौलाना को गिरा दिया। उसके सिर से भलभलाकर ख़ून निकलने लगा। चपरासी भी हकबका गए। गुर्गों ने गमछों से मौलाना और चपरासियों के हाथ-पैर बांध दिए। गाली-गलौज करता हुआ तैमूर चिल्लाया, "उठा लाओ एक-एक लौंडिया को। आज मदरसे को रंडीखाना न बनाया तो तैमूर क़ुरैशी साला नामर्द है।"

हॉस्टल में घुसकर गुंडों ने कमरों में सो रही बच्चियों को थप्पड़ मार-मारकर जगाया और बिलखती बच्चियों को घसीटते हुए दालान में लाकर पटक दिया। यूं तो क़रीब तीस बच्चियां हॉस्टल में रहती थीं लेकिन आज सिर्फ़ पांच बदक़िस्मत ही मौजूद थीं, बाक़ी ईद मनाने अपने-अपने घर चली गई थीं। बदक़िस्मत बच्चियों में एक बच्ची वो भी थी जो चलने-फिरने तक को मोहताज थी।। निढाल पड़ी इस बच्ची को लात मारकर दूर करते हुए तैमूर क़ुरैशी बोला, "हटाओ बे इस बीमारी को, लोथड़ा नहीं, आज सिर्फ़ रान और सीना खाना है।"

मौलाना चीख़ा, "शैतान की मौत मरेगा तू, लोग थूकेंगे तुझ पर।"

तैमूर ने झपटकर एक बच्ची की फ़्रॉक फाड़ी और उसे बेकपड़ा कर दिया। बाक़ी बच्चियां दहल गईं। तैमूर ने फ़्रॉक मौलाना के मुंह में ठूंसी और पूछा, "अबे तेरी लौंडिया कहां है? वो तो एकदम कुरकुरा तर माल है। ढूंढ़कर लाओ बे लौंडिया को।"

फ़्रॉक मुंह में ठुंसी थी फिर भी मौलाना की घुटी हुई चीख़ें साफ़ सुनाई दे रही थीं। गुंडों ने एक चपरासी को उठाया और खोपड़ी में पिस्तौल टिकाकर बोला, "चल बे, बता चलकर कहां हैं लौंडिया, कोई क्रांति की तो गोली ठांस दूंगा खोपड़ी में। गोली अंदर, दम जलंधर।"

चपरासी गुंडों के साथ मौलाना के कमरे की तरफ़ चल दिया। पलंग के नीचे छिपी न्यूटन और बेनज़ीर को गुंडों ने बालों से खींचकर बाहर निकाला। महज़ मिनट भर में गुंडे कंधों पर दोनों को लादे हुए थे। दोनों के बदन पर एक भी कपड़ा न देखकर मौलाना ने शर्मिंदगी से आंखें बंद कर लीं और ऊपरवाले से रहम की गुहार लगाई। गुंडों ने दोनों को कंधे से उतारा। डर और शर्म से मरी जा रहीं न्यूटन और बेनज़ीर रो रही बच्चियों के पीछे छिप गईं। तैमूर ने मौलाना के हाथ-पैर खोलने का इशारा करते हुए अपने पायजामे में फ़ोल्ड करके रखी

हुई रजिस्ट्री निकाली और मौलाना के मुंह पर फेंकते हुए फ़ौरन दस्तख़त करने को कहा।

हाथ खुलते ही मौलाना ने दीवान की चादर उठाई और बच्चियों को एक साथ ओढ़ा दी, फिर शर्त रखी, "बच्चियों को छोड़ दो, मैं दस्तख़त कर दूंगा।"

तैमूर राज़ी हो गया। मौलाना बच्चियों को लेकर हॉस्टल गया और सबको ताले में बंद करके वापस लौटा। दस्तख़त करने के लिए उसने तैमूर से कलम मांगी। कलम हाथ में आते ही मौलाना ने झपटकर उसे तैमूर के कंधे में घोंप दिया। इससे पहले कि तैमूर संभलता मौलाना ने गुर्गे से पिस्तौल छीनने की कोशिश की लेकिन सारे गुंडे उस पर टूट पड़े। गुंडों ने मौलाना और चपरासियों को मार-मारकर कमरे में बंद कर दिया। फिर हॉस्टल का ताला तोड़कर बाक़ी बच्चियों के साथ न्यूटन और बेनज़ीर को बाहर खींचा। बच्चियां चीख़ती रहीं। मौलाना पर खौरियाया तैमूर सारा ग़ुस्सा न्यूटन पर उतार रहा था। चलने-फिरने को मोहताज लाचार बच्ची ज़मीन पर बेबस पड़ी थी। न्यूटन जिज्जी को बचाने के लिए बेबस बच्ची तैमूर की पीठ नाख़ूनों से नोंचते हुए लड़खड़ाती ज़ुबान से पुकारने लगी, "न्यू...ट...न...जि...ज्जी...न्यू...ट...न...जिज्जी।"

तैमूर ने बच्ची को ज़ोरदार ठोकर मारी और बच्ची फिसलती हुई एक गुंडे के पैरों से टकराई। फिर क्या था, गुंडे ने उस बच्ची को भी अपनी हवस का शिकार बना डाला जिस मासूम को ये भी नहीं मालूम था कि शरीर कहते किसको हैं। आज इंसानियत ज़ख़्मी थी, शैतान शर्मसार था और रात का हर पल बिलख रहा था।

मुर्ग़े की बांग से निढाल सो रहा तैमूर क़ुरैशी उठा। गुंडे मौलाना को तैमूर के पास लेकर आए। बच्चियों का हाल देखकर मौलाना भांय-भांय रोने लगा। तैमूर ने उसे रजिस्ट्री पकड़ाते हुए ग़ुस्सा उगला, "दस्तख़त करोगे या हमें फिर दस्तख़त करने पड़ेंगे अपनी कलम से।"

मौलाना ने रजिस्ट्री रखी और कलम के लिए हाथ बढ़ाया। तैमूर क़ुरैशी ने हद पार कर दी, "कलम दे तो रहे हैं लेकिन फिर कंधे में न घोंप देना। देख रहे हो ना बुढ़ऊ, घोंपा-घांपी के चक्कर में ही कितना ख़ून-खराबा हो गया।"

मौलाना ने बहुत देर कर दी थी। मदरसा बचाने की ज़िद और अकड़ तब ख़त्म हुई जब सब ख़त्म हो चुका था। आख़िरकार मौलाना को रजिस्ट्री के

अलावा एक अर्ज़ी पर भी दस्तख़त करने पड़े जो जीप पर लादकर लाए गए रिक्शे, ठेले और खोमचे वालों के ख़िलाफ़ थी। तैमूर के फ़ोन पर पुलिस आई और बलात्कार के आरोप में ग़रीबों को गिरफ़्तार करके ले गई। बीघों का मदरसा मीटरों में सिमट गया। फिर न पुलिस ने कुछ किया, न मौलाना को ऊपरवाले पर भरोसा रहा। एंबुलेंस बुलाकर पुलिस ने बच्चियों को अस्पताल पहुंचाया। बाबर और शगुफ़्ता भी अस्पताल पहुंचे। बेड पर पड़ी न्यूटन के सिरहाने बैठे मौलाना से बाबर बोला, "फ़िकर न करना मौलाना, इलाज का सारा खर्चा हम देंगे। अरे...बच्चियों को ईदी भी तो देनी है।"

सिर झुकाकर बैठा मौलाना फुसफुसाया, "जी सांसद जी।"

न्यूटन को दुलराते हुए बाबर बोला, "तुम्हें ईदी में हम दो दिन का मौक़ा देते हैं मौलाना। पहली फ़ुर्सत में बच्चियां लेकर इलाहाबाद से निकल लो। मीडिया में चिल्ल-पों मचाई तो कसारी मसारी में दफ़नाने को बहुत जगह बची है।"

मौलाना ने सिर झुका लिया, बाबर बाहर चल दिया। रह-रहकर कराह रही बेनज़ीर के सिर पर हाथ फेरती शगुफ़्ता न्यूटन की तरफ़ पलटी, "बिटिया, अब्बू से कहो सबके साथ चले जाएं यहां से, नहीं तो सांसद जी मार डालेंगे उन्हें।"

कागज़ों में मुजरिम बने पांचों ग़रीबों ने जान और पैसे की ख़ातिर गुनाह क़ुबूल लिया। बच्चियों के साथ मौलाना ने शहर छोड़ दिया। कौन कहां चला गया किसी को कोई ख़बर नहीं थी। अख़बारों और न्यूज़ चैनलों पर बाबर-तैमूर क़ुरैशी के नाम का ख़ूब हल्ला मचा मगर पुलिस की चार्जशीट और फ़र्ज़ी गवाही के चलते लोकसभा चुनाव आते-आते हेडलाइंस बदल गई। कौम की बच्चियों के बलात्कार से नाराज़ मुसलमानों की मुख़ालफ़त को बाबर की दहशत ने ख़ामोश तो कर रखा था मगर नतीजा ये रहा कि बाबर वोट मांगता रह गया मगर उसके ही बसाए वोटबैंक ने नाराज़गी में उसकी सांसदी छीन ली। बाबर को अंदाज़ा नहीं था कि तैमूर इतना बड़ा कांड कर देगा। बाबर को छोटे भाई से इस क़दर मोहब्बत थी कि इतने बड़े कांड के बाद भी उसके मन में न तो तैमूर पर ग़ुस्सा था, न कराहती बच्चियों के लिए रत्ती भर ग़म।

***

मदरसा कांड को बरसों गुज़र चुके थे और इस कांड के बाद बाबर फिर कभी

कोई चुनाव नहीं जीत सका। कई सरकारें आईं-गईं मगर बाबर की रंगबाज़ी का सिक्का सोने के भाव चलता रहा। ख़ून और चीख़ों से भरी वारदातों के पचासों मुक़दमे बाबर को जेल भेजने की कोशिश करते-करते फ़ाइलों में दम तोड़ चुके थे। बीमारी से जूझते कठोर सिंह ने लोहिया समाज पार्टी की कमान बेटे सुपुत्र सिंह यादव को सौंप दी थी। नेशनल पीपुल्स कांग्रेस के पूर्व मंत्री और बाबर के पार्टनर कलीम शेरवानी के साथ अशोकराज बाजपेई राजनीति से रिटायर हो चुके थे। केंद्र में लगातार कई बार से नेशनल पीपुल्स कांग्रेस की सरकार थी। प्रधानमंत्री बनने का सपना पाले बैठे केंद्रीय गृहमंत्री फ़िरोज़ भाई पटेल और भारतीय राष्ट्रवादी पार्टी की नेता बृजरानी कुशवाहा के बीच मज़बूत सियासी सांठगांठ थी। बृजरानी ने बाबर को राजनीतिक संरक्षण देने के लिए फ़िरोज़ भाई पटेल की गोद में बैठा दिया। इस गोद बैठाई की क़ीमत थी राजनीति में बाबर का इस्तेमाल और ज़मीन के धंधे में करोड़ों का कमीशन। यूपी में तमाम उतार-चढ़ाव के बाद जनता ने फिर बतौर मुख्यमंत्री महादेवी जाटव की सरकार चुनी थी जिसके चार महीने बचे थे। बाबर के बाल की खाल भी न छू पाने वाली महादेवी की हिटलिस्ट में बाबर दसियों साल से नंबर वन था। सियासी गलियारों का अटल सत्य है कि सरकारें चुनती तो जनता है मगर उसे चलाते अफ़सर हैं। गृहमंत्री फ़िरोज़ भाई पटेल से मज़बूत रिश्तों को देखते हुए बेरहम ब्यूरोक्रेसी का सिद्धांत था कि सरकारें आती-जाती रहती हैं लेकिन बाबर से रिश्ते रहे तो केंद्र से रिश्ते मज़बूत रहेंगे। अफ़सरों का एक खेमा कार्रवाई करता था तो दूसरा बाबर को जेल जाने से बचाता था। कुछ अफ़सर ऐसे भी थे जिनकी नज़र में बाबर हमेशा खटकता था। लिहाज़ा ऐसे अधिकारियों ने बाबर की अवैध इमारतों की फ़ाइलें मुख्यमंत्री की मेज़ पर रख दीं। नाकाम दुश्मनी दिल में लिए महादेवी को जब कुछ नहीं मिला तो इन दस्तावेज़ों को हथियार बनाकर उसने बाबर के धंधे पर ताबड़तोड़ बमबारी कर दी। बाबर की तमाम अवैध इमारतें सरकारी बुलडोजर ने ज़मींदोज़ कर डालीं।

महादेवी ने साफ़ कर दिया कि वो बाबर को चुनाव से पहले निबटाने के मूड में है। सरकार का रवैया देखकर डीजीपी ने आईपीएस राबिया पठान को इलाहाबाद का सुपरिंटेंडेंट ऑफ़ पुलिस बनाकर भेजा। तेवर बताते थे कि राबिया फ़ील्ड पर डेडली साबित हो सकती है। डीजीपी ने राबिया को बताया

कि मुख्यमंत्री का एजेंडा है कि बाबर और उसका गैंग कोई भी हरकत करे तो सीधे जेल में डाल दो।

राबिया ने ऑफ़िस में बाबर और तैमूर कुरैशी की हिस्ट्रीशीट मंगाई। चालीस साल के ख़ूनी इतिहास में राबिया को मदरसा कांड की बिलखती बच्चियों की चीख़ें साफ़ सुनाई दे रही थीं। मामूली से रोड रेज में रेल के पहियों के नीचे फेंके गए आलोक साहू की बेवा की आंखों में पति की कटी-फटी लाश का ग़म और बाबर का ख़ौफ़नाक चेहरा दिखाई दिया। मंदिर के बाहर फूल बेचती बेसहारा चंद्रकली की झुर्रियों में राबिया ने करंट लगाकर मारे गए बेटे और पति की दर्दनाक कहानी पढ़ी। चंद्रकली और आलोक साहू की बेवा से लेकर न जाने कितनों को राबिया ने मुक़दमा लिखाने की हिम्मत बंधाई मगर हर किसी ने हाथ जोड़कर राबिया से जान की भीख मांग ली। सुराग जुटाने में लगी थकी-हारी राबिया मायूस हो गई। उसकी आंखों में बर्बाद हुए लोगों के लिए आंसू थे और बाबर-तैमूर कुरैशी को लेकर ख़ून उतर चुका था। बाबर के किरदार में उसे सद्दाम हुसैन, कर्नल गद्दाफी, ईदी अमीन, हिटलर जैसे तानाशाह दिखाई दे रहे थे। राबिया समझ चुकी थी कि शहर में कोई बाबर का नाम लेकर मौत नहीं चाहता है। राबिया ने ख़ून का घूंट गटका और तय कर लिया कि वो निशाना लगाए रहेगी और जैसे ही बाबर निशाने पर आएगा, घोड़ा दबा देगी।

टेक्नोलॉजी का दौर था। सीसीटीवी और फ़ोन रिकॉर्डिंग अब ख़ुद सुबूत और गवाह बन चुके थे। ऐसे ही वक़्त में बाबर बड़ी ग़लती कर बैठा। जोड़-जुगाड़ और सिफ़ारिश से बाबर ने बड़े बेटे वली को इलाहाबाद के एग्रीकल्चर कॉलेज में भर्ती तो करा दिया था मगर वो पहले ही सेमेस्टर में फेल हो गया। नाज़ुक वक़्त देखे बिना बाबर ने कॉलेज में हल्ला बोल दिया। प्रिंसिपल, डीन और प्रोफ़ेसर्स तक को बाबर ने फ़ोन पर जान से मारने की धमकियां दीं। धड़ाधड़ गिराई जा रही अवैध इमारतों से साफ़ हो चुका था कि अब बाबर की वो औक़ात नहीं रह गई है। लिहाज़ा बेटे के नंबर नहीं बढ़ाए गए। बौखलाए बाबर एंड गैंग ने खुलेआम सैकड़ों छात्रों के सामने प्रिंसिपल और प्रोफ़ेसर्स को दौड़ा-दौड़ाकर पीटा। गुंडागर्दी के ख़िलाफ़ छात्रों प्रोफ़ेसर्स और प्रिंसिपल ने हाईवे पर कई किलोमीटर तक लंबा ट्रैफ़िक जाम लगा दिया। थाने से पता चला कि छात्र गाड़ियों में तोड़फोड़ करने जा रहे हैं। मौक़े की नज़ाकत देखते

हुए राबिया जब ख़ुद पहुंची तो रोड जाम के पीछे बाबर कुरैशी की रंगबाज़ी का पता चला।

राबिया की तो लॉटरी लग गई। ख़बर डीजीपी से मुख्यमंत्री तक पहुंच गई। सीसीटीवी फ़ुटेज और आधा दर्जन फ़ोन रिकॉर्डिंग्स सुबूत बन गईं। प्रिंसिपल ने बेहिचक मुक़दमा दर्ज करा दिया। बड़ी-बड़ी वारदातों में बेदाग़ बैठा बाबर मामूली घटना में हत्थे चढ़ गया। बाबर हवेली पर सबसे छोटे बेटे उमर का पहला जन्मदिन मना रहा था। घर मेहमानों से भरा था और तैमूर बीवी को लेने ससुराल गया था। केक कट ही रहा था कि भारी फ़ोर्स के साथ राबिया धमक गई। फ़ोर्स ने हवेली को घेरा और राबिया ने बाबर को गिरफ़्तार करने के लिए दरोगा को अंदर भेजा। मिनट भर में दरोगा लौटा तो उसकी वर्दी फटी थी और चेहरा केक से सना था। बाबर की हिस्ट्रीशीट पढ़ चुकी राबिया पहले से ही बौखलाई हुई थी। दरोगा की हालत देखकर राबिया जीप से कूदी और भागती हुई अंदर गई। पीछे से फ़ोर्स भी दौड़ी। बाबर केक खा रहा था। राबिया ने बाबर को कॉलर से पकड़कर खड़ा किया और झन्नाटेदार तमाचा मारा। हकबकाया बाबर गाली देता हुआ राबिया पर झपटा मगर राबिया ने बाबर के पेट पर पूरी ताक़त से लात मार दी। भारी-भरकम बाबर धम्म से केक वाली टेबल पर गिर पड़ा। ज़मीन पर पड़ा केक उठाकर बाबर के मुंह पर मलते हुए राबिया ने फ़ोर्स को हुक़्म दिया, "कोई साला गड़बड़ करे तो गोली मार देना।"

बाबर के गुंडों और घर आए मेहमानों ने पुलिस का ऐसा रवैया कभी नहीं देखा था। तमाम मेहमान बीवी-बच्चों के साथ बाहर भाग गए। कुछ पुलिस से भिड़ पड़े। एक गुर्गे ने फ़ायर कर दिया, गोली एक सिपाही के कंधे पर लगी। राबिया ने आव देखा न ताव सीधे पिस्तौल निकाली और गोली मारकर गुंडे के पैर का पंजा छेद दिया। गुंडे के गिरते ही पुलिस से भिड़ रहे मेहमान किनारे हो गए। पुलिस ने कमरे में भरी भीड़ पर बंदूक तान दी और बाहर भागने का अल्टीमेटम दिया। मौक़ा मिलते ही बाबर ने मोबाइल से फ़ोन करना चाहा तो राबिया ने झपटकर फ़ोन छीना और जेब में रख लिया। हॉल में अब सिर्फ़ बाबर, वली और फ़हद के साथ शगुफ़्ता की गोद में उमर ही था। राबिया ने इशारा किया और सिपाहियों ने लाठियां मार-मारकर फ़हद और वली को बिछा दिया। ज़मीन पर पड़े बेटों और मिट्टी में मिल चुकी इज़्ज़त को नंगी आंखों देख रहे

बाबर ने चेहरे पर लगा केक साफ़ करते हुए राबिया को धमकी दी, "इलाहाबाद में नई-नई पोस्टिंग पाई हो न, जवानी बहुत उछाल मार रही है। बाबर का वादा है तुम्हाई वर्दी उतरवाऊंगा नहीं, फड़वाकर फिंकवा दूंगा।"

राबिया ने बाबर का गाल सहलाया, "वर्दी तो सिल जाएगी चूतिये, मगर आज जो मैं फाड़ूंगी वो न दर्ज़ी सिल पाएगा, न डॉक्टर। जब-जब अपनी कमोड टटोलेगा तब-तब सोचेगा कि फट तो गई पर सिल नहीं पाई।"

गिरहबान से कुर्ता पकड़कर राबिया बाबर को हवेली के लॉन तक घसीट लाई। पुलिस कवर में सबसे छोटे बेटे उमर को गोद में लेकर आ रही शगुफ़्ता चिल्लाई, "मुसलमान है और मुसलमान से दुश्मनी कर रही है, रंडी बनाकर छोड़ूंगी तुझे।"

बाबर को पुलिसवालों के हवाले करके राबिया शगुफ़्ता की तरफ़ पलटी और उसे एक तमाचा जड़ दिया। शगुफ़्ता गाल पकड़कर रह गई। बीवी को मायके से लेने गए तैमूर की गाड़ी ठीक इसी वक़्त पहुंच गई। तैमूर गाड़ी से उछलकर उतरा और पुलिस का घेरा तोड़ता हुआ बाबर तक पहुंचा। बाबर की हालत देखते ही उसने राबिया का कॉलर पकड़ा और ताक़त से खींचा। राबिया की शर्ट के बटन टक-टक करके टूटते चले गए। बाबर के सिर का साफ़ा फ़ौरन खींचकर राबिया ने ख़ुद को ढंका और फिर सिपाही की बंदूक छीनकर तैमूर को बेतहाशा पीटने लगी। बाबर के साथ पूरी फ़ोर्स भी तब चौंक गई जब राबिया ने तैमूर के पायजामे में खुंसी पिस्टल निकाली और धाड़ से अपनी बांह पर गोली मार ली। ग़ुस्से से भरी बैठी राबिया ने तैमूर का कुर्ता-पायजामा फाड़ डाला और चिल्लाई, "नंगा चाहिए ये आदमी मुझे। इन सालों का जुलूस निकालकर शहर में तमाशा बना दो।"

सिपाहियों ने भीड़ के सामने तैमूर को नंगा कर डाला। बाबर समझ गया कि आज वक़्त बुरा नहीं, बहुत ही बुरा है। वो जीप के पीछे बैठने के लिए चढ़ ही रहा था कि राबिया ने पीछे से उसका कुर्ता खींचकर फाड़ दिया, "साला जीप पर बैठेगा, ले चलो सालों को मोटरसाइकिलों पर लादकर।"

कसारी मसारी से पुराने कटरा इलाक़े में मौजूद एसपी ऑफ़िस तक तहमत और बनियान में बाबर लाया गया और नंगा होने का शौकीन तैमूर कुरैशी आज पूरे इलाहाबाद के सामने सच में नंगा हो चुका था। राबिया ने पहले ही मौक़े पर

दोनों को पोस्टर बनाकर टांग दिया था और क़ानूनी शतरंज की वो चाल चली जिस चाल का माहिर ख़ुद बाबर था। तैमूर की पिस्तौल से गोली राबिया की बांह में लगी थी, सिपाही भी घायल था। अब राबिया ख़ुद गवाह थी, ख़ुद सुबूत और ख़ुद ही विक्टिम। पुलिस पर जानलेवा हमले, फ़ेल बच्चे को फ़र्ज़ीवाड़ा करके पास कराने के लिए दबंगई, कॉलेज में गुंडागर्दी, प्रोफ़ेसरों और प्रिंसिपल को जान से मारने की धमकी के मुक़दमों में कोर्ट ने बाबर और तैमूर कुरैशी को दो साल की सज़ा सुनाई।

कोर्ट के बाहर क़रीब डेढ़ सौ पुलिसवालों का घेरा था। राबिया किसी से फ़ोन पर बात करती हुई मेनरोड की तरफ़ जा रही थी। तभी एक सिपाही का कंधा उसके कंधे से टकराया। भीड़ चीरकर आगे बढ़ रही राबिया ने पलटकर देखा तो सिपाही एक हाथ कान में लगाए मोबाइल पर बतिया रहा था और उसके दूसरे हाथ में बम था। सिपाही ने भी राबिया को पलटकर देखा। दोनों की आंखें मिलीं और लगा कि कुछ बात हुई। बम देखकर भी राबिया आगे बढ़ गई। बाबर और तैमूर कुरैशी कोर्ट से बाहर निकलकर जेल वैन पर चढ़ रहे थे कि तभी पुलिस की भीड़ से एक के बाद एक तीन सिपाही अचानक सामने आए और कुरैशी भाइयों पर बम फेंकने लगे। तैमूर ने बाबर को घसीटकर वैन के अंदर खींचा और कुंडी लगा ली। धमाकों की आवाज़ सुनकर राबिया दौड़कर वापस लौटी। तीनों बमबाज़ सिपाही पुलिस की गिरफ़्त में नारेबाज़ी कर रहे थे, "बाबर कुरैशी ज़िंदाबाद, बाबर कुरैशी ज़िंदाबाद।"

राबिया चीख़ी, "कॉर्डन ऑफ़ करो, घेरो दोनों को, कहां हैं दोनों भाई?"

दरोगा ने इशारा किया। राबिया ने वैन गेट खटखटाया। तैमूर ने जाली से झांककर देखा और कुंडी खोली। राबिया अंदर घुसी और बोली, "बच गए साले, तुम्हारे तो चीथड़े हो जाते आज।"

बाबर गुर्राया, "लगता है तुम्हाई मन्नत पूरी हुई नहीं, बाहर आकर मिलेंगे तुमसे।"

"ख़ुद पर हमला कराएगा तो क्या जेल से बच जाएगा? सिक्योरिटी बढ़वाने का ये ड्रामा पुराना हो चुका है सालों। अब नया आइडिया ढूंढ़ जेल में बैठकर," राबिया ने हड़काया।

वैन से निकलकर राबिया ने दोनों को जेल ले जाने का फ़रमान सुनाया।

सुरक्षा कर्मियों के साथ वैन चल दी। बाबर ने तैमूर कुरैशी को घूरा, "तुम कराए हो ये सब नंगनाच?"

तैमूर ने सफ़ाई दी, "नहीं भाई।"

बाबर ने तैमूर को डांटा, "अबे तुम्हाई नादानी कउनो दिन हम सबका लई डारी।"

तैमूर पर बाबर को भरोसा ही नहीं था। बाबर समर्थकों ने इलाहाबाद में तीन दिन तक बवाल काट दिया। बसें-गाड़ियां फूंकी गईं। जगह-जगह पथराव हुआ। नक़ली पुलिसवाले बनकर आए बमबाज़ों ने पूछताछ में क़ुबूला कि बाबर गैंग के कहने पर ही उन्होंने हमला किया ताकि बाबर की सिक्योरिटी बढ़ जाए और मुख्यमंत्री महादेवी पर बाबर को जान से मारने की कोशिश का इल्ज़ाम लगाया जा सके। राबिया का सियासी इस्तेमाल हो चुका था। दंगों के साथ-साथ बाबर पर हमले का ठीकरा राबिया के सिर फोड़कर महादेवी ने राबिया को सस्पेंड कर दंगाइयों को देखते ही गोली मारने के आदेश दे डाले। महादेवी जाटव ने प्रेस कॉन्फ्रेंस में कहा कि सरकार के ख़िलाफ़ साज़िश रचने के लिए बाबर ने ख़ुद पर हमला कराया और शहर को दंगों में झोंका। दंगों और हमले की साज़िश जैसी क़ानूनी धाराएं बढ़ाकर बाबर और तैमूर कुरैशी को जेल में ठूंस दिया गया।

***

घड़ी की सुइयों के साथ कैलेंडर की तारीख़ें बदलीं और महादेवी को हराकर भारतीय राष्ट्रवादी पार्टी की सरकार उत्तर प्रदेश में सत्तासीन हुई। कट्टर हिंदुत्ववादी लीडर प्रचंड प्रताप सिंह मुख्यमंत्री बने और फिर शुरू हुआ यूपी में गुंडे-बदमाशों का एनकाउंटर। प्रचंड प्रताप सिंह के निशाने पर था बाबर। दूसरी ओर रमाकांत बघेल जैसे तमाम पार्टनर बाबर के जेल जाने का फ़ायदा उठा रहे थे। बौखलाए बाबर ने ज़ैद ख़लीफ़ा और रामधारी बिल्डर को देवरिया जेल बुलाकर ख़ूब पीटा। ग़ुस्सा इस बात का था कि रमाकांत बघेल धड़ाधड़ बाबर की ज़मीनें बेच रहा था और पैसा बाबर की फ़ैमिली को नहीं दे रहा था। बाबर ने दोनों को रमाकांत बघेल पर कंट्रोल करने का ऑर्डर दिया था लेकिन दोनों उसके पेंच कस नहीं पाए। ज़ैद और रामधारी सिंह बिल्डर तो मार खाकर ख़ामोश रहे मगर सरकार के इशारे पर देवरिया जेल के जेलर ने बाबर के ख़िलाफ़ मुक़दमा ठुंकवा दिया। पहले से दो साल की सज़ा काट रहे बाबर को

इस मुक़दमे में भी सज़ा सुना दी गई। सरकार की तरफ़ से मुक़दमा होते ही बाबर समझ गया कि अगर अब वो यूपी में रुका तो उसकी हत्या हो जाएगी। केंद्रीय गृहमंत्री फ़िरोज़ भाई पटेल से रिश्तों की बुनियाद पर बाबर ने सुप्रीम कोर्ट में अर्ज़ी डाली और कोर्ट ने बाबर को अहमदाबाद जेल शिफ्ट कर दिया।

मोबाइल, टीवी, एसी और किचन जैसे वीवीआईपी इंतज़ामों के बीच बाबर अहमदाबाद जेल में दाख़िल हुआ। बाबर को जेल का आलीशान कमरा दिखा रहे जेलर के बर्नर फ़ोन की घंटी बजी। थोड़ा समझने के बाद 'जय हिंद' कहकर जेलर ने फ़ोन बाबर को थमा दिया। उधर से गृहमंत्री की आवाज़ आई, "स्वागत है बाबर।"

बाबर चौड़ी मुस्कान देकर बोला, "साहब का एहसान हम ज़िंदगी भर नहीं भूलेंगे।"

"तुमने हमारी सरकार एक वोट से बचाई थी बाबर।"

"इस प्रचंड प्रताप सिंह का कुछ कीजिए वर्ना प्रधानमंत्री बन जाएगा ये।"

गृहमंत्री ने भरोसा दिलाया, "चिंता न करो बाबर, प्रचंड प्रताप सिंह को तो हम तपस्या करने के लिए हिमालय भेजने का इंतज़ाम कर रहे हैं।"

फ़ोन कट गया और रिश्ता मज़बूती से जुड़ा रहा। इलाहाबाद का डॉन अब अहमदाबाद से कंट्रोल कर रहा था। बाबर की बीवी पूरा धंधा और गैंग संभालने लगी। बाबर के चालीस साल की क्राइम हिस्ट्री पर बन रही डॉक्यूमेंट्री का आख़िरी एपिसोड 'ज़ुर्म की ज़मीन, मौत का मुनाफ़ा' पूरा हुआ और 'ख़बरदार इंडिया' चैनल पर टेलिकास्ट भी हो गया। लेकिन बाबर को टीवी पर टेलिकास्ट हुई इस डॉक्यूमेंट्री की पूरी ख़बर लग चुकी थी। उसे पता ये भी चल चुका था कि ज़ैद ख़लीफ़ा ने बाबर के ख़िलाफ़ टीवी पर ज़हर उगला है। खौरियाए हुए बाबर ने आनन-फ़ानन में ज़ैद को जेल से कॉल किया। ज़ैद के फ़ोन उठाते ही बाबर गाली-गलौज पर उतर आया, "काहे ज़ैद, तुम भोसड़ी के हमाये ख़िलाफ़ टीवी पर बकबका रहे हो? हम मादरचोद बघेल के पछत्तर गोली मारकर गिरा सकित है, तो समझ लेयो तुम्हार तो सरऊ हम भोसड़ा फाड़ देब। चिंता न करौ, जरा केस निपट जाए, फिर तुम्हाई लाश भी गिराते हैं हम।"

बिना कुछ बोले ज़ैद ने कॉल काट दी। बाबर 'हैलो-हैलो' कहकर गरियाता रह गया, उधर फ़ोन स्विच ऑफ़ हो चुका था।

सब गंदा है पर धंधा है ये (2023)

कहानी बाबर कुरैशी के कल से फिर आज पर लौट आई। अपनी रंगबाज़ी दोबारा क़ायम करने के लिए अहमदाबाद जेल में बंद बाबर अपने गैंग के ज़रिए रमाकांत बघेल की हत्या को अंजाम दे चुका था। इधर रमाकांत के सरेआम क़त्ल का मुद्दा यूपी से दिल्ली तक गूंज रहा था, उधर खुलेआम मुख्यमंत्री प्रचंड प्रताप सिंह विधानसभा में बाबर को मिट्टी में मिला देने का ऐलान कर चुके थे। चार शूटर्स के अलावा रमाकांत के क़त्ल में बाबर के बेटे फ़हद और वली के साथ बमबाज़ गुड्डू इस्लाम भी शामिल था। सब फ़रार थे और पुलिस फ़ेल थी। पुलिस की एक टीम हत्याकांड में नामज़द बाबर को रिमांड पर लेने के लिए अहमदाबाद जेल पहुंच चुकी थी और दूसरी छोटे भाई तैमूर कुरैशी को लाने बरेली जेल। बख़्तरबंद वैन में बैठते ही बाबर को जेलर ने फ़ोन पकड़ाया। गृहमंत्री लाइन पर थे, "हम नज़र रखे हुए हैं।"

"हमें औ हमाये बच्चों को बचाए रखिएगा हुज़ूर," बाबर गिड़गिड़ाया।

"कोर्ट की अंडरटेकिंग पर यूपी जा रहे हो तुम। कुछ भी झोल-झाल हुआ तो सरकार फंसेगी और सरकार फंसी तो प्रचंड प्रताप सिंह का खेल ख़त्म समझो।"

बाबर की बेचैनी बढ़ी, "श्रीप्रकाश दुबे को जीप पलटवाकर मरवा चुका है वो।"

"टेंशन मत लो, सब सेट है। अहमदाबाद से इलाहाबाद तक तुम्हारी लाइव कवरेज होगी। गाड़ी पलटना तो छोड़ो, पंक्चर भी हुई तो कोर्ट सीएम को नाप देगी।"

फ़ोन कटा और ज़बरदस्त सुरक्षा के साथ बाबर का कारवां गुजरात से यूपी की तरफ़ चल दिया। गृहमंत्री के इशारे पर टीवी चैनल्स के रिपोर्टर ओबी वैन के साथ हर सौ किलोमीटर पर तैनात थे। जेल वैन के पीछे-पीछे मीडिया की दर्जनों कारें भी चली जा रही थीं। पूरे रास्ते बाबर पर हमले की एक इंच भी गुंजाइश नहीं थी।

***

हर टीवी चैनल पर दो हेडलाइंस चल रही थीं, पहली 'क्या बाबर की गाड़ी भी पलटेगी?' और दूसरी 'मिट्टी में मिल जाएगा डॉन'। दोनों ही हेडलाइंस

मुख्यमंत्री प्रचंड प्रताप सिंह के लिए चैलेंज थीं। हालांकि कोर्ट में साबित हो चुका था कि श्रीप्रकाश दुबे की जीप वास्तव में पलटी थी और उसका एनकाउंटर चौबीस कैरेट सच था। बावजूद इसके कट्टर मिजाज़ प्रचंड प्रताप सिंह के ज़िद्दी तेवरों से वाक़िफ़ आम जनता यही मानती थी कि श्रीप्रकाश दुबे को मुख्यमंत्री ने मरवाया था और वो अब बाबर को भी नहीं बख़्शेंगे। लोगों को जैसे इंतज़ार था कि बाबर की गाड़ी भी पलटे और वो मार डाला जाए। शायद किसी को मरते देखना लोगों के लिए मनोरंजन बन चुका था। प्रचंड प्रताप सिंह को मालूम था कि हिंदुत्ववाद के कोल्हू में वो बाबर को सरसों की तरह जितना कस के पेरेगा हिंदू वोट उतनी ही तेज़ी से फिसलता हुआ उसकी तरफ़ आएगा। उधर फ़िरोज़ भाई पटेल, महादेवी और सुपुत्र सिंह कोल्हू से निकल रहे तेल को नहीं बल्कि तेल की धार में मुसलमान वोट को अपनी तरफ़ रपटता देख रहे थे। फिसलती-रपटती राजनीति के बीच बाबर का काफ़िला यूपी में दाख़िल हुआ। थोड़ी ही देर बाद झांसी के पास पुलिस ने चाय पीने के लिए ढाबे पर गाड़ियां रोक दीं। पीछे-पीछे चल रही मीडिया की कारें भी रुक गईं और पत्रकार माइक लेकर बाबर की तरफ़ दौड़ पड़े।

ऊंची जेल वैन में लगी जाली से बाबर मीडिया की भीड़ देख रहा था। 'ख़बरदार इंडिया' के एडिटर राग दरबारी ने पंजों पर खड़े होकर पहले अपना क़द बढ़ाया फिर पूरा हाथ ऊपर करके बाबर तक माइक उचकाया। कैमरा ऑन हुआ और दरबारी ने पत्रकारिता के गुरुकुल में सिखाई गई श्रेष्ठ परंपराओं का शत-प्रतिशत शुद्ध निर्वहन करते हुए बाबर से मीडिया का सबसे कठिन सवाल दाग़ा, "कैसा लग रहा है भाई?"

चैनलों पर डॉन कहा जाने वाला डेढ़ सौ किलो का बाबर अपने लिए भाई जैसा संबोधन सुनकर और गोलगप्पा हो गया, "भाई-वाई न कहो गुरू, डॉनै ठीक है।"

दरबारी ने इस बार निर्भीक, निडर, निष्पक्ष प्रश्न पूछा, "कुछ कहना चाहेंगे भाई?"

निडर सवाल पर डरते हुए बाबर बोला, "हमाई हत्या हो जाएगी यूपी में।"

"कौन करा सकता है आपकी हत्या?"

"वही जो कहे हैं कि हमें मिट्टी में मिला देंगे।"

"सीएम ने मिट्टी में मिलाने को कहा है, मारने को थोड़े ही कहा है।"

"तो का हम कउनो घुइयां की जड़ हैं, जो मिट्टी में मिला देंगे औ हम बीघा भर खेत की फसल बन जाएंगे। सीएम विधानसभा में हमें खुल्ला धमकी दिए हैं।"

"मतलब आप कह रहे हैं कि आपको सीएम से जान का ख़तरा है?"

बाबर ने दुनिया का सबसे क्रिस्प जवाब दिया, "हम्म।"

दरबारी हेडलाइन के लिए तड़प गया, "तो पूरी लाइन बोलिए न।"

बाबर ने हेडलाइन दे भी दी, "सीएम हमको, हमाये भाई-बेटों को मरवा सकते हैं।"

बाबर ने चाय पी ली, इंटरव्यू भी दे दिया और काफ़िला फिर इलाहाबाद की तरफ़ चल दिया। ओबी वैन से लाइव टेलिकास्ट हो रहे इंटरव्यू को मुख्यमंत्री आवास में देख रहे सेक्रेट्री इन्फॉर्मेशन ने राग दरबारी को फ़ोन पर बधाई दी, "शाबाश दरबारी, बस यही ख़बर चलाते रहो। जनता को लगना चाहिए कि एक मुसलमान माफ़िया को सीएम साहब से डर लगता है। इस हफ़्ते तुम्हारी टीआरपी टॉप पर रहेगी।"

दरबारी का फ़ोन काटकर सेक्रेट्री उस कमरे में घुसा जहां मुख्यमंत्री प्रचंड प्रताप सिंह रमाकांत बघेल हत्याकांड पर एसटीएफ़ चीफ़ यशराज ठाकुर, डीजीपी और होम सेक्रेट्री के साथ मीटिंग कर रहे थे। यशराज ने पीए को इशारा करके वेटिंग रूम में बैठी राबिया पठान को बुलवाया। मुख्यमंत्री और अफ़सरों को सेल्यूट मारकर राबिया ने टीवी स्क्रीन पर सीसीटीवी फ़ुटेज दिखाते हुए बताया, "सर, ये उस वक़्त का वीडियो है जब बाबर के दोनों बेटों के अलावा गुड्डू इस्लाम और चारों शूटर्स तैमूर कुरैशी से मिलने बरेली जेल गए थे। आने-जाने की टाइमिंग के हिसाब से मुलाक़ात क़रीब पांच घंटे चली। इसी दौरान बरेली जेल में रमाकांत को मारने की योजना बनाई गई।"

प्रचंड प्रताप सिंह ने सवाल किया, "बाबर कुरैशी की क्या भूमिका थी इस कांड में?"

"सर, जेल जाने के बाद बाबर ने रमाकांत बघेल को ज़मीनों का केयरटेकर बनाया था। बघेल ने करोड़ों की ज़मीनें तो बेच डालीं मगर सारा पैसा हड़प लिया। देवरिया जेल में ज़ैद ख़लीफ़ा और रामधारी बिल्डर को बुलाकर बाबर ने इसलिए पीटा था क्योंकि दोनों बघेल पर क़ाबू नहीं कर पा रहे थे। बघेल की कॉल डिटेल और उसकी बीवी के बयानों से पता चला है कि बाबर ने

अहमदाबाद जेल से रमाकांत को जान से मारने की धमकी दी थी और फिर उसकी हत्या का फ़रमान सुनाया।"

मुख्यमंत्री की तारीफ़ में डीजीपी ने मक्खन के साथ घी, मलाई और तेल लगाते हुए कहा, "सर, देवरिया जेल वाला मुक़दमा आपके ऑर्डर पर ही जेलर ने कराया था।"

मुख्यमंत्री ने डीजीपी की चिकनई को नज़रअंदाज़ किया और पूछा, "फिर?"

राबिया आगे बढ़ी, "धमकी वाले फ़ोन पर बघेल ने बाबर से वादा किया था कि वो रामधारी बिल्डर के फ़ंक्शन में सारा पैसा बाबर की बीवी शगुफ़्ता को दे देगा मगर बघेल ने पैसा देने के बजाय शगुफ़्ता को गालियां दीं और बेटों को जमकर पीटा।"

"अंततः परिणाम क्या रहा?" मुख्यमंत्री ने राबिया को टोका।

राबिया बोली, "सर, कॉल रिकॉर्ड्स और आईपी एड्रेस के अलावा बरेली जेलर के बयान को मानें तो शगुफ़्ता ने अपनी बेइज़्ज़ती का क़िस्सा बाबर और तैमूर कुरैशी को बताया फिर बाबर ने रमाकांत बघेल के डेथ वारंट पर दस्तख़त कर दिए।"

राबिया ने धूमनगंज और आसपास के इलाक़ों के सीसीटीवी फ़ुटेज भी दिखाए। ये फ़ुटेज हत्या से दो दिन पहले के थे जो साबित कर रहे थे कि बघेल को मारने के लिए दो दिन पहले गैंग ने रेकी भी की थी। राबिया ने मुख्यमंत्री को वीडियो से खींची गई वो तस्वीरें दिखाईं जिसमें बाबर के दोनों बेटे फ़हद और वली भी गोली चला रहे थे, गुड्डू इस्लाम बम फोड़ रहा था। बाक़ी चार शूटर्स की भी फ़ोटो दिखाकर राबिया ने बताया कि सबके नाम-पते ट्रेस करके घरवालों से पूछताछ जारी है।

यशराज ठाकुर ने पूछा, "शूटर्स की कोई लोकेशन मिली?"

राबिया बोली, "सर फ़ाइनल प्लानिंग के बाद सबने नंबर बदल दिए, लेकिन मुझे कुछ इनपुट्स मिले हैं, फ़ॉर दैट आई हैव टु मूव टु इलाहाबाद विद माई टीम।"

रिपोर्ट देने के बाद यशराज के इशारे पर राबिया बाहर चली गई। मुख्यमंत्री ने भौंहें उचकाकर पूछा तो यशराज ने बताया, "सर राबिया पठान...मेरे साथ एसटीएफ़ में है। इसका नेटवर्क बहुत तगड़ा है। बहुत तेज़-तर्रार और दिलेर अफ़सर है।"

"हत्याकांड की जांच का दायित्व आपने इसी को सौंपा है?" मुख्यमंत्री ने गहरी सांस ली।

"जी सर।"

मुख्यमंत्री की मुस्कुराहट में गहरा सवाल छिपा था, "क्या नाम बताया... राबिया पठान?"

यशराज की बत्ती फ़ौरन जली, "सोच-समझकर फ़ैसला किया है सर, बाबर कुरैशी के लिए राबिया पठान ही ठीक रहेगी, न कोई सवाल उठेगा, न किसी को जवाब देना होगा।"

डीजीपी बोले, "सर बाबर को इसी लड़की ने पहली बार जेल में ठूंसा था। पटक-पटककर मारा था और पूरे इलाहाबाद में नंगा घुमाया था। बाद में बेचारी को महादेवी जी ने बेवजह सस्पेंड कर दिया था। बाबर के ख़िलाफ़ भरे ग़ुस्से का हमें इस्तेमाल करना चाहिए।"

यशराज ने डीजीपी से तारीफ की, "सर, बैच की सबसे काबिल आईपीएस है।"

मुख्यमंत्री गंभीर हुए, "हमें परिणाम चाहिए, तत्काल, त्वरित और तीव्र गति से।"

मीटिंग ख़त्म होते ही अफ़सर अपनी गाड़ियों से चले गए। राबिया यशराज के पीछे-पीछे बाहर आई। यशराज ने कार में बैठने से पहले ताक़ीद कर दी कि मुख्यमंत्री को जल्द से जल्द नतीजे चाहिए। राबिया ने कार के बोनट पर इंस्पेक्टर सम्मान सिंह और त्रिपुरारी पांडे के अलावा दस सिपाहियों को टीम में शामिल करने की फ़ाइल रखी। यशराज ने दस्तख़त करके फ़ाइल अपने पास रखते हुए कहा, "डीजीपी का अप्रूवल मैं ले लूंगा, तुम कल इलाहाबाद पहुंचकर मुझे रिपोर्ट करो।"

यशराज ठाकुर के जाने के बाद अपनी गाड़ी में बैठते ही राबिया ने फ़ोन पर त्रिपुरारी और सम्मान सिंह को पूरा खाका समझाते हुए चुने गए दसों सिपाहियों के साथ फ़ौरन इलाहाबाद पहुंचने को कहा।

***

सबकुछ सिमटकर उत्तर प्रदेश आ गया था। पंजाब में गोल्डन पंजाबी गैंग से फ़र्ज़ी पत्रकार और असली शूटर बनने की ट्रेनिंग लेकर आया बब्बन बुंदेलखंडी

चित्रकूट में था। तेंदू पत्तों से ढंके पाठा के जंगल में बुंदेलखंडी अपनी शूटर मंडली में शामिल अद्धा तिवारी और डिग्री पांडे को जिगाना पिस्टल चलाना सिखा रहा था। ट्रेनिंग पूरी होने के बाद तीनों को गोल्डन पंजाबी गैंग के जानी दुश्मन टिंकू टार्जन की हत्या करनी है। मगर हत्या की तारीख़ कब है ये मनदीप केकड़ा अगली मुलाक़ात में बुंदेलखंडी को बताएगा। अगली मुलाक़ात का मुकाम था रोहिणी कोर्ट जहां तीनों को बीस दिन बाद बुलाया गया था।

गोली निशाने पर लगने के बाद अद्धा तिवारी ने सवाल पूछा, "अबे बब्बन ये बताओ मनदीप केकड़ा और टिंकू टार्जन दोनों तिहाड़ में ही तो बंद हैं न?"

"हां, दोनों तिहाड़ में हैं लेकिन अलग-अलग बैरक में।"

"फिर जेल में काहे नहीं मरवा देते हैं टिंकू को?"

बुंदेलखंडी बड़बड़ाया, "स्वप्नदोष में भी शीघ्रपतन हुई रहा है अद्धा को।"

डिग्री पांडे ने गोली चलाते हुए मौज ली, "मतलब डबल मर्दाना कमजोरी?"

अद्धा खिसियाया, "डॉक्टर कोठारी मत बनो, वो बताओ जो पूछ रहे हैं।"

बुंदेलखंडी कड़ककर बोला, "अबे जेल में ही मरवाना था तो हमको काहे दस लाख दिए हैं। स्वप्न है करोड़ों का माल कमाने का और झड़े जा रहे हैं दसै लाख में। सुपारी मिली है, प्रैक्टिस करो। इस पिस्तौल से गोली नहीं रुपइया निकलेगा अद्धा।"

झंझट ख़त्म हुआ। तीनों फिर निशाना लगाने लगे। बुंदेलखंडी का मोबाइल बजा। वॉट्सएप कॉल पर मनदीप की आवाज़ आई, "केकड़ा बोल रहा हूं तिहाड़ से।"

"भाई कैसे हैं, क्या हमारे आने की तारीख़ बदल गई है?"

केकड़ा ग़ुस्से में था, "तेरा गुरू मारा गया बुंदेलखंडी।"

"कौन भाई, कौन?" बुंदेलखंडी चौंका।

"विक्की बराड़ यार, अपना भाई, मार दिया सालों ने उसको," केकड़ा धीरे से बोला।

बुंदेलखंडी सकपकाया, "भाई कौन मारा मेरे गुरू को? लाश बिछा दूंगा साले की!"

केकड़ा बोला, "वही साला टिंकू टार्जन। विक्की बाथरूम गया था वहीं तीन लोग टूट पड़े उस पर। बत्तीस बार चाक़ू घोंपा है विक्की के पेट में।"

"भाई, साले टार्जन को तिहाड़ में ही मार दो," बुंदेलखंडी का गला रुंध गया।

केकड़ा फुसफुसाया, "सिक्योरिटी बहुत टाइट कर दी है तिहाड़ वालों ने आज से। मौक़ा मिला तो मार ही देंगे पर तुम लोग तैयार रहना। साले के चीथड़े उड़ाने हैं।"

बुंदेलखंडी भी रुआंसा हो गया, "कुत्ता बनाकर मारेंगे साले को।"

बात ख़त्म होते ही बुंदेलखंडी बैठ गया और वॉट्सएप डीपी पर विक्की बराड़ का फ़ोटो देखकर फफकने लगा। डिग्री ने उसका कंधा सहलाया, "कौन मारा गया?"

"अपना गुरू विक्की बराड़। बुहत शानदार लौंडा था। हम खूब लड़ते थे मगर फिर भी ट्रेनिंग देता था, यार।"

अद्धा ने पूछा, "तिहाड़ै में मार दिया क्या?"

बुंदेलखंडी ने हां में सिर हिलाया।

अद्धा बोला, "वही मारा होगा न टिंकू टार्जन?"

बुंदेलखंडी ने फिर सिर हिलाया।

इस बार अद्धा बिफर गया, "जब हम बोले थे अभी कि उसे तिहाड़ में मारकर औंधा दो तो तुम हमको कामशास्त्र का ज्ञान दे रहे थे। पेल दिया न मौक़ा ताड़कर।"

ख़ामोश हो चुके बुंदेलखंडी के लिए टिंकू अब सिर्फ़ एक सुपारी भर नहीं था। सबकुछ बदल चुका था। अब टिंकू टार्जन बुंदेलखंडी के दोस्त जैसे गुरू का हत्यारा था। माहौल ग़मगीन था। ट्रेनिंग बंद हुई और तीनों पाठा जंगल से चित्रकूट चल दिए।

***

उधर बाबर का काफ़िला इलाहाबाद हाईकोर्ट पहुंच चुका था। बाबर का सफ़र लाइव टेलिकास्ट हो रहा था। बाइट कलेक्टर बन चुका मीडिया 'बाबर भाई-बाबर भाई' चिल्लाए जा रहा था। जेल वैन में बैठे बाबर ने हाथ हिलाकर सबको कोर्ट से लौटने के बाद बाइट देने का इशारा किया। यूं तो कोर्ट के बाहर लगी भीड़ में तमाम लोग भी मोबाइल से बाबर का वीडियो बना रहे थे लेकिन न्यूज़ चैनल वाले इसी फ़ुटेज को अपने-अपने चैनल पर सुपर एक्सक्लूसिव

वॉटरमार्क के साथ ऐसे दिखा रहे थे जैसे मंगल ग्रह में किसी मानव बस्ती का वीडियो हाथ लग गया हो। मीडिया को रोकने के लिए पुलिस ने रस्से का घेरा बना रखा था। इसी बीच बरेली जेल से तैमूर की गाड़ी भी आकर रुकी। वकीलों के साथ दोनों भाई कोर्ट के अंदर चले गए।

कठघरे में खड़े बाबर और तैमूर ने जज को सलाम किया, तभी बाबर के कान में वकील कुछ फुसफुसाया। सरकारी वकील ने बरेली जेल के अलावा रमाकांत बघेल के मर्डर और रेकी का सीसीटीवी फ़ुटेज भी पेश किया और बाबर के साथ तैमूर की पुलिस रिमांड मांगी। जज ने पूछा, "क्या मर्डर में इन दोनों के ख़िलाफ़ कोई एविडेंस है?"

सरकारी वकील बोला, "माई लॉर्ड पुलिस सुबूत तलाश रही है, रमाकांत बघेल की हत्या की योजना दोनों भाइयों ने जेल में बनाई थी। बाबर के दोनों बेटे मर्डर में शामिल हैं। बाबर और तैमूर का संगीन आपराधिक इतिहास रहा है। रमाकांत का क़त्ल समाज को दहला देने वाला अपराध है इसलिए रिमांड ज़रूरी है।"

बाबर का वकील बोला, "आई ऑब्जेक्ट, पुलिस पहले हत्यारों को तलाश करे, गवाह लाए जो साबित कर सकें कि इस मर्डर में मेरे दोनों क्लाइंट का कोई रोल है।"

"साहब, हमाये बच्चों की हत्या कर सकती है पुलिस," बाबर बीच में बोला।

जज को ग़ुस्सा आ गया, "आप बीच में मत बोलिए वर्ना कंटेंप्ट में जेल भेज दूंगा।"

कोर्ट में सुईपटक सन्नाटा हो गया। जज सरकारी वकील से मुख़ातिब हुए, "रिमांड दे दूं तो कहां रखेंगे इन्हें और इनकी सिक्योरिटी का क्या प्लान है आपके पास?"

सरकारी वकील ने ब्यौरा दिया, "माई लॉर्ड, सरकार ने कोर्ट को सिक्योरिटी की अंडरटेकिंग दी है। नैनी जेल में रखेंगे।"

कुछ सोचने के बाद जज ने पुलिस की रिमांड एप्लिकेशन रद्द कर दी। कोर्ट ने पुलिस को सुबूत जुटाने का हुक़्म दिया और एक हफ़्ते बाद फिर बाबर और तैमूर को पेश करने का आदेश सुनाया। खिलखिलाता हुआ बाबर कोर्ट से बाहर आया और मीडिया को उंगलियों से विक्ट्री साइन बनाकर दिखाने लगा। घेरे के बाहर खड़ी मीडिया ने माइक आगे कर दिए। बाबर दमदारी से बोला, "हम

केवल मीडिया के ही चक्कर में बचे हैं, बस अइसे ही पीछे-पीछे लगे रहो औ हमें बचाए रहो।"

बाबर अहमदाबाद रवाना हो गया और तैमूर बरेली। प्रायोजित मीडिया को हुक़्म था कि वो गुजरात तक बाबर का पीछा करेगी। बाबर के नाम पर रिपोर्टर्स-कैमरामैन के साथ ओबी ड्राइवर और इंजीनियर्स का ख़ूब टीए-डीए बन रहा था। यूं तो लौटते हुए बाबर को दिखाने में कोई टीआरपी नहीं थी लेकिन पता नहीं क्यों मीडिया को अब भी भरोसा था कि मुख्यमंत्री प्रचंड प्रताप सिंह बिना गाड़ी पलटाए मानेंगे नहीं।

***

राबिया लखनऊ से इलाहाबाद पहुंच चुकी थी। इंस्पेक्टर सम्मान सिंह और सब-इंस्पेक्टर त्रिपुरारी पांडे के साथ उसकी जीप बाबर की हवेली पर रुकी। रिपोर्टर मुन्नालाल पत्रकार शगुफ़्ता का इंटरव्यू ख़त्म कर चुका था। देवरानी ज़ीनत किचन से चाय-बिस्कुट लाई कि तभी राबिया सबके साथ अंदर पहुंची। छोटे बेटे उमर को गोद में लिए शगुफ़्ता का बाप भी कमरे में घुसा। राबिया को देखकर शगुफ़्ता तैश में आ गई, "यहां क्या लेने आई हो?"

राबिया त्रिपुरारी की तरफ़ पलटी, "फ़ौरन सबके फ़ोन जमा कर लो।"

राबिया ने मुन्नालाल को घर से बाहर कर दिया। त्रिपुरारी ने डाइनिंग पर पड़े ज़ीनत और शगुफ़्ता के मोबाइल उठाए ही थे कि शगुफ़्ता ग़ुस्से में फ़ोन छीनने लगी। तभी दो महिला सिपाहियों ने उसे धक्का देकर अलग किया। राबिया शगुफ़्ता पर झपटी, "ज़्यादा तेवर मत दिखा, याद तो होगा तुझे, मुझे ख़ुद को गोली मारने में ज़रा सा भी डर नहीं लगता।"

शगुफ़्ता के चेहरे की रंगत बदल गई। बाप की गोद से उमर को लेकर वो चुपचाप बैठ गई। राबिया ने दोटूक सवाल किया, "बेटे कहां हैं?"

शगुफ़्ता धीरे से बोली, "अल्लाह क़सम हमें नहीं पता।"

"रामधारी बिल्डर के फ़ंक्शन में तुमने बघेल को मारने की धमकी दी थी?"

"हमने नहीं दी थी, उल्टा बघेल ने हमको जान से मारने की धमकी दी थी।"

"गैंग को मर्डर की प्लानिंग के लिए बरेली जेल तुमने भेजा था?"

"काहे की प्लानिंग, सब तैमूर से मिलने गए थे बरेली।"

"बाबर और तैमूर से तेरी बात होती है?"

"जब कभी जेल मिलने जाते हैं तब होती है, महीनों से नहीं गए हैं।"

"कॉल रिकॉर्ड में तो बघेल से झगड़े के अगले दिन बरेली जेल से फ़ोन आया था और तुमने बीस मिनट तक तैमूर से बात की थी।"

"बताया तो, जब जेल मिलने जाते हैं तब ही बात होती है।"

"तो कॉल रिकॉर्ड में तुम्हारा नंबर कैसे आ गया?"

"याद नहीं, पुराने नंबर सब बंद हो चुके हैं।"

"क्यों बंद किए?"

"आदत है फ़ोन और नंबर बदलते रहने की।"

नए नंबर वाले फ़ोन लेकर त्रिपुरारी लौटा, "मैडम दोनों फ़ोन फ़ॉर्मेट हो चुके हैं।"

शगुफ़्ता ने राबिया की आंखों में आंखें डालकर कहा, "और कुछ पूछना है?"

बिना कुछ बोले बाहर निकलते हुए राबिया ने त्रिपुरारी के कंधे पर हाथ रखा और फ़ोन रिकवर कराने को कहा। मुन्नालाल राबिया को देखकर आगे आया, "मैडम मैं मुन्नालाल पत्रकार हूं, 'ख़बरदार इंडिया' चैनल से।"

"हां-हां देखा है, बाबर की डॉक्यूमेंट्री में।"

मुन्नालाल ने खींसे निपोरीं, "मैडम दो मिनट आपसे बात करनी है।"

"अभी जांच चल रही है, मैं मीडिया से कुछ शेयर नहीं कर सकती।"

"नहीं-नहीं मैडम पूछना नहीं है, कुछ बताना है," मुन्नालाल झट से बोला।

कंधे पर हाथ रखकर मुन्नालाल को राबिया कोने में ले गई, "बोलो।"

मुन्नालाल सरपट बताने लगा, "मैडम मैं काकोरी से हूं। हमारे यहां भी एक राबिया थीं। एक बहुत बड़ी आतंकी साज़िश का खुलासा करने जा रही थीं तभी उनका मर्डर हो गया था। मैंने ही वो साज़िश खोली थी और देखिए आप भी राबिया हैं।"

राबिया हंसी, "ओह्ह ग्रेट! मुझे याद है। व्हॉट ए को-इंसीडेंस।"

मुन्नालाल बोला, "आपको देखा तो सोचा इस केस में भी एक लीड दे दूं।"

"हां बोलो ना।"

मुन्नालाल ने ब्यौरा दिया, "मैडम बाबर के बेटे फ़हद और वली एक लड़की का सेक्सुअल हैरेसमेंट करते थे। तंग आकर उसका बाप बेटी को लेकर

मुंबई जा रहा था तब स्टेशन पर बाबर गैंग के एक गुंडे ने लड़की को ट्रेन से घसीटने की कोशिश की थी। भीड़ ने गुंडे को रेलवे पुलिस के हवाले कर दिया था। लड़के ने क़ुबूल किया था कि उसने फ़हद को फ़ोन पर लड़की के भागने की ख़बर दी थी। ये उसी दिन की घटना है जिस दिन बघेल की हत्या हुई थी। गुंडा नैनी जेल में बंद है।"

राबिया को सच में मुन्नालाल ने तगड़ा सुराग दे दिया था। उसे साथ लेकर राबिया नैनी जेल पहुंची और जेलर के दफ़्तर में गुंडे से पूछताछ की। गुंडे ने सबकुछ क़ुबूल लिया। गुंडे के सील किए हुए सामान में रखा मोबाइल निकालकर चार्जिंग पर लगा दिया गया। फ़ोन ऑन होते ही गुंडे ने राबिया को वो नंबर दिया जिस नंबर पर रमाकांत बघेल के क़त्ल वाले दिन उसकी फ़हद से बात हुई थी। ये नंबर फ़हद का नहीं बल्कि बाबर गैंग के उस गुर्गे का था जो हत्या वाले दिन गाड़ी चला रहा था। राबिया ने फ़ोन जेब में रख लिया। मुन्नालाल से मुंबई वाली लड़की का नंबर लेकर राबिया बोली, "लड़की को मेरा नंबर दे देना और बोलना कि मैं बात करूंगी उससे।"

***

एसटीएफ़ में बैठे पुलिसिया सोर्सेज़ के ज़रिए राबिया ने जेल वाले गुंडे से मिले नंबर को सर्विलेंस पर लगवाया। लोकेशन दारागंज इलाक़े के एक गेस्ट हाउस की मिली। सम्मान सिंह, त्रिपुरारी पांडे के साथ कई सिपाहियों को लेकर राबिया ने छापा मारा और गेस्ट हाउस में छिपे उस गुर्गे को दबोच लिया जो बघेल की हत्या वाले दिन वली और फ़हद की गाड़ी चला रहा था। बिना शोर-शराबे के गुर्गे को इलाहाबाद के एक सेफ़ हाउस लाया गया। राबिया ने उसका फ़ोन खंगाला। फ़ोन में बाक़ी बचे तीनों शूटर्स, बाबर के बेटों और गुड्डू इस्लाम के नंबर उसके हाथ लग गए। मुन्नालाल के बताए सिरे को पकड़ती हुई राबिया अब हर फंदा उधेड़ने की तरफ़ बढ़ रही थी। मोबाइल से मिले सारे नंबर भी सर्विलेंस पर लगा दिए गए। पता चला कि फ़हद, वली और गुड्डू इस्लाम के नंबर तो बघेल की हत्या वाले दिन से बंद हैं मगर तीन शूटर्स के नंबर अभी भी चालू हैं। चालू नंबर्स से एक शूटर की लोकेशन कौशांबी, दूसरे की प्रतापगढ़ और तीसरे की मुज़फ़्फ़रनगर के एक मदरसे में मिली।

***

अगले ही दिन राबिया को लखनऊ से चीफ़ की कॉल आई, "क्या प्रोग्रेस है राबिया?"

"सर लीड मिली है, थिंग्स आर मूविंग।"

"रिज़ल्ट राबिया रिज़ल्ट, मुख्यमंत्री का बहुत प्रेशर है।"

राबिया ने सबकुछ छिपाते हुए कहा, "सर बस थोड़ा सा वक़्त दीजिए।"

"जल्दी करो राबिया, और जल्दी करो।"

फ़ोन कटते ही बगल में खड़ा सम्मान सिंह राबिया के तनाव को समझते हुए बोला, "आप कहें तो ड्राइवर को अभी ही टपका दें मैडम?"

"अरे नहीं सम्मान, एक को भी टपकाया तो बाक़ी तीनों शूटर्स फ़ोन बंद कर सकते हैं," राबिया ने समझाया, "चीफ़ के प्रेशर से तुम लोग परेशान मत हो। वो फ़्रस्ट्रेट करता है, प्रेशर बनाता है ताकि मैं टार्गेट पर फ़ोकस करूं।"

सम्मान सिंह ने फ़िक्र जताई, "मैं मुज़फ़्फ़रनगर निकल जाता हूं और त्रिपुरारी प्रतापगढ़। कौशांबी पास पड़ेगा आप वहां चली जाइए। जल्दी लौट आएंगी।"

राबिया के चेहरे के भाव फ़ौरन बदले, "नहीं सम्मान, मुज़फ़्फ़रनगर मैं जाऊंगी। बहुत ख़ास तारीख़ है। किसी से वादा है, उसकी अमानत लौटाने का।"

प्रतापगढ़ में छिपे शूटर को पकड़ने सम्मान सिंह की टीम रवाना कर दी गई। दूसरे शूटर को दबोचने त्रिपुरारी पांडे कौशांबी चला गया। सेफ़ हाउस में रखे गए गुर्गे को सिपाहियों के सुपुर्द कर राबिया मुज़फ़्फ़रनगर निकल गई। मुज़फ़्फ़रनगर चुनने की वजह बेहद ख़ास थी। उसे मुज़फ़्फ़रनगर के आगे मेरठ जाना था, जहां कोर्ट की तारीख़ पर एक ख़ास दोस्त राबिया का इंतज़ार कर रहा था।

***

सुबह-सुबह बाबर के घर की घंटी बजी। तैमूर कुरैशी की बीवी ज़ीनत ने दरवाज़ा खोला। सामने एक मौलाना खड़ा था, "सलाम, मुझे शगुफ़्ता से मिलना था।"

मौलाना को ड्रॉइंग रूम में बैठाकर ज़ीनत अंदर चल दी, "बैठिए, बुलाती हूं।"

दो मिनट बाद शगुफ़्ता आई, "जी मौलाना साहब, बताएं कैसे आना हुआ?"

मौलाना सोफ़े से उठकर खड़ा हो गया, "मुझे पहचाना आपने?"

शगुफ़्ता ने बैठने का इशारा किया, "सुनहरी मस्जिद से हैं आप।"

"जी-जी, आप जुमे के दिन मस्जिद आइए।"

शगुफ़्ता ने फ़िक्र दिखाई, "कुछ ख़ास हो तो अभी बता दीजिए।"

"मोबाइल पर आपकी बात करानी है, बाबर भाई से।" मौलाना ने राज़ खोला।

"मेरे अब्बू आज ही नया मोबाइल लाए हैं, बात करा दीजिए।"

"पुलिस नज़र गड़ाए बैठी है। मोबाइल से नहीं, आपको मोबाइल टावर लोकेशन से बचना है। जब जिससे जो भी बात करनी है सामने मिलकर कीजिए।"

जुमे पर बुलाकर मौलाना लौट गया। शगुफ़्ता ने ज़ीनत और अब्बू को नए मोबाइल से बाबर, तैमूर, फ़हद, वली या गैंग के किसी भी गुर्गे से क़तई बात न करने की ताक़ीद की। तय हुआ कि अब्बू का नया नंबर किसी को नहीं दिया जाएगा क्योंकि एक भी कॉल ट्रेस हो गई तो सब बर्बाद हो जाएगा। फ़ैसला किया गया कि नए नंबर से सिर्फ़ रिश्तेदारों और आपसी लोगों से बात होगी। अगर फ़ोन पर कोई रमाकांत बघेल की हत्या के बारे में बात करेगा तो सब ख़ुद को बेक़सूर बताएंगे ताकि पुलिस अगर कॉल सुने तो यही लगे कि जैसे कोई कुछ नहीं जानता है।

***

रमाकांत बघेल को मारने वाले शूटर्स को अंदाज़ा ही नहीं था कि क़त्ल के रोज़ फ़हद से बात करने के लिए ड्राइवर के फ़ोन पर आई सिर्फ़ चालीस सेकंड की एक कॉल से उनका पता-ठिकाना पुलिस के हाथ लग जाएगा। राबिया पठान के तैयार किए गए इस ऑपरेशन से शासन-प्रशासन तक बेख़बर था। किसी को भनक तक नहीं थी। सम्मान सिंह ने प्रतापगढ़ और त्रिपुरारी पांडे ने कौशांबी से दोनों शूटर उठा लिए। राबिया भी मुज़फ़्फ़रनगर मदरसे से शूटर को जीप में लादकर मेरठ चल दी। त्रिपुरारी और सम्मान को हुक़्म था कि वो दोनों शूटर्स को इलाहाबाद के सेफ़ हाउस में ड्राइवर के साथ रखेंगे और तीनों से सिर्फ़ एक सवाल पूछेंगे कि आख़िर बघेल की हत्या में शगुफ़्ता का क्या रोल था? सम्मान और त्रिपुरारी को हिदायत ये भी थी कि राबिया की लोकेशन किसी को क़तई नहीं बताई जाएगी।

रात भर चलने के बाद राबिया की जीप मेरठ कोर्ट से क़रीब डेढ़ किलोमीटर पहले एक ढाबे पर रुकी। दस मिनट बाद दो बोलैरो आईं जिनमें पांच औरतें और तीन लड़के बैठे थे। डिक्की में बंधे पड़े शूटर को दो सिपाहियों और ड्राइवर के हवाले कर राबिया बोलैरो में पीछे वाली सीट पर दो औरतों के बीच बैठ गई। दोनों बोलैरो दनदनाती हुई मेरठ कोर्ट के बाहर रुकीं।

बोलैरो का दरवाज़ा खुला और ढीले-ढाले सलवार-कुर्ते में सिर पर दुपट्टा ओढ़कर राबिया उतरी। राबिया के साथ सारी औरतें और एक लड़का कोर्ट कैंपस के अंदर चल दिया। तीन बड़े टिफ़िन और दो थर्मस औरतों के हाथ में थे। कैंपस के अंदर बरगद के नीचे सीमेंट के चबूतरे पर जाकर सब बैठ गए। लड़के ने थर्मस से कुल्हड़ में चाय निकाली। कुल्हड़ देखकर ख़ुश राबिया चाय के साथ औरतों से गप्पें लड़ाने लगी। पंद्रह मिनट में जेल वैन आ गई। सिपाहियों की सुरक्षा में पश्चिम यूपी का सबसे बड़ा माफ़िया और राबिया को बहन मान चुका अनिलराज राठी उतरा। वही अनिलराज राठी जिसके हाथों राबिया ने मेरठ जेल में छुन्ना बजरंगी की हत्या कराई थी। राठी के उतरते ही औरतों के साथ राबिया भी वैन की तरफ़ चल दी। राठी दौड़कर मां के गले लग गया। इन औरतों में राठी की मां के अलावा चाची, भाभी, दो बहनें और राबिया थी। जेल वैन में आए पुलिसवाले यूं भी राठी के दबदबे में रहते थे और इन रिश्तेदारों को अच्छी तरह जानते थे। मगर राबिया और राठी नहीं चाहते थे कि कोई भी पुलिसवाला राबिया को पहचाने। राठी के साथ सब बरगद के नीचे बैठ गए। टिफ़िन से खाना निकालकर परोसा गया। एक-एक सीन पहले से तय था। राठी ने मां से दस हज़ार रुपए लिए और पुलिसवालों को खाने-पीने भेज दिया। राबिया ने सलवार की जेब से जिगाना पिस्टल और खोखे निकाले। राठी ने पिस्तौल और खोखे मां को दिए जिन्हें मां ने बड़े वाले टिफ़िन में रख दिया। ये वही पिस्तौल और खोखे थे जिससे छुन्ना बजरंगी मारा गया था। राठी ने इशारे से बाक़ी सबको दूर किया और राबिया से बोला, "पिस्टल और खोखे वापस न भी करतीं तो भी मुझे आप पर भरोसा था मैडम। एक एहसान और कर दीजिए।"

राबिया ने आंखों से पूछा। राठी ने जवाब दिया, "सुनील दुजाना दे दीजिए बस।"

जेल में मुनीम काला और बजरंगी की हत्या के बाद नोएडा की डासना जेल से तीन दिन पहले बेल पर छूटा सुनील दुजाना राठी-भाटी गैंग का आख़िरी

दुश्मन था। दुजाना ने राठी के बाप का क़त्ल किया था। दिल्ली-एनसीआर में सॉफ़्टवेयर स्क्रैप, रियल एस्टेट, कंस्ट्रक्शन, सरिया, पार्किंग और शराब का कारोबार अरबों के आंकड़े पर था। दुजाना मर गया तो पश्चिम यूपी के धंधों पर सिर्फ़ राठी-भाटी गैंग का राज होगा। राठी के मुंह से दुजाना का नाम सुनते ही राबिया संजीदा होकर बोली, "दुजाना भी दे दूंगी राठी, लेकिन आज तो मुझे भी तुझसे कुछ चाहिए।"

"बोलो मैडम, फ़ौरन बोलो।"

राबिया के चेहरे पर उदासी छा गई, "बाबर के बेटे नहीं मिल रहे हैं।"

लड़के से फ़ोन मांगकर राठी फ़ौरन उठा और टहलते हुए किसी से बात करने लगा। पांच मिनट बाद लौटकर बोला, "मैडम, आप दो दिन बाद इलाहाबाद रेलवे स्टेशन के प्लेटफ़ार्म नंबर तीन पर व्हीलर्स बुक-स्टॉल पर रात बारह बजे पहुंचो। ज़रा सी भी गुंजाइश होगी तो साले के दोनों बेटे मिलेंगे आपको। मेरा पक्का वादा है आपसे।"

राबिया चबूतरे से उठी और राठी के साथ कुछ बात करते हुए दस मीटर आगे निकल गई। मां ने आवाज़ लगाई, "अरें के बतियाये रए हो दोंणों।"

राठी और राबिया लौट आए। राठी गंभीर था और राबिया दुपट्टे से आंखों की नमी पोंछ रही थी। राठी फिर किसी से कॉल पर लग गया। दो मिनट बाद चबूतरे पर बैठकर मां से बोला, "कछु न अम्मा, बहन को डबल गिफ़्ट देना है। तेरी इस बेट्टी के बड़े एहसान हैं तेरे बेट्टे पर।"

ठीक इसी वक़्त राबिया का फ़ोन बजा। फ़ोन उठाया तो उधर से हांफ़ती हुई आवाज़ आई, "मैडम, ड्राइवर बोल रहा हूं। हम सब चाय पी रहे थे, शूटर ने पता नहीं कैसे डिक्की खोल ली...भाग रहा है।"

राबिया ग़ुस्साई, "सिपाही से बोल पैर पर गोली मारे साले के।"

फ़ोन पर आवाज़ आ रही थी, "वरिष्ठ पुलिस अधीक्षक महोदया ने आदेशित किया है कि पैर में गोली मारी जाए। आदेश सिर्फ़ पैर का है वर्ना विभागीय कार्रवाई होगी।"

दो सेकंड बाद फिर आवाज़ें आईं, "ताड़ ताड़ ताड़...लग गई...लग गई... गिर पड़ा, अबे...कमर में लगी है।" ड्राइवर फिर बोला, "मैडम गोली दिशाहीन होकर कमर पर लग गई है।"

राबिया ख़ुद पर क़ाबू करते हुए बोली, "छाती पर दूर से लेफ़्ट साइड गोली मार, फिर राइट साइड। दूर से मारना सालों...सटाकर मत मार देना...।"

फ़ोन पर दो फ़ायर सुनाई दिए फिर आवाज़ आई, "मर गया है मैडम।"

राबिया इधर से बोली, "ठीक है वहीं ढाबे पर रुको, आती हूं।"

आनन-फ़ानन राठी से हाथ मिलाकर राबिया चलने लगी तो मां ने उसका माथा चूमा। राबिया तेज़ी से दौड़कर बोलैरो पर चढ़ी और ड्राइवर को गाड़ी से बाहर करके उसने सलवार-कुर्ता उतारकर जींस-टीशर्ट पहन ली। मौक़े पर पहुंचते ही उसने चीफ़ को फ़ोन लगाकर रमाकांत हत्याकांड में पहले एनकाउंटर की ख़बर दी। टीवी पर रिपोर्टर चिल्लाने लगे, "रमाकांत हत्याकांड में पहली मुठभेड़, सिपाही की राइफ़ल छीनकर तीन गोली चलाई थीं शूटर ने। सिपाही बाल-बाल बचा। मुख्यमंत्री प्रचंड प्रताप सिंह का ऐलान, मिट्टी में मिला दिया गया बघेल हत्याकांड का पहला शूटर।"

राठी और राबिया के बीच सौदा हो चुका था। राबिया राठी को गिफ़्ट में दुजाना की मौत देगी और बदले में राठी राबिया को देगा डबल रिटर्न गिफ़्ट। पोस्टमार्टम के बाद मेरठ से लौटी राबिया ने इलाहाबाद आकर शूटर की लाश परिवारवालों को सौंप दी। सेफ़ हाउस में बंद ड्राइवर और दोनों शूटर्स बरेली जेल की प्लानिंग और शगुफ़्ता के रोल की कहानी क़ुबूल कर चुके थे मगर उन्हें फ़हद, वली और गुड्डू इस्लाम की कोई ख़बर नहीं थी। लिहाज़ा तीनों को ज़िंदा रखने का कोई फ़ायदा नहीं था। राबिया ने तय किया कि तीनों बकरों को एक-एक करके हलाल किया जाएगा ताकि रोज़ाना एक नई ब्रेकिंग न्यूज़ बनती रहे, सरकार भी ख़ुश और जनता भी।

***

आज जुमा था और शगुफ़्ता सुनहरी मस्जिद पहुंच चुकी थी। एक मौलाना पास आकर बोला, "आप बरामदे से दाईं तरफ़ हुजरे में चलिए, फ़ोन आता ही होगा।"

तेज़ क़दमों से शगुफ़्ता हुजरे में पहुंची तो सन्नाटा था। चौपाई पर मोबाइल रखा था। शगुफ़्ता ने फ़ोन हाथ में लिया और बेसब्री से कॉल का इंतज़ार करने लगी। दो मिनट बाद फ़ोन घनघनाया। शगुफ़्ता ने झट से कॉल उठाई। बाबर की

आवाज़ आई, "तुम कुछ न बोलो, जो हम बता रहे हैं वो सुनो। साले सब हमसे कन्नी काटे पड़े हैं। बच्चों को बचाना है तो फ़ौरन प्रेस बुलाओ औ नौचंदी को नंगा कर दो।"

शगुफ़्ता बेटों की फ़िक्र में रोने लगी। बाबर इस बार कड़क था, "टेसुआ न बहाओ, केवल सुनो। नौचंदी केस खुला तो बृजरानी और फ़िरोज़ भाई ख़ुद को बचाये खातिर झक मारकर हमाये बेटों को बचाएंगे। फ़ोन रखौ औ काम पर लगौ।"

शगुफ़्ता कुछ कहती इससे पहले फ़ोन कट गया। हुजरे से बाहर निकलते ही शगुफ़्ता को मौलाना ने पीछे से आवाज़ लगाई, "कोई पैग़ाम होगा तो इत्तिला कर देंगे।"

शुक्रिया कहकर शगुफ़्ता आनन-फानन घर पहुंची और अपने अब्बू के नए मोबाइल से मुन्नालाल को ख़बर देने के लिए बुलाया। मुन्नालाल हांफ़ता-दौड़ता हवेली पहुंचा और कैमरा-माइक के साथ शुरू हो गया, "हमारे साथ हैं बाबर की बीवी शगुफ़्ता, जो 'ख़बरदार इंडिया' पर बड़ा खुलासा करने जा रही हैं...बताइए मैडम।"

शगुफ़्ता ने भंडाफ़ोड़ किया, "यूपी सरकार के मंत्री कृष्णगोपाल नौचंदी ने हमसे अपने चुनाव में पचीस करोड़ रुपए लिए थे। अब हमें पैसों की ज़रूरत है, कई बार मांगा पर वापस नहीं कर रहे हैं। ज़ोर देकर कहा तो धमकी दे रहे हैं कि हमारे बेटों का एनकाउंटर करवा देंगे।"

मुन्नालाल ने पूछा, "इस आरोप का आपके पास कोई सुबूत, कोई दस्तावेज़ है?"

बगल में पड़ी मेज़ से फ़ाइल उठाकर शगुफ़्ता ग़ुस्साई, "स्टांप पेपर की लिखत-पढ़त है। जो पैसे चेक से दिए हैं उसके अकाउंट डीटेल हैं। नौचंदी ग़लत कहें तो सही।"

इधर 'ख़बरदार इंडिया' पर धमाका हुआ उधर प्रचंड प्रताप सिंह सरकार पर भ्रष्टाचार का बम फूट गया। बाक़ी चैनल भी शगुफ़्ता के सिर पर मक्खियों की तरह भिनभिनाने लगे। टीवी डिबेट का एक ही मुद्दा था, 'यूपी के मंत्री का बाबर कनेक्शन, मंत्री ने बाबर से लिए थे पच्चीस करोड़, बाबर की बीवी ने पैसे वापस मांगे तो दी एनकाउंटर की धमकी।' टीवी पर ख़बर देख रहीं उप मुख्यमंत्री बृजरानी

कुशवाहा का पीए कॉर्डलेस फ़ोन लेकर आया। फ़ोन पर आवाज़ आई, "पहला विस्फ़ोट है ये, हमाये पास पुलिंदा धरा है आप सबका। बच्चों को तनिको ख़रोंच भी आई तो सबके नट-बोल्ट खोल डालेंगे। सरेंडर कराओ बेटों को फ़ौरन।"

बृजरानी सहम गई, "तुम जानते हो सीएम हमारी रत्तीभर नहीं सुनता।"

बाबर रौब में था, "करोड़ों कमाए हो हमसे, हम का जानें कैसे करोगी, पर करना तो पड़ेगा।"

"अपने ऊपर हमला करा लो, बाक़ी फिर हम देखते हैं कैसे होगा।"

"हमला भी हमई कराएं औ तुम सब केवल थूक लगाकर नोट गिनो।"

बृजरानी ने भरोसा दिया, "मैं कोशिश करती हूं, बाक़ी तुम दिल्ली भी बात करो।"

फ़ोन रखते ही बृजरानी पलटीं तो सामने सोफ़े पर नौचंदी और कृतार्थनाथ सिंह के साथ रामधारी सिंह बिल्डर बैठा था। बृजरानी ने दांत पीसे, "साला धमकी देता है मुझे, भला मैं प्रचंड प्रताप सिंह के आगे घुटने टेकूंगी!"

"आने दो अबकी यूपी, मरवाकर फिंकवा देते हैं साले बाबर को," नौचंदी बोला।

बृजरानी ने मुंह बनाया, "काम तो खोपड़ी में गोली खाने वाला किया है दोगले ने।"

"एक बार सीएम से बात करके तो देखिए बृजरानी जी," कृतार्थनाथ ने मुंह खोला।

"प्रचंड प्रताप सिंह सबकुछ करेगा, लेकिन मैं कहूंगी तो कुछ नहीं करेगा।"

"सीएम से एक ट्राई तो मारिये फिर बाबर का मरना-मारना देखा जाएगा। हमारे लिए हज़ारों करोड़ का मसला है मैडम," इस बार रामधारी सिंह बिल्डर बीच में बोला।

बातचीत के बीच ही न्यूज़ चैनल पर फिर एक ख़बर चली, 'बाबर कनेक्शन में कैबिनेट मंत्री नौचंदी बर्ख़ास्त। मुख्यमंत्री प्रचंड प्रताप सिंह ने कहा भ्रष्टाचार क़तई बर्दाश्त नहीं होगा। बाबर और नौचंदी के रिश्तों की जांच के भी दिए सख़्त आदेश।'

बृजरानी की चांडाल चौकड़ी के पास कोई रास्ता बचा ही नहीं था। नौचंदी की पोल खोलकर बाबर ने इरादे साफ़ कर दिए थे। नौचंदी का हश्र देखकर पूरी चौकड़ी

के होश फ़ाख़्ता हो चुके थे। काफ़ी देर तक दिमाग़ चलाने के बाद बृजरानी ने दो रास्ते निकाले। पहला, बाबर के दोनों बेटों का सरेंडर और दूसरा मुश्किल रास्ता ये कि बाबर को ही साफ़ कर दिया जाए। प्रचंड प्रताप सिंह से मिलने बृजरानी मुख्यमंत्री आवास चल दीं। प्रचंड प्रताप सिंह अफ़सरों और मंत्रियों के साथ मीटिंग में थे। बृजरानी ने अकेले में बात करने की गुज़ारिश की। मुख्यमंत्री ने जैसे ही सबको बाहर किया बृजरानी ने तुरंत सौदा किया, "आप कहें तो बाबर कुरैशी के दोनों बेटों को मैं सरेंडर करा सकती हूं, फिर दोनों का एनकाउंटर करवा दीजिएगा।"

प्रचंड प्रताप सिंह के चेहरे पर शैतानी मुस्कुराहट आई, "आपने मानस का अध्ययन कभी किया ही नहीं होगा अन्यथा आपको त्रिजटा और सूर्पनखा के चरित्र में अंतर अवश्य मालूम होता। सूर्पनखा सीताहरण षड्यंत्र का हिस्सा थी और त्रिजटा लंका में सीता मैया के हरण से कष्ट में थी। दोनों ही राक्षसी थीं मगर राक्षसों के भी संस्कार होते हैं। आप राम के लिए तो सूर्पनखा हैं ही लेकिन बाबर जैसे रावण के लिए भी आप सूर्पनखा ही हैं। मैं महिला सम्मान में हमेशा मौन रहा मगर लगता है कि आपको अपने नाक-कान काटने का पाप मेरे ही हाथों कराना है। मर्यादा यही कहती है कि आप यहां से तत्काल चली जाएं।"

बृजरानी खिसिया गई, "मैं तो सरकार के हित में बात करने आई थी।"

प्रचंड प्रताप सिंह ने क्रोध पर क़ाबू किया, "हित-अनहित मुझ पर छोड़ दें। प्रचंड प्रताप सिंह और उसकी सरकार में इतना दम है कि अपराधी आत्मसमर्पण करने थानों तक चलकर आते हैं और अगर गोली चलाते हैं तो गोली के जवाब में गोलियां खाते हैं...प्रणाम।"

प्रणाम करके बृजरानी उठी तब तक चाय आ गई, "अब चाय रहने दीजिए।"

प्रचंड प्रताप सिंह ने बृजरानी को बैठाया, "सियासत शत्रु बनाती है मगर चाय तो सत्कार है।"

चाय की हर चुस्की के साथ बृजरानी ख़ून गटक रही थी। मुख्यमंत्री ने पीए को इन्फ़ॉर्मेशन सेक्रेट्री और एसटीफ़ चीफ़ से बात कराने को कहा। पीए फ़ोन लेकर आया। मुख्यमंत्री सेक्रेट्री से बोले, "चैनलों से कहो तुरंत नौचंदी के भ्रष्टाचार की ख़बर रोकें। एसटीएफ़ प्रमुख थोड़ी देर में आपको बड़ा समाचार देंगे, बस वही चलवाइये।"

दूसरी लाइन पर मुख्यमंत्री ने एसटीफ़ चीफ़ से पूछा, "यशराज, बाबर के दोनों बेटों का पता चला?"

"सर, राबिया पठान बहुत जल्दी रिज़ल्ट देगी।"

प्रचंड प्रताप सिंह ने बृजरानी को कनखियों से देखा, "मेरे लिए बेटे केवल दुर्दांत अपराधी हैं, दोनों को तत्काल ढूंढ़ो और पठान से बोलो मुझे शीघ्रातिशीघ्र बड़ा समाचार चाहिए।"

चाय की प्याली के साथ-साथ बृजरानी को तेवर दिखाने के लिए प्रचंड प्रताप सिंह का रचा हुआ दृश्य भी ख़त्म हो चुका था। बृजरानी उठी और प्रणाम करके चल दी। एक सुनसान सड़क पर ड्राइवर को बाहर करके बृजरानी ने केंद्रीय गृहमंत्री फ़िरोज़ भाई पटेल के ओएसडी को वॉट्सएप कॉल लगाई। गृहमंत्री के लाइन पर आते ही बृजरानी ने ताक़ीद की, "पच्चीस करोड़ केवल ट्रेलर है फ़िरोज़ भाई, देख लीजिएगा कहीं अगला नंबर हमारा न हो।"

गृहमंत्री के सुर धीमे थे, "तो इलाज कीजिए अपने पार्टनर का।"

"हज़ारों डॉक्टर आपके पास हैं और ऑपरेशन हम करें?" बृजरानी ने कटाक्ष किया।

"सुना है होम्योपैथी की गोलियां बीमारी को जड़ से ख़त्म करती हैं।"

बृजरानी उखड़ गई, "तो भेजिए गोलियां और जड़ से ख़त्म कीजिए इस बीमारी को।"

गृहमंत्री ने चुटकी ली, "चलिए मैं भी ढूंढ़ता हूं, आप भी कोई स्पेशलिस्ट तलाशिए।"

"आज मुझे धमकी दी है साले ने, कल आपको देगा।"

गृहमंत्री गरजे, "हम तो पहले धमकी की वजह ख़त्म करते हैं। रही बात धमकी देने वाले की तो उसको ख़त्म करना मुश्किल तो है, नामुमकिन नहीं।"

बात ख़त्म हुई और गद्दी के नाम पर एक नई साज़िश एक क़दम आगे बढ़ गई। गद्दी सीएम की, गद्दी पीएम की, गद्दी डॉन की, गद्दी ज़मीनों के धंधे की। उत्तर प्रदेश से दिल्ली और दिल्ली से गुजरात तक साज़िशों का ऐसा चक्रव्यूह तैयार हो चुका था जिसमें सब के सब फंसे थे। हर किरदार दूसरे किरदार को अभिमन्यु की तरह मारकर चक्रव्यूह के अगले द्वार तक पहुंचना चाहता था। मौत के इस खेल में मौत का मतलब सिर्फ़ लाश गिराना नहीं था बल्कि किरदार

के क़द का वध इस खेल में मौत से ज़्यादा दर्दनाक था। हालात इज़रायल, फ़िलिस्तीन और हमास जैसे थे। अपनी नज़रों में सब सही थे और दूसरे की नज़रों में ग़लत। तबकों, टुकड़ों, धड़ों में टूट चुकी समूची आबादी इन किरदारों को धर्मराज युधिष्ठिर माने बैठी थी जबकि सब या तो रामायण की मंथरा थे या फिर महाभारत के शकुनि। लॉ एंड ऑर्डर के नाम पर सियासी क़द बढ़ाने के लिए प्रचंड प्रताप सिंह दांव पर दांव चल रहे थे। दांव न्यूज़ चैनलों पर कंट्रोल का, दांव हिंदू वोटों की फ़सल काटने के लिए मुस्लिम माफ़ियाओं के एनकाउंटर का, दांव सियासी दुश्मनों को नंगा करने का। फ़िरोज़ भाई पटेल, बृजरानी, नौचंदी और बाबर कुरैशी, सब एक-दूसरे की आस्तीनों में पल रहे दोस्त थे। सबका एजेंडा था, गद्दी और मक़सद था, मुनाफ़ा। मुनाफ़ा हज़ारों करोड़ का, मुनाफ़ा सियासी सिंहासन हासिल करने का। सियासत धंधा बन चुकी थी और इस गलाकाट धंधे का नारा था 'सब गंदा है पर धंधा है ये।'

मुख्यमंत्री को आदेश दिए हुए दस मिनट बस पूरे ही हुए थे कि केबल के तारों और छतों पर मुंह उठाए खड़ी करोड़ों डीटीएच छतरियों से होते हुए टीवी स्क्रीन पर ब्रेकिंग न्यूज़ गूंजी, 'रमाकांत बघेल हत्याकांड में दो और शूटर ढेर, मेरठ के बाद इलाहाबाद में मारे गए दोनों शूटर। मारे गए शूटरों में से एक हत्या वाले दिन चला रहा था गाड़ी। हमले में इस्तेमाल कार बरामद। जेल में बैठा बाबर, बेटों की फ़िक्र में थर्राया। राबिया पठान ने अब तक तीन शूटर मिला दिए मिट्टी में।'

फ़्लावर नहीं फ़ायर है

(2023)

रात के बारह बजे थे। इलाहाबाद रेलवे स्टेशन के प्लेटफ़ार्म नंबर तीन के व्हीलर्स बुक-स्टॉल पर खड़ी राबिया उस शख़्स का इंतज़ार कर रही थी जिससे मिलने के लिए माफ़िया अनिलराज राठी ने उसे भेजा था। राबिया स्टोर से 'कोड काकोरी' नाम का उपन्यास उठाकर पन्ने पलटने लगी। दो सेकंड गुज़रे थे कि पठानी सूट में एक शख़्स काउंटर पर आया। उसके हाथ में संजीव पालीवाल का उपन्यास 'पिशाच' था। राबिया ने कनखियों से देखा और शख़्स को पहचान गई। बिना नज़र उठाए शख़्स बोला, "आप जिसकी तलाश में हैं वो भी पिशाच ही है।"

राबिया पलटी, "ज़ैद ख़लीफ़ा?"

ज़ैद चौंका, "आप पहचानती हैं मुझे?"

"तेरी बहन फ़ातिमा को ट्रक से कुचलवाया था बाबर ने। तेरी महंगी कार देखकर तुझे नंगे पैर दौड़ाया था। देवरिया जेल में बुलाकर पीटा था तुझे।" राबिया ने जैसे कुंडली बांच दी।

ज़ैद समझ गया, "ओह्ह, आपने 'ख़बरदार इंडिया' पर बाबर की डॉक्यूमेंट्री देखी है। मेरा इंटरव्यू देखने के बाद बाबर ने मुझे भी जान से मारने की धमकी दी है।"

"डरपोक ज़ैद ख़लीफ़ा में बाबर के ख़िलाफ़ बोलने की हिम्मत कहां से आ गई?"

ज़ैद ने सफ़ाई दी, "यूं समझ लीजिए मेरी हिम्मत का नाम अनिलराज राठी है।

"और राठी नाम की ये हिम्मत तुझे कब और कैसे हासिल हुई?" राबिया ने छेड़ा।

ज़ैद बोलता चला गया, "बाबर के रिश्ते छुन्ना बजरंगी, मुनीम काला, सुनील दुजाना गैंग से हैं और ये सब राठी के जानी दुश्मन हैं। राठी जानता है कि मुझे बाबर से नफ़रत है और राठी के लिए इतना ही काफ़ी है। रमाकांत बघेल की हत्या ने मुझे और डरा दिया, बस यहीं से राठी आया और राठी के आते ही हिम्मत भी आ गई।"

"हम्म, समझी।"

"मुझे नहीं पता आपका क्या एहसान है, मगर राठी-भाटी बहन मानते हैं आपको।"

राबिया मुस्कुराई और ज़ैद मुद्दे पर आया, "ख़ैर, आपको फ़हद और वली चाहिए?"

राबिया ज़ैद के कंधे पर हाथ मारकर खिलखिलाई, "नहीं, पहले चाय पीनी है।"

चाय-चाय आवाज़ लगा रहे वेंडर से ज़ैद ने कुल्हड़ वाली चाय ली। दोनों प्लेटफ़ार्म पर टहलने लगे। चुस्की लेते-लेते राबिया बोली, "आज से राठी की तरह तू भी मेरा भाई है। बाबर कुरैशी से डरने की ज़रूरत नहीं है, बाक़ी मैं हूं न।"

ज़ैद थोड़ा बेफ़िक्र हुआ, "तीन दिन बाद आपको झांसी-ग्वालियर हाईवे के माइलस्टोन नंबर चालीस पर फ़ौजी ढाबे पहुंचना है। ढाबे के ऊपर हॉल में बौद्ध भिक्षुओं की पूरी एक टोली ठहरी हुई है। आप वहीं जाइए, पक्का आपका काम हो जाएगा।"

"कितने बजे और किससे मिलना है?"

"दोपहर तीन बजे टोली चली जाएगी, आपको दो बजे पहुंचना है।"

"ओके समझ गई, लेकिन मिलना किससे है?"

"वहां आपको भंते धनीराव बौद्ध मिलेंगे, बस उनको मेरा नाम बता दीजिएगा।"

चाय ख़त्म कर राबिया ने ज़ैद से हाथ मिलाया और दोनों अलग-अलग रास्ते प्लेटफ़ार्म से निकल लिए। कौन है धनीराव बौद्ध? भगवान बुद्ध के इस अनुयायी का बाबर जैसे खूंखार डॉन के बेटों से आख़िर क्या लेना-देना है? ऐसे तमाम सवालों का शोर राबिया की दिमाग़ी नसों को निचोड़ रहा था कि तभी त्रिपुरारी की कॉल आई, "मैडम, बड़ी ख़बर है, कृष्णगोपाल नौचंदी भारतीय राष्ट्रवादी पार्टी से बर्ख़ास्त कर दिया गया है।"

उलझन छिपाते हुए राबिया बोली, "मिनिस्टर की कुर्सी गई ही थी, अब पार्टी भी चली गई।"

त्रिपुरारी ने तान छेड़ी, "सॉरी मैडम, मगर दोनों हरामी हैं।"

राबिया ज़ोर से खिलखिलाई, "मतलब?"

त्रिपुरारी बोला, "मतलब बाबर कुरैशी और नौचंदी।"

हंसती हुई राबिया से त्रिपुरारी फिर बोला, "कुरैशी की तरह नौचंदी भी सारे नेताओं को सेट रखता है। देख लीजिएगा एक-दो दिन में किसी न किसी दल में शामिल होगा ये।"

हंसते-हंसाते बात ख़त्म हुई मगर कई सालों से इलाहाबाद में तैनात सब-इंस्पेक्टर त्रिपुरारी पांडे का नौचंदी को लेकर किया गया दावा सच ही साबित होने वाला था।

***

मंत्री की कुर्सी और पार्टी खो चुका नौचंदी तब और भी बौखला गया जब

विवादों से बचने के लिए उप मुख्यमंत्री बृजरानी एंड कंपनी ने भी उससे किनारा कर लिया। नौचंदी ने दिल्ली के सेवन स्टार होटल में लोहिया समाज पार्टी प्रमुख सुपुत्र सिंह यादव से मुलाक़ात की और ख़ुद को पार्टी में शामिल करने का प्रस्ताव रखा।

"हमारा क्या फ़ायदा?" सुपुत्र ने छूटते ही पूछा।

नौचंदी ने ऑफ़र दिया, "पचास करोड़ पार्टी फंड में और बाबर की हत्या।"

सुपुत्र सिंह बोले, "ज़्यादा चक्कर में मत पड़ो, बाबर को तो मुख्यमंत्री ही मरवा देगा।"

"सीबीआई जांच में फंसने के डर से मुख्यमंत्री ने न मरवाया तो?" नौचंदी ने समझाया।

"चिल्लाया तो था कि मिट्टी में मिला देंगे, बाक़ी वो जाने, उसका काम जाने।"

नौचंदी ने सुपुत्र सिंह की गहराई नापी, "आपको मुख्यमंत्री नहीं बनना है क्या?"

"इस बार केंद्र में गठबंधन करके सरकार बनाएंगे," सुपुत्र सिंह ने समीकरण समझाया।

"बस सपोर्ट देंगे या बड़ा मंत्री पद लेकर सत्ता सुख लेंगे।"

"ज़्यादा सीटें जीतेंगे और उसी हिसाब से मंत्रालय लेंगे।"

"कैसे जीतेंगे ज़्यादा सीटें, मुसलमान तो बिखरा हुआ है?"

"हमारे पिता कठोर सिंह जी को मुसलमान मसीहा मानते हैं।"

"मानते हैं नहीं, मानते थे वर्ना यूपी के मुख्यमंत्री आप होते।"

सुपुत्र सिंह तनाव में आ गया, "बाबर के मरने से हमारा क्या बदल जाएगा?"

नौचंदी ने तीर फेंका, "बाबर को कोई भी मार दे, लोग तो यही सोचेंगे कि प्रचंड प्रताप सिंह ने मरवा दिया, बस मुसलमान एकजुट होकर मसीहा के घर लौट आएगा।"

"मतलब हिंदुत्ववाद के ख़िलाफ़ मुसलमान सिर्फ़ हमें चुनेगा।"

"केंद्र में सरकार दोबारा बनाने के लिए नेशनल पीपुल्स कांग्रेस ने यूपी में सिर्फ़ आपसे ही नहीं, महादेवी जाटव से भी हाथ मिलाया है। अकेले आप में

दम होता तो पार्टी केवल आपसे हाथ मिलाती, महादेवी से नहीं...सर जी," नौचंदी मुस्कुराया।

सुपुत्र को बात कुछ-कुछ समझ में आई, "मगर बाबर तो क्रिमिनल है?"

अब नौचंदी ने गणित समझाई, "क्रिमिनल छोड़ दीजिए, आप बाबर की हत्या को मुसलमानों के एनकाउंटर्स से जोड़कर मुद्दा बना दीजिए। काम फ़िट हो जाएगा।"

मीटिंग ख़त्म हुई और फ़ैसला हुआ कि लोकसभा चुनाव के दौरान नौचंदी को पार्टी में शामिल किया जाएगा। लेकिन नौचंदी सच में घाघ था। उसने ठीक इसी अंदाज़ में महादेवी जाटव से भी मुलाक़ात की। महादेवी को भी पचास करोड़ पार्टी फंड के साथ बाबर के मर्डर और मुस्लिम वोटों का ज़खीरा दिखाकर उसने ख़त्म होती नेतागिरी का बीमा करा लिया। सुपुत्र सिंह और महादेवी में थोड़ा फ़र्क था। महादेवी के दिल में सर्किट हाउस कांड और एमएलए पप्पू गडरिया के क़त्ल की टीस भी थी। लिहाज़ा नौचंदी के लिए महादेवी को राज़ी करना टू मिनट मैगी टाइप आसान था।

***

पाठा के जंगल में पिस्टल शूटिंग की ट्रेनिंग पूरी हो चुकी थी। बुंदेलखंडी अपने ट्रेंड शूटर्स अद्धा और डिग्री के साथ दिल्ली की रोहिणी कोर्ट कैंपस में गोल्डन पंजाबी गैंग के गैंगस्टर मनदीप केकड़ा का इंतज़ार कर रहा था। केकड़ा वैन से उतरकर कोर्ट के अंदर वेटिंग एरिया की तरफ़ चल दिया जहां पेशी पर आए क़ैदियों और मुलाक़ातियों के लिए बेंच पड़ी थीं। बुंदेलखंडी, अद्धा और डिग्री भी पीछे-पीछे पहुंचे। केकड़ा को वकीलों के साथ छोड़कर हमेशा की तरह पुलिसवाले चाय-पानी के लिए चले गए। बुंदेलखंडी एंड टीम केकड़ा के ठीक सामने वाली बेंच पर बैठ गई। कुछ बात करके वकील जब चले गए तब केकड़ा ने पूछा, "ट्रेनिंग-श्रेनिंग हो गई न एकदम ठां ठां ठां वाली?"

बुंदेलखंडी ने उदास होकर कहा, "भाई, मेरा गुरू विक्की बराड़ चला गया।"

केकड़ा बोला, "ओए सुन, मेरे जखम में उंगली मत कर। बस तैयार हो जा तू।"

"बोलो भाई, टिंकू टार्जन की तारीख़ कब है?" बुंदेलखंडी ने ख़ुद को संभाला।

केकड़ा खिसियाया, "विक्की के मारे जाने के बाद टिंकू का वकील साला दो बार तारीख़ टलवा चुका है। जैसे ही डेट फ़िक्स होगी मैं बताऊंगा वर्ना तिहाड़ में ही मार देंगे।"

"मेरे पास टार्जन की सुपारी के दस लाख पड़े हैं," बुंदेलखंडी ने ईमानदारी दिखाई।

"अरे मेरा भाई है तू, रख ले। हो सकता है कोर्ट में ही मारना पड़े।"

खींसें निपोर रहे डिग्री-अद्धा को देखकर बुंदेलखंडी बोला, "आप भी बड़े भाई हैं।"

केकड़ा ने अचानक सवाल दाग़ा, "फ़ोन वही पुराना वाला यूज़ कर रहा है न?"

"नंबर वही है पर हम मैसेंजर पर बात करते हैं।"

"पुलिस से बचना है तो फ़ोन और सिम बदलते रहा करो। केवल वॉट्सएप, इंस्टाग्राम या मैसेंजर पर ही बात किया करो," केकड़ा ने तीनों को समझाया।

"भाई हम तीनों के पास दो-दो फ़ोन हैं। तीनों लोग एक फ़ोन का हॉटस्पॉट इस्तेमाल करते हैं और दूसरे फ़ोन से इंटरनेट कॉलिंग ही करते हैं," बुंदेलखंडी ने डिटेल दिया।

केकड़ा ख़ुश हुआ, "बस नंबर कोई भी रहे पर बात सोशल मीडिया पर ही होगी।"

इसी बीच एक लड़का पॉलीथिन में चाय लाया और प्लास्टिक के कपों में सबको चाय देकर खड़ा हो गया। केकड़ा के इशारे पर चाय वाले लड़के ने कमीज़ के अंदर से बंद लिफ़ाफ़ा निकालकर दिया। लड़के के जाते ही केकड़ा ने लिफ़ाफ़ा फाड़ा और उसमें से दो फ़ोटो बुंदेलखंडी को पकड़ा दीं। बुंदेलखंडी फ़ोटो देखकर चौंक गया, "केकड़ा भाई...ये तो बाबर कुरैशी और तैमूर कुरैशी हैं।"

केकड़ा ने फ़ोटो वाला लिफ़ाफ़ा बुंदेलखंडी को पकड़ाया, "लिफ़ाफ़े में इंडिका की चाबी है और पर्ची भी पड़ी है जिसमें कार का नंबर है। तीनों सीधे डीएलएफ़ मॉल जाओगे वहां पी-फ़ोर पार्किंग में कार खड़ी है। कार में प्रेस लिखा है और डिक्की के स्टेपनी वाले खांचे में एक करोड़ रखे हैं। चलो फ़ौरन निकलो।"

"भाई ये बाबर और तैमूर कुरैशी का करना क्या है?" बुंदेलखंडी बोला।

केकड़ा हंसा, "साला खोत्यां दी फुद्दी, दोनों भाइयों का मर्डर करना है... चूतिये।"

"जी भाई।"

केकड़ा बेंच से खड़ा हुआ, "अबे तू यूपी में नहीं, पूरे इंडिया में फ़ेमस हो जाएगा।"

"केकड़ा भाई उसके पास तक पहुंचेंगे कैसे?"

केकड़ा ने डपटा, "पत्रकार बनने की ट्रेनिंग मिली है न तुझको। बस कैमरा-माइक लेकर घुस जाना और डॉन को मारकर डॉन बन जाना मेरे बुंदेलखंडी।"

"पुलिस ने हम पर गोली चलाई तो?"

"पहली बात तो पुलिस गोली नहीं चलाएगी और चलाए तो तू भी चला देना।"

बुंदेलखंडी को सच में डॉन ही तो बनना था। बड़े डॉन को मारकर सबसे बड़ा डॉन बनने का शॉर्टकट भी तो बुंदेलखंडी ने ही चुना था। आज उसके पास पैसे और पिस्तौल के साथ टीम और टार्गेट भी था। हकीकत में बदल रहे ख़्वाबों में तैर रहा बुंदेलखंडी जैसे ही ख़्यालों से बाहर आया तो देखा केकड़ा क़रीब पंद्रह क़दम आगे जा चुका था और तीन वकीलों से बात कर रहा था। बाबर और तैमूर की सुपारी क़ुबूल करने के लिए जैसे ही बुंदेलखंडी और उसके शूटर साथियों ने क़दम बढ़ाए कि तभी बात कर रहे वकीलों ने कमर से पिस्तौलें निकालकर केकड़ा पर आठ-नौ फ़ायर कर दिए। गोली खाते ही केकड़ा धड़ाम से गिर पड़ा। बुंदेलखंडी दौड़ने को ही था कि डिग्री ने उसका हाथ जकड़ लिया, "नहीं बे, बहुत बड़ा कांड हो गया है, हम फंस जाएंगे।"

बुंदेलखंडी ठिठक गया। अद्धा बोला, "चुपचाप यहां से निकल लो बब्बन भाई।"

भीड़ बढ़ती गई। वकीलों के वेश में आए शूटर भीड़ में भाग निकले। बुंदेलखंडी के साथ दोनों दोस्त पहले चुपचाप कोर्ट से बाहर आए फिर सड़क की तरफ़ भागे और ऑटो में बैठकर डीएलएफ़ मॉल चल दिए। गोल्डन पंजाबी गैंग के जिस दुश्मन टिंकू टार्जन का कोर्ट की पेशी के दौरान क़त्ल होना था, उसी टिंकू ने शूटर भेजकर केकड़ा को ही मरवा डाला। पहले तिहाड़ में विक्की बराड़

की हत्या और आज रोहिणी कोर्ट में केकड़ा के मर्डर के बाद टार्जन गोल्डन पंजाबी की हिटलिस्ट में नंबर वन बन चुका था।

डीएलएफ़ मॉल की पी फ़ोर पार्किंग पहुंचकर तीनों ने वहां खड़ी इंडिका की स्टेपनी के खांचे में रखा बैग खंगाला तो पूरे एक करोड़ थे। कार लेकर तीनों दिल्ली एक्सप्रेस वे से कानपुर होते हुए इलाहाबाद पहुंचे। इलाहाबाद के ओयो रूम में चेक-इन करते ही हमेशा की तरह अद्धा बोला, "एक करोड़ में ज़िंदगी कट जाएगी। मर्डर-वर्डर छोड़ो, चलो यहां से।"

बुंदेलखंडी बमक गया, "गंड़फट साला। दो भाई खोए हैं मैंने। नोटों की गड्डी गुल्ली बनाकर डाल ले पीछे। एक गोली गोदाम पर पड़ेगी तो जौने छेद से हगते हो वहीं से प्राण निकल जाएंगे औ गड्डी टट्टी में सनी ज़मीन पर पड़ी मिलेगी चूतिये।"

डिग्री बोला, "बाबर और तैमूर क़ुरैशी का मतलब समझ रहे हो न बब्बन तुम?"

बुंदेलखंडी चिंघाड़ा, "अबे तुम समझ रहे हो गोल्डन पंजाबी को बेट्टा। कनेडा में भी छिपोगे तो भी चीरकर चौहत्तर कर देगा तुम्हारी। ये पैसा नहीं, सुपारी है और तुम क्या सोच रहे हो कि भाग लोगे पैसा लेकर। हम अकिल्ले मार लेंगे बाबर-तैमूर को। बात पैसे की नहीं, ज़ुबान की है, विक्की और केकड़ा जैसे भाइयों की है। हम आज उनको भूलकर चल देंगे तो मतलब कल तुम दोनों को कुछ हुआ तो हम तुम्हारी भी घंटा फिकर नहीं करेंगे।"

डिग्री ने अद्धा का कंधा सहलाया, "बक तो सही रहा है यार।"

बुंदेलखंडी ठंडा होकर बोला, "काम तो होना है अद्धा, और डॉन तो बनना है हमको।"

डिग्री पांडे तो लाइफ़टाइम गारंटी वाला लड़का था। बस अद्धा का वोल्टेज लो और हाई होता रहता था। दिमाग़ में गुणा-गणित करने के बाद अद्धा भी समझ गया कि बाबर तो सिर्फ़ यूपी में मारेगा मगर गोल्डन पंजाबी तो अराउंड द वर्ल्ड इन एट डॉलर्स वाले अंदाज़ में नभ, जल, वायु तक घुमा-घुमाकर पंचतत्व में विलीन करके स्वाहा बोलेगा। आख़िरकार सबने तय किया कि पहले कैमरा-माइक ख़रीदकर रिपोर्टर बना जाएगा। फिर जिस भी जगह मौक़ा मिलेगा क़ुरैशी ब्रदर्स को टपका दिया जाएगा।

***

इलाहाबाद के सेफ़ हाउस में क़ैद बघेल हत्याकांड के चौथे और आख़िरी शूटर को सिपाहियों के सुपुर्द करके त्रिपुरारी-सम्मान एंड टीम के साथ देर रात राबिया झांसी पहुंच चुकी थी। इलाहाबाद रेलवे स्टेशन पर मिले ज़ैद ख़लीफ़ा ने बाबर के बेटों की तलाश में उसे झांसी भेजा था। फ़िलहाल राबिया ने झांसी के सर्किट हाउस को अपना ठिकाना बना लिया था।

सुबह के पांच बजे थे। सफ़र की थकान के बावजूद सर्किट हाउस के लॉन में राबिया जॉगिंग कर रही थी। फिर उसी दर्दनाक सपने ने रात तीन बजे उसकी नींद तोड़ दी थी। सपने में फिर राबिया को अब्बू दिखाई दिए जो ख़ून से सराबोर बच्ची को गोद में लेकर दौड़े जा रहे थे। राबिया अब्बू-अब्बू चीख़ रही थी मगर अब्बू राबिया को पहचान ही नहीं रहे थे और चिल्ला रहे थे, "मेरी राबिया को बचा लो, मेरी राबिया मर जाएगी।"

अक्सर दिखने वाला ये ख़ौफ़नाक सपना राबिया का चैन छीन चुका था। अब्बू क्यों राबिया को नहीं पहचानते हैं? कौन है ये बच्ची? ख़ून से सराबोर क्यों है ये बच्ची? इन सवालों का जवाब सिर्फ़ और सिर्फ़ राबिया के ही पास था।

आज राबिया को झांसी-ग्वालियर हाईवे के माइलस्टोन नंबर चालीस पर दो बजे फ़ौजी ढाबा पहुंचना है। ढाबे पर वो भंते धनीराव बौद्ध से मिलेगी और यही मुलाक़ात उसे देगी बाबर के बेटों का पता। आदत के मुताबिक़ राबिया ने किसी को भी ये नहीं बताया था कि वो टीम के साथ झांसी क्यों आई है। लंच के बाद राबिया अकेली ही ज़ैद के बताए पते पर पहुंची। फ़ौजी ढाबे पर दर्जनों बौद्ध भिक्षु पत्तलों में उबला भोजन कर रहे थे। सब एक जैसी मरून रंग की चीवर पहने थे। सबके सिर मुंडे हुए थे। एक जैसे दिखने वाले बौद्ध भिक्षुओं की भीड़ में राबिया धनीराव बौद्ध को ढूंढ़ती भी कैसे। तभी होटल से एक बच्चा आगा और राबिया को सीढ़ियों से ऊपर हॉल में ले गया जहां अकेले सामान पैक कर रहे भिक्षु ने पूछा, "ज़ैद ख़लीफ़ा ने भेजा है आपको?"

राबिया ने सवाल के बदले सवाल किया, "धनीराव जी आप ही हैं?"

धनीराव ने डफ़ल बैग से तीन मोबाइल निकालकर राबिया को दिए, "ये फ़हद, वली और गुड्डू इस्लाम के मोबाइल हैं, जो बंद पड़े हैं।"

"ये कौन से फ़ोन हैं?"

"ये वही फ़ोन हैं जो रमाकांत बघेल के मर्डर की प्लानिंग के दौरान ख़रीदे गए थे और मर्डर के बाद बंद कर दिए गए। इनमें सारे सुबूत मौजूद हैं।"

राबिया ने फिर पूछा, "मतलब अब तीनों कोई मोबाइल यूज़ नहीं कर रहे हैं?"

धनीराव ने चीवर की जेब से चिट निकालकर राबिया को थमाई, "ये नए नंबर हैं फ़हद और वली के जिस पर अभी भी बाबर, शगुफ़्ता, तैमूर और गुड्डू बात करते हैं।"

"लेकिन गुड्डू इस्लाम का नया नंबर तो है नहीं इसमें?"

भंते ने जेब से एक और फ़ोन निकाला, "ये है गुड्डू इस्लाम का नया फ़ोन।"

राबिया परेशान हुई, "मतलब फ़हद और वली से गुड्डू की बात नहीं हो रही है?"

धनीराव ने गहरी सांस ली, "गुड्डू का फ़ोन अब आपके पास है, गुड्डू इस्लाम बनकर फ़हद और वली से चैट करती रहिए। हर प्लानिंग आपको पता चलती रहेगी मैडम।"

राबिया को बेचैनी हुई, "आपके पास कहां से आए ये सब?"

"गुड्डू इस्लाम ने ही दिए हैं सारे सुबूत।"

"आप जानते हैं गुड्डू इस्लाम को?" राबिया चौंकी।

"मुझसे बेहतर गुड्डू इस्लाम को कोई नहीं जानता।"

राबिया ने फ़ौरन पूछा, "कहां है वो?"

"पहले बिहार में गया जाएगा, फिर नेपाल और वहां से बांग्लादेश।"

"गुड्डू ऐसा क्यों कर रहा है?"

धनीराव बौद्ध ने बैग कंधे पर लटकाया और सीढ़ियों से नीचे चल दिया, "बाबर कोर्ट में अपने कुनबे को बचाएगा और रमाकांत बघेल मर्डर केस में गुड्डू इस्लाम को फंसाएगा। गुड्डू को फंसाने की ये प्लानिंग फ़हद, वली और बाबर की बातचीत के दौरान ख़ुद गुड्डू ने सुनी है। इसलिए सारे सुबूत देकर वो बांग्लादेश जा रहा है।"

सीढ़ियों से उतरकर दोनों नीचे आ गए। भोजन करके सारे बौद्ध भिक्षु बस में बैठ चुके थे। बस की तरफ़ बढ़ रहे धनीराव बौद्ध को राबिया ने पीछे से आवाज़ लगाई, "अगर गुड्डू इस्लाम को राबिया पठान बांग्लादेश न जाने दे तो?"

धनीराव ठिठक गया। राबिया ने पर्स से पांच सौ का नोट निकालकर फाड़ा फिर आधे नोट पर अपना नंबर लिखकर धनीराव को दिया, "चल भाग जा बांग्लादेश। जब तुझे लगे कि तू फंसने वाला है तो किसी भी नंबर से इस आधे नोट का फ़ोटो मुझे वॉट्सएप कर देना। तुझे सरकारी गवाह बना दूंगी। चल बे... निकल अब।"

चीवर पहने गंजे धनीराव बौद्ध उर्फ़ गुड्डू इस्लाम ने हाथ जोड़े और बस पर चढ़ते हुए बोला, "सीपरी बाज़ार इलाक़ा, भास्कर-भागीरथी अपार्टमेंट, फ्लैट नंबर तीन सौ दो।"

गुड्डू बस की विंडो सीट पर बैठा। बस चल दी। एक लंबी दूरी तक दोनों एक-दूसरे को देखते रहे। राबिया ने जीप पर बैठकर लड़के से कुल्हड़ वाली चाय मंगाई और गुड्डू इस्लाम के नए नंबर वाला फ़ोन खंगाला। वॉट्सएप पर राबिया को एक मैसेज दिखा जिसमें लिखा था, "ज़ैद भाई, अल्लाह का वास्ता आपको, मुझे बचा लीजिए।"

हालांकि ज़ैद और गुड्डू के बीच इस मैसेज के बाद दर्जनों मैसेज और कॉल्स के डिटेल भी थे लेकिन असल में राबिया ज़ैद और गुड्डू के रिश्तों का सिरा तलाश रही थी। सारे मैसेज पढ़कर वो समझ गई कि दोनों बाबर को भाई समझते रहे, भाई कहते रहे, मगर बाबर के लिए भाई और बेटे का मतलब सिर्फ़ उसका भाई और सिर्फ़ उसके बेटे थे। ज़ैद सालों पहले समझ गया था, गुड्डू अब समझा। बदला लेने की औक़ात न ज़ैद की थी, न गुड्डू की। राबिया ड्यूटी कर रही थी मगर गुड्डू और ज़ैद राबिया के मददगार बनकर बाबर से बदला ले रहे थे। हर सुराग हर सिरे को समझते ही राबिया ने त्रिपुरारी पांडे को फ़ोन करके इलाहाबाद के सेफ़ हाउस से रमाकांत बघेल के चौथे शूटर को रात तक झांसी बुलवाने का फ़रमान सुनाया। त्रिपुरारी ने इलाहाबाद में मौजूद सिपाही को फ़ोन किया और शूटर को झांसी लेकर आने को कहा।

***

अगले दिन सुबह के छह बजे थे। झांसी के सीपरी बाज़ार इलाक़े में भास्कर-भागीरथी अपार्टमेंट के फ्लैट नंबर तीन सौ दो से निकलकर फ़हद और

वली लिफ़्ट से पार्किंग पहुंचे। क्लीन शेव और ज़ीरो नंबर हेयरकट में दोनों मोटरसाइकिल से इलाहाबाद की तरफ़ जाने वाले हाईवे पर मौजूद डैम पर आकर रुके।

फ़हद बोला, "यहां सन्नाटा है, यही जगह ठीक रहेगी।"

वली ने हाईवे के दोनों तरफ़ देखते हुए कहा, "मीडिया की गाड़ियां तो रहेंगी ही।"

"हां तो मीडिया रहेगी, तभी तो हम बच पाएंगे वली भाई।"

"ठीक है, यही फ़ाइनल करो और अब्बू को लोकेशन भेज दो।"

फ़हद चिड़चिड़ाया, "गुड्डू का हरामीपना देखो, कल से लौंडे लेकर लौटा ही नहीं।"

वली ने नज़रअंदाज़ किया, "अरे कल दोपहर में बोला तो था कि आज रात आ जाएगा। ख़तरा है, समझा करो। तुम उसे भी लोकेशन भेज दो, अब उसे फ़ोन-वोन मत करना।"

फ़हद ने गुड्डू इस्लाम के फ़ोन पर लोकेशन भेज दी जो राबिया को रिसीव हुई।

दूर से इंडिका आती देखकर फ़हद बोला, "चलो चला जाए, पिक्चर-इक्चर देखकर हम भी रात ही में चलेंगे फ़्लैट पर।"

मोटरसाइकिल स्टार्ट करके वली बोला, "हां सही है, तब तक गुड्डू भी आ जाएगा।"

दोनों चले गए और दूर से आ रही इंडिका ठीक डैम पर आकर रुकी। कैमरा-माइक हाथ में लिए बुंदेलखंडी, डिग्री और अद्धा उतरे। तीनों के गले में 'सुदर्शन चक्र न्यूज़' का आईडी कार्ड लटका हुआ था। डिग्री पांडे ने डैम में झांकते हुए कहा, "चौकस सीनरी है। कल कित्ते बजे निकलेगा बाबर इस रोड से?"

"अखबार तो छापिस है कि दो बजे एमपी बॉर्डर क्रॉस कर लेगा," बुंदेलखंडी बोला।

"मल्लब मानकर चलो सवा दो बजे तक गुज़रेगा," अद्धा ने हिसाब लगाया।

डिग्री ने ज्ञान बांटा, "देखो गुरू, यूपी में घुसते ही बाबर मीडिया से बात करेगा।"

"यहां से इलाहाबाद तक जहां-जहां मीडिया उसे घेरे, हमें भी घुसना है। जिस जगह खोपड़ी का सही निशाना मिलेगा वहीं पेल देंगे साले को।" बुंदेलखंडी ने प्लान बताया।

अद्धा की बत्ती जली, "अबे तैमूर कुरैशी का क्या करेंगे, वो तो बरेली से आएगा?"

बुंदेलखंडी ने जवाब दिया, "गुरू समझो, मेन टार्गेट बाबर है, पहले उसे फैलाते हैं। तैमूर को बाद में देखेंगे। बाबर को टपकाने का मौक़ा अकिल्ले न मिला औ दोनों इलाहाबाद में कोर्ट आते-जाते साथ मिले तो इकट्ठा गिरा देंगे सालों को।"

डैम का नज़ारा लेकर तीनों कार से होटल बढ़ लिए। झांसी पहुंच चुकी बुंदेलखंडी की शूटर टीम बाबर के लिए घात लगाए बैठी थी। उधर बाबर के बेटे भी झांसी में एक बड़ी प्लानिंग को अंजाम देने के लिए लोकेशन फ़ाइनल कर चुके थे। कोर्ट की पेशी के लिए बाबर कल अहमदाबाद जेल से इलाहाबाद जाएगा। उसका आना मीडिया के लिए कवरेज, बेटों के लिए साज़िश और शूटरों के लिए बड़ा मौक़ा था।

***

रात के दस बजे थे। भास्कर-भागीरथी अपार्टमेंट की पार्किंग में मोटरसाइकिल पार्क करके फ़हद और वली लिफ़्ट से तीसरे फ़्लोर पहुंचे। फ़हद ने ताला खोला। दोनों फ़्लैट में घुसे। अंदर से लॉक लगाकर फ़हद ने चाबी डाइनिंग टेबल पर फेंकी। लिविंग रूम की लाइट ऑन करके वली बेडरूम में गया तो इलाहाबाद के सेफ़ हाउस से लाया गया रमाकांत बघेल का चौथा शूटर बेड पर बंधा था। शूटर को देखकर इधर वली चीख़ा उधर लिविंग रूम से फ़हद के चिल्लाने की आवाज़ आई। वली दौड़कर लिविंग रूम पहुंचा तो राबिया ने फ़हद की गर्दन पीछे से जकड़ रखी थी। उसके मुंह में पिस्तौल हलक तक ठुंसी थी। वली और फ़हद की चीख़ें सुनकर दूसरे बेडरूम में छिपे त्रिपुरारी और सम्मान सिंह के साथ पूरी टीम लिविंग रूम में आ धमकी। मौत सामने देखकर वली धम्म से बैठ गया। बिना वक़्त गंवाए सिपाहियों ने फ़हद और वली के हाथ-पैर बांध दिए। बाबर के बेटों को त्रिपुरारी और सम्मान के हवाले करके राबिया ने दोनों

के मोबाइल उठाकर मैसेज, कॉल डिटेल और एप चेक किए। फ़ोन में लोकेशन शेयरिंग, चैटिंग के साथ बाबर, तैमूर और शगुफ़्ता के कई ऑडियो-वीडियो मैसेज भी मौजूद थे।

सम्मान ने फ़हद से पूछा, "गुड्डू इस्लाम कहां है?"

"हथियार और लौंडों का इंतज़ाम करने के लिए गया है।"

त्रिपुरारी के घूरते ही वली बकने लगा, "कल अब्बू की गाड़ी पर अटैक करना है।"

पूरी टीम चौंक गई, हकबकाए हुए सम्मान ने पूछा, "अटैक! कैसा अटैक?"

"अब्बू ने मीडिया के सामने अटैक करने को कहा है। सब रिकॉर्डिंग हो जाएगी और हम दोनों भी अब्बू के साथ कोर्ट में पेश कर दिए जाएंगे," फ़हद ने खुलासा किया।

मोबाइल में बिज़ी राबिया की तरफ़ पलटकर सम्मान बोला, "पूरी प्लानिंग है मैडम। हमला भी हो जाएगा, बेटे भी कोर्ट पहुंच जाएंगे। कोर्ट में वीडियो कॉन्फ्रेंसिंग के ज़रिए सुनवाई की डिमांड होगी और यमराज की फ़ैमिली फिर सेफ़ एंड सिक्योर।"

राबिया ने मोबाइल डाइनिंग पर छोड़े और अपने फ़ोन से मुंबई वाली रेप विक्टिम लड़की को वॉट्सएप वीडियो कॉल लगाया। टीम को दूसरे कमरे में जाने का इशारा करके राबिया ज़मीन पर पंजों के बल बैठ गई। कॉल लड़की के बाप ने उठाई और राबिया को देखते ही सहम गया, "मैडम मुन्नालाल पत्रकार जी से आपका नंबर मिला था मगर मेरी हिम्मत नहीं हुई आपसे बात करने की। डर लग रहा था हमें।"

"आप मेरे अब्बू की तरह हैं, डरिए मत, बिटिया को फ़ोन दीजिए।"

बाप ने बेटी को फ़ोन थमा दिया। डरते-डरते लड़की बोली, "नमस्ते मैडम।"

राबिया बोली, "एकदम आराम से बेटा, डरना नहीं बिल्कुल, तुम्हें कुछ दिखाना है।"

राबिया ने मोबाइल कैमरा बैकव्यू पर डाल दिया। वीडियो कॉल पर लड़की को जैसे ही फ़हद और वली दिखाई दिए वो बिलखकर रोने लगी। लड़की को रोता देखकर राबिया ने आवाज़ दी, "त्रिपुरारी...ए सम्मान इधर आओ फ़ौरन।"

सम्मान और त्रिपुरारी के आते ही राबिया चीख़ी, "भेजा चीथड़ा कर दो सालों का।"

दोनों ने सोफ़े पर पड़े कुशन पिस्तौल की नली पर लगाए, पिस्तौल चढ़ाई और घोड़ा दबाने ही वाले थे कि वली और फ़हद भैं-भैं करके गिड़गिड़ाने लगे। राबिया ने फ़हद और वली की तरफ़ स्क्रीन घुमा दी। लड़की को पहचानते ही दोनों चिल्लाने लगे, "प्लीज़ हमें माफ़ कर दो, मैडम प्लीज़ मारिएगा नहीं... प्लीज़।"

रोती-बिलखती लड़की ने अचानक ख़ुद पर क़ाबू खो दिया और चीख़ने लगी, "किल देम, किल देम, किल दीज़ वुल्व्स...मार डालिए मैम...मार डालिए।"

राबिया ने त्रिपुरारी को घूरा। इशारा समझकर त्रिपुरारी ने फ़हद और वली को देखते-देखते नंगा कर दिया। बौराई राबिया का खूंखार अंदाज़ देखकर फ़हद बुरी तरह डर गया और पेशाब करने लगा। राबिया चीख़ी, "लुक ऐट देम बेटा, दे आर पिसिंग लाइक डॉग्स। कुत्ते हैं साले...कुत्ते।"

ग़ुस्साई राबिया के मुंह से झाग छूट रहा था। मोबाइल त्रिपुरारी को पकड़ाकर राबिया ने दोनों को बालों से खींचा और उनके चेहरे कैमरे के पास करके बोली, "वेट फ़ॉर माय मैसेज बेबी एंड डोंट क्राय। किसी से डरना मत, जो डराए उसे छोड़ना मत।"

कॉल कटते ही राबिया ने वली के मुंह में कपड़ा ठूंसा और जीप पर लादकर सन्नाटे में एनकाउंटर करने के ऑर्डर देते हुए बोली, "पूरी प्लानिंग नहीं बता रहे हैं साले।"

थर्राया फ़हद टेप-रिकॉर्डर की तरह बजने लगा, "अब्बू ने झांसी डैम पर अपने ऊपर हमला कराने की प्लानिंग की है। कल हमले के बाद कोर्ट में हमको बयान देना था कि रमाकांत बघेल का मर्डर गुड्डू इस्लाम ने कराया है। हम दोनों को तो पता ही नहीं था कि गुड्डू इस्लाम हमें वहां क्यों ले गया था।"

ध्यान से सुन रही राबिया बोली, "आगे बोल।"

फ़हद इमला बांचने लगा, "रमाकांत बघेल पर गोलियां चल रही थीं और बघेल के गनर दूसरी तरफ़ से गोलियां चला रहे थे। ख़ुद को हमले से बचाने के लिए हम कार से उतरे। बघेल के गनर हमें न मार दें इसलिए हमको भी गोलियां

चलानी पड़ीं। हत्या के बाद छिपने के लिए भागना पड़ा वर्ना पुलिस हमें मार देती।"

राबिया शांत हुई, "ये सच बोल रहा है। मैंने फ़ोन चेक किए हैं इनके। इन दोनों को कोर्ट में क्या बयान देना है, ये बाबर ने ख़ुद मैसेज में लिखकर भेजा है।"

राबिया का रूप देखकर सारे पुलिसवाले सन्नाटे में थे। मुंबई वाली लड़की कौन थी, किसी को नहीं पता था। किसी को कानोंकान भनक नहीं थी कि पहले शूटर से लेकर बाबर के दोनों बेटों तक को राबिया ने कैसे ढूंढ़ा। राबिया का ग़ुस्साया, बौराया और पगलाया अंदाज़ सबने पहली बार देखा था। फ़हद, वली और चौथे शूटर को टीम के सुपुर्द करके त्रिपुरारी और सम्मान के साथ राबिया सर्किट हाउस चल दी।

***

भारी-भरकम सुरक्षा के साथ अगली सुबह बाबर अहमदाबाद जेल से इलाहाबाद के लिए निकल चुका था। मीडिया कवरेज का सिलसिला बदस्तूर जारी था। दोपहर के क़रीब दो बजे थे। एमपी से होते हुए आ रहा ये काफ़िला यूपी में दाख़िल होने ही वाला था। जेल वैन में बैठा बाबर मुतमईन था कि आज उस पर हमला होगा और उसका पूरा कुनबा बच जाएगा। झांसी की सीमा में घुसते ही यूपी के पत्रकारों की गाड़ियां वैन के पीछे चल दीं। टीम के साथ राबिया पहले ही डैम पर तैनात थी। मीडिया वाली गाड़ियों में एक इंडिका भी दौड़ रही थी, जिसमें बुंदेलखंडी और नक़ली पत्रकार बनी उसकी शूटर टीम असलहों से लैस थी। चौकन्ने बाबर को डैम आने का बेसब्री से इंतज़ार था। अहमदाबाद जेल के जुगाड़ू फ़ोन पर फ़हद उसे डैम की लोकेशन भेज चुका था। डैम से ठीक दस मीटर पहले पेशाब करने के बहाने बाबर ने वैन में बैठे सिपाहियों से गाड़ी रुकवाने को कहा। रुकते-रुकाते वैन ठीक डैम पर आकर खड़ी हो गई। पुलिसवाले बाबर के साथ उतरे और साथ-साथ चल दिए। बाबर चिड़चिड़ाया, "घुसे चले आओगे तो कइसे मूतेंगे, गाड़ी में ही न मूत लेते!"

पुलिसवाले किनारे हो गए लेकिन तब तक मीडिया के कैमरे तन चुके थे। मौक़े पर खड़े राग दरबारी ने फ़ौरन हेड ऑफ़िस में सुपरबॉस को फ़ोन करके बाबर

के गाड़ी से उतरने की ख़बर दी, "बॉस लाइव काटिए फ़ौरन, बाबर पेशाब करने उतरा है गाड़ी से, श्रीप्रकाश दुबे को भी इसी स्टाइल से मारा गया था बॉस।"

सुपरबॉस को ऊपर से आदेश थे और बाबर में टीआरपी भी भरपूर थी। यूपी एडिटर की न मानता तो क्या करता। दिल्ली न्यूज़रूम में हर ख़बर ड्रॉप करके बाबर के लाइव टेलिकास्ट का शोर मच गया। लाइव-व्यू ऑन हुआ पेशाब करते बाबर का क्लोज़अप शॉट टीवी स्क्रीन पर शुरू हो गया। एंकर टीवी पर चिल्लाई, "बाबर के लाइव शॉट केवल 'ख़बरदार इंडिया' पर। गुजरात और एमपी से होते हुए यूपी में एंट्री करते ही बाबर झांसी डैम के पास पहली बार उतरा। देखिए सीधी तस्वीरें।"

डिग्री पांडे कैमरामैन था और नक़ली रिपोर्टर बना बुंदेलखंडी माइक पर बोल रहा था। अद्धा तिवारी कैमरा बैग टांगे खड़ा था। पेशाब कर रहा बाबर रिपोर्टर्स का शोर सुनकर तहमत उठाए-उठाए ही कैमरे की तरफ़ पलट गया, "अबे का हमारा लंडै दिखा दोगे पूरे देश को? एम्हा का धरा है, सबका एक्कै जइस होत है। दुई मिनट मूत लेन दो चैन से।"

सुपर एक्सक्लूसिव वॉटरमार्क के साथ भूत-चुड़ैल, बाबा, नाग-नागिन और स्वर्ग की सीढ़ी के बाद देश पहली बार कुछ ऐसा लाइव देख रहा था जो आदम-हव्वा तक पत्तों से ढंककर रखते थे। लाइव दे रहे दरबारी को रोकते हुए एंकर ने फ़ोन लाइन पर एक नेता से सवाल पूछा, "नेता जी बाबर कुरैशी की एक्सक्लूसिव तस्वीरें हम दिखा रहे हैं, आपको क्या लगता है, क्या श्रीप्रकाश दुबे की तरह बाबर भी पुलिस पर हमला कर सकता है, और अगर हमला किया तो उसका भी एनकाउंटर हो सकता है?"

नेता ने धिक्कारते हुए जवाब दिया, "सृष्टि के प्रथम पत्रकार नारद जी भी आपकी कवरेज देखकर पत्रकारिता से इस्तीफ़ा दे देते। स्वर्गीय एसपी सिंह ने भी कभी नहीं सोचा होगा कि आधे घंटे के जिस बुलेटिन से उन्होंने न्यूज़ चैनल की बुनियाद रखी थी वो टीवी आधे घंटे से चौबीस घंटे का होगा फिर एक दिन घंटा दिखाएगा।"

नेता जी ने ग़ुस्से में फ़ोन काट दिया। बुलेटिन जारी था। तभी धाराप्रवाह चीख़ने वाला एक एंकर बाबर की धारा के प्रवाह पर डिबेट का आइडिया लेकर सुपरबॉस के केबिन में घुसा। नेता जी की बात सुनकर शर्माया सुपरबॉस

बुदबुदाया, "टीवी स्क्रीन पर तो हम रोज़ पेशाब ही करते हैं, इत्तेफ़ाक़न आज पेशाब लाइव दिखा दिया।"

सुपरबॉस मेज़ पर सिर टिकाकर गुमसुम हो गया और सच्चाई से वाक़िफ़ एंकर भी न्यूज़रूम में वापस लौट गया। उधर झांसी में बाबर मीडिया को बाइट दे रहा था, "हमाई हत्या की तैयारी किए बैठी है सरकार, भाई-बेटे कउनो नहीं बचेंगे।"

तभी राबिया ने टीम के साथ बाबर को घेर लिया। मीडिया हटने को राज़ी नहीं था। बुंदेलखंडी के हाथ से मौक़ा निकल चुका था फिर भी उसने सवाल दाग़ा, "कौन करा सकता है आपकी हत्या?"

राबिया ने इशारा किया और पुलिस बाबर को वैन पर चढ़ाने लगी। चढ़ते-चढ़ते बाबर चिल्लाया, "सीएम पहिले ही धमका चुके हैं। अब हमाई बीवी ने जो पचीस करोड़ का खेल खोला है, उससे कई नेता खुन्नसियाए बैठे हैं। कोर्ट का ही सहारा बचा है।"

बाबर तिलमिलाकर वैन में बैठ गया। उसके सिर पर ग़ुस्सा सवार था। ये ग़ुस्सा था अटैक न होने का। वो समझ ही नहीं पा रहा था कि आख़िर फ़हद, वली और गुड्डू इस्लाम ने अटैक किया क्यों नहीं। उसका दिमाग़ कह रहा था कि इलाहाबाद तक किसी भी जगह पर हमला हो सकता है लेकिन दिल बोल रहा था कि कहीं फ़हद और वली पकड़ तो नहीं लिए गए हैं? मीडिया और बाबर कुरैशी का बेड़ा निकल गया और अब डैम के पास फिर मीलों तक सन्नाटा था।

***

काफ़िला ओझल होने के बाद राबिया सन्नाटे में टहलते हुए अकेले निकल गई। उसने जेब से फ़ोन निकाला और किसी से बात करके वापस लौटी। हवा सांय-सांय बह रही थी। सब इधर-उधर देख ही रहे थे कि दस मिनट में एक जीप आकर रुकी। जीप से वली, फ़हद और चौथा शूटर उतारा गया। दो मिनट बाद एक सिपाही फ़हद की मोटरसाइकिल पर आया। राबिया, सम्मान और त्रिपुरारी के बीच आंखों-आंखों में कुछ बात हुई। ऐसा लगा कि राबिया को जो तय करना था वो तय कर चुकी है। अचानक सम्मान सिंह ने फ़हद और वली को देखा और त्रिपुरारी ने चौथे शूटर से भागने को कहा। फ़हद, वली और शूटर समझ गए कि उनकी खूंखार ज़िंदगी का ख़ूनी अंत होने वाला है। तीनों

गिड़गिड़ाने लगे। फ़हद हाथ जोड़कर राबिया से मिन्नत करने लगा, "मैडम हमें जेल भेज दीजिए...मैडम।"

राबिया ने वली को तरेरा, "भाग बे, वर्ना यहीं खोपड़ी खोल दूंगी।"

वली मेमने की तरह मिनमिनाने लगा, "ग़लती हो गई, माफ़ कर दीजिए प्लीज़।"

राबिया सम्मान सिंह पर चिल्लाई, "पीछे हटो और छेद दो सालों को गोलियों से।"

त्रिपुरारी ने फुसलाया, "भाग जाओ हरामज़ादों वर्ना भेजा उड़ा देंगे।"

राबिया के साथ पूरी टीम तीन क़दम पीछे हटी। सबने फ़ौरन पिस्तौलें चढ़ाईं और निशाना साधा। एकाएक फ़हद, वली और शूटर भागे। राबिया, सम्मान और त्रिपुरारी फ़हद और वली के पीछे दौड़े बाक़ी टीम शूटर के पीछे भागी। क़रीब दस मीटर दौड़ाने के बाद राबिया की पिस्तौल से ठांय ठांय ठांय आवाज़ हुई और देखते-देखते फ़हद और वली ज़मीन पर गिर पड़े। दोनों की सांसें अभी चल ही रही थीं कि तभी दूसरी तरफ़ से भी ठांय की आवाज़ आई। चौथा शूटर भी ढेर हो चुका था। फ़हद के मुंह से भलभला कर ख़ून निकल रहा था। शायद गोलियों ने फेफ़ड़े छलनी कर दिए थे। वली की आंखें खुली की खुली रह गईं। तीनों की नब्ज़ ठंडी पड़ चुकी थी।

दस मिनट सब ख़ामोश खड़े रहे। थोड़ी देर बाद जीप से एक सिपाही चाय लेकर आया। सब चुस्कियां लेने लगे और फिर शुरू हुआ मौक़ा-ए-वारदात पर पुलिसिया एनकाउंटर का सीन गढ़ने का सिलसिला। फ़हद की मोटरसाइकिल लाशों से पांच फ़ुट दूर ज़मीन पर गिरा दी गई। इधर-उधर गोली चलाने के बाद तीनों लाशों के हाथों में वेल्थर और बुलडॉग जैसे हथियार थमाकर राबिया ने यशराज को कॉल किया। फ़ोन उठते ही राबिया बोली, "जय हिंद सर! आधार और पैन लिंक कर दिया है।"

यशराज बोला, "एक्सीलेंट, राबिया पठान! मगर ये आधार-पैन नाम कब रखा?"

"बस काफ़ी दिनों से हंसी नहीं थी, सोचा हंस लूं और हंसा दूं आपको।"

यशराज ने ठहाका लगाया, "बढ़िया है, बहुत बढ़िया है, चलो कोर्ट पहुंचो और एविडेंस देकर बाबर और तैमूर को रिमांड पर लो।"

“राइट सर।”

“और राबिया वो गुड्डू इस्लाम का क्या हुआ?”

“कहां भागेगा सर, वो भी मिल जाएगा जल्दी ही,” राबिया हौले से बोली।

“आई नो, तुम उसकी भी जीएसटी काट लोगी,” चीफ़ ने भी मज़ाक़ में कहा।

फ़ोन कट गया। त्रिपुरारी पास आकर बोला, “मैडम माफ़ करें तो कुछ कहें हम।”

“हां बोल न पंडित।”

“मैडम आप फ़्लावर नहीं, फ़ायर हैं।”

सब ठहाका लगाने लगे। राबिया ख़ुद को साबित कर चुकी थी। चीफ़ ने मुख्यमंत्री को फ़ोन पर बड़ी ख़बर दी। मीडिया की गाड़ियां फिर डैम पर लौट आईं। टीवी की आधी स्क्रीन पर बाबर की जेल वैन थी और आधी पर बेटों की लाशें। चैनल की हेडलाइन थी ‘बाबर के बेटे मिट्टी में मिले’, ‘चौथा शूटर भी ढेर’, ‘बाबर के बेटों ने पुलिस पर किए दस राउंड फायर’, ‘अब सिर्फ़ गुड्डू इस्लाम पकड़ से बाहर’, ‘बघेल हत्याकांड में प्रचंड प्रताप सिंह का ऐलान पूरा होने की कगार पर’।

***

इलाहाबाद में आज ज़बरदस्त सरगर्मी थी। बरेली जेल से तैमूर और अहमदाबाद से बाबर कोर्ट पहुंच चुका था। बेटों की मौत की ख़बर से शगुफ़्ता के घर पर मातम छाया था। देश बाबर की ख़बर से जुड़ा था और यूपी में सनसनी थी। हर तरफ़ चर्चा थी कि प्रचंड प्रताप सिंह ने अपनी ज़िद आख़िर पूरी कर ही ली। दिल्ली से लखनऊ तक सारे खद्दरधारी अपने दिमाग़ी तराज़ू में नफ़ा-नुक़सान तौल रहे थे। राबिया ने नई चाल चली। गुड्डू इस्लाम का नया फ़ोन अपने पास रखकर उसने बरामद किए गए सारे मोबाइल्स, कॉल डिटेल्स, ऑडियो-वीडियो रिकॉर्डिंग, मैसेज और लोकेशन के सुबूत कोर्ट में पेश कर दिए। सरकारी वकील ने सुबूतों की बिनाह पर बाबर और तैमूर की पुलिस कस्टडी रिमांड मांगी और शगुफ़्ता का अरेस्ट वॉरंट। कोर्ट ने मुआफ़िक सुबूत देखकर बाबर और तैमूर को चार दिन की सशर्त पुलिस कस्टडी रिमांड पर भेज दिया। कोर्ट की शर्त थी कि रोज़ाना बाबर और तैमूर की मेडिकल चेकअप रिपोर्ट कोर्ट में पेश की जाएगी और दोनों जब

चाहें वकीलों से मिल सकते हैं। कठघरे में खड़ा बाबर भलभलाकर रो पड़ा। बाबर उस कोर्ट में बिलख रहा था जहां जज उसके ख़ौफ़ में उसके ख़िलाफ़ सुनवाई से इंकार कर देते थे। जहां वकील उसके ख़िलाफ़ मुक़दमा लड़ने को मौत की दावत मानते थे। दोनों भाइयों के बाहर आते ही वकीलों की भीड़ 'बाबर मुर्दाबाद' के नारे लगाने लगी। कल तक ख़ौफ़ज़दा इलाहाबादी जहां मजबूरी में 'ज़िंदाबाद-ज़िंदाबाद' करते थे, आज उसी संगम नगरी में मुर्दाबाद सुनकर भी बाबर और तैमूर को सिर झुकाकर वैन में बैठना पड़ा। भारी सुरक्षा में दोनों को धूमनगंज थाने रवाना कर दिया गया। मीडिया वालों को बाबर के क़रीब नहीं आने दिया गया। बुंदेलखंडी एंड टीम एक बार फिर मौक़ा चूक गई।

बाबर और तैमूर की रिमांड और अपने अरेस्ट वॉरंट की ख़बर सुनते ही शगुफ़्ता देवरानी ज़ीनत के साथ जेवर-जत्था और कैश पैक करके भागने की तैयारी में थी। पुलिस कभी भी छापा मार सकती थी। दो बेटे मर चुके थे, बस पांच साल का उमर बचा था। उमर को यही बताया गया कि सब लोग बाबर के पास चल रहे हैं। बच्चे को बहलाने के लिए नाना उसके साथ लॉन में बैट-बॉल खेल रहे थे। सामान का बैग ज़ीनत ने कंधे पर टांगा। शगुफ़्ता ने झटपट मेनगेट पर ताला डाला और उमर को अपने अब्बू की गोद में देकर टैंपो स्टैंड की तरफ़ चल पड़ी। सब गली से बाहर निकले ही थे कि पुलिस जीप गली में घुसती दिखी। बुर्का पहने शगुफ़्ता और ज़ीनत टैंपो की तरफ़ दौड़ीं। जीप में बैठा त्रिपुरारी शगुफ़्ता के अब्बू और उमर को पहचानने की कोशिश कर ही रहा था कि साथ भागती औरतों को देख उसने ड्राइवर से जीप बैक करने को कहा। जीप के पीछे छोटा हाथी लोडर भी घुस गया था। बैक करने में वक़्त लग रहा था लिहाज़ा त्रिपुरारी ने दो सिपाही दौड़ा दिए। शगुफ़्ता और ज़ीनत टैंपो पर बैठ चुकी थीं। टैंपो, रिक्शा और गाड़ियों की भीड़ में दोनों कहां और किस गाड़ी में बैठीं, पता ही नहीं चला। उमर को गोद में लिए बेचारा शगुफ़्ता का अब्बू भागदौड़ में हांफकर बैठ गया और सिपाहियों के हत्थे चढ़ गया। त्रिपुरारी ने राबिया को, राबिया ने चीफ़ को और चीफ़ ने शगुफ़्ता के फ़रार होने की ख़बर मुख्यमंत्री को दी। आनन-फ़ानन सरकार ने शगुफ़्ता को फ़रार क़रार देते हुए बीस लाख का ईनामिया घोषित कर दिया। पुलिस रिकॉर्ड में शगुफ़्ता के ख़िलाफ़ रमाकांत बघेल की हत्या की साज़िश और गैंगस्टर का मुक़दमा दर्ज किया जा चुका था।

***

पोस्टमार्टम के बाद फ़हद और वली की लाशों को रिश्तेदारों ने उसी कसारी मसारी क़ब्रिस्तान में दफ़न कर दिया जिस कसारी मसारी इलाक़े में मौजूद अपनी हवेली की गद्दी पर बैठकर बाबर चलाता था जुर्म की सत्ता। जनाज़े में शामिल नातेदारों के नाम-पते दर्ज करके पुलिस ने हौव्वा बना दिया ताकि शगुफ़्ता को कोई दूर-दराज का मिलने वाला भी पनाह न दे। दो दिन में डॉन बाबर की रंगबाज़ी, माफ़िया बाबर का राज ख़त्म हो गया था। पलभर में किसी का भी ख़ून बहा देने वाला बाबर हवालात में ख़ून के आंसू बहा रहा था। लाशें गिराने वाला शैतान बेटों की लाशें देखने को तरस गया। मगर बाबर तो बाबर था। प्रचंड प्रताप सिंह की मेड़बंदी में चौतरफ़ा फंसे होने के बाद अगर वो बघेल की हत्या को मैसेज बना सकता था तो फिर से कुछ ऐसा कर सकता था जो दोबारा साबित कर दे कि डॉन अभी ज़िंदा है।

धूमनगंज थाने में वकीलों की टीम मौजूद थी। क़ानूनी जोड़-जुगाड़ पर बात करते-करते बाबर वकीलों से बोला, "दांवैं उल्टा पड़ गया। हम साला गुड्डू इस्लाम को फंसाएं का दिमाग़ बनाए बइठे थे, साला गुडुवा ही खेल कर गया मादरचोद।"

जूनियर वकील ने तैमूर और बाबर से कई कागज़ों पर दस्तख़त कराए। फ़ाइल पलटते हुए वकील ने राय दी, "जो स्कीम बनाई है हम उसी पर रहेंगे। हम गुड्डू इस्लाम पर ही बघेल की हत्या थोपेंगे और मोबाइलों में जो सुबूत मिले हैं उन्हें फ़र्ज़ी बताएंगे। कोर्ट में कहेंगे कि पुलिस ने कम्प्यूटर से नक़ली सुबूत बनाए हैं।"

बरसों जेल में रहते-रहते बाबर को ख़ास फ़ोन नंबर याद रखने की आदत पड़ चुकी थी। जूनियर वकील से फ़ोन लेकर उसने उप मुख्यमंत्री बृजरानी और केंद्रीय गृहमंत्री फ़िरोज़ भाई पटेल को कई बार कॉल लगाई और अपने नाम से मैसेज भी किए मगर न कॉल उठी, न जवाब आया। वजह अननोन कॉलर थी या कुछ और...बाबर बेख़बर था। तैमूर को देखते हुए बाबर बुदबुदाया, "अबकी बार मीडिया मिली तो बताए दे रहे हैं हम साला सबका खेलै खोल देंगे।"

वकीलों की टीम चली गई लेकिन बाबर ने जूनियर वकील का फ़ोन रख लिया।

***

बाबर के दिल में जिस खेल को खोलने की खलबली मची थी वो हज़ारों करोड़ का था। नौचंदी का ख़ुलासा होने के बाद बाबर के कारोबारी पार्टनर चार सौ एमबीपीएस की स्पीड से अगले भंडाफोड़ के बारे में सोच रहे थे। जेल में वकीलों के साथ ऑनलाइन कोर्ट हियरिंग की तैयारी कर रहे बाबर को भनक तक नहीं लगी और अचानक ईडी ने चौतरफ़ा छापेमारी शुरू कर दी। रामधारी सिंह और उससे जुड़े दो दर्जन बिल्डरों के घर, दफ़्तर और इमारतें ईडी ने क़ब्ज़े में ले लीं। बाबर की हवेली, ऑफ़िस और तैमूर कुरैशी की ससुराल के अलावा नौचंदी के ठिकाने रेड की ज़द में थे। ईडी ने चिंदी-चिंदी बटोर डाली। दर्जनों कम्प्यूटर, पेन ड्राइव, हार्डडिस्क ज़ब्त कर लिए गए। हड़बड़ाई बृजरानी ने गृहमंत्री को कॉल किया। फ़ोन उठाते ही गृहमंत्री ने बधाई दी, "मुबारक हो, अब डॉन किसी का भंडाफोड़ नहीं कर पाएगा। ईडी के ज़रिए अब सारे सुबूत हमारे पास हैं।"

"जी समझ रही हूं," बृजरानी बोली।

गृहमंत्री ने तंज कसा, "हमारी ईडी की टीम बता रही है कि आपने तो रिकॉर्डतोड़ माल कमाया है बृजरानी जी। मतलब आपने पूरा लंगर लूट लिया और हमें सिर्फ़ बूंद भर चरणामृत चखाती रहीं। बहुत नाइंसाफ़ी है ये डिप्टी सीएम साहिबा।"

"ईडी वाला दांव सटीक था आपका, मगर बाबर का भरोसा नहीं है। ये वक़्त हिसाब-किताब का नहीं है गृहमंत्री जी, जब चाहेंगे बैठकर कर लेंगे। बाबर के साथ कारोबार के सारे सुबूत ज़रूर आपके पास हैं पर धंधा अभी भी बाबर के पास है और आप तो जानते हैं कि कागज़ों पर ज़मीनें दाख़िल तभी होती हैं जब कोई ख़ारिज होता है," बृजरानी ने सोफ़े पर टिकते हुए कहा।

"अपने राम पर भरोसा रखिए," गृहमंत्री रिमोट से टीवी ऑन करते हुए बोले।

"इस काम में राम को नहीं ख़ुदा को सब करना है।"

"जय-जय श्रीराम बृजरानी जी," कहकर गृहमंत्री ने फ़ोन रख दिया।

इधर गृहमंत्री और उप मुख्यमंत्री ने बाबर पर निशाना साध रखा था, उधर नौचंदी भी बाबर के क़त्ल के लिए सुपुत्र सिंह के साथ-साथ महादेवी जाटव से

भी हरी झंडी ले चुका था। इन सबके बीच बेटों की मौत के बाद बर्बाद हो चुका बाबर रमाकांत की हत्या से भी ज़्यादा बड़ी ग़लती कर बैठा। बाबर ने मुख्यमंत्री के साथ मीटिंग निबटाकर बाहर निकले एसटीएफ़ चीफ़ यशराज ठाकुर को वॉट्सएप कॉल लगाई। यशराज के फ़ोन उठाते ही आवाज़ आई, "बाबर कुरैशी बोल रहा हूं। हमाये बेटों को मरवाकर ठीक नहीं किए तुम लोग।"

"पुलिस पर गोली चला रहे थे तुम्हारे बेटे," मुख्यमंत्री की तरफ़ लौटते हुए चीफ़ बोला।

"ज़्यादा चूतियापा न पेलो हमसे। अइसे कित्ते फर्जी एनकाउंटर करके हम कसारी मसारी में फेंक चुके हैं।"

चीफ़ मुख्यमंत्री के केबिन में पहुंच चुका था। इशारे से बाबर की कॉल बताकर उसने स्पीकर ऑन कर दिया। बाबर अपने ही अंदाज़ में था, "बहुतै क़ायदे से अपने मुख्यमंत्री को समझा देना, न प्रचंड प्रताप सिंह ज़िंदगी भर के लिए मुख्यमंत्री की कुर्सी की रजिस्ट्री कराए हैं औ न बाबर ज़िंदगी भर जेल में रहेगा। जबै मौक़ा मिला तबै ठोंक देंगे बाबू।"

चीफ़ भन्ना गया, "औक़ात में रहो बाबर। बेटे मर चुके हैं, बीवी भागी-भागी फिर रही है। जेल का पट्टा गले में पहनकर सड़क के कुत्तों की तरह भौंक मत।"

क्रोध को क़ाबू करते हुए मुख्यमंत्री स्पीकर पर सब सुन रहे थे।

यूपी के चीफ़ सेक्रेटरी मुख्यमंत्री के केबिन में घुसे। चीफ़ यशराज ने उन्हें ख़ामोश रहने का इशारा किया। बाबर बेलगाम था, "रामायण के डाइलाग मारने का बड़ा शौक है न तुम्हाये मुख्यमंत्री को, तो बता देना उसे बाबर कउनो दसहरे के रावण का पुतला नहीं है जो उई मंच से फर्जी तीर चलाएंगे औ हम भरभरा कर जल जाएंगे। लंका तो अब प्रचंड प्रताप सिंह की लगेगी, पटाखे भी फूटेंगे औ जनता ताली भी बजाएगी।"

बाबर ने फ़ोन काट दिया। चीफ़ ने राबिया को फ़ोन पर उस जूनियर वकील का नंबर दिया जिसके फ़ोन से बाबर ने मुख्यमंत्री को धमकी दी थी। हुक़्म था कि ये पता किया जाए कि वकीलों के बाबर से कारोबारी रिश्ते हैं कि नहीं। रिश्ते मिलें तो फ़ौरन मुक़दमा ठोंककर वकीलों को जेल भेज दिया जाए। फ़ोन काटकर यशराज मुख्यमंत्री से मुख़ातिब हुआ। मुख्यमंत्री ने आराम से पूछा, "ये कसारी मसारी क्या है?"

"इलाहाबाद का बड़ा इलाक़ा है सर। बाबर कसारी मसारी में पैदा हुआ, वहीं से गुंडा बना, वहीं से डॉन फिर एमएलए-एमपी," एक सांस में चीफ़ ने ब्यौरा दिया।

मुख्यमंत्री चीफ़ सेक्रेटरी की तरफ़ घूमे, "रामलीला होती है वहां?"

"मुस्लिम बहुल इलाक़ा है सर, रामलीला दो किलोमीटर दूर होती है," चीफ़ सेक्रेटरी ने इलाहाबाद डीएम से फ़ोन पर कन्फ़र्म करके बताया।

आंखों में क्रोध और ज़ुबान पर अंगारे लिए प्रचंड प्रताप सिंह कुर्सी से खड़े हुए, "शीघ्रातिशीघ्र स्थान खोजिए। इस बार कसारी मसारी में भी रामलीला का मंच सजेगा। प्रदेश में सबसे बड़ा पुतला बनेगा और हम स्वयं जाएंगे रावण दहन करने। सुनिश्चित कर लीजिए, रावण की राख बटोरने वाला कोई न हो, ताकि सनद रहे कि कसारी मसारी की लंका के साथ रावण का राज भी भस्म हो चुका है।"

सियासत की सांप-सीढ़ी, लूडो का लीडर (2023)

इलाहाबाद के धूमनगंज थाने की हवालात में त्रिपुरारी पांडे और सम्मान सिंह के सामने बाबर और तैमूर क़ुरैशी बैठे थे। पांच मिनट बाद राबिया की जीप थाना कैंपस में रुकी और राबिया उतरकर सीधे हवालात में घुसी, "क्या बे, रंगा-बिल्ला कुछ बोले?"

"दोनों साले पुलिस को कोर्ट की अंडरटेकिंग और मेडिकल रिपोर्ट का क़ानून समझा रहे हैं। कह रहे हैं वकील के सामने बात करेंगे," कुर्सी से खड़े होकर त्रिपुरारी ने ब्यौरा दिया।

राबिया ने चिल्लाकर सिपाही से फ़ाइल मंगाई और बाबर के मुंह पर फेंक दी।

"पढ़ ले, सत्रह बीघा ज़मीन तो तेरे वकीलों के नाम है। पांचों के अकाउंट में साढ़े नौ करोड़ मिले हैं। गैंगस्टर में जेल जाएंगे।"

फ़ाइल के पन्ने समेटते हुए बाबर बड़बड़ाया, "ज़मीन औ पैसे के बवाल में गुड्डू इस्लाम मरवा दिया रमाकांत को। दरभंगा जेल में बंद था मादरचोद, तब

हमही भोसड़ीवाले की जमानत कराए थे। झांटू साला...पुलिस से मिलकर हमारे बेटे भी मरवा डालिस।"

गालियां सुनकर राबिया झल्ला गई। उसका ग़ुस्साया दिमाग़ चिल्ला-चिल्लाकर कह रहा था कि बाबर को लाठियों से पीट-पीटकर बेदम कर दे। लेकिन रिमांड, मेडिकल रिपोर्ट और कोर्ट अंडरटेकिंग ने उसके हाथ बांधे हुए थे। ख़ुद को क़ाबू करते हुए राबिया ने बाबर की लंबी-लंबी मूछें खींचीं, "सारे सुबूत तेरे ख़िलाफ़ हैं साले।"

"जित्ता सुबूत है, सबै फ़र्जी है। कउनो भी वीडियो में हमाई आवाज़ नहीं है," राबिया के हाथ से छूटने के बाद बाबर ने अपनी मूंछें फिर ऐंठते हुए पूरी रंगबाज़ी से कहा।

तैमूर ने भी धौंस दिखाई, "ऑडियो में न हम दोनों की आवाज़ है, न भाभी की। जेल में फ़ोन कहां था हमारे पास? किसी और से पुलिस ने रिकॉर्डिंग कराई है।"

तैमूर क़ुरैशी की बात सुनकर राबिया बिलबिलाई और त्रिपुरारी से लाठी छीनने लगी। बाबर हंसा, "ज़्यादा झांसी की रानी न बनौ। कोर्ट कहिस है कि रोजै हमाई मेडिकल रिपोर्ट जमा करैं का पड़ी तुमका। एक्कौ निशान मिला तो गईं तुम।"

राबिया समझ चुकी थी कि खालिस पुलिसिया अंदाज़ से काम नहीं चलेगा। बाबर को भरोसे में लेने के लिए उसने दांव खेला, "अपने बच्चों से मिलेगा बाबर?"

"कउन बच्चे?" बाबर ने चौंकते हुए सवाल किया। तैमूर भी ताज्जुब में था।

"कसारी मसारी में फ़हद और वली का फ़ातिहा पढ़ ले, वहीं उमर से भी मिला दूंगी।"

"शगुफ़्ता को पकड़ लिए हो का?"

"शगुफ़्ता और ज़ीनत तो भाग गई हैं। उमर और तेरा ससुर मेरे सेफ़ हाउस में हैं।"

"बदले में का चाहती हो?" बाबर ने शक भरे अंदाज़ में सवाल किया।

"रमाकांत बघेल के मर्डर में इस्तेमाल किए गए असलहे कहां छिपाए हैं?"

"खोपड़िया में घुसा नहीं का तुम्हाई। हत्या गुड्डू इस्लाम कराए हैं।"

पुलिसवाले ख़ामोश खड़े थे। तैमूर और बाबर आंखों-आंखों में बतिया रहे थे।

राबिया एकदम से बोल पड़ी, "बहुत प्यारा है उमर। नाना के साथ क्रिकेट खेलता है सेफ़ हाउस की छत पर। दरगाह भी जाता है नाना की गोद में। कई बार डर लगता है कहीं खेलते-खेलते छत से न गिर जाए, कहीं दरगाह जाते समय बेचारा बूढ़ा नाना ट्रक के ही नीचे न आ जाए।"

"गुड्डू इस्लाम निकाला नहीं होगा तो असलहे कसारी मसारी के खंडहर में रखे हैं," तैमूर क़ुरैशी ने दाढ़ी सहलाते हुए लोकेशन बताई।

"असलहे लाए कहां से?" राबिया ने पूछा।

"टहलते हुए कराची जाते हैं और बोरा भर के ले आते हैं।"

"मतलब?"

"अरे जउन सबको पहुंचाता है, वही हमको भी पाकिस्तान से मंगाकर देता है।"

"कौन?"

"अब ज़्यादा नन्हीं न बनो, बुलंदशहर वाला इरफ़ान खुर्जेवाला, औ कउन।"

तैमूर बीच में बोला, "पंजाब बाडर गए थे एक बार, ड्रोन से गिरते हैं असलहे।"

राबिया ने त्रिपुरारी पांडे को ताकीद की, "दोनों को एक ही हथकड़ी में बांधो।"

"शरीरौ नहीं बचा है भागैं लायक़, काहे शकिया रही हो," बाबर उठते हुए बोला।

एक ही हथकड़ी में दोनों को बांधते हुए त्रिपुरारी ने कहा, "तुम दोनों बहुत बड़े वाले हरामी हो। खुदै हमला कराओगे फिर सरक लोगे। हमारी तो नौकरी के लग जाएंगे।"

***

शाम के पांच बज चुके थे। राबिया ने दोनों को एक जीप में लादा और तीन जीपों में फ़ोर्स के साथ कसारी मसारी की तरफ़ निकल ली। मीडिया में बाबर ही बाबर छाया हुआ था मगर उसकी बाइट के लिए सारे पत्रकार व्याकुल भारत थे। ख़ासकर घात लगाए बैठी बुंदेलखंडी की टीम। राबिया का हिसाब-किताब पुख़्ता था लेकिन इतना तो मीडिया को भी पता था कि बाबर और तैमूर का मेडिकल कराने पुलिस हर हाल में सरकारी अस्पताल पहुंचेगी। 'ख़बरदार

इंडिया' का एडिटर राग दरबारी भी इलाहाबाद पहुंच चुका था लेकिन उसे एक भी ख़बर नहीं मिल रही थी। जीप पर बैठा तैमूर गूगल मैप की तरह रास्ता बता रहा था। कसारी मसारी क़ब्रिस्तान के पीछे बबूल के जंगलों के पास जीपें रुकीं। बाउंड्री के टूटे हिस्से से बाबर और तैमूर को लेकर पुलिस खंडहर तक गई।

तैमूर कुरैशी के इशारे पर सिपाही खंडहर के अंदर गए और ईंटों के नीचे दबे असलहे लेकर बाहर निकले। हथियार सील करके सब फिर जीप में बैठे और एक किलोमीटर घूमकर क़ब्रिस्तान में दाख़िल हुए। जीपें अंदर करके क़ब्रिस्तान का फाटक बंद कर दिया गया और फ़ोर्स तैनात कर दी गई। बाबर और तैमूर को लेकर राबिया क़ब्र की तरफ़ चल दी। फ़हद और वली की क़ब्र के पास बाबर का ससुर उमर को गोद में लेकर खड़ा था। बाबर को देखते ही उमर मचलकर 'अब्बू-अब्बू' बुलाने लगा और नाना की गोद से उतरकर दौड़ता हुआ बाबर के पैरों से लिपट गया। आंखों में आंसू भरे बाबर ने उमर को गोद में उठाया और पागलों की तरह प्यार करने लगा। उमर बोला, "अब्बू-अब्बू बताऊं, अम्मी गंदी हैं, मुझे छोड़कर चली गईं।"

"अब्बू आ गए हैं न, अम्मी को डांटेंगे, काहे हमरे उमर का अकिल्ले छोड़ गईं।"

बाबर ने सिर के साफ़े से आंसू पोंछे तभी राबिया ने जेब से चॉकलेट निकालकर उसे थमा दी। चौंकते हुए बाबर ने ख़ुद को संभाला फिर चॉकलेट उमर को पकड़ा दी। तैमूर भी बच्चे को दुलार रहा था। क़रीब एक घंटे के लिए राबिया ने सबको अकेला छोड़ दिया। बच्चे से मिलने-खेलने के बाद बाबर और तैमूर ने फ़हद और वली की क़ब्रों पर फ़ातिहा पढ़ा। इसी बीच क़ब्रिस्तान के बाहर एक इंडिका रुकी। डिग्री के साथ बुंदेलखंडी माइक लेकर उतरा और ज़ोर से गेट भड़भड़ाने लगा।

"अंदर आने की मनाही है," दो गेटों के बीच खांचे से झांकते हुए सिपाही बोला।

"हम 'सुदर्शन चक्र न्यूज़' से हैं। परम राष्ट्रवादी चैनल है," बुंदेलखंडी ने भी रौब दिखाया।

"अरे तुम तूफ़ान मेल न्यूज़ से होगे यार, अंदर जाने को नहीं मिलेगा।"

सिपाही ने फ़ोर्स को आवाज़ लगाई तो गेट खोलकर दो-तीन सिपाही एक साथ बाहर आ गए। पूछने पर फिर सिपाही बोला, "मान ही नहीं रहे हैं, घुसे चले आ रहे हैं।"

डिग्री ने पलटी मारी और बब्बन का हाथ दबाकर कार में ले गया। ड्राइव कर रहे अद्धा तिवारी ने ग़ुस्सा दिखाया, "ज़्यादा लिबिर-लिबिर न करो बब्बन, बीसन बार बता चुके हैं, जहां मीडिया का झुंड मिले वहीं पेलना, अकिल्ले में नहीं ठोंक पाएंगे।"

"सुबह से थाने के बाहर खड़े-खड़े फट गई है, अब यहां भी चूतिया बन गए। साले पुलिसवाले मौक़ा ही नहीं दे रहे हैं तो का करें बे?" माइक पटकते हुए बुंदेलखंडी बिलबिलाया।

"कोर्ट में पेश करेंगे, मेडिकल कराने ले जाएंगे, वहीं गिरा देंगे यार..." अद्धा बोला।

बहसा-बहसी के साथ इंडिका सरकारी अस्पताल की तरफ़ बढ़ गई। अब्बू-अब्बू चिल्लाते उमर को पुलिस नाना के साथ वापस ले गई। बच्चे को रोता देखकर बौखलाए बाबर ने जीप पर चढ़ने से पहले राबिया को धमकी दी, "बच्चा रो-रोकर गला फाड़े डाल रहा है, बेचारा अम्मी के लिए पगलाया है। दो बेटे क़ब्र में हैं। तुम्हाये मुख्यमंत्री को तो हम गिराकर ही दम लेंगे, जबै मौक़ा लगा उड़ा देंगे।"

"और तुम्हारे सेठ लोगों का क्या, जिन्होंने ईडी की रेड डलवाई है?" जीप की अगली सीट पर बैठते हुए राबिया पठान ने बाबर की कमज़ोर नस दबाई।

"वो साले सोचते हैं बाबर चूतिया है, उन्हें पता नहीं बाबर खुदै चूतिये पालता है।"

"इतने बयाने एक साथ मत ले बाबर कि जब कहीं औंधा पड़ा मिले तो पता करना मुश्किल हो जाए कि तू मरा तो किस बयाने में मरा," राबिया पीछे पलटकर बोली।

बाबर और राबिया में तू-तड़ाक होती रही और थोड़ी देर में जीप थाने पहुंच गई। राबिया ने थाने के ऊपर हॉल में बाबर और तैमूर को डिनर कराने भेज दिया और मुन्नालाल पत्रकार को ख़बर लीक कर दी। वॉट्सएप ग्रुप के भरोसे बैठी पत्रकारिता के दौर में ख़बर सारे चैनल्स पर यूसेन बोल्ट की स्पीड से दौड़ने लगी, 'रमाकांत बघेल हत्याकांड के असलहे बरामद', 'कसारी मसारी जंगलों के एक खंडहर में छिपाए गए थे हथियार', 'बाबर कुरैशी का क़ुबूलनामा—

पाकिस्तान से असलहे मंगाता था डॉन', 'ड्रोन से गिराए जाते हैं हथियार', 'पंजाब से खेप लेने ख़ुद जा चुका है तैमूर'।

त्रिपुरारी पांडे थाने के बाहर जीप पर टेक लगाए खड़ी राबिया के लिए कुल्हड़ वाली चाय लेकर आया। कुल्हड़ पकड़ाते हुए वो कुछ कहना चाहता था कि तभी यशराज ठाकुर की कॉल आई। राबिया ने फ़ोन उठाते ही जय हिंद कहा। उधर से चीफ़ ने अपडेट ली, "वैपन रिकवरी और इंटेरोगेशन अच्छा रहा तुम्हारा। गुड वर्क राबिया!"

"थैंक्स सर।"

"और क्या कह रहा है तुम्हारा बाबर?"

"कुछ ख़ास नहीं सर, गुड्डू इस्लाम पर सब थोपने की तैयारी में है।"

"हम्म।"

"बाक़ी सीएम सर के लिए धमकी भी दे रहा था," राबिया ने चुस्की लेते हुए कहा।

"ओन्ली फ़ॉर यॉर नॉलेज, मेरे फ़ोन पर भी सीएम के लिए धमकी दी थी बाबर ने और सीएम ने ख़ुद स्पीकर पर सुनी थी। सीएम साहब को इतना ग़ुस्से में कभी देखा ही नहीं मैंने," यशराज ने राबिया को बताया।

"फिर तो बाबर की भी गाड़ी पलटेगी," राबिया ने मौज ली।

"ये कोई चुटकुला नहीं है राबिया। बाबर का केस बहुत सेंसिटिव हो गया है। मेरा अंदाज़ा है कि उस पर ज़बरदस्त हमला हो सकता है। बी वैरी अलर्ट राबिया।"

"कौन करा सकता है हमला, सर?"

"ईडी के छापे की टाइमिंग बड़े ख़तरे वाला इंडिकेशन है। सेंट्रल और स्टेट गवर्नमेंट में बैठे बाबर के क़रीबी ईडी रेड की आड़ में कारोबारी रिश्तों के सुबूत मिटा रहे हैं। विपक्षी भी हमला करा सकते हैं ताकि सीएम और सरकार को घेरा जा सके।"

"सीएम सर का नाम नहीं लिया आपने?" राबिया ने जीभ दांतों में दबाते हुए पूछा।

"बिहेव राबिया, कुछ होता तो मैं शेयर करता।"

"सॉरी सर, सीएम सर के एनकाउंटर ट्रैक रिकॉर्ड को देखते हुए पूछ लिया मैंने।"

"ये सब फ़ालतू की बातें हैं, एकदम बकवास है।"

"बाक़ी लोगों को लेकर आप इतने श्योर कैसे हैं कि वो बाबर को मरवा सकते हैं?"

लिफ़्ट में घुसते हुए चीफ़ ने ब्यौरा दिया, "डिप्टी सीएम, सेंट्रल होम मिनिस्टर से लेकर नौचंदी, सुपुत्र सिंह यादव, महादेवी, ये पूरी चेन कुछ भी कर सकती है।"

"आपकी बात सही होगी लेकिन फ्रैंकली कहूं सर, मेरा मन भी कहता है कि इस लिस्ट में सीएम सर भी ज़रूर शामिल होंगे," राबिया ने साफ़-साफ़ कह ही डाला।

राबिया ग़लत नहीं थी। प्रचंड प्रताप सिंह भरी विधानसभा में पहले ही बाबर को मिट्टी में मिलाने का ऐलान कर चुके थे। प्रचंड प्रताप सिंह का अड़ियल रवैया भी यही कहता था। हालांकि यशराज बार-बार राबिया के ज़ेहन में दूसरों के नाम भरने की कोशिश कर रहा था। शातिर यशराज ने इस बार राबिया की साफ़गोई पर बिगड़ने के बजाय हंसते हुए जवाब दिया, "सीएम सर ऐसा कुछ भी कहेंगे तो मुझसे कहेंगे और मैं तुमको ही सबकुछ हैंडल करने को कहूंगा। रेस्ट एश्योर्ड, बस बाबर को लेकर अलर्ट रहो।"

चीफ़ के फ़ोन रखते ही राबिया फिर थाने के अंदर आई। त्रिपुरारी और सम्मान को बताया कि कोई है जो बाबर को मरवाने की फ़िराक में है। उसने दोनों को सख़्त ताकीद की कि अगर बाबर पर हमला होता है तो पूरी टीम हमलावरों को ज़िंदा पकड़ेगी ताकि हमला कराने वाले मास्टरमाइंड के नाम का ख़ुलासा किया जा सके।

***

रात के दस बज चुके थे। डिनर करके बाबर और तैमूर फिर हवालात में थे। कोर्ट के ऑर्डर्स पर सरकारी अस्पताल में दोनों का मेडिकल चेकअप होना था। चैनल्स के एडिटर और सीनियर रिपोर्टर्स होटलों के कमरों में टीए-डीए के साथ चैतन्य पेय यानी मदिरा का सेवन कर रहे थे। होटल कान्हा कॉन्टिनेंटल के कमरे में 'ख़बरदार इंडिया' का यूपी एडिटर राग दरबारी मुफ़्त की एकल यव्य अर्थात सिंगल मॉल्ट गटक रहा था। दरबारी सुबह से ही मुन्नालाल पत्रकार से नाराज़ था। वजह थी बाबर से जुड़ी सारी ख़बरें मुन्नालाल ही ब्रेक

कर रहा था और दिल्ली में बैठा सुपरबॉस उसे इस बात पर हड़का चुका था कि जब स्ट्रिंगर ही ख़बरें ब्रेक कर सकता है तो एडिटर की पोस्ट पर पैसा बर्बाद क्यों किया जाए।

पत्रकारिता के संविधान की धारा तीन सौ सैंतालीस के मुताबिक़ लखनऊ-दिल्ली का रिपोर्टर, ब्यूरो चीफ़ और एडिटर जब उनके शहर आएगा तब दारू-मुर्ग़े का इंतज़ाम स्ट्रिंगर को करना पड़ेगा। राग दरबारी की नाराज़गी का दबाव ख़ुद से हटाने के लिए मुन्नालाल ने दरोगा पर दबाव बनाया। दबाव दरोगा से होता हुआ कारखास तक पहुंचा और कारखास से गुज़रता हुआ उस वाइन शॉप वाले पर पड़ा जो कुंडली के अष्टम भाव में मुफ़्त मदिरा आपूर्ति योग लिखवाकर जन्मा था। लेकिन आज उसे महंगी सिंगल मॉल्ट स्कॉच सप्लाई करनी थी वो भी हंड्रेड ईयर्स वाली। लिहाज़ा हरियाणा की डुप्लीकेट स्कॉच देकर उसने धनहानि के साथ मानहानि भी बचाई। राग दरबारी धुत्त हो गया और मेडिकल कराने जा रहे बाबर और तैमूर को कवर करने के लिए मुन्नालाल को ही रवाना कर दिया। इधर दारू अंदर, उधर मुन्नालाल फिर सिकंदर।

सरकारी अस्पताल कम्पाउंड में चैनल्स के स्ट्रिंगर्स ओबी के ज़रिए लाइव टेलिकास्ट करने के लिए कैमरे तैयार किए बैठे थे। जिस कमरे में बाबर और तैमूर का मेडिकल चेकअप होना था वहां की रेकी करके वापस लौटा बुंदेलखंडी कैमरा लिए डिग्री पांडे से बुदबुदाया, "अंदर अकिल्ले डॉक्टर होगा, यहीं गिरा देते हैं दोनों को।"

डिग्री बोला, "कमरा बहुतै छोटा है गुरू, हो नहीं पाएगा। हम घुसे तो पूरा मीडिया घुस जाएगा। धक्का-मुक्की में किसी दूसरे को गोली लग गई तो अलग बवाल हुई जाएगा। इंतज़ार करते हैं, कम्पाउंड थोड़ा खुला-खुला है, यहीं पर ट्राई करेंगे।"

बातचीत करते-करते बुंदेलखंडी और डिग्री पांडे कैमराबैग टांगे अद्धा तिवारी के पास वहां लौट आए जहां बाक़ी मीडिया स्ट्रिंगर्स की भीड़ खड़ी बाबर का इंतज़ार कर रही थी। तभी तीन जीपें कम्पाउंड में रुकीं। बाबर और तैमूर को राबिया, त्रिपुरारी और सम्मान सिंह के साथ क़रीब दस सिपाहियों ने घेर रखा था। एक ही हथकड़ी में बंधे दोनों उतरे तो मीडियावाले उनकी तरफ़ दौड़े। चलते-चलते मुन्नालाल ने बाबर से सवाल किया, "अपने बेटों की क़ब्र पर क्यों नहीं गए बाबर भाई?"

बाबर बोला, "अब नहीं ले गए तो नहीं गए।"

बाबर ने जवाब दिया ही था कि तैमूर बोला, "मेन बात ये है कि गुड्डू इस्लाम...।"

ठीक इसी वक़्त बब्बन बुंदेलखंडी ने ऑटोमैटिक जिगाना से बाबर कुरैशी के सिर पर सटाकर धाड़ से गोली मारी। गोली लगते ही बाबर का साफ़ा उछला और वो धम्म से ज़मीन पर गिर पड़ा। बाबर के गिरते ही हथकड़ी की वजह से तैमूर भी लड़खड़ाकर साथ ही गिर पड़ा। डिग्री पांडे और अद्धा तिवारी के साथ बुंदेलखंडी ने दोनों पर ताबड़तोड़ गोलियां दाग़नी शुरू कर दीं। बाबर और तैमूर का शरीर छलनी हो रहा था और तीनों शूटर्स चिल्ला रहे थे, "जय श्रीराम, जय श्रीराम, जय-जय श्रीराम।"

फ़ैसले के मुताबिक़ राबिया, त्रिपुरारी और सम्मान ने ज़िंदा पकड़ने के लिए तीनों शूटर्स को कमर से जकड़ लिया। तीनों को समझ में आ चुका था कि पुलिस उनको पकड़ेगी ज़रूर लेकिन गोली नहीं मारेगी। रोहिणी कोर्ट में मनदीप केकड़ा ने गारंटी भी दी थी कि पुलिस गोली नहीं चलाएगी। पुलिस की गिरफ़्त के बावजूद तीनों शूटर ज़मीन पर गिरे बाबर और तैमूर कुरैशी पर फ़ायर झोंकते रहे। तैमूर मर चुका था मगर बाबर की सांसें अभी भी चल रही थीं। बौराए बुंदेलखंडी ने तीन गोलियां फिर मारीं। कसारी मसारी का गुंडा, यूपी का माफ़िया, मौत का कारोबारी, डॉन बाबर फड़फड़ाकर मर गया। दोनों की मौत पक्की होते ही शूटर्स ने सरेंडर कर दिया। पहली गोली चलते ही मीडिया छिटककर दूर हो चुका था मगर आड़ा-तिरछा शूट करते कैमरे लगातार लाइव दिखा रहे थे। हांफ़ता हुआ मुन्नालाल कैमरे पर लाइव कमेंट्री कर रहा था, "तैमूर कुरैशी गुड्डू इस्लाम के बारे में कुछ कहने ही जा रहा था कि हमलावरों ने विदेशी हथियारों से गोलियां दाग़नी शुरू कर दीं। शूटर फ़र्ज़ी पत्रकार बनकर आए थे। बाबर और तैमूर की सरेआम हत्या को लेकर तीन बड़े सवाल हैं। पहला सवाल ये कि मर्डर के पीछे कौन है? दूसरा ये कि आख़िरकार तैमूर कुरैशी गुड्डू इस्लाम के बारे में कौन सा राज़ खोलने जा रहा था? और तीसरा सबसे अहम सवाल ये कि आख़िरकार पुलिस ने शूटर्स पर गोली क्यों नहीं चलाई?"

वक़्त आधी रात का था। चार बार के विधायक और एक टर्म के सांसद की सरेआम हत्या हो चुकी थी। ऐसा पहली मर्तबा था जब इतने बड़े अपराधी की मौत एनकाउंटर में नहीं बल्कि फ़ूलप्रूफ़ सिक्योरिटी के बीच बाहर से आए

शूटर्स के हाथों हुई थी। हत्या किसी सुनसान इलाक़े में नहीं, किसी गैंगवॉर में भी नहीं बल्कि टेलिविज़न पर लाइव हुई थी, जो हिंदुस्तान के इतिहास की पहली और सबसे सनसनीखेज़ वारदात थी। पूरे देश में फ़ोन घनघना उठे। हर तरफ़ बाबर कुरैशी और तैमूर के मारे जाने की ख़बर फैल गई। जो टीवी पर मर्डर लाइव नहीं देख पाए, उनके वॉट्सएप पर मर्डर क्लिप वायरल हो चुकी थी। टीवी की हेडलाइन थी 'मिट्टी में मिल गए बाबर और तैमूर, डॉन का दि एंड'। लेकिन ट्विटर, फ़ेसबुक, इंस्टाग्राम पर मुख्यमंत्री प्रचंड प्रताप सिंह ही ट्रोल हो रहे थे। हर कमेंट, हर रीपोस्ट, हर स्टोरी का इशारा प्रचंड प्रताप सिंह की तरफ़ था। प्रचंड प्रताप सिंह के ज़िद्दी और घमंडी तेवरों से वाक़िफ़ पार्टी आलाकमान, सरकार में बैठा प्रचंड प्रताप सिंह का पक्षधर खेमा और जय-जयकार करने वाली जनता मन ही मन मान चुकी थी कि बाबर कुरैशी को प्रचंड प्रताप सिंह ने ही मरवाया है। विपक्ष भी यही मान रहा था। देश फ़ैसला दे चुका था कि बाबर का मर्डर सेंट-परसेंट गवर्नमेंट स्पॉन्सर्ड है।

बुंदेलखंडी, डिग्री पांडे और अद्धा तिवारी जिगाना पिस्टल्स के साथ धूमनगंज थाने लाए जा चुके थे। पक्ष-विपक्ष के बयानों और सोशल मीडिया ट्रोलिंग से बेफ़िक्र मुख्यमंत्री ने इमरजेंसी मीटिंग बुलाई। बाबर हत्याकांड की ज्यूडीशियल इन्क्वायरी सेटअप करने के साथ यूपी में हाईअलर्ट कर दिया गया। चीफ़ सेक्रेटरी, डीजीपी और एसटीएफ़ चीफ़ यशराज ने मुख्यमंत्री को पूरा ब्यौरा सौंपा। इन्फ़ॉर्मेशन सेक्रेटरी ने सारी रिपोर्ट्स मेज़ पर रखीं, "सर टीवी तो ठीक है लेकिन सोशल मीडिया में सरकार के ख़िलाफ़ माहौल बन गया है। सब कह रहे हैं कि भाड़े के हत्यारे बुलाकर हत्या सरकार ने कराई और न्यायिक जांच सिर्फ़ राजनीतिक दिखावा है।"

"कर्मण्येवाधिकारस्ते मा फलेषु कदाचन...आप सभी जनसेवक हैं, सिर्फ़ कर्म करते जाइए, ये विचार ही त्याग दीजिए कि आपके किए गए कर्म का फल क्या होगा। कोई क्या सोचेगा, कोई क्या कहेगा," रिपोर्ट्स पढ़ते हुए मुख्यमंत्री बोले।

मुख्यमंत्री ने यशराज को राबिया से रिपोर्ट मांगने और उसे तीन दिन बाद हाज़िर होने के ऑर्डर दिए। यशराज ने राबिया को फ़ोन किया, "एनी फ़र्दर डीटेल्स राबिया?"

उधर से राबिया ने जवाब दिया, "सर वैपन रिकवरी स्पॉट पर ही हो गई थी। 'सुदर्शन चक्र न्यूज़' का कैमरा और माइक आईडी मिली है। हत्यारे फ़ेक जर्नलिस्ट बनकर बाबर और तैमूर को मारने आए थे। बांदा, महोबा, चित्रकूट के रहने वाले हैं। फ़िलहाल तीनों को हवालात में रखा है, दो घंटे बाद इंटेरोगेट करूंगी सर।"

"इंटेरोगेट कर लो और तीन दिन बाद सीएम सर से मिलो।"

फ़ोन रखते-रखते राबिया ने यशराज से पूछ ही लिया, "सर आपने फिर मुझसे शेयर नहीं किया। मुझे शामिल किए बिना आपने बाबर और तैमूर को इरेज़ करवा दिया।"

यशराज परमिशन लेते हुए मुख्यमंत्री के केबिन से बाहर निकला, "व्हॉट रबिश, राबिया।"

"सर, अब तो बच्चा-बच्चा जानता है कि मर्डर स्टेट स्पॉन्सर्ड है।"

यशराज भड़ककर बोला, "लखनऊ आओ फिर बात करते हैं, बाय, टेक केयर।"

राबिया ने फ़ोन रख दिया लेकिन बाबर के मुद्दे को लेकर मोबाइल नेटवर्क जाम हो चुका था। उप मुख्यमंत्री के घर पर बृजरानी और केंद्रीय गृहमंत्री फ़िरोज़ भाई पटेल में एक-दूसरे को बधाई देने की होड़ लगी थी। गृहमंत्री ने फ़ेसटाइम पर कहा, "मैंने कहा था न बृजरानी जी, जय-जय श्रीराम होगा, देखिए हो गया न।"

"आपके ख़ुदा ने भी साथ दिया हुज़ूर, सीबीआई इन्क्वायरी और करा दीजिए बस।"

"सीबीआई इन्क्वायरी कोर्ट के ज़रिए कराऊंगा ताकि कोर्ट ख़ुद मॉनीटर करे और प्रचंड प्रताप सिंह पर नकेल डालकर रखे। गोली सीधे निशाने पर लगी है बृजरानी जी," रिमोट से टीवी की आवाज़ तेज़ करते हुए गृहमंत्री ने जवाब दिया।

"दानव का दमन हो चुका है, मगर महादानव के सपनों का वध अभी शेष है," अपने अपमान को याद करते हुए लाल आंखें लिए बृजरानी बोली।

उधर नौचंदी और सुपुत्र सिंह के बीच बातचीत चल रही थी। सुपुत्र सिंह बोले, "यार नौचंदी तुम वादे के पक्के निकले, लेकिन ये लड़के कहां से मैनेज किए तुमने?"

"सर फ़ोन लाइन जितनी भी सेफ़ हो मगर ये बातें मिलकर करेंगे," नौचंदी डरकर बोला।

सुपुत्र सिंह की लैंडलाइन पर अब गृहमंत्री थे और नौचंदी की दूसरी लाइन पर महादेवी जाटव। नौचंदी का फ़ोन काटकर सुपुत्र सिंह गृहमंत्री से बात करने लगे। गृहमंत्री ने दोटूक कहा, "सुपुत्र सिंह जी सुप्रीम कोर्ट में कम से कम सौ रिट कराइए और सीबीआई इन्क्वायरी की मांग कीजिए, बाक़ी सब मैं देख लूंगा।"

इधर नौचंदी को बधाई देते हुए महादेवी बोलीं, "पार्टी फंड का इंतज़ाम करो नौचंदी।"

"जी मैडम करता हूं, आप भी मुझे पार्टी में शामिल करने की तैयारी कीजिए।"

शतरंज के खेल में काला मोहरा काले को और सफ़ेद मोहरा सफ़ेद को नहीं मारता मगर पॉलिटिक्स के पावरप्ले में हर मोहरा अपने ही मोहरे की गर्दन उतारने पर आमादा था। गृहमंत्री, उप मुख्यमंत्री, सुपुत्र सिंह यादव, महादेवी जाटव और नौचंदी बाबर की मौत में प्रचंड प्रताप सिंह का सूरज अस्त होते देख रहे थे। गोली ने भले ही बाबर का भेजा उड़ा दिया था मगर निशाना प्रचंड प्रताप सिंह पर ही था। गुणा-गणित कह रहा था कि ख़ुद मुख्यमंत्री ने बाबर को मिट्टी में मिला दिया मगर राबिया पठान के लिए बुंदेलखंडी एंड कंपनी का इंटेरोगेशन अभी बाक़ी था। अभी बाक़ी थी तफ़्तीश, जो परत दर परत खोलेगी सारे राज़। अभी बाक़ी था वो सच जो झूठ की आड़ लेकर छिपा था कि आख़िर किसने कराया बाबर का क़त्ल, कैसे पहुंची बुंदेलखंडी तक डॉन की सुपारी।

***

हवालात में बुंदेलखंडी, डिग्री और अद्धा ज़मीन पर बैठे थे। त्रिपुरारी ने राबिया के लिए कुर्सी डाली और पूछताछ शुरू हो गई। राबिया ने पहला सवाल दाग़ा, "क्यों मारा बाबर और तैमूर को?"

बुंदेलखंडी झट से बोला, "बाबर के चक्कर में तैमूर की लॉटरी निकल गई।"

"मतलब...तैमूर कुरैशी को नहीं मारना था?"

"काहे नहीं मारना था, बिल्कुल मारना था तैमूर को। मगर बाबर मेन टार्गेट था। आपै लोग एक हथकड़ी में बांधे थे दोनों को। बाबर संग तैमूर भी निबट गए।"

"हां ठीक है लेकिन मारा क्यों?"

"सबसे बड़ा डॉन बनने के लिए।"

"बन गया डॉन?"

"अउर डॉन कइसे बनते हैं...पूरा देश पूछ रहा है ना कि बाबर का कउन मारिस?"

चुपचाप बैठे सुन रहे अद्धा और डिग्री ने निराशा भरी नज़रों से ऐसे देखा जैसे मर्डर में उनका क्रेडिट ज़ीरो है। राबिया ने फिर पूछा, "पिस्तौल कहां से आई?"

"जिगाना है, नौ लाख की एक ठो, सत्ताईस की तीन।"

"नौ का पहाड़ा नहीं पूछ रही हूं बे, ये बता केवल कि तेरे पास कहां से आई?"

"विक्की बराड़ दिए थे।"

"कौन विक्की बराड़?"

"वही विक्की जिसे तिहाड़ जेल में टिंकू टार्जन मार डालिस।"

सम्मान सिंह बीच में बोला, "गोल्डन पंजाबी गैंग वाला विक्की बराड़ न?"

बुंदेलखंडी ने सम्मान को देखकर हामी भरी। गोल्डन गैंग का नाम सुनते ही विक्की का मर्डर राबिया को याद आ गया। उसने अगला सवाल दाग़ा, "कैसे पहुंचा विक्की तक?"

"महीनों पहले एक फ़ोन आया था तभी गए थे पंजाब। वहीं मिले विक्की से।"

"किसका फ़ोन था?"

"विक्की बराड़ खुदै डायरेक्ट फ़ोन किए थे। कउनो माफ़िया दिया होगा हमारा नंबर।"

"माफ़िया-वाफ़िया को कैसे जानता था तू?"

"जेल में हम बहुत तेल मालिश, बूट पालिश किए थे माफ़ियाओं की, अउर कैसे?"

"फ़ोन कहां हैं तीनों के?"

"फ़ोन-वोन सब गंगा-जमुना मइया में प्रभावित करते रहते हैं हम तीनों।"

"प्रभावित नहीं बे, प्रवाहित।" डिग्री पांडे ने अपनी हाईस्कूल डिग्री का ज्ञान दिखाया।

राबिया ने डिग्री को घूरते हुए फिर पूछा, "विक्की ने केवल पिस्तौल दी थीं?"

बुंदेलखंडी ने जवाब दिया, "ट्रेनिंग भी दिए थे।"

"कैसी ट्रेनिंग?"

"पिस्तौल चलाने और फर्जी पत्रकार बनने की।"

"अद्धा तिवारी और डिग्री पांडे को भी ट्रेनिंग दी थी?"

अद्धा तिवारी बीच में बोला, "हमें चित्रकूट के जंगलों में बुंदेलखंडी ने ट्रेनिंग दी थी।"

"मतलब तुम दोनों पंजाब नहीं गए थे?" राबिया ने कुर्सी से खड़े होकर पूछा।

"नहीं।"

"तूने ट्रेनिंग क्यों ली और इन दोनों को क्यों दी?"

"जेल में हम माफ़ियाओं को बताए थे कि हमें डॉन बनना है। कउनो महेन्द्र सिंह धोनी टाइप माफ़िया को हमाये अंदर विराट कोहली दिख गवा। बन गया कनेक्शन, पहुंच गई सिफ़ारिश विक्की बराड़ तक। हमें बताया गया कि टीम के साथ पत्रकार बनकर मर्डर करना है। पहले हम ट्रेनिंग पूरी किए फिर डिग्री और अद्धा को दिए।"

"तो क्या बाबर का मर्डर करना था पत्रकार बनकर?" राबिया ने अगला सवाल पूछा।

"नहीं बाबर का नहीं, टिंकू टार्जन को मारना था रोहिणी कोर्ट में।"

"अब ये टिंकू टार्जन कौन है?"

"बताए तो पहिले आपको। वही टिंकू टार्जन जो तिहाड़ जेल में विक्की बराड़ को मरवा दिया। उसी टिंकू को मारना था हम तीनों को।"

"तो मारा क्यों नहीं?"

"टिंकू की तारीखै नहीं पड़ी, उससे पहिले साला केकड़ा भाई को मरवा दिया टार्जन।"

"अब ये केकड़ा कौन है यार?"

सम्मान बीच में बोला, "मैडम मनदीप केकड़ा, ये भी गोल्डन पंजाबी गैंग का था।"

राबिया ने दिमाग़ी बत्ती जलाई, "मतलब विक्की और केकड़ा दोनों गोल्डन गैंग के थे?"

बुंदेलखंडी ने डीटेल में समझाया, "अइसे समझो, हम गोल्डन पंजाबी भाई के फैन हैं। हमको गोल्डन भाई के दुश्मन टिंकू टार्जन को मारने के लिए फर्जी पत्रकार बनने और पिस्तौल की ट्रेनिंग दी गई। रोहिणी कोर्ट में हमें टार्जन को मारना था, मगर उसकी पेशी किस तारीख़ को होगी ये पूछने हम केकड़ा से रोहिणी कोर्ट मिलने गए। उसी दिन केकड़ा को टिंकू टार्जन रोहिणी कोर्ट में मरवा डालिस।"

राबिया को अब साफ़-साफ़ समझ में आया, "टिंकू टार्जन की सुपारी किसने दी?"

बुंदेलखंडी हंसते हुए बोला, "ट्रेनिंग, पिस्तौल, सुपारी सब विक्की बराड़ भाई दिए।"

"कितनी सुपारी दी थी?"

"विक्की बराड़ ने दस लाख दिए थे और केकड़ा भाई ने एक करोड़।"

"मतलब एक करोड़ दस लाख टिंकू टार्जन को मारने के लिए?"

"नहीं भाई, दस लाख टिंकू की सुपारी और एक करोड़ बाबर को मारने के लिए।"

राबिया सन्न रह गई, "बाबर को मारने की सुपारी मनदीप केकड़ा ने दी थी?"

"हां, एक करोड़ रुपइया और एक इंडिका कार केकड़ा भाई दिए थे।"

"केकड़ा ने बाबर की सुपारी क्यों दी थी?"

"अब ये सब हमें नहीं पता। पिस्तौल और फर्जी पत्रकार की ट्रेनिंग टिंकू टार्जन को मारने के लिए दी गई थी मगर हम तीनों उसी ट्रिक से बाबर को फैला दिए।"

राबिया चकरा गई, "मतलब विक्की ने टार्जन को मारने के लिए ट्रेनिंग के साथ दस लाख दिए और केकड़ा ने बाबर को मारने के लिए एक करोड़ की सुपारी दी। फिर गोल्डन गैंग का विक्की तिहाड़ में और केकड़ा कोर्ट में मार दिया गया। ग़ज़ब खेल है।"

त्रिपुरारी ने राबिया को और ज़्यादा चौंका दिया, "लेकिन टिंकू टार्जन ज़िंदा है।"

बुंदेलखंडी बोला, "जउने दिन जेल से छूटेन उही दिन टार्जन का पेल देब हम।"

राबिया ने थर्ड डिग्री की पर्सनल रूल बुक खोली। बर्फ़ की सिल्ली पर लिटाया, डंडा सटकाया, उल्टा लटकाया मगर बुंदेलखंडी, अद्धा और डिग्री के

बयान टस से मस नहीं हुए बल्कि जस के तस रहे। इलाहाबाद के जिस ओयो रूम में तीनों ठहरे थे वहां से एक करोड़ तीन लाख रुपए के साथ बाबर, तैमूर, टिंकू टार्जन के फ़ोटो बरामद किए गए। बरामदगी और जिगाना पिस्टल्स के साथ अगले दिन तीनों को कोर्ट में पेश किया गया और कोर्ट ने बुंदेलखंडी, अद्धा और डिग्री को जेल भेज दिया।

***

उधर टीवी चैनल्स पर बाबर के शूटर्स की ख़बरें धमाके पर धमाका कर रही थीं। एंकर्स ने विज्ञान के ध्वनि सूत्र की गणनाएं तहस-नहस कर डाली थीं। आवाज़ इतनी तीव्र थी कि इंसान और चमगादड़ एक साथ ख़बरें सुन सकते थे। इधर पोस्टमार्टम के बाद रिश्तेदारों को बाबर और तैमूर की लाशें सौंप दी गई थीं। कसारी मसारी क़ब्रिस्तान में क़रीब डेढ़ सौ लोगों को पुलिसिया लिखत-पढ़त के बाद जनाज़े में शामिल होने की इजाज़त दी गई। तमाम बुर्कानशीं भी मौजूद थीं जिन्हें देखकर मीडिया के कैमरे चमक रहे थे और टीवी स्क्रीन पर लाल-लाल गोले बनाकर एक बुर्केवाली को रिपोर्टर शगुफ़्ता भी बता रहे थे। कौशांबी ज़िले के एक घर में बैठी शगुफ़्ता मीडिया का तमाशा भी देख रही थी और बाबर का जनाज़ा भी। देवरानी ज़ीनत भी तैमूर को दफ़न होते देख फफक रही थी। आख़िरकार बाबर कुरैशी और तैमूर को उनके ही अब्बू और अम्मी की क़ब्रों के ठीक बगल में दफ़ना दिया गया।

रात भर की पूछताछ, तीनों शूटर्स की कोर्ट में पेशी और फिर बाबर और तैमूर के जनाज़े को निबटाने के बाद राबिया और उसकी टीम दिमाग़ी तौर पर थक कर चूर हो चुकी थी। भूख ज़ोरों की लगी थी लिहाज़ा राबिया सबको लेकर हाईवे पर मौजूद एक ढाबे पर पहुंची। लंच के बाद आईस्क्रीम मंगाई गई। वेटर कसाटा कप्स लेकर आया। राबिया ने कप खोला ही था कि त्रिपुरारी ने आईस्क्रीम खाते-खाते पूछा, "मैडम मैं काफ़ी देर से सोच रहा हूं कि आज का लंच किस ख़ुशी में था?"

"सस्पेंशन पार्टी है और क्या," राबिया ने आईस्क्रीम चखते हुए कहा।

"किसका सस्पेंशन मैडम?" त्रिपुरारी और सम्मान सिंह ने एक साथ चौंककर पूछा।

"दो दिन बाद सीएम से मिलना है तो टीम का सस्पेंशन ही होगा न पांडे जी।"

त्रिपुरारी आईस्क्रीम की तरह पिघल गया, "क्यों मैडम किसलिए, हमने क्या किया?"

राबिया मुस्कुराते हुए बोली, "अबे हम सरकारी मशीनरी के पुर्ज़े ही तो हैं और पुर्ज़े बाज़ार में कबाड़ के रेट में बिकते हैं। बाबर को गिरफ़्तार करो तो महादेवी सस्पेंड कर देती है। बाबर को कोई मार डाले तब तो पूरी टीम का सस्पेंशन बनता है ना।"

"किसने मरवाया होगा बाबर को?" सम्मान ने पूछा।

त्रिपुरारी बोला, "मुख्यमंत्री के इशारे पर एसटीएफ़ चीफ़ साहब ने मरवा दिया होगा।"

तभी वेटर प्लेट में सौंफ के साथ बिल ले आया। राबिया ने बिल देखा फिर जेब से पर्स और पर्स से कार्ड निकालते हुए बोली, "पंडित जी हज़ारों करोड़ इस सिस्टम में दौड़ रहे हैं। एक पार्टी बाबर को एमएलए एमपी बनाती है, दूसरी उसी डॉन के एक वोट से सरकार बचाती है। विपक्ष इसलिए शेल्टर देता है ताकि सीएम को घेरकर उसकी कुर्सी छीन ली जाए। बाक़ी सीएम साहब की तो एनकाउंटर स्पेशलिस्ट छवि है ही। बस समझ लो यूज़ एंड थ्रो के इस दौर में सुपारी देकर इनमें से कोई भी बाबर को मरवा सकता है। कल तक बाबर का ज़िंदा रहना मुनाफ़ा था, आज बाबर के मरने में इन सबका फ़ायदा है।"

"फिर तो सीबीआई इन्क्वायरी भी होगी मैडम और सीबीआई तो तोता है," त्रिपुरारी बोला।

राबिया ने गहरी सांस ली, "तोते का मालिक बहुत सयाना है। ख़ुराक पर डिपेंड करता है कि तोता चोंच खोलेगा, बोलेगा या चोंच मारेगा। ख़ुराक मिली तो अयोध्या, भोपाल, गोधरा, गुजरात, चौरासी, बानवे और आय से अधिक संपति की जांच बंद। ख़ुराक बंद तो जांच फिर शुरू और ये ख़ुराक तय करता है पैसा, पॉलिटिक्स और पावर। डेढ़ सौ मुक़दमों के बाद भी जिस बाबर को सज़ा नहीं हुई, उस बाबर की लाइव हत्या में कभी किसी को सज़ा होगी, इसकी क्या गारंटी है।"

तभी एक जीप ढाबे पर आकर रुकी। राबिया जीप की तरफ़ चल दी। ड्राइवर बाहर निकल गया और राबिया जीप के अंदर बैठ गई। जीप में बाबर का छोटा

बेटा उमर अपने नाना के साथ बैठा था। राबिया नाना से बोली, "शगुफ़्ता से बात कराइए वर्ना आप और ये बच्चा दोनों दिक्कत में आ जाएंगे।"

शगुफ़्ता के अब्बू ने डरते हुए कहा, "कैसे बात कराऊं, मेरे पास नंबर नहीं है।"

"दो मिनट लगेगा आपका नंबर ट्रैक करने में, प्लीज़ बात करा दीजिए, ज़रूरी है।"

अब्बू ने वॉट्सएप कॉल लगाई। किसी ने फ़ोन उठाया, "कौन?"

"अब्बू बोल रहे हैं बेटा।"

"कौन अब्बू, वीडियो कॉल कीजिए।"

फ़ोन कट गया। राबिया ने वीडियो कॉल मिलाकर दिया। एक लड़के ने फ़ोन उठाया। अब्बू को देखकर लड़के ने बुर्का पहने एक महिला को फ़ोन पकड़ा दिया और राबिया ने कैमरा उमर की तरफ़ घुमा दिया। उमर को देखते ही बुर्का हटाकर महिला रोने लगी। उमर ख़ुशी के मारे अम्मी-अम्मी चिल्लाने लगा। शगुफ़्ता से रहा नहीं गया, "बच्चा मेरा, अम्मी बाज़ार गई है, उमर के लिए बैट-बॉल लेकर आती है जल्दी।"

उमर भी ख़ुश था, "अम्मी हम अब्बू से मिले थे, चाचू भी मिले थे हमें।"

शगुफ़्ता ने अब्बू से पूछा, "अब्बू कउन मिलाइस रहै, कब मुलाक़ात हुई उमर ते?"

राबिया ने कैमरा अपनी तरफ़ किया। राबिया को देखते ही शगुफ़्ता ने फिर बुर्का ओढ़ लिया। राबिया ज़ोर से बोली, "फ़ोन मत काटना, ध्यान से सुन मेरी बात। सिर्फ़ मैं और मेरी टीम जानती है कि तेरा बेटा और अब्बू मेरे पास हैं। दो दिन बाद कसारी मसारी क़ब्रिस्तान में रात बारह बजे मिल मुझसे।"

"बाबर को मरवा दिया है, मुझे भी मारना चाहती है क्या?"

"भरोसा कर और भरोसा न हो तो क़सम क़ुरान की मैं नुक़सान नहीं करूंगी। फ़हद के फ़ोन से तेरा नया नंबर मिला था पर मैंने अब्बू से कॉल कराया। तू क्या सोचती है फ़ोन बंद रखकर बच जाएगी। जहां भी है, अपने बेटे और अब्बू को ले जा आकर वर्ना फिर मैं कोई मदद नहीं कर पाऊंगी।"

"तू क्यों मदद कर रही है मेरी?"

"पता नहीं, शायद बच्चे के लिए, शायद दुत्कार कर तेरे मुंह पर थूकने के लिए।"

"अभी दुत्कार ले, थूक ले मुझ पर, मेरा सबकुछ लुट गया है, ख़त्म हो गया है।"

"सामने मिल, बेटे और अब्बू को ले जा, फिर भागती रहना, मैं नहीं पकड़ूंगी।"

वाकई में राबिया के पास शगुफ़्ता का नया नंबर था क्योंकि झांसी में गुड्डू इस्लाम ने सबके नए नंबर राबिया को सौंपे थे। राबिया जीप से उतर गई। शगुफ़्ता अपने अब्बू से बात करती रही। अब्बू ने राबिया की तारीफ़ करते हुए फ़हद और वली की क़ब्र पर बाबर से हुई मुलाक़ात के बारे में बताया। शगुफ़्ता पता नहीं किस भरोसे राबिया से मिलने को राज़ी हो गई और पता नहीं क्यों राबिया शगुफ़्ता से मिलना चाहती थी।

दस मिनट बाद ही अब्बू और उमर को लेकर जीप सेफ़ हाउस की तरफ़ चली गई। तमाम उथल-पुथल वाली बहसबाज़ी के बाद ढाबे से बाहर निकलते हुए राबिया ने सम्मान के कंधे पर हाथ रखते हुए टार्गेट दिया, "ठाकुर तुझे एक बड़ा काम दे रही हूं, तू मेरठ निकल जा। हमारे पास दो दिन हैं फिर हम सब सस्पेंड हो जाएंगे।"

"टार्गेट क्या है मैडम?"

"सुनील दुजाना। डासना जेल में था। काफ़ी दिनों से बेल पर है, पेल दे जाकर।"

"छुन्ना बजरंगी गैंग वाला दुजाना?"

"हां, छुन्ना जेल में निबट चुका है, उसका मुन्ना बचा है।"

"दुजाना की लोकेशन ट्रैक है न मैडम?"

राबिया ने जीप के डैशबोर्ड से निकालकर दुजाना का लोकेशन ट्रैक कर रहा फ़ोन सम्मान को पकड़ा दिया। राबिया फिर त्रिपुरारी के साथ धूमनगंज थाने आ गई और सम्मान सिंह टीम लेकर इलाहाबाद से मेरठ रवाना हो गया।

***

टीवी से लेकर अख़बारों तक बाबर और तैमूर के क़त्ल की ख़बरें जारी थीं। राबिया को कल लखनऊ निकलना था। रात के बारह बजे थे। राबिया फिर से इलाहाबाद रेलवे स्टेशन के व्हीलर्स बुक स्टोर पर खड़ी किताबें पलट रही थी। थोड़ी देर में ज़ैद ख़लीफ़ा आया। राबिया उसे देखते ही बोली, "थैंक्स ज़ैद, मुझे

गुड्डू इस्लाम से मिलाने के लिए। गुड्डू नहीं होता तो बाबर के बेटों को तलाश नहीं पाती मैं।"

ज़ैद ने भी हथेलियां आसमान की तरफ़ करके ख़ुदा को शुकराना भेजा फिर राबिया से हाथ जोड़कर कहा, "कभी भी अपने इस भाई की ज़रूरत हो तो याद कीजिएगा।"

राबिया और ज़ैद अलग-अलग दिशाओं में चले गए। राबिया स्टेशन से बाहर निकली और एक नंबर प्लेटफ़ार्म के बाहर चाय के ठेले पर इंतज़ार कर रहे मुन्नालाल पत्रकार के पास पहुंची। राबिया को कुल्हड़ वाली चाय पकड़ाकर मुन्नालाल बोला, "ख़बरों में इतनी मदद की है आपने कि दिल्ली वाले सुपरबॉस बहुत ख़ुश हैं मुझसे।"

"तूने पहली लीड नहीं दी होती तो शूटर मिलते ही नहीं।"

"लीड तो बाबर और तैमूर के मर्डर की भी दूंगा, लगता है बाबर के दोस्तों ने मरवा दिया उसे।"

"कौन हैं वो दोस्त?"

"अरे आपकी डिप्टी सीएम, सेंटर वाले होम मिनिस्टर, नौचंदी, कृतार्थनाथ सिंह।"

"कैसे लगता है इन लोगों ने मरवाया होगा?"

"ईडी की रेड डलवाई ही इसलिए गई है कि बाबर के पार्टनरों के नाम न खुल जाएं कहीं।"

"हम्म...चल फिर बात और मुलाक़ात होती रहेगी मुन्नालाल।"

"मैडम मेरा भी एक सवाल है।"

"हां बोल न।"

"आप लोगों ने शूटरों पर गोली क्यों नहीं चलाई?"

"ताकि ज़िंदा पकड़कर पूछ सकें कि उन्हें किसने भेजा था।"

मुन्नालाल से मिलकर राबिया इलाहाबाद के सेफ़ हाउस लौट आई। अगले दिन सुबह त्रिपुरारी के साथ लखनऊ निकल गई। कल उसे मुख्यमंत्री से मिलना है।

***

राबिया लखनऊ पहुंच चुकी थी। रात भर थकान उतारने के बाद अगली सुबह

लखनऊ के डार्विन फ़ाउंडेशन में राबिया लगेज पैक करने में लड़कियों की मदद कर रही थी। अर्से बाद लौटी राबिया और उसका दोस्त अनहद सबको लेकर छुट्टियां मनाने जा रहे थे। फ़ाउंडेशन में रहने वाली लड़की अर्शी ईरम लंबे वक़्त से बोली तो कुछ नहीं थी पर छुट्टियों के नाम पर ख़ुश लग रही थी। आज मुख्यमंत्री से मीटिंग के बाद राबिया अर्शी को मेडिकल साइंस इंस्टीट्यूट लेकर जाएगी। दो दिन की विज़िट पर यूएस से आए स्पीच थैरेपिस्ट से उसका अपॉइंटमेंट था।

डिक्की में व्हीलचेयर रखकर राबिया ने अर्शी की देखभाल के लिए एक और लड़की को बैठा लिया। गाड़ी सीधे मुख्यमंत्री आवास के अंदर रुकी। लड़की को अर्शी के साथ गाड़ी में छोड़कर राबिया फ़ाइल के साथ मुख्यमंत्री के केबिन में पहुंची। यशराज ने कुर्सी से खड़े होकर राबिया पठान का स्वागत किया। मुख्यमंत्री और चीफ़ को कड़क सेल्यूट मारकर राबिया कुर्सी पर बैठी, "सर, हम बाबर और तैमूर को बचा नहीं पाए, लेकिन मेरी टीम ने बहुत मेहनत की है इस केस में और हम शूटर्स को ज़िंदा पकड़ने में कामयाब रहे।"

मुख्यमंत्री मुस्कुराए, "रमाकांत बघेल की सरेआम हत्या कराकर बाबर ने हमारे राज्य को खुली चुनौती दी थी मगर आप और आपके सहयोगियों ने निर्भीक, निष्पक्ष, निडर होकर एक-एक अपराधी को मार गिराया। आप सभी बधाई के पात्र हैं।"

"थैंक्स, सर। सर, बाबर की सुपारी देने वाला रोहिणी कोर्ट में मारा गया और हत्यारों को ट्रेनिंग और पिस्तौल देने वाले की हत्या पहले ही तिहाड़ में हो चुकी है। दोनों गोल्डन पंजाबी गैंग के थे। मुझे बाबर की हत्या में गोल्डन गैंग का कोई ख़ास मक़सद तो नज़र नहीं आता मगर सर कोई तो है जिसने बाबर और तैमूर की सुपारी गोल्डन पंजाबी गैंग तक पहुंचाई," मुख्यमंत्री की तरफ़ फ़ाइल बढ़ाते हुए राबिया बोली।

"क्या अनुमान है आपका?"

"सर, जिस तरह आनन-फ़ानन ईडी ने छापे मारे हैं, उसे देखकर तो यही लगता है कि बाबर की हत्या में उसके ही कारोबारी और राजनीतिक दोस्तों का हाथ होगा। हालांकि कोई विपक्षी दल भी हत्या करवा सकता है ताकि सरकार को घेरा जा सके। वैसे मुझे एक और भी वजह लगती है सर, आप कहें तो बोलूं।"

"हम्म।"

"सर, मुस्लिम माफ़ियाओं के एनकाउंटर्स को लेकर आपकी छवि पर पहले ही बहुत से सवाल हैं, ऐसे में लगता है कि कोर्ट अंडरटेकिंग की वजह से एनकाउंटर की जगह सुपारी देकर सरकार ने ही बाबर को मरवा दिया," राबिया ने साफ़ बोल दिया।

चौंकते हुए यशराज बीच में कूदा, "आर यू सीरियस राबिया?"

राबिया संजीदा थी। प्रचंड प्रताप सिंह हंसने लगे, "सुंदर कांड में लिखा है कि भयवश अगर सचिव, वैद्य और गुरु चापलूसी में मिथ्या बोलें तो उस राज्य का नाश सुनिश्चित है। आपने बिना भय के सब बोला है इसलिए मैं आपको बाबर की हत्या की अनाधिकारिक जांच सौंपता हूं। अविलंब जांच आरंभ कीजिए और जो भी तथ्य सत्य आपको मिले उसे मेरे समक्ष प्रस्तुत करें।"

"अनाधिकारिक क्यों सर?"

"न्यायिक जांच प्रभावित न हो इसलिए मुझे आपके साथ आपके सहयोगियों को निलंबित करना पड़ेगा। जैसे लोग हम पर प्रश्नचिह्न लगा रहे हैं वैसे ही आप पर भी लगा रहे हैं कि आपने हत्यारों को गोली क्यों नहीं मारी। चुनाव हैं, मुझे भी उत्तर देने होंगे। मुझे आपसे लेशमात्र शिकायत नहीं है इसलिए चुनाव के बाद आपको बहाल भी कर दूंगा। बस तब तक जांच कीजिए कि किसने कराई बाबर की हत्या।"

यशराज ने पूछा, "केकड़ा और विक्की तो मर गए कैसे करोगी इन्वेस्टिगेशन?"

"सर पंजाब में जहां हत्यारों को ट्रेनिंग मिली थी, वहीं से शुरू करूंगी। गंगा-यमुना में फेंके गए मोबाइल रिकवर कराने पड़ेंगे। इंडिका की लीड है ही हमारे पास। शगुफ़्ता और गुड्डू इस्लाम को भी तलाशना होगा। फिलहाल यही प्लान है सर।"

मुख्यमंत्री बोले, "कल से आप सब निलंबित। जांच शुरू कीजिए। जांच में यशराज आपकी पूरी मदद करेंगे। दोबारा कह रहा हूं, चुनाव बाद बहाल कर दूंगा।"

"सर एक रिक्वेस्ट है।"

"हम्म।"

"एक महीने की छुट्टी चाहिए, फिर काम पर लग जाऊंगी।"

मुस्कुराते हुए मुख्यमंत्री ने हामी भर दी। सेल्यूट करके राबिया दौड़कर बाहर आई। अर्शी को लेकर मेडिकल साइंस इंस्टीट्यूट की तरफ़ चल दी। पता नहीं क्यों राबिया ने चार किलोमीटर बाद सड़क के किनारे गाड़ी रोकी और चुपचाप बैठ गई जैसे किसी का इंतज़ार कर रही हो। पांच मिनट ख़ामोशी से गुज़रे थे कि तभी रोड के दूसरी तरफ़ से डिवाइडर फांदकर एक ग़ुब्बारेवाला राबिया की तरफ़ बढ़ा। राबिया ने शीशा उतारा। ग़ुब्बारेवाला राबिया के पास आया। राबिया ने ग़ुब्बारेवाले को पांच सौ का नोट दिया और सारे ग़ुब्बारे ख़रीदकर पीछे वाली सीट पर अर्शी को दे दिए। इधर-उधर देखकर ग़ुब्बारेवाले ने राबिया को मोबाइल पकड़ाया। राबिया ने नंबर डायल किया। फ़ोन उठते ही राबिया बोली, "निकल चुकी हूं, कोई दिक्कत, कोई ख़तरा तो नहीं है न?"

उधर से आवाज़ आई, "जी नहीं।"

"तू अकेला है?"

"जी।"

"रूम नंबर?"

"गेस्ट्रोइंट्रोलॉजी न्यू बिल्डिंग, रूम नंबर 120 बी।"

ग़ुब्बारेवाले को फ़ोन वापस करके राबिया चल दी। मेडिकल साइंस इंस्टीट्यूट पार्किंग में त्रिपुरारी पांडे पहले से ही सिविल ड्रेस में खड़ा था। राबिया ने व्हीलचेयर पर अर्शी को बैठाया और अंदर की तरफ़ बढ़ गई। राबिया का फ़ोन बजा। स्क्रीन पर यशराज का नंबर देखकर उसने फ़ोन साइलेंट कर दिया। यशराज कॉल पर कॉल कर रहा था। यशराज की बेचैनी देखकर राबिया का दिमाग़ समझ गया कि काम हो गया है। अर्शी को त्रिपुरारी के हवाले करके राबिया अकेली ही गैस्ट्रोइंट्रोलॉजी की न्यू बिल्डिंग की तरफ़ चल दी। आज राबिया का अंदाज़ एकदम अलग था। चाल-ढाल बता रही थी कि उसका हर तीर निशाने पर लग रहा है। वो पहले लिफ़्ट से नौवीं मंज़िल फिर कॉरीडोर में सधे हुए क़दमों के साथ चलती हुई रूम नंबर 120 बी पहुंची। राबिया ने हैंडिल घुमाकर दरवाज़ा खोला। दरवाज़ा खुलते ही सामने नज़ारा सनसनीखेज़ था। बेड पर एक शख़्स लेटा था, जिसका नाम था अनिलराज राठी यानी वेस्ट यूपी का सबसे बड़ा माफ़िया। कमरे में लगे टीवी पर मेरठ में सुनील दुजाना के पुलिस एनकाउंटर की ब्रेकिंग न्यूज़ चल रही थी। वही दुजाना जो छुन्ना बजरंगी और मुनीम काला गैंग का लीडर था।

राबिया ने सम्मान सिंह को दुजाना का टास्क देकर ही मेरठ भेजा था। लेकिन अब सवाल ये था कि आख़िर मेरठ जेल में बंद राठी लखनऊ में क्या कर रहा था? बेड के पास पड़े स्टूल पर बैठते हुए राबिया बोली, "मुबारक हो!"

"मैडम आपने राठी-भाटी को वेस्ट यूपी का किंग बना दिया।"

लेटे हुए राठी को बैठाने के लिए बेड लीवर घुमाकर राबिया ने हेडसाइड ऊंचा किया। मुस्कुराता हुआ राठी शुक्रिया की मुद्रा में था। राबिया भी मुस्कुराकर बोली, "थैंक यू!"

"आप किस बात का शुक्रिया कर रही हैं मैडम?"

"इतने महंगे डबल रिटर्न गिफ़्ट के लिए?"

"महंगा मतलब?" राठी ने तकिया ठीक करते हुए पूछा।

राबिया ने थोड़ा सख़्ती से कहा, "एक करोड़ रुपए ख़र्च कर दिए, मुझे बताए बग़ैर।"

"आपके दम से वेस्ट यूपी में हम अरबों कमाएंगे, एक करोड़ बहुत छोटी चीज़ है।"

"ज़ैद ख़लीफ़ा को कुछ पता तो नहीं है न?"

"न ज़ैद को कुछ पता है, न बुंदेलखंडी एंड टीम कुछ जानती है।"

"केकड़ा और विक्की कौन थे?" राबिया ने चौंकाने वाला सवाल पूछा।

"विक्की को तो मैं नहीं जानता लेकिन बेचारा केकड़ा मारा गया।"

"सुपारी किसको दी थी?"

"गोल्डन पंजाबी को और गोल्डन ने केकड़ा को बढ़ा दी।"

"यहां कैसे एडमिट हुआ?"

"अपेंडिक्स का ऑपरेशन कराना था, अर्ज़ी लगाई और कोर्ट ने मंज़ूरी दे दी।"

"सच में ऑपरेशन था?"

"बाबर के मर्डर के बाद आपसे मिलना था इसलिए ज़बरदस्ती चीरा लगवाना पड़ा।"

"मैंने मेरठ मिलने का मैसेज भेजा था पर तूने लखनऊ कैसे मैनेज कर लिया बे?"

"जेल से गोल्डन पंजाबी तक, पुलिस से कोर्ट तक, मंत्री से हॉस्पिटल तक आपका ये भाई बहुत मज़बूत है मैडम। राठी-भाटी कभी किसी का क़र्ज़ नहीं भूलते।"

"चीफ़ बेचैन है, बेचारा बार-बार कॉल कर रहा है," राबिया स्टूल से उठते हुए बोली।

"चीफ़ सच में बेचारा ही है। उसे आज भी यही लगता है कि मुनीम काला को जेल में कोई और मार गया। उसे क्या पता वो जाल भी आपने ही बिछाया था। बजरंगी, मुनीम और अब दुजाना को मारकर आपने पूरा गैंग ख़त्म कर दिया...सब एहसान हैं आपके।"

राबिया आंख मारते हुए बोली, "चलती हूं, बाबर के मर्डर की इन्क्वायरी करनी है।"

राठी ने तकिये के नीचे से रेबैन शेड्स केस निकालकर दिया, "आंखें कवर कर लो मैडम। अभी इन आंखों को बहुत कुछ देखना है और देखने से ज़्यादा छिपाना है।"

शातिर राबिया ने बेख़ौफ़ राठी से ऐसे हाथ मिलाया जैसे बाज़ और बाज़ की नज़र, जैसे बुलेट और बारूद, जैसे शतरंज और शातिर चाल, जैसे सांप और ज़हर, जैसे शर्बत और रंग। मेडिकल साइंस इंस्टीट्यूट का रूम नंबर 120 बी इस मुलाक़ात पर सौ फ़ीसदी फ़िट था क्योंकि आईपीसी की धारा 120 बी का मतलब होता है साज़िश।

कमरे से निकलकर चार क़दम बढ़ाते ही राबिया ने रेबैन निकाला और आंखों पर चढ़ा लिया।

राबिया और राठी की सनसनीखेज़ मुलाक़ात ने साबित कर दिया कि राबिया ने राठी को मुनीम, छुन्ना बजरंगी और अनिल दुजाना दिए। राबिया ने राठी को अरबों का वेस्ट यूपी दिया। राबिया ने पिस्तौल और खोखे बदलकर राठी को बजरंगी के क़त्ल से बचाने का एहसान किया। बदले में राठी ने ज़ैद ख़लीफ़ा के ज़रिए गुड्डू इस्लाम और गुड्डू इस्लाम के ज़रिए बाबर के दोनों बेटे दिए। मगर ये सौदा सिर्फ़ बाबर के बेटों का नहीं था। ये डील थी डबल रिटर्न गिफ़्ट की यानी बाबर और तैमूर की मौत। सब कुछ शीशे की तरह साफ़ हो चुका था। राबिया ने राठी को बाबर और तैमूर का कॉन्ट्रैक्ट दिया। राठी ने एक करोड़ की सुपारी तिहाड़ में बंद गोल्डन पंजाबी को दी और गोल्डन पंजाबी ने अपने गैंगस्टर मनदीप केकड़ा को सौंप दी। केकड़ा ने बुंदेलखंडी एंड टीम को सुपारी ट्रांसफ़र कर दी थी। बस एक अहम सवाल का जवाब अभी बाक़ी

था। सवाल ये कि बाबर और तैमूर का क़त्ल राबिया ने ख़ुद कराया या राबिया हत्या के मास्टरमाइंड का मोहरा थी? और अगर राबिया ने ख़ुद क़त्ल कराया तो क़त्ल की वजह क्या थी?

***

अर्शी का चेकअप हो चुका था। डॉक्टर ने माइल्ड स्टेरॉयड्स के साथ स्पीच थैरेपी बताई थी। फ़ाउंडेशन में त्रिपुरारी लड़कियों को अर्शी की थैरेपी का तरीक़ा बता रहा था कि तभी राबिया ने चीफ़ को कॉल लगाई, "वैरी स़ॉरी सर, फ़ोन साइलेंट था।"

चीफ़ यशराज सीधे मुद्दे पर आया, "राबिया तुमको याद है एक दिन तुमसे मैं शूटिंग रेंज में मिला था?"

"जी याद है सर।"

"उस दिन मैंने तुमको एक पेन ड्राइव दी थी। मुझे लगता है आज तक तुमने पेन ड्राइव की एक ही फ़ाइल सुनी है। दूसरी सुनो फिर मुझे कॉल करो।"

राबिया को पेन ड्राइव याद आ गई। इस पेन ड्राइव में 'झूमे जो पठान मेरी जान', गाना था। लेकिन ड्राइव में कोई दूसरी फ़ाइल भी थी ये राबिया को पता ही नहीं चला। राबिया दौड़कर जीप तक गई और साउंड सिस्टम पर लगी हुई पेन ड्राइव चेक करने लगी। ड्राइव में गाने के अलावा एक और फ़ाइल थी। राबिया ने दूसरी फ़ाइल सेलेक्ट की और प्ले बटन दबा दिया। साउंड सिस्टम पर अब एक कॉल रिकॉर्डिंग बजने लगी।

"बाबर कुरैशी बोल रहा हूं अहमदाबाद जेल से।"

"इतने साल बाद हमारी याद कैसे आई बाबर?"

"तुम भूलने कहां देती हो।"

"काम बोलो फ़ोन क्यों किया है?"

"काम सिर्फ़ इतना है कि तुम अपने काम से काम रखो।"

"गुंडई मत दिखा। अहमदाबाद जेल बहुत दूर नहीं है।"

"गुंडई अभी तुमने देखी कहां है हमाई। जेल से निकलने दो फिर दिखाता हूं गुंडई। तुम्हारे जैसे पुलिसवाले हमाई तहमत में बंधे रहते हैं। समझाने के लिए फ़ोन मिलाया था। हमारे चक्कर में न पड़ो वर्ना महंगा पड़ेगा।"

"अपनी तहमत कस ले बाबर, वर्ना एक कंटाप में ढीली हो जाएगी। सामने मिल फिर देखती हूं कितना महंगा है तू और वैसे भी राबिया सस्ती चीज़ों पर हाथ नहीं डालती है।"

"अपनी तहमत का क़फ़न रमाकांत बघेल को न ओढ़ाया तो हमारा नाम बाबर कुरैशी नहीं। रमाकांत की ख़बर रखने का बहुत शौक चर्राया है न तुमको, तो बता देना उस हरामी की औलाद को, कुत्ता बनाकर मारूंगा, दौड़ा-दौड़ाकर मारूंगा।"

चौंकी हुई राबिया ने रिकॉर्डिंग बीच में बंद की और ख़ुद पर क़ाबू करते हुए उसने सीधे यशराज को फ़ोन लगाया। फ़ोन उठते ही राबिया बोली, "दूसरी फ़ाइल भी सुन ली सर, आप पहले बताते तो मैं उसी दिन सुन लेती।"

चीफ़ तंज मारते हुए बोला, "तुम पहले कहां कुछ बताती हो राबिया, बाबर ने तुमको धमकी दी तुमने नहीं बताया, दुजाना का एनकाउंटर करा दिया पर नहीं बताया।"

"आपसे ही सीखा है सर, काम पूरा हो जाए तब ही शेयर करो।"

"कोर्ट में बाबर के क़त्ल की सीबीआई इन्क्वायरी के लिए दर्जनों रिट हो चुकी हैं। कोर्ट ने सीबीआई को ऑर्डर कर दिया तो तुम फंस सकती हो राबिया पठान।"

"पहले भी कह चुकी हूं, आज फिर कह रही हूं...देखा जाएगा, झेल लूंगी।"

चीफ़ तल्ख़ होकर बोला, "बाबर के कारोबारी पार्टनर्स के अलावा तुमको मुख्यमंत्री पर भी शक है न राबिया मगर मेरी लिस्ट में तुम भी हो, क्योंकि मुझसे ज़्यादा तुम्हारे काम करने का महीन तरीक़ा कोई और नहीं जानता। मे गॉड प्रूव मी रॉन्ग राबिया।"

"सर लोग कह भी यही रहे हैं कि पुलिस ने ही सुपारी देकर बाबर को मरवाया है। आपका डाउट सच निकला तो साबित हो जाएगा कि मर्डर स्टेट स्पॉन्सर्ड ही है।"

"मेरी नज़र है तुम पर राबिया और दुजाना एनकाउंटर के बाद तो राठी पर भी है।"

"राठी से याद आया, शूटिंग रेंज में आपने पेन ड्राइव के साथ एक पिस्टल भी दी थी जो छुन्ना बजरंगी के मर्डर में यूज़ हुई थी और खोखों के साथ अब सीबीआई की एविडेंस प्रॉपर्टी है। भूल गई थी सर, सोचा बता ही दूं।"

चीफ़ गुर्राया, "ओह, दैट वे! लेट्स प्ले देन। चलो खेलते हैं राबिया पठान।"

राबिया मुस्कुराई, "अलग-अलग नहीं सर, साथ में खेलते हैं। यू आर माई फ़ेवरेट।"

"लेट्स मीट एट स्टारबक्स एएसएपी," यशराज ने फ़ोन रखने से पहले कहा।

"श्योर सर, छुट्टियों के बाद। पेमेंट मैं करूंगी," कहकर राबिया ने फ़ोन रख दिया।

राबिया और यशराज में चैलेंजी-चैलेंजा हो चुका था जिसका नतीजा अभी बाक़ी था। गुड्डू इस्लाम बांग्लादेश में था। शगुफ़्ता को राबिया से मुलाक़ात का इंतज़ार था और अभी उस राज़ का पर्दाफ़ाश बाक़ी था कि बाबर की हत्या किस वजह से हुई।

***

इलाहाबाद में ब्रिटिश टाइम के बंगले को किराए पर लेकर राबिया डार्विन फ़ाउंडेशन की लड़कियों और अनहद के साथ छुट्टियां मना रही थी। सस्पेंड त्रिपुरारी पांडे और सम्मान सिंह भी बीवी-बच्चों के साथ इसी बंगले में थे। सब डिनर कर चुके थे और घड़ी में रात के पौने बारह बज रहे थे। अर्शी को साथ लेकर राबिया कसारी मसारी चल दी। सम्मान और त्रिपुरारी पर इलाहाबाद के सेफ़ हाउस से शगुफ़्ता के अब्बू और बेटे उमर को लाने की ज़िम्मेदारी थी। राबिया की गाड़ी क़ब्रिस्तान पर रुकी। एक अकेली एलईडी लाइट पूरे क़ब्रिस्तान को मुट्ठी भर रोशनी दे रही थी। सिसकती शगुफ़्ता बाबर की क़ब्र के पास बैठी थी। राबिया व्हीलचेयर पर अर्शी को बैठाकर शगुफ़्ता के पास पहुंचकर बोली, "अब किसके लिए रो रही है तू?"

रुंधे गले से शगुफ़्ता ने जवाब दिया, "अपने शौहर के लिए, बेटों के लिए, देवर के लिए।"

राबिया ने व्हीलचेयर छोड़कर शगुफ़्ता को ज़ोर से लात मारी, "कितने शौहर, कितने बेटे, कितने देवरों को क़ब्र में सुलाने वाले, चिताओं में जलाने वाले शैतान के लिए आंसू बहा रही है तू। शैतान पर तो पत्थर मारे जाते हैं, जन्नत तभी नसीब होती है।"

क़ब्र पर गिरी शगुफ़्ता उठते हुए बोली, "बच्चा कहां है मेरा, मेरा उमर कहां है?"

राबिया बिफर गई, "क्या करेगी, उमर को भी जानवर बनाएगी फ़हद और वली की तरह? छोड़ देगी सड़क पर मासूम बच्चियों को ज़िंदा नोंच-नोंचकर खाने के लिए?"

"मां कब अपने बेटों को जानवर बनाती है?"

"वेश्या भी अपनी बच्चियों को वेश्या नहीं बनाना चाहती, लेकिन मंडी में बैठी तेरे जैसी शगुफ़्ता न बेटों को इंसान बनाती है, न शौहर को, न साले हैवान देवर को।"

"तूने क़ुरान की क़सम खाई थी, मेरा बेटा मुझे वापस दे देगी।"

राबिया ने अर्शी को देखा फिर शगुफ़्ता को ठोकर मारी, "शैतान के मुंह से क़ुरान का नाम कुफ़्र है। व्हीलचेयर पर बैठे इस मांस के लोथड़े को पहचानती है तू?"

शगुफ़्ता ने अर्शी को गौर से देखा, "नहीं, मैं नहीं पहचानती, बिल्कुल नहीं पहचानती।"

"तेरे शौहर के गुंडों ने पूरी रात नोंचा था इस लड़की को।"

"क़सम ख़ुदा की, नहीं पता मुझे।"

राबिया ने त्रिपुरारी को ज़ोर से आवाज़ लगाई। त्रिपुरारी ने क़ब्रिस्तान के बाहर मौजूद शगुफ़्ता के अब्बू और उमर के साथ जीप पर बैठी एक अनजान लड़की को अंदर भेजा। सहमे क़दमों से बढ़ती लड़की अर्शी के बगल में खड़ी हो गई। राबिया ने हमउम्र लड़की की ओर इशारा करते हुए पूछा, "इसे तो ज़रूर पहचानती होगी?"

कोशिश करके शगुफ़्ता खड़ी हुई। राबिया ने मोबाइल की टॉर्च जलाई मगर शगुफ़्ता लड़की को नहीं पहचान पाई। राबिया ने लड़की को पीछे से पकड़ा और शगुफ़्ता के चेहरे से सटाते हुए चिल्लाई, "बेनज़ीर है ये, मासूम बेनज़ीर, चीख़ते-चीख़ते बेहोश हो गई थी। इसके बाद भी बाबर के गुंडे इसके साथ हैवानियत करते रहे।"

शगुफ़्ता हाथ जोड़कर बिलखने लगी, "हाय अल्लाह, कब हो गया ये सब, कब?"

राबिया बौखला गई, बेक़ाबू हो गई और हांफने लगी। राबिया ने हांफते हुए बेल्ट खोली और जींस में खुंसी शर्ट के बटन खोलकर पेट दिखाया। पेट पर नाभि

के नीचे लंबा सा चीरा लगा था। जैसे कोई सर्जरी की गई हो।

शगुफ़्ता चीरा देख ही रही थी कि राबिया चीख़ी, "देख, गौर से देख, पेट किसी ने काटा नहीं है, मेरे अब्बू को मेरा पेट कटवाना पड़ा, क्योंकि मुझे कैंसर हो गया था। जब मेरी उम्र फूलों की तरह खिलने की थी तब साला ये नासूर मेरे भीतर खिल गया। जानती है क्यों, क्योंकि तेरे देवर ने मोहम्मदिया मदरसे में मेरा रेप किया था।"

शगुफ़्ता हैरान थी और राबिया पर ख़ून सवार था, "तैमूर कुरैशी ने मुझे मेरे अब्बू के सामने उम्र भर के लिए नंगा कर दिया। ख़ून से सनी अपनी बच्ची को लिए अब्बू भागते रहे, चिल्लाते रहे, चीख़ते रहे, मिन्नतें करते रहे और एक दिन बेचारे ग़म और दहशत में मर गए। बच्ची थी मैं शगुफ़्ता, बच्ची थी, बच्ची थी!"

चीख़ते-चीख़ते राबिया धम्म से ज़मीन पर बैठ गई और एकाएक पागलों की तरह वो पंजों से क़ब्र खोदने लगी। जैसे बाबर और तैमूर को क़ब्र से बाहर निकालकर गुर्राना चाहती हो कि हर लड़की रेप के बाद छुपकर चुप नहीं बैठ जाती है। कोई राबिया पठान भी बनती है और बाबर का साम्राज्य उखाड़कर उसे मिट्टी में मिला देती है। राबिया को क़ाबू करने के लिए बेनज़ीर ने एक ज़ोरदार तमाचा मारा। तमाचा पड़ते ही राबिया सुन्न हो गई। शगुफ़्ता सहम गई। ख़ामोश हो चुकी राबिया कुछ पलों के सन्नाटे के बाद उठी और शर्ट जींस में खोंसकर बेल्ट बांधने लगी।

मदरसा रेप कांड के बाद राबिया के दर्दनाक ज़ख़्मों से महीनों ख़ून रिसता रहा। घाव भर ही नहीं रहे थे। आख़िर बच्ची को लेकर उसके अब्बू दिल्ली एम्स पहुंचे तो डॉक्टरों ने बताया कि अगर रेप करने वाले आदमी को कोई गंभीर यौन रोग हो तो हज़ारों मामलों में किसी एक विक्टिम को यूट्रस कैंसर हो सकता है। डॉक्टर्स को यूट्रस के साथ दोनों ओवरीज़ भी निकालनी पड़ीं। यही वजह थी कि राबिया हर साल मेडिकल जांच कराती थी क्योंकि वो मरने से पहले बाबर और तैमूर को मारना चाहती थी, हर रेप विक्टिम को पनाह देना चाहती थी। इसी चाहत का नतीजा था डार्विन फ़ाउंडेशन और उसकी बुनियाद थी 'सर्वाइवल ऑफ़ द फ़िटेस्ट'।

राबिया को तमाचा मारकर अफ़सोस में आ चुकी बेनज़ीर फफक पड़ी, "सॉरी।"

राबिया ने बेनज़ीर को गले लगा लिया, "बहुत मिस किया यार तुझे।"

बेनज़ीर रोए जा रही थी, "मैंने ही क़सम दे दी थी कि हम बात नहीं करेंगे। क्या करूं डर लगता था कहीं शादीशुदा ज़िंदगी बर्बाद न हो जाए। कितनी ख़ुदगर्ज़ हूं कि मुझे मेरा दर्द समझ में आया, मगर तूने तो सबका दर्द अपना दर्द बना लिया।"

शगुफ़्ता के ज़ेहन में मदरसा कांड घूम गया। याद आ गया वो मंज़र जब अस्पताल में तड़प रही बच्चियों को बाबर और शगुफ़्ता ने धमकाकर शहर से भगाया था। हैवानियत तैमूर कुरैशी ने की थी मगर उसे शह बाबर की शैतानियत की थी। बस यही वजह थी कि राबिया की नज़र में तैमूर से भी बड़ा गुनहगार था बाबर कुरैशी। शैतान और हैवान की इस टोली का सबसे घिनौना किरदार थी शगुफ़्ता, जो औरत होकर बच्चियों के साथ हुई वहशत को दहशत में दफ़्न कर रही थी। शगुफ़्ता राबिया के पैरों में गिरकर गिड़गिड़ाने लगी। राबिया ने बाल पकड़कर शगुफ़्ता का चेहरा अपने चेहरे से सटाया, "ज़िंदगी की क्लोज़िंग हर 31 मार्च को नहीं होती है शगुफ़्ता, वक़्त लगता है नफ़े-नुक़सान की बैलेंसशीट तैयार होने में। सालों पहले बाबर कोर्ट में मर गया होता जब पहली बार उसे गिरफ़्तार किया था। डेथ वॉरंट पर दस्तख़त तब भी मेरे थे और अब भी। बरसों ख़ामोशी से दूसरे मौक़े का इंतज़ार किया, मौक़ा तलाशा और जब ख़ुदा ने मौक़ा दिया तब मरवाकर सालों को क़ब्र में सुला दिया।"

शगुफ़्ता सबकुछ सुनकर सन्न थी। आज उसे समझ में आया कि सालों पहले कोर्ट में नक़ली पुलिसवालों ने बाबर पर बमों से जो हमला किया था, वो हमला बाबर ने नहीं बल्कि राबिया ने कराया था। शगुफ़्ता सोच में गुम थी कि राबिया ने आवाज़ देकर शगुफ़्ता के अब्बू और बेटे उमर को क़ब्रिस्तान के अंदर बुलाया। त्रिपुरारी दोनों को छोड़कर वापस लौट गया। अब्बू ने शगुफ़्ता को गले लगाया और उमर झट से अम्मी की गोद में चढ़ गया। राबिया बाहर चल दी। पीछे-पीछे बेनज़ीर व्हीलचेयर पर अर्शी को ला रही थी। गोद में उमर को लेकर शगुफ़्ता अपने अब्बू के साथ बाबर की क़ब्र के पास बैठ गई। राबिया ने अर्शी को गाड़ी में बैठाया और छटपटाकर उसके गले लग गई। अर्शी जैसे पूरी ताक़त लगाकर कुछ कहना चाह रही थी। राबिया और बेनज़ीर ज़ार-ज़ार रो रही थीं कि अचानक अर्शी के मुंह से आवाज़ फूटी, "न्यू...टन...जिज्जी...न्यू...टन...जि...ज्जी।"

राबिया और बेनज़ीर ने अर्शी को कसकर चिपका लिया। आज अर्से बाद अर्शी के मुंह से ये नाम निकला था। राबिया की नज़रों के सामने सारा मंज़र घूम गया। तभी अचानक राबिया ने अर्शी को छोड़ा और कमर में खुंसी पिस्तौल का घोड़ा चढ़ाते हुए तेज़ क़दमों से क़ब्रिस्तान के अंदर चल दी। रो-रोकर लाल हो चुकी राबिया की आंखों में ग़ुस्से का लावा छलक रहा था। पिस्तौल लिए बढ़ रही राबिया को देखकर शगुफ़्ता के अब्बू को अंदाज़ा हो गया और शगुफ़्ता समझ गई कि सामने राबिया नहीं बल्कि मौत आ रही है। क़ब्र पर बैठे उमर को गोद में उठाकर अब्बू अंधेरे की तरफ़ चल दिए। वो नहीं चाहते थे कि बच्चा ख़ून-ख़राबा देखे। राबिया ने क़रीब आते ही शगुफ़्ता के बाल खींचे और पिस्तौल माथे पर सटाकर घोड़ा दबाने को हुई तो शगुफ़्ता ने आंखें बंद कर लीं। मौत से खेलने वाली राबिया को मौत नवाज़ने में पता नहीं क्यों देर लग रही थी। शायद दिल की दरख़्वास्त पर कुछ और लिखा था और दिमाग़ की तहरीर कुछ और बयां कर रही थी। राबिया ने ट्रिगर छोड़ा और ज़ुबान से बारूद दाग़ दिया, "जा भाग जा, तेरी मौत माफ़। मौत तो तेरी रिहाई है। जब-जब पुलिस का सायरन सुनेगी तब-तब भागेगी तू।"

इतना कहते ही राबिया ने शगुफ़्ता के माथे से पिस्तौल हटाई और उसके चेहरे पर थूक दिया, "आईने में जब भी अपना चेहरा देखेगी तब-तब तुझे राबिया याद आएगी। मौत का मुनाफ़ा खाने की आदत है न तुझको, जा राबिया तुझे ज़क़ात में ख़ौफ़ देती है, ज़िंदगी भर ख़ौफ़ खा और मर-मर कर जी।"

पिस्तौल कमर में खोंसती हुई राबिया क़ब्रिस्तान से बाहर चल दी। शगुफ़्ता के साथ उसके अब्बू और बेटा उमर न जाने कहां चले गए। रेप का राज़ छिपाकर बेनज़ीर फिर ससुराल लौट गई। त्रिपुरारी और सम्मान के साथ अर्शी को लेकर राबिया उसी बंगले में लौट आई जहां सब छुट्टियां मना रहे थे।

चालबाज़ों का ये खेल असल में सांप-सीढ़ी और लूडो की तरह था। एक खिलाड़ी सबसे लंबी सीढ़ी चढ़कर दूसरे से सत्ता छीनना चाहता था तो दूसरा निन्यानवे वाला सांप बनकर पहले वाले को गर्त में फेंकने पर आमादा था। कोई किसी के कंधे को सीढ़ी की तरह इस्तेमाल कर रहा था तो कोई ज़हरीले सांप के मानिंद किसी को डस रहा था। मगर खिलाड़ियों की भीड़ में सबसे बड़ी खिलाड़ी राबिया थी, जिसने हर खिलाड़ी की गोटियां पीट-पीटकर ख़ुद

को साज़िशों के लूडो का लीडर साबित कर दिया था। गृहमंत्री फ़िरोज़ भाई पटेल, उप मुख्यमंत्री बृजरानी, नौचंदी, सुपुत्र सिंह, महादेवी के साथ यशराज और मुख्यमंत्री प्रचंड प्रताप सिंह एक-दूसरे को बाबर कुरैशी के क़त्ल का मास्टरमाइंड समझ रहे थे। चुनाव और कोर्ट के फ़ैसले का सबको इंतज़ार था और उधर गुड्डू इस्लाम छिपते-छिपाते बांग्लादेश में कहीं बैठा था।

***

समुद्र मंथन से अमृत निकला और देवताओं ने अमृतकुंभ इलाहाबाद में गंगा-यमुना-सरस्वती के संगम में छिपा दिया। अमृत का आचमन करने करोड़ों श्रद्धालु हर बारहवें साल कुंभ में आस्था की डुबकी लगाते हैं। संगम जल हिंदुओं के लिए उतना ही पवित्र है जितना काबा का आब-ए-ज़मज़म और वॉटर ऑफ़ वैटिकन। नाइल, वोल्गा, मिसिसिपी और अमेज़न बेहद ख़ास हैं मगर संगम किनारे मोक्ष नहीं बल्कि परममोक्ष के लिए लोग कल्पवास करते हैं। ख़ुद को प्रधानमंत्री कहने वाले बाबर कुरैशी से अब इलाहाबाद मुक्त हो चुका था। मंदिर के बाहर फूल बेचनेवाली चंद्रकली अब भगवान पर भी फूल चढ़ाती है। अलोक साहू की बेवा बेख़ौफ़ दुकान पर बैठती है। फ़हद और वली की शिकार लड़की अपने पापा और छोटी बहन के साथ मुंबई से इलाहाबाद अपने घर लौट आई है। ज़ैद अब बहन की क़ब्र पर रोज़ फ़ातिहा पढ़ता है।

***

तीन महीने बाद बुंदेलखंडी, अद्धा तिवारी और डिग्री पांडे जेल कम्पाउंड में खाना खा रहे थे। तभी एक जेलकर्मी तीनों को जेलर के ऑफ़िस ले गया। जेलर ने तीनों के पहुंचते ही सवाल किया, "अबे तुम्हीं तीनों टिंकू टार्जन को मारने वाले थे ना?"

बुंदेलखंडी बोला, "जी साहब।"

"आज तिहाड़ में गोल्डन पंजाबी गैंग के लोगों ने टार्जन को मार डाला।"

इतना कहकर जेलर ने वीडियो प्ले करते हुए बुंदेलखंडी को मोबाइल पकड़ा दिया। टार्जन की हत्या के ख़ूनी वायरल वीडियो में गोल्डन पंजाबी गैंग के सत्रह-अट्ठारह लोग चाकुओं से गोद-गोदकर टार्जन को मार रहे थे। ख़ून से सने टार्जन के मर्डर का वीडियो देखकर बुंदेलखंडी रावण की तरह ज़ोर-ज़ोर से हंसने लगा।

बुंदेलखंडी के शैतानी हाव-भाव देखकर जेलर से लेकर अद्धा और डिग्री पांडे तक के होश उड़ गए।

उधर बांग्लादेश में ढाका के एक गुरुद्वारे में लंबी-लंबी नक़ली दाढ़ी-मूंछ और सिर पर पगड़ी पहने एक सरदार लंगर के बर्तन मांजकर कारसेवा कर रहा था। तभी उसका फ़ोन बजा। सरदार ने फ़ोन उठाया, उधर से भर्राती आवाज़ आई, "वाट्सएप पर फ़ोटो भेजे हैं। चुनाव होने वाले हैं, इंडिया जा और जाकर मार दे सालों को फ़ौरन।"

सरदार उठकर तेज़ी से उन अलमारियों तक गया जिनके लॉकर्स में कारसेवा का सामान रखा जाता है। सरदार ने जेब से चाबी निकाली और लॉकर खोलकर दूसरे मोबाइल के साथ पर्स निकाला। पर्स से पांच सौ का आधा फटा नोट निकालकर सरदार ने दूसरे वाले मोबाइल से नोट का फ़ोटो खींचा और किसी को वॉट्सएप कर दिया।

इधर लखनऊ के डार्विन फ़ाउंडेशन में राबिया पठान लिविंग में रूम में बैठी टार्जन की हत्या की ख़बर देख रही थी, तभी अनहद ने पूछा, "इसी टिंकू टार्जन को मारने वाले थे न बाबर कुरैशी के हत्यारे?"

"हम्म..." न्यूज़ देखती राबिया ने अनहद को जवाब दिया।

"बाबर के हत्यारों का क्या होगा? आर दे सेफ़ इन जेल? मुझे तो डाउट है राबिया।"

राबिया बोली, "सालों को या तो कोई जेल से भगा देगा या मरवा देगा, और क्या।"

इतना कहते ही राबिया के मोबाइल पर वॉट्सएप नोटिफ़िकेशन आया। राबिया ने फ़ोन चेक किया। वॉट्सएप पर बांग्लादेश के नंबर से आधे फ़टे हुए नोट का वो हिस्सा था जो उसने झांसी में गुड्डू इस्लाम को बतौर कोडवर्ड दिया था। फ़टे हुए नोट के अलावा राबिया के फ़ोन पर तीन फ़ोटो भी फ़ॉरवर्ड हुए थे। राबिया तीनों फ़ोटो देखकर चौंक गई। लिविंग रूम से बाहर आकर उसने बांग्लादेश के नंबर पर वॉट्सएप कॉल लगाई, "ये सब क्या है गुड्डू?"

उधर से आवाज़ आई, "मैडम बाबर कुरैशी को मारने वाले तीनों शूटरों की सुपारी बांग्लादेश तक आ गई है, मुझे यहीं के एक गैंग ने भेजी है।"

राबिया के होश उड़ गए...

आभार

कसारी मसारी की कहानी मेरे पास थी ही नहीं। मैं तो दूसरी किताब लिख रहा था, चालीस पन्ने लिखे ही थे कि एक और कहानी ज़ेहन में आई और सोचा क्यों न उसे पहले लिखा जाए, लिहाज़ा पैंतीस पन्ने उसके भी लिख डाले। कंफ़्यूज़न के दौर में अचानक मेरे सामने आया अफ़गानिस्तान का एक ब्रूटल वीडियो, जो 9/11 के ठीक दो दिन पहले का था। वीडियो में 'लायन ऑफ़ पंजशीर' के नाम से मशहूर अफ़गानिस्तान नॉर्दर्न अलायंस के लीडर अहमद शाह मसूद एक न्यूज़ चैनल को इंटरव्यू दे रहे थे। तालिबान की हिटलिस्ट में सबसे पहला नाम मसूद का ही था। इंटरव्यू लेने वालों में दो जर्नलिस्ट और एक कैमरामैन शामिल था। अचानक धमाका हुआ और मसूद के चीथड़े उड़ गए। असल में मसूद को मारने के लिए तीनों स्यूसाइड बॉम्बर नक़ली पत्रकार बनकर आए थे। अफ़गानिस्तान के वीडियो को देखकर मुझे एक आइडिया आया कि क्यों न एक ऐसी किताब लिखी जाए जिसमें मीडिया की भीड़ में फ़र्ज़ी पत्रकार बनकर तीन सुपारी किलर एक खूंखार डॉन की हत्या कर दें। एक ऐसा सीन जिसमें कैमरे चमक रहे हों, रिपोर्टर सवाल पूछ रहे हों। इससे पहले कि डॉन का जवाब पूरा हो तभी डॉन पर गोलियां चलें और डॉन के मर्डर का लाइव टेलिकास्ट हो जाए।

दो कहानियां अधूरी छोड़ने के बाद मैंने फिर एक दिन मीनाक्षी ठाकुर से रिक्वेस्ट की कि अब मैं एक नई कहानी पर काम करना चाहता हूं। मीनाक्षी ने आइडिया सुना और फिर तीसरी स्टोरी के लिए भी राज़ी हो गईं। मीनाक्षी का शुक्रिया जिन्होंने हर बार मुझ पर भरोसा किया। बस फिर क्या था, निकल लिया कंटेंट तलाशने। तलाश का ये सफ़र इलाहाबाद, बुलंदशहर, मेरठ से होता हुआ

पंजाब में पाकिस्तान बॉर्डर पर रुका। मैं शुक्रगुज़ार हूं जगदीप संधू, ऋषभमणि त्रिपाठी, अंकुर तिवारी, अंकुर सोनी, मनीष पालीवाल, मोहम्मद अनस, दानिश भाई, बाबा अभय अवस्थी, जेपी सिंह का जिन्होंने क्राइम थ्रिलर कंटेंट की तलाश में मेरा साथ दिया। सिस्टम के भीतर की तमाम जानकारियां देने के लिए उन अफ़सरों, नेताओं और माफ़ियाओं का भी धन्यवाद जिनके नाम मैं यहां नहीं लिख सकता।

ख़ैर, कंटेंट लेकर मैं लौटा 'लोकमत समाचार' की न्यूज़ एडिटर, शायरा और कवयित्री के साथ-साथ मेरी क्राइसेस मैनेजर अर्चना अर्चन के पास। अर्चना की यूएसपी है कि वो गुड़ में भी खटाई ढूंढ़ लेती हैं। शुरू हुआ लिखना और लिखने में बहसा-बहसी का दौर। कभी-कभी तो बोलचाल भी बंद हुई। सीन सोचने के साथ शब्द, वाक्य-विन्यास संवारने में अर्चना ने दिन-रात नहीं बल्कि पूरा दिन, पूरी रात साथ दिया। रूपेश चक्रवर्ती, जागृति, सोना, गिन्नी, आर्यन और मिष्टी मेरे सपोर्ट में खड़े थे। असल में यही हमारी टीम थी जो नागपुर से बंगलौर, बंगलौर से कानपुर, कानपुर से कनाडा और कनाडा से लखनऊ तक कहानी को आगे बढ़ा रही थी। अंबुज पांडे के टेक्निकल सपोर्ट ने इन शहरों को मेरी टेबल तक समेट दिया। सोना मंदिर में हाथ जोड़े बैठी रहतीं और भगवान की कृपा मेरी तरफ़ मोड़ देती थीं। जागृति मेरे सपनों की लिस्ट में एक और टिक लगाने के लिए सारे रिस्क उठातीं और मेरे अंदर रिस्क से इश्क़ करने का जज़्बा भरती रहीं। रूपेश चाय-पानी, डिनर और थकान किनारे करके हमेशा कहानी के साथ खड़े रहे। आर्यन स्टोरी मास्टर हैं, आइडिया भी देते रहे और नॉलेज भी। गिन्नी ने अलर्ट जारी कर दिया कि किताब पूरी होने तक मुझे कोई डिस्टर्ब नहीं करेगा। सात समंदर पार से मिष्टी के कॉल्स टाइम लाइन मैच करने का दबाव बनाते रहे।

मेरे पास सोलर पावर भी है। ज़िंदगी का वोल्टेज हाई हो या लो, डिम हो या बिलकुल गुम, लेकिन ईश्वरीय सौर ऊर्जा देने वाले ये त्रिदेव मेरे ऊपर हमेशा कृपा बनाए रखते हैं। धारदार पत्रकार, शानदार ऑथर और जानदार इंसान के अलावा मेरे ताउम्र संपादक आशुतोष सर का हाथ मेरे सिर को नहीं बल्कि आत्मा को सहलाता रहता है। स्वर्ण कमल सुसज्जित समीक्षक और दर्जनों किताबों के लेखक अनंत विजय सर सिर्फ़ मेरा लिखा ही नहीं बल्कि मेरा

मन भी पढ़ लेते हैं और एक नया रास्ता गढ़ देते हैं। 'साहित्य आजतक' के सर्वेसर्वा, *नैना*, *पिशाच* और *ये इश्क़ नहीं आसां* के लेखक संजीव पालीवाल सर तो उस सेना प्रमुख की तरह हैं जो मेरे जैसे रंगरूट को हर मोर्चे पर लड़ने की सख़्त ट्रेनिंग देते रहते हैं। मुझे समझने के लिए मनीषा तनेजा और वंदना सिंह जी का भी शुक्रिया। पितातुल्य प्रमोद तिवारी, ओमशरण त्रिपाठी, मातृतुल्य रोमी अरोड़ा, दादी नारायणी त्रिपाठी, बाबा कालिका प्रसाद स्वर्ग में बैठकर ईश्वर से मेरी सिफ़ारिश करते हैं। हाथों की लक़ीरों में किरदार तलाशने वाले गुरु रमेश चिंतक और शशि शेखर जी के साथ मेरे पापा शक्ति शरण जी को प्रणाम। शुक्रिया पल्लवी सिंह का जिन्होंने पहले ही ड्राफ़्ट में किताब के पेंच कस डाले।

अब बात मेरी पिछली किताब *CODE काकोरी* की। इस किताब को करिश्मा बनाने के लिए फ़िल्म इंडस्ट्री के साजिद नडियाडवाला, संजय दत्त, अरशद वारसी, इरफ़ान ख़ान, ऋषि कपूर, अनुभव सिन्हा, सुधीर मिश्रा, अश्विनी धीर, अंकुर गर्ग, रवि दुबे, सरगुन मेहता, निशीथ चंद्रा, संजय मासूम, अंकित तिवारी, रवि किशन, शालिनी ठाकरे, सिद्धांत सचदेवा का शुक्रिया। मेरे ख़ैरख़्वाहों में शामिल जय प्रकाश पांडे, ऋचा अनिरुद्ध, दिव्य प्रकाश दुबे, अजित अंजुम, नवीन रांगियाल के साथ 'साहित्य तक' और 'सत्य हिंदी' की लाइव चैट ने किताब सुपरहिट बना डाली। *CODE काकोरी* को देश भर में डीकोड करने के लिए प्रभा खेतान फ़ाउंडेशन, इंदौर लिट्रेचर फ़ेस्टिवल, दैनिक जागरण, अमर उजाला, हिंदुस्तान, इंडिया टुडे और लोकमत ग्रुप का आभार। मेरे अपने तरुन वासुदेवा, अंकुर धमीजा, संदीप-प्रगति सिन्हा ने *CODE काकोरी* को लंदन, कनाडा और दुबई तक पहुंचाया। कर्ज़दार हूं हर पाठक, हर मित्र और हर शुभचिंतक का जिन्होंने मेरी किताब अपनी रूह में उतार ली। मेरी नई किताब *कसारी मसारी* भी आपके भरोसे है, आपका प्यार चाहिए और कोई चूक रह गई हो तो फटकार भी, ताकि अगली कोशिश और भी बेहतर हो सके। मेरा ईमेल है – manojrajantripathi@gmail.com

धन्यवाद, शुक्रिया, आभार, थैंक्यू!

मनोज राजन त्रिपाठी

ekadā द्वारा प्रकाशित अन्य किताबें

ekadā द्वारा प्रकाशित अन्य किताबें